中國歷代書目題跋叢書　第四輯

二葉書録（拾經樓紬書録　華鄂堂讀書小識）

葉啓勳　葉啓發　撰
李軍　整理　吴格　審定

圖書在版編目(CIP)數據

二葉書録 / 葉啓勳，葉啓發撰；李軍整理. —上海：上海古籍出版社，2014.5
(中國歷代書目題跋叢書. 第四輯)
ISBN 978-7-5325-7056-0

Ⅰ.①二… Ⅱ.①葉… ②葉… ③李… Ⅲ.①題跋—中國—民國—選集 Ⅳ.①I266

中國版本圖書館 CIP 數據核字(2013)第 229596 號

本書出版得到國家古籍整理出版專項經費資助

中國歷代書目題跋叢書(第四輯)
二葉書録
葉啓勳　葉啓發　撰
李　軍　整理
上海世紀出版股份有限公司
上　海　古　籍　出　版　社　出版
(上海瑞金二路 272 號　郵政編碼 200020)
(1) 網址：www.guji.com.cn
(2) E-mail：guji1@guji.com.cn
(3) 易文網網址：www.ewen.cc
上海世紀出版股份有限公司發行中心發行經銷
上海展强印刷有限公司印刷
開本 850×1156　1/32　印張 11.5　插頁 5　字數 235,000
2014 年 5 月第 1 版　2014 年 5 月第 1 次印刷
印數：1—2,100
ISBN 978-7-5325-7056-0

K·1789　定價：38.00 元

《中國歷代書目題跋叢書》第四輯編選説明

明清以迄民國之古籍書目，存世者多達千餘種。《中國歷代書目題跋叢書》前三輯，已出版書目、題跋四十五種，頗受讀者歡迎。本輯賡續前編，斟酌去取，訪求秘本，專人整理，將收入以下各種：

一、新輯紅雨樓題記·紅雨樓書目　明徐𤊹撰　據刻本、抄本及手跡整理

二、澹生堂讀書記·澹生堂藏書目　明祁承㸁撰　據刻本及稿本整理

三、開有益齋讀書志　清朱緒曾撰　據翁氏刻本整理

四、愛日精廬藏書志　清張金吾藏並撰　據張氏刻本整理

五、雲間韓氏藏書題識彙録　清韓應陛藏　鄒百耐纂　據稿本整理

六、傳書堂藏書志　蔣汝藻藏　王國維撰　據稿本整理

七、羣碧樓善本書録·寒瘦山房鬻存善本書目　鄧邦述撰　據鄧氏刻本及手跡整理

八、積學齋藏書志　徐乃昌藏並撰　據稿本整理

九、二葉書録（拾經樓紬書録·華鄂堂讀書小識）　葉啓勳、葉啓發撰　據印本及稿本整理

十、善本書所見録　羅振常撰　據稿本整理

相關内容版本，由整理者撰寫説明，載於各本之首。本輯選目整理，略有以下側重：

一、重視藏書題跋、書志整理

前人藏書題跋、書志諸作，較之普通書目，著録多出於撰者目驗，對圖書内容及版本之揭示較爲深入，因而歷來受人重視。題跋與書志，雖較書目著録爲備，實則仍有差異。題跋形式不拘，内容專門，反映各書特色及撰者學養，足供後學參考，其不盡如人意處，或因篇幅有限，或則稍涉隨意。書志之作，通常覆蓋四部，品種繁多，其著録體例整飭，描述詳備，雖不以議論見長，而實合於「述而不作」之旨。藏書志編纂盛於清末，民初流風未泯，諸家藏書雖已星散，藏書志未刊稿本猶有遺存，可供考察各書内容體例、撰者生平、抄刻先後、版本異同、存佚遞藏之助。本輯子目遴選，即以藏書題跋及藏書志爲主。

二、重視稿本書目利用

本輯收録藏書志多種，其中除《愛日精廬藏書志》曾經刻印，即取刻本爲底本外，《雲間韓氏藏書題識彙録》、《傳書堂藏書志》、《積學齋藏書志》整理，所據則爲撰者稿本或抄稿本，原本分庋各圖書館。《善本書所見録》底本，則出於私家珍藏。現經複製整理，參互校訂，首度面世，彌足寶貴。化珍稀爲常見，多賴各方同仁有力支持，在此謹致謝忱。

三、重視新編題跋書録

書目文獻整理，不僅應關注已經抄刻成書者，又應利用資源作深度加工，如輯録各書題跋、編校考訂舊目，事關學術，均可用力。本輯所收入《新輯紅雨樓題記・紅雨樓書目》、《澹生堂讀書記・澹生堂藏書目》等，皆爲名家所撰藏書、刻印記録，此前未經結集，出於今人新輯，堪稱精心之作。如紅雨樓藏書原本星散，分藏海内外，整理者尋訪原書，校核考訂，不辭辛勞，已逾十載。澹生堂主人不僅以藏書及《澹生堂藏書約》名聞後世，其於古書評鑒、編目整理、存藏保護等亦多實踐，深具見地，議論文字散見於文集別著，兹經輯録，與藏書目彙爲一編。他如鄧氏《羣碧樓善本書録》、《寒瘦山房鬻存善本書目》整理，曾取校原書題識。《二葉書録》係合編葉氏昆仲《拾經樓紬書録》（排印本）、《華鄂堂讀書小識》（稿本）而成。任事諸君，以一己之勞瘁，爲讀者謀方便，非僅有功文獻，堪稱不負古人。讀者有心，諒蒙首肯，而書囊無底，搜羅未備，尤俟同好之增益。二〇一二年十月吴格識。

整理説明

《二葉書録》者，長沙葉德輝兩侄所撰《拾經樓紬書録》、《華鄂堂讀書小識》二稿之合編也。《拾經樓紬書録》三卷，葉啓勳撰。啓勳譜名永勳，字定侯，號玉凾後人、更生居士等。湖南長沙人。葉德輝胞弟德炯次子。據明影宋抄本《建康集》書録云「惟先世父得此書於庚子冬至後一日，是年五月爲余生辰」，又大興翁氏傳抄宋本《寶刻叢編》書録云「己巳夏五望後二日，余從道州何氏得之。是日爲余生辰，友人聚集同觀」，稿本《説文釋例》書録亦云「辛未五月十七日……是日爲余生辰」，由此可知，葉氏生於光緒二十六年（一九〇〇）五月十七日。其父德炯事跡未詳，似不以藏書名世。按明成化本《李文公集》書録云「唯余今春先君棄養，先世父被難，夏初避亂滬瀆，秋初亂定回湘」，時在民國十六年（一九二七）八月，則葉德炯、葉德輝於同年去世。

葉啓勳生平，據明崇禎六年寒山趙氏《玉臺新詠》書録自云「年才志學，即從厰肆游。識秦曼青，其人蓋與余有同癖者，自後頻相過從有年。丙辰春間，永明周季譻舍人鑾詒藏書散出，余與曼青分得之」，可見其十五歲左右，即入市蒐書，並與揚州藏書家秦更年定交。民國五年（一九一六）丙辰，與秦氏分得周鑾詒藏書時，年僅十七歲。又書録前有一九三七年自序云「幼承家學，性喜蓄書，十數年間，聚書十萬卷有奇」，殆渾言收書之年，但可見其年方而立，藏書已富。民國十年（一九二一），葉啓勳因事赴蘇，曾到上海謁見張元濟，獲觀涵芬樓所藏善本。民國十六年（一九二七）四月，葉德輝被戕身故，葉啓勳舉家避難至滬，與張元濟、秦更年等均有過從。三年之後，民國十九年（一九三〇），長沙又有戰事，同年冬葉啓勳再次避往上海。《紬書録》之作始于此時，即自序所謂「滬濱米貴，居大不易，不得不以質之。……旅中岑寂，既發笥就所存者撮其大要而記之」，所記之書，積至百餘種，勒成三卷，求序於傅增湘，於民國二十六年（一九三七）鉛印行世。葉氏自序又云「其有續得，列爲《後編》」，然民國二十八年（一九三九）十月，長沙大火，葉氏昆季藏書未攜出者，與藏書樓併付一炬。葉啓發《華鄂堂讀書小識序》云「己卯春月，定兄取劫餘未盡之書編成書録，更取所作各書之題跋訂爲《拾經樓紬書後録》」，但未見刊本行世，恐已散佚。至一九五一年，拾經樓藏書由葉啓勳之子捐贈湖南省文物管理委員會，今大多收藏於湖南省圖書館。除《紬書録》外，葉啓勳尚撰有《論上海涵芬樓影印四部叢刊》（《圖書館學季刊》第一卷第四期）、《四庫全書目録版本考》（曾連載於《金陵學報》，未完）、《釋家字義》、《説文重文小篆考》（均載《金陵學報》）等文，並參與《續修四庫全書總目提要》之撰寫。

《華鄂堂讀書小識》四卷，葉啓發撰。啓發譜名永發，字東明。葉德炯幼子，葉啓勳胞弟。據其《華鄂四十感懷》敘云「甲申三月朔，余四十生辰」，甲申爲一九四四年，則其生於光緒三十一年（一九〇五）。

啓發早年畢業於湖南私立修業舊制中學，雅禮大學肄業後，在長沙任教中小學二十餘年。據秦氏雁里草堂抄本《廣川書跋》書録自記云「髫齡得先世父文選君訓示，粗識目録板本之學。日游坊肆，搜訪舊籍，因識江都秦曼青更年」云云，按《小識》所述，啓發與其兄啓勳既有同好，自幼同入書肆訪書。兩家書録所記之書，相同者十之六七，殆拾經樓、華鄂堂收藏，初未分彼此也。《小識》中各篇，最早者民國十一年（一九二二）壬戌，最晚者遲至民國三十四年（一九四五），同年勒定成編，分卷撰序以待梓。在此二十三年間，葉啓發曾四次攜書避難，除民國十六年（一九二七）、十九年（一九三〇）兩次外，又有民國二十八年（一九三九）、三十三年（一九四四）兩次，均避居鄉間。長沙大火之後，葉啓發曾重建華鄂堂，但次年即再次遇火被燬。避亂期間，葉氏閑居無事，乃考訂所攜各書，故《小識》中收録者，以此數年所作爲夥。

二葉藏書凡數萬卷，歷經劫難，燬失者居其大半，如元刻《纂圖互註荀子》二十卷，即因長沙大火而「僅存其半」。兩家書録，《拾經樓紬書録》斷於一九三七年，收書一百又九種，其中宋刻十種、元刻五種、稿本五種；《華鄂堂讀書小識》斷於一九四五年，收書一百零六種，其中宋刻七種、元刻六種、稿本六種，其餘多爲名家抄校本及明清精刻本。兩書均係陸續撰成，隨得隨寫，雖非藏書之全部，卻可窺見其菁華之一斑。其藏書得自湘中故家爲主，如道州何氏、湘潭袁氏、巴陵方氏、永明周氏等各家舊藏，皆有歸之二葉者，其中尤以道州何氏東洲草堂之物最爲可觀。葉啓勳於舊抄本《玄牘紀》書録中稱，得書於何紹基後人何詒愷，並云「太史之書，得之順天者爲多，大氐朱文正家物也。余先後得其所藏宋元精抄本甚夥，其藏書目録亦在余家，故知之頗詳」，蓋考訂版本之餘，兼及湘中藏書家故實也。

葉氏昆季藏書，頗有葉德輝郋園所未收者，葉啓勳《拾經樓紬書録》自序云「凡先世父觀古堂中所無者，輒以重值得之」是也；亦有郋園舊藏而歸二葉者，葉啓發《華鄂堂讀書小識》自序「世父逝世，藏書爲從兄鬻於估人，數十年之所聚，散如雲烟。間有先世父舉賜之書，則余兄弟什襲珍藏，不敢或失」是也。二葉書録中，有與《郋園讀書志》重出者凡數十種，大抵爲葉氏昆季收書後呈請鑑定者，如毛氏汲古閣影宋抄本《重續千字文》一書，葉德輝明言「從子定侯於丙寅歲盡以重值得之，呈予鑑定，因書其後」；又如《拾經樓紬書録》中影宋抄本《自堂存稿》十三卷，即葉德輝所記之宋元明活字參雜本《自堂存稿》十三卷，據民國九年（一九二〇）庚申九月十七日葉德輝致孫毓修函，稱其侄於「去年春間得宋陳杰《自堂存稿》足本十三卷，其板宋、元、明三朝遞刻，中又有活字板羼入其中。《四庫》著録只四卷，係從《永樂大典》本輯出，此乃兩倍之。王雪丞、朱古微均欲快睹，舍侄堅不允借。近已令其抄出一部，將來或列入涵芬樓叢書中，亦足廣流傳也」，可見此書確係葉啓勳弱冠時所得書，葉德輝著録之而未明言書非己有，《郋園讀書志》中所收類此者不少也。至於葉氏昆季兩家書録所收，相同者多至十之六七，若再與《郋園讀書志》合觀，一書之形制、內容、版本之源流，刊刻之優劣，無不可概見焉。

葉氏昆季撰寫書録，直承世父葉德輝《郋園讀書志》之旨。葉啓發嘗自言「《讀書志》、《紬書録》、《小識》體裁悉同。家藏書籍，先世父及余兄弟二人有題志者甚多，亦可藉以覘淵源家法，且示余之不敢忘所自也」。今觀其體例，或有詳審過於葉德輝處。由於兩家著録之書，相同者居其泰半，故書録之撰寫，角度互有不同，而能相輔相成，相得益彰。書録之特點，大抵有以下數端：

一曰客觀記録。舉凡收得一書，無論稿、抄、校、刻，均逐一記録其版本、行款、紙張、印記、校跋者姓名、收藏者姓名，天頭地脚，卷端紙尾，書衣書根，朱筆墨筆，句讀符號，巨細靡遺，讀其書録，可想見原書之面貌。

一曰博考版本。私家藏書，多秘不示人，借閲匪易，比對版本，往往參考公私書目爲主。葉氏昆季生於清末民初，歷代藏書目搜羅完備，一書入手，遍檢各家著録，排比勘定，雖未目驗異本，而能見人所未見，揭櫫一書版本之源流、刻印之先後、印本之優劣，並縷析各家著録之是非得失，讀書得間，尤爲可貴。

一曰實事求是。葉氏昆季所見，有出於葉德輝之外者，亦不爲親者諱，宛轉指示，並不稍貸。如海昌吴騫、朱型手校舊抄本《雲麓漫鈔》，葉德輝誤會陳仲魚所録手跋，以此爲陳氏抄本，葉啓勳諦玩各家題記，辨其實非。袁芳瑛、莊世驥傳録校通志堂刻本《經典釋文》一書，後有莊世驥録葉石君等跋語，葉德輝因未見後抄跋語，誤定爲葉石君抄本，葉啓發亦爲糾正之。

一曰情文並茂。葉氏昆季於考訂版本之餘，兼及身世經歷，於世道之日非、藏書之散亡、先人之遺澤、世父之亡故、子女之殤逝，隨筆附記，近於黄蕘圃之漫識，而可覘見其身世離亂。人情書事，滄桑之感，躍然紙上。

此外，因葉德輝曾參與編印《四部叢刊》，《叢刊》又以選印精審名世，故葉氏昆季每以新得善本，與《叢刊》本相較，賞奇析疑，頗爲可觀。尤其葉啓勳曾隨侍葉德輝於蘇州，並往來蘇滬間，觀涵芬樓藏書，飫聞緒論，見於《拾經樓紬書録》中。如宋刻小字本《説文解字》一條，述《四部叢刊》選印大徐本《説文》，借照日本静嘉堂藏本，先印入《古逸叢書續編》，再印入《叢刊》；小徐本《繫傳》借用適園張氏所藏爲底本，乃以宋本《容齋五筆》出讓爲條件始成議，多未經人道及。又如明天順六年黑口本《居士集》，辨《叢刊》承襲《天禄琳琅》之誤，定爲元刻等，足備書林掌故。

《拾經樓紬書録》於民國二十六年（一九三七）鉛字排印，因抗戰爆發，流傳未廣，兹據鉛印本整理。《華鄂堂讀書小識》曾四易其稿，至民國三十四年（一九四五）寫定，未及刊印，兹據湖南省圖書館藏稿本整理。兩稿排印、抄寫，或有訛字，略作校正，並出校記。原文訛誤或爲衍文的文字用（　）標出，改正後的文字或補字則用［　］標出，以供參考。至文中避清諱，如以「玄」作「元」、「弘」作「宏」之類，徑予回改，不再説明。全書後附編書名四角號碼索引，以便使用。本書整理過程中，曾獲南京圖書館沈燮元丈幫助，並由吴格先生審閲全稿，在此併致謝忱。個人學識有限，謬誤之處，知所不免，尚祈讀者教正是幸。

壬辰秋，吴縣李軍謹識。

總　目

拾經樓紬書録

葉啓勳 撰
李軍 點校

長沙葉氏䌷書録序

長沙葉君定侯，余同年生奂彬吏部之猶子也。吏部君碩學通才，以藏書名海内，所撰《書林清話》、《郋園讀書記》，於版刻校讎之學考辨翔賅，當世奉爲圭臬。二十年來，南北往還，賞奇析異，與余契合無間。嘗數數爲余稱道定侯之賢，謂其劬學嗜古，克紹其家風，余固已心識之。昨歲南游衡山，道出長沙，定侯執年家子禮來謁，始得相見。洎余返棹，乃造廬觀其藏書，舊槧名鈔，連楹充棟，中多罕傳秘籍。余披玩竟日夕，手籍其要於《瞥記》中。其最著者，如宋刊則有《韻補》、《古史》、《宣和書譜》，秘鈔則有汲古閣影宋之《重續千字文》、雁里草堂之《廣川書跋》，名校則有毛斧季之《春(緒)[渚]紀聞》、何義門之《才調集》，而陳壽甫之《自堂存稿》十三卷本，足補秘閣闕遺，尤可寶貴。蓋頻年搜采，鑑别既精，卷帙遂富。吏部君藏書身後散出者，其秘本又多爲君所得，如堯卿之有簡巖，若雲之有月霄焉。頃者定侯書來，言近以曝書之餘，舉家世所藏，分别部居，寫定成帙，將付梓人，屬爲文以弁諸首。自維生平好尚，雅在圖書，萬卷丹黄，窮年莫究。方懼學術之衰微，悵知交之寥落。今定侯乃能衍其世父之緒業，且駸駸光顯而昌大之，竊幸清芬之世守，更私喜吾道之不孤矣。嘗觀古來言藏書者，咸争推吴越故家，而楚蜀之地，乃寂寂無聞。然余覽劉將孫爲張夢卿總管作《長沙萬卷樓記》，盛稱湖江之上，嶽麓之外，翬飛照郭，牙籤插架，臚列山集，清風佳客，考古訂今，則自宋元以來，衡湘之交，炳炳麟麟，已蔚成圖書之府矣。洎有清中葉，如安化陶文毅、寧鄉劉春禧、道州何子貞、湘潭袁漱六、巴陵方柳橋諸公，皆家富萬籤，名流四域。就余所寓目者，東洲草堂所藏有《漢隸字源》、許氏《説文》，皆宋刊孤本。而蝯叟手録《乾隆政要》及説經之書，至數十鉅册。卧雪廬所藏《史記》、《兩漢書》，每書宋本臚陳四五刻，書簿盈尺，大册厚踰數寸，李椒微師曾親見之，詫爲淵海之藏，然所獲者尚不及其二三。方氏久官嶺南，多得伍、潘諸家篋藏，其中雖少古本珍籍，然僻書雜記，明人遺著，多世所稀覯。光緒季年，輦入燕肆者尚數十萬卷。李亦園禮部嘗手疏所見，爲《雁影齋題跋》。其懸市所餘者，盡以輸之國學。此皆古今圖籍之菁英，三楚前輩畢生精力之所聚。若持此以與吴越故家比長挈大，寧容多讓。而百十年間相繼淪散，流轉於不知誰何之手，或求其簿録而亦渺不可得，斯亦使人望古而遥集，撫卷而興歎者矣。吏部君奮起於諸公之後，其閎識曠才，鋭欲整齊四部，網羅百家，與當代瞿、陸、丁、楊齊驅並駕。惜生逢陽九，志不獲舒而身亦被禍，然其流風餘韻，猶能霑溉後學於無窮。定侯以壯盛之年，上承家學，專心厲志，枕藉其中。又久居會垣，舊族遺書，時復勤加搜集，故不越十數年，而著於目録者已美富如此。倘復假以歲年，遭逢際會，斯其校訂之勤，儲藏之富，視袁、方諸家必有後來居上之勢。異時衡岳之北，洞庭之南，虹月宵騰，卿雲覆被，四方人士望光氣而争趨者，其必君家瑯嬛之福地也歟。歲在乙亥九月既望，江安傅增湘序。

拾經樓紬書録序

余幼承家學，性喜蓄書，十數年間，聚書十萬卷有奇。凡先世父觀古堂中所無者，輒以重值得之。丁卯春月，世父被難，典籍頗多散亡，而余嗜書成癖，固未因之稍衰也。庚午春月，湘亂又作，較丁卯爲尤烈，余舉室避地申江，行篋所攜，大都秘笈。滬濱米貴，居大不易，不得不以質之。雖自我得之，自我失之，亦復何憾。唯余而立之年，半以書相依如命，流離顛沛，伴侣皆書，嗜之篤，緣之慳，兩相及也。旅中岑寂，既發笥就所存者撮其大要而記之。亂定南旋，猶時時購補數十種，因並述板刻之源流，以志眼福。部居鰲比，析爲三卷，非敢問世，以示楹書之世守耳。其有續得，列爲《後編》云。丁丑春月，更生居士葉啓勳自序。

目録

拾經樓紬書録卷中

拾經樓紬書録卷下……

拾經樓紬書録卷上

南陽葉啓勳定侯甫纂

尚書古文疏證五卷 長洲沈氏抄本

《尚書古文疏證》五卷，凡四册，長洲沈果堂彤抄本。每半葉十行，每行十九字。每册首均有「果堂」二字朱文小方印。卷一首有「道州何氏收藏圖書印」九字白文方印。第一册首紅紙簽黏「卷一五十五葉」六字。第二册首紅紙簽黏「卷四六十四葉」六字。第三册首紅紙簽黏「無卷數七十葉」六字，復圈去「七十」兩字，旁寫「六十九」三字。第四册首紅紙簽黏「卷五八十一葉」六字。審其字蹟，殆出子貞太史紹基，書根號字亦其手筆。第一册目録下，有黄筆記云「一本無目録，乃此本以前流傳副本」一行十四字。第三册後有黄筆記云「顧陶元所藏《尚書古文疏證》一册，書根號『全』字而不分卷數，無目録。以余所藏殘本第一、第四兩卷校之，則陶元藏本多七八十葉，而第四卷則無之。其册首四五十葉，比余所有本亦少二十條餘，蓋非最後定本。然所多七八十葉，則第二、第三兩卷略具矣。因屬人抄藏，俟他日得足本補焉」九行百十一字。復於下有朱筆記云「乾隆十六年冬，從惠定宇借得第五卷抄足」二行十七字。此則審爲果堂手蹟，蓋此爲果堂從顧陶元、惠定宇二家藏本傳抄而題記之，復以朱、黄兩筆圈點全書，並加評校，極爲精核。末有道光廿九年平定張穆手跋，跋首鈐「有志研經」四字白文小方印，跋尾鈐「穆」字朱文、「月齋居士」四字白文對方印。跋稱每册前有「果堂」小印，第六十二篇書眉又有朱筆批云「余已通之于《周官禄田考》矣」，故定知爲沈果堂抄本也。又稱道光廿七年十月穆爲潛丘作生日，子貞初得此本，即據以入詩，穆亦據補入《年譜》中云。檢子貞太史《東洲草堂詩抄》十二古今體詩，其編年爲道光丁未，廿七年。中有七言長歌一首，前引云：「十月十四日，拜潛丘先生生日於荐靄書屋，呈主人張石州及苗仙露、吕鶴田、馮魯川、楊靄亭、王子懷、何願船，時余甫於廠肆得《古文尚書疏證》五卷寫本，後有潛丘自跋云，五十三歲，屬閩中謝君畫《禮堂寫定》及《傳與其人》二圖，秀眉明目，觀者咸以爲康成，不知實以余像代之云云，余即以入詩。石州見之喜極，詑曰：『作《年譜》時爲何不見示？』余曰：『前日才買得，爲今日拜生日詩料耳。』大奇大奇，是豈尋常翰墨緣耶，直是先生精靈來感發託付矣。敢不承，敢不承，吾與石州勉之護之。」蓋此爲子貞太史所藏，石州曾從之假讀，並以刻本校其分段次序，復補正刻本之訛字，題記于後。而潛丘又字瑒次，賴此抄本，得據以補入所撰《潛丘年譜》中。是時石州與子貞太史同官京中，以同年之故，往來極密也。凡此一書，始則果堂得聚友朋之藏，抄寫成帙而評點之；繼則子貞太史得之廠肆，石州得據以校正刻本之誤，並考得典實之可喜者而題記之。事逾數十寒暑，一旦歸余插架，自幸翰墨因緣之深，不減子貞太史矣。因倩徐子紹周手録東洲之詩附訂，後之得此者，豈不又多此一重公案乎？

韓詩外傳十卷　明嘉靖十八年薛來芙蓉泉書屋刻本

十餘年前，得明沈辨之野竹齋本《韓詩外傳》藏之。丁卯避亂滬上，從友人秦子曼青假得黄復翁手校元本，臨讀一過，始知元本之佳，非明以後諸刻所能及也。江安傅沅叔學使增湘去歲游衡，道過長沙，曾索家藏共賞，言及《詩外傳》一書明刻惟薛來芙蓉泉書屋本爲善，其中十之八九與元本合，蘇獻可通津草堂本不及也。時余方以臨校元本，與沈本、趙懷玉本參校，沈本即蘇本改刻牌記者，故亟思得一薛本以證其同異，則明刻名本皆備矣。三月十日，估人從湘潭舊家獲大批書籍歸，約余往觀，其中適有此書，惟首尾頗有破爛。估人以其爲明本白棉紙印者，竟索價至五十元。余心知其居奇而不忍交臂失之，卒如值取歸。以校元本，信知學使之言非虚，其善誠在明以來諸本之上。其書每半葉九行，每行十八字，每葉中縫下方均有「芙蓉泉書屋」五隸字。考歸安陸心源《皕宋樓藏書志》著録此本，云有嘉靖十八年無名氏序，又楊祐序，又薛來序。此本有楊祐序而無無名氏及薛來二序，惟此本尚有陳明一序，則又陸藏本所無矣。仁和丁丙《善本書室藏書志》著録通津草堂本，云弘治後歷下薛來、新都唐琳、吴人蘇獻可及周廷寀先後傳刊，此則沈辨之通津草堂原刊初印也。既誤以通津草堂爲沈辨之，又不知薛本刻於嘉靖十八年，亦可謂疏漏之甚矣。

詩外傳十卷　明野竹齋刻本

《詩外傳》十卷，漢韓嬰撰。明沈辨之野竹齋仿元至正本。前有至正十五年錢維善序，序後有亞形篆書牌記，文云「吴郡沈辨之野竹齋校雕」。每半葉九行，行十七字。考辨之名與文，號姑餘山人，生于嘉靖，吴郡人也。《士禮居藏書題跋記》：《梁公九諫》卷中首葉有「辨之」印，此姑餘山人沈與文也，嘉靖時人。又《剡録》卷中有「吴門士儒家」、「埜竹齋」兩長方印，「沈與文印」、「姑餘山人」兩方印。此書之刻，當在明時。孫星衍《廉石居藏書題跋記》載《詩外傳》元刊本，云前有至正十五年錢維善序，序後有「吴郡沈辨之野竹齋校雕」印。蓋孫氏以此牌記刻于至正序後，故誤以爲元刊。丁丙《善本書室藏書志》載《詩外傳》，云此沈辨之通津草堂本。按通津草堂爲蘇獻可刻書牌記，家藏《論衡》即蘇所刻，每葉板心均有「通津草堂」四字，目録末有「嘉靖乙未春後學吴郡蘇獻可校刊」一行。丁氏所藏當爲蘇本。聞之大伯父考功君云，沈本即蘇本，板爲蘇刻，後歸于沈，沈之牌記蓋後剜補者。唯與文刻書尚有「繁露堂」名者，舊藏顧璘《近言》一卷，前序後有「吴人沈與文校刻」五小字，末有「吴郡沈氏繁露堂雕」亞形印，字體紙墨與此書大同。世無元刻，要以此當虎賁中郎矣。此書舊爲湘潭王理安所藏，王死，歸伊戚夏姓。辛酉冬，估人邀余往購其書，索值過昂。厥後或竊出夏藏多種，先後爲玉泉街書攤所得，而此書不在。久之，始聞歸於賀姓。賀非書估也，逾旬日，乃持示余，驚喜之餘，急以番餅三十易之。一再轉移而卒爲余有，於此書殆有宿緣歟。友人誚余過費，不知此本以稀爲貴，明之范氏天一閣、乾嘉時張氏愛日精廬、吴氏拜經樓、黃氏士禮居、瞿氏鐵琴銅劍樓、陸氏皕宋樓儲藏之富，皆未著録。日本森立之《經籍訪古志》所載爲朝鮮國刊本，係從此本翻雕。《韓詩外傳》十卷，云有至正十五年曲江錢維善序，序後有「吴郡沈辨之野竹齋校雕」記，在亞字形内。森《志》自序云，明清諸本必審擇其絶佳者載之。此書不得沈本而以翻本著録，則亦森氏之遺恨矣。壬戌孟夏小滿記。

丁卯夏，余避亂滬上，從友人秦曼青許見黄復翁手校元本《詩外傳》。適行篋中攜有此本，因假歸以緑筆臨録一通，並影摹諸家校藏印記及題跋，附訂于首。其「蕘圃過眼」、「袁廷檮印」、「五硯主人」、「南皋草堂」四印鈐印序首，「平江袁氏珍秘」印鈐印序後，「袁又愷藏書」印卷一、卷三、卷五、卷八首葉均有之，「貝墉所藏」印鈐印一卷首葉，「楓橋五硯樓收藏印」、「蕘圃手校」二印鈐印十卷之末。中惟「南皋草堂」印不知誰氏，異日當詳考之。拾經主人記。

詩毛傳疏三十卷　縣人趙芷生侍御手批本

縣人趙芷生侍御啓霖，先世父文選君乙酉同年也。當光緒丁未，湘省設學務處，時長沙王葵園祭酒先謙任總(辨)[辦]，侍御及茶陵譚組安編修延闓任參議，同居會城，與先世父過從甚密，文酒讌會無虚日。余幼侍世父，飫聞侍御湛深經術，固碩儒也。頃者友人持侍御手批長洲陳碩父學博奂《詩毛傳疏》示余，《疏》中考證改正處頗多，校字離句甚爲精博，想見前輩好學之勤劬，讀經之審慎。方今經學沉晦，禮教綱常且潰決不可收拾，而兵戈水火又一再相乘，求如曩時二三老儒不聞禍亂，日以讀書爲樂者，殆如鈞天之夢，不可期遇矣。展讀斯篇，不禁爲之掩卷三歎已也。癸酉仲春二月花朝，年家子葉啓勳謹志。

釋名八卷 明嘉靖三年吕柟校刊本

《釋名》八卷，范史作劉珍撰，《隋志》作劉熙。其書南宋時臨安府陳道人曾刊之，尋燬不傳。余舊藏明嘉靖甲申儲邦掄重刊宋本，每半頁十行，行二十字。前有嘉靖甲申谷泉儲邦掄《刻釋名序》、劉熙《自序》，序後有題記四行云云「臨安府陳道人書籍鋪刊行」六十字。後有嘉靖三年高陵吕柟《重刻釋名後序》，序後又有識語八行云云百二十字。蓋儲邦掄得宋陳道人本，命吕柟校正付梓者。考歸安陸氏《儀顧堂集》宋刊本《釋名》跋，云嘉靖吕樫野刊本即從此出，而《釋天》「彗星」上脱「霧冒也氣蒙亂覆冒物也蒙日光不明蒙蒙然也」十九字云云。取余藏本校之，此十九字不脱。又考江安傅氏批注《郘亭知見傳本書目》云：「余從楊惺吾家得吕柟本。又見一本，亦翻陳道人本，而板心較大，有吕柟序，不知孰先孰後」云。是此書明翻陳道人本本有二刻。余謂一爲吕柟刊本，「彗星」上不脱。一爲翻吕柟本，脱落陸氏所見，殆翻吕本耳。此爲吕氏原刊，從宋陳道人本出，明仿宋之至佳者。他日當求合兩本比勘，不知尚有其他脱誤否。去臘大雪，今春晴雨不時，連日嚴寒。取《四庫全書目録板本考》重加校定及此，因記之。時庚午新正人日，葉啓勳識。

説文解字十五卷 北宋刊小字本

十餘年前，先世父考功君與海鹽張菊生侍郎元濟、江安傅沅叔學使增湘倡印《四部叢刊》，集南北收藏家之秘籍，以供採擇。時先世父正居蘇城，書首、例言皆力任之，於時四部皆備，惟大小二徐《説文》尚待搜訪。蓋大徐《解字》宋本，見於歸安陸存齋運使心源《皕宋樓藏書志》者，其子早已售之静嘉，海内時無第二本。小徐《繫傳》則宋本殘帙亦且無傳，吴中黄蕘圃主事丕烈《百宋一廛書録》所載虞山錢遵王曾述古堂影宋抄本，亦無從蹤跡。會余因事道經滬上，先世父亦由蘇來申，侍郎以地主之誼，並欲商借余家藏書，招宴於其家。席間談及二徐《説文》，苦無善本可印。時江陰繆筱山學丞荃蓀亦在座，遂告侍郎以述古抄本小徐《繫傳》今在烏程張適園鈞衡家，可以商借。先世父則告以大徐《解字》陸藏宋本，亦可轉託友人商假。侍郎色喜，即席促筱老致函烏程，先世父致函友人。未逾月，友人復函，已得藏主允許，惟書不願出門，且恐印時污損。幾經函商，遂由侍郎備印資三千金，託藏主自影，以晒片寄申，據以印入《續古逸叢書》，再據以印入《四部叢刊》。而小徐《繫傳》則烏程雖允假印，但須侍郎以宋本《容齋五筆》相讓爲交换，蓋其書本由滬估某持示烏程，因議價未諧，爲侍郎所得，事後追思不忘，故以相要也。余力慫恿之，以《五筆》雖宋槧足珍，使《叢刊》中無驚人秘笈之二徐《説文》，未免減色，而二書孤懸天壤，使其因此湮没其一無傳，更爲可惜。侍郎頗韙余言，於是二徐《説文》得化身千萬，人手一編矣。乙亥夏五，湘鄉估人持書一單求售，約余往觀，檢閲頗無當意者，忽於敝紙堆中揀出大徐《解字》六本。初以爲陽湖糧儲所刻，而印以高麗紙者，細審始知爲北宋精刊，亟以兼金得之。全書每半頁十行，每行十八字，小注雙行，行字疏密不匀，大致每行二十九、三十字不等。板心有大小字數及刊工李德瑛、詹德潤、孫元、鄭埜、許忠、吴玉、陳寧、楊春、金文榮、曹德新、沈祥、茅化、陳琇、周成等姓名。書中「桓」、「貞」二字皆不缺筆，蓋北宋真宗時刻本，間有南宋補刊之葉，板心標「重刊」二字，「慎」字亦缺末筆。舊藏海虞毛氏、白堤錢氏、海寧查氏、獨山莫氏。有「毛扆之印」四字朱文、「斧季」二字朱文小對方印，「白堤錢聽默經眼」七字朱文小長方印，「吴越王孫」四字白文方印，「慧海樓藏書印」六字白文大方印，「莫友芝圖書印」六字朱文長方印，蓋歷經名家藏庋，硃塗累累，更足爲此書增色。標目及卷五上、卷八下、卷九上、卷十二下、卷十三上、卷十五末，均剜去標題及二、三、四四行，以墨筆填補。檢第十二卷下下板首四行有大臣印記油蹟，正當上板剜去第七、八、九、十四行之處，蓋上板透過之痕。原書本作四册裝訂，每册首尾均鈐有元時官印。賈者懼禍，剜毀滅跡，無他故也。至第四卷下末葉則係後來抄配，故未剜補，而斧季印記鈐於剜補之上，則剜補必在斧季之前矣。考東京島田翰《皕宋樓藏書源流考》云，汴刻《説文解字》，平津祖本，字畫謹嚴，饒具顔柳筆意，紙則硬皺黄潤，似高麗繭紙，審諦之更不類，當是永豐棉紙矣。島田爲歸安售書於岩崎之媒介，陸藏皆經寓目，是知歸安藏本紙張與此本同，則此本當亦永豐棉紙所印矣。又考金壇段懋堂大令玉裁《汲古閣説文訂》所據之宋刻本有二：一爲青浦王蘭泉侍郎昶所藏本，一爲吴縣周漪塘明經錫瓚所藏本。兩本行字雖同而字句間異，故段《訂》引兩宋本同者，則概之曰「兩宋本同」，異者則分别之曰「王氏宋本作某」、「周氏宋本作某」。大氏此書板刻於北宋，至南宋時已有修補，至元又經續修，故印本非一，字句亦時有異同。又考嘉定錢潛研宫詹大昕《竹汀日記鈔》云「黄蕘圃出示宋小字本《説文》，與述庵家藏本無異，唯卷末多一行，有『十一月江浙等處儒學』字」云。雖其文不全，殆爲元時補板所加，則蕘圃藏本爲宋板元印矣。又考明梅鷟《南雍經籍考》：「《説文解字》十五卷，脱者五十五面，存者二百十四面，内半模糊」云，是宋板明時尚存南京國子監中。此本既無「江浙等處儒學」字一行，又無模糊之葉，其爲宋板宋印有可斷言，足以媲静嘉、傲蕘圃矣。國初吴中顧亭林炎武不獨未見宋槧大徐《説文》，且不知有始一終亥之三十卷本。先族祖林宗公奕僅有傳抄宋本，已加寶貴。余生後且數百年，得此宋槧精帙，何快如之。或者當日大小二徐《説文》之得以流遍寰宇，余與有力焉，故以此報余。異日或將再報我以宋刻《繫傳》，以成雙璧，則固余所馨香企盼者矣。憶余數年前，曾從道州何子貞太史紹基家得汲古閣仿宋本，爲刻成時以舊紙初印，未經斧季剜改者，後有大興徐星伯太守松手跋，已稱爲罕見之秘笈，什襲藏之。今又獲此北宋初刻，益幸翰墨因緣之深矣。惜先世父殉道，未能起而共賞。追維疇昔，感慨繫之。哲人云亡，讀此更有餘痛已，書竟泫然者久之。時乙亥冬重九日裝成插架。

説文解字十五卷　明毛氏汲古閣刊本　初印絶精

明毛晉汲古閣刊《説文》始一終亥之本，初印本極善，以其與北宋本、《五音韻譜》本同無改竄也。檢金壇段懋堂大令《汲古閣説文訂》，知毛刊此書後經其子扆以小徐《繫傳》羼入，剜改至五次，盡失大徐真面，故乾嘉諸儒皆稱初印本之難得。此大興徐星伯學使松舊藏，後有徐手跋云：「此汲古閣初印本，極爲難得，末行故有『後學毛晉從宋本校刊，男扆再校』十三字，書賈削去，僞作宋槧。其板心補跡，亦鑱去

『汲古閣』字也。道光七年余得此本，因記之，後之作僞者必併去此行矣。大興徐松識於好學爲福之齋。」下鈐「星伯」朱文小方印。余從道州何氏得之。考明季藏書家，以常熟毛氏汲古閣爲最著，而其刊刻古籍，傳播士林，觀於顧湘《汲古閣板本考》，琳琅秘笈，觸目可珍，誠前古所未有也。即其傳刊此書，使元明兩朝不傳之本一旦復見於人間，其有功於小學，尤非淺鮮。顧不盡據所藏宋元舊本，校勘亦多舛誤，貽後來佞宋者之口實。此書本從北宋小字本以大字開雕，考歸安陸觀察《皕宋樓藏書志》「《說文》十五卷，宋刊小字本」，阮氏手跋曰「嘉慶二年夏五月，阮元用此校汲古閣本於杭州學署。毛晉所刻即據此本。凡有舛異，皆毛扆妄改」云云。又考嘉定錢宫詹《養新録》云：「《說文》連上篆文爲句。《人部》『佺』字下云『偓佺，仙人也』。『偓』字下云『佺也』。宋槧本不叠『偓』字，汲古閣本初印猶仍其舊，而斧季輒增入『偓』字。古書之面目失矣」云云。扆字斧季，精於小學，晉子最知名者。是此書子晉有校刊之功，斧季有竄改之罪。何小山煌曾有校本以糾其謬，而譏之云「勸君慎下雌黄筆，幸勿刊成項宕鄉」。信乎校書刻書之難，此儒者所以有好自用之戒也。戊辰仲夏，葉啓勳誌。

說文解字注三十二卷六書音均表五卷　嘉慶乙亥刊本

乾嘉時海内通《說文》之學者，以江浙爲最盛，然能集諸家之大成者，南北唯段、王、桂三家。丁卯春正，余從道州何氏得山西楊氏刊本桂馥《說文義證》藏之。時先世父爲余從鄂本謄寫目録附訂於首，以便檢讀，且謂余曰：「何氏尚有大興徐星伯太守松手校並手録仁和龔定盦禮部自珍評校段玉裁大令《說文解字注》。龔爲段外孫，書中龔校有記段口授與成書異者，有申明段所未詳者，亦有正段失者。曾於光緒丁酉間命門人劉廉生茂才肇隅條而抄之，刊入《觀古堂叢書》中。惜刊成後未獲以原本復校，其中不無脱漏訛舛，汝當留心物色之。」無何，先世父被難，余遁跡海濱。亂定歸家，書坊賈客復有持書踵門求售者。久之，有持《段注説文》來，翻閲之，即道州何氏所藏龔、徐校本，先世父向曾録刻之本也，急以四十餅金易之。序後有朱筆字云「定盦龔君自珍爲若膺先生外孫，又受業焉，故深究此書意指，往往有所發明。今采其説録於上方，若肊見所及，則偁『厶案』别之。道光二年斗指戌之月，星伯徐松記」三行六十三字。目首有「大興徐氏藏圖籍印」朱文滿漢文大方印，卷首及表首均有「星伯校讀」半朱半白文方印，目尾有「道州何紹基印」白文、「子貞」朱文對方印。取先世父刊本校之，知當日草草録抄，脱漏殊甚，他日當一一補正重刊之。余並藏有白沙支族祖調笙公手校本，亦先年得之道州何氏者。其於聲音、訓詁之義互相發明，當並録刊之，以成段氏一家之學。諸家固均金壇之諍友、許氏之功臣也。考江陰繆筱山學丞荃蓀《藝風堂藏書續記》載段氏《説文注》，「仁和龔禮部自珍評讀，其子袎亦加墨擲大點，後有龔孝拱手跋曰，咸豐三年十二月鄰火，缺十二篇乙不至系、十四篇金、幵至亥兩册」云云，則龔校全本，賴此謄抄之僅存，不幾成爲孤本，安得不重可寶貴哉？己巳冬月小年後一日，玉琱後人啓勳記於華萼堂之西。

説文釋例八册　稿本

此安丘王箓友筠稿本《説文釋例》八册。原本每册爲一卷，箓友以墨筆分篇改爲二十卷。中有硃筆校語，以間注有「石州曰」證之，知經平定張穆手校矣。第五册「讀若直指」，「奭讀若郝」條後，硃筆增「翌讀若皇，《春官》作皇舞」。鄭注「故書皇作翌」一條，上有另紙簽黏墨筆批云「翌讀若皇，《春官》作皇舞，鄭注『故書皇作翌』。天官掌次，設皇邸。鄭司農云『皇羽，覆上邸後版也』。《釋文》『皇邸』一本作『皇羽邸』。竊疑經文本作『翌邸』，既改作『皇』，乃增『羽』也」六十一字。下空二字，又批云「石州何不寫下半段，無乃棄其瑜乎」十四字。第六册「删篆」，「鮫」下云「鮫，鯖也」條，「盧龍即黑水」句，硃筆改「龍」爲「奴」，上亦有另紙簽黏墨筆批云：「盧龍即黑水者，盧即黑，龍即水也，此出一書。水黑曰盧，不流曰奴者，此又出一書。石州改『龍』爲『奴』，則『奴』非水之别名矣，誤也。」第七册「存疑」，「此字説解不言聲者」條，硃筆點去「羕之羊永，顰之頻卑」八字，眉上有墨筆批云：「『羕』字略有推敲，『顰』在頻部，從卑聲，石州忘之耶。」蓋石州校改後，篆友又有所增定矣。第一册尾有硃筆記云「第一册共三萬五千三百八十四(宇)[字]」一行。第五册尾有硃筆記云「辛丑八月初九日，潞河舟中校畢」一行。又有「卷三、卷四兩册，七月廿八日自京師俶裝，由陸赴天津，每夕抵旅舍輒發篋校之，行三日得三十葉，至八月初五日於府署培竹軒校畢，即接校此册。初八日回京，於帶河門外登舟，舟底側削，牽踔而行，如倚笠然」四行。又有「晚泊河西驛，更爲篆友審訂《説文句讀》凡例」一行。案篆友此書成于道光十七年，刻于廿四年。辛丑爲道光廿一年，前于刻書時三年，蓋篆友寫定此本，就正于石州，石州爲之審定後，始據以梓行，此爲篆友最後定本，即以之寫樣付刊者也。遞經道州何蝯叟紹基收藏。首册書衣題字云「丁卯嘉平初六日第二次看起，至戊辰新正十六日畢，共四十日。初次在濟南閱，不記年月矣。許君書復得箓友重爲整比，雖有過於密處，自是洨長功臣，即茂堂亦宜有此諍友耳。蝯叟何紹基記於長沙之無園」八十一字。每册首尾均有蝯叟題志閱時起止年月，蓋又經蝯叟兩次評讀矣。良工之璞，復經名賢一再評校。余得之蝯叟之孫詒愷，重裝而考其原委如此。辛未五月十七日，葉啓勳並書。是日爲余生辰，宴雷丈民蘇、許丈季純、徐子紹周，同觀於拾經樓西簃。

説文繫傳考異二册　舊抄本

《説文繫傳考異》舊抄本，二十八篇。歸安丁小疋學博錦鴻、秀水陳梅軒明經熷手校。錦鴻屢困場屋，日者占運謂須木火相扶，因改名杰，果登第。曲阜桂未谷馥曾有詩紀事，見《晚學集》。梅軒與錦鴻交好，同有書癖，互相借抄借校。官楚中十餘年，得心疾返里，事載海昌吳葵里騫《拜經樓藏書題跋記》。辛酉冬月，得此於道州何蝯叟太史紹基家，挑燈漫記。書中尚有題「葆案」者，此不知何人，暇日當詳考之。葉啓勳呵凍。

廣韻五卷　元麻沙小字本

去臘，估人持黑口本《廣韻》示余，索三百金，云出道州何氏東洲草堂。頗嫌其值過昂，留數日還之，旋聞貶價售之矣。頃書友杜鎮湘收邑中舊家書，而此書在焉，余遂以百金購藏之。然不審其爲何時何人所刊，第以字體紙墨驗之，知爲元刊黑口本耳。其書每半葉十二行，每行大小相間，二十字至二十七八字不等。首行大題「廣韻上平聲卷第一」，前有陳州司馬孫愐《唐韻序》。每卷後有「新添類隔今更音和切」數字，惟卷五無之。以顧炎武、張弨等校刊本比勘，乃知顧、張所據與此本同，蓋即其祖本也。《四庫全書總目》著録内府藏本，《提要》云：「世尚有麻沙小字一本，與明内府版同，題曰『乙未歲明德堂刊』。内『匡』字紐下十(三)[二]字皆闕一筆，避太祖諱，其他宋諱則不避。邵長蘅《古今韻略》指爲宋槧，雖未必然，而熊忠《韻會舉要》已引此本，則當爲元刻矣。」歸安陸氏《皕宋樓藏書志》「《廣韻》五卷，不著撰人名氏」，「案即《欽定四庫書目》所謂原本《廣韻》者也，明内府本從此本出，顧炎武刻本又從明内府本出。此元刊元印本，每葉二十四行，每行小字二十八字」云。核之此本，行款既同，而十陽如「匡」、「邼」、「蚷」、「筐」、「框」、「劻」、「𩬳」、「洭」、「軭」、「眶」、「恇」、「茥」、「駏」十三字皆闕一筆，知此爲明德堂所刊，即《四庫》所謂元麻沙小字本。惟「乙未」題款一行爲書估割去，故孫序後尚有裁補痕跡可覆案也。聊城楊氏《楹書偶録》「元本《廣韻》五卷五册」，「此本每半葉十二行，行大小相間，二十字至二十七八字不等，即明内府及亭林刻所祖之元槧也。此本與《四庫全書總目》所云麻沙小字本，末題『乙未歲按：元元貞元年、至正十五年皆歲在乙未，此本以板式避諱定之，似宋末元初所刊，或是元貞之乙未，而紀文達公張本跋中作至正乙未，想偶誤記耳。明德堂刊』，内『匡』字紐下十二字皆闕一筆，避太祖諱，其他宋諱則不避，邵長蘅《古今韻略》指爲宋槧者正同。惟乙未題款此本爲書賈裁去。蓋此本雖元刊，其源實出北宋舊槧」云。據楊河帥所云，此本或刊於元成宗之元貞元年，或刊於元順帝之至正十五年。考熊忠《韻會舉要》刊於元泰定帝之至順二年，其成書於何時雖不可考，然忠自序題「歲丁酉」，案前於至順之丁酉，爲元成宗之大德元年，據《四庫提要》謂熊忠《韻會舉要》已引此本，是此本必刊於忠前。然則河帥謂此本「乙未歲」爲元貞元年是也，而邵長蘅之指此爲宋槧，毋亦職是故歟。丙子秋九重陽前一日，更生居士跋尾。

韻補五卷　宋刊宋印本

江陰繆筱山學丞荃蓀《藝風堂藏書記》「校影宋本《韻補》五卷」，云「光緒丙子見影抄宋本於廠肆。每半葉十行，小字每行二十四字，大字占三格，葉旁注大幾字、小幾字。首葉有『謝子芳刊』四字。價高未得，取《連筠簃》本校一過，頗有佳處」云。常熟瞿良士大令啓甲《鐵琴銅劍樓宋金元本書影》「影印宋本《韻補》」，卷第一首葉行款，葉旁注刊工姓名，均與繆氏所見影抄宋本合，知其源出一本。此本首有乾道四年四月壬子武夷徐蕆序，次《韻補書目》，行款字體，葉旁注刊工謝子芳名，與繆見影抄本、瞿藏宋本一一相合，其爲天水舊槧斷可知也。李文藻南澗《琉璃廠書肆記》云「周書昌嘗見吴才老《韻補》，爲他人買去，快快不快」云。余後百餘年而得此宋槧白薄繭紙印本，其快爲何如耶。舊爲道州何子貞太史紹基所藏，即靈石楊氏假之刊入《連筠簃叢書》者。檢《連筠簃》本首有張穆《重刻吴才老韻補緣起》云：「《韻補》雖有刻本，而荒蕪潦草，未愜雅觀。老友河間苗先路篤志顧學，慕才老之書，歎未獲見。歲丁未秋，始從道州何子貞太史假得之，鍵户謝客，手自繕録，寢食俱廢。穆聞而嘻曰：『先路之好，亦余之夙好也，曷即刻入楊氏《叢書》，以廣其傳乎？』子貞因爲搜借各家刻本、寫本及大興劉侍御所藏汲古閣景宋本。大抵譌謬踵仍，各家本、毛本皆不足據，誤亦略同，幸才老所引之書今日十九俱在，精意讎對，尚非難事」云。每卷後有「河間苗夔覆校」一行，書目後有「大清道光二十七年太歲丁未冬十一月，博訪各家藏本精校開雕，平定張穆記」一行。蓋經何子貞、苗先路、張穆以各家藏本互校刊行，非此本之舊，宜繆氏云「取《連筠簃》本校一過，頗有佳處」，而不知即從此本出也。徐序及卷二、卷四首有「濮陽李廷相雙檜堂書畫私印」十二字朱文長方印。考《天禄琳琅前編》「《新刊詁訓唐昌黎先生文集》明李廷相藏本」，「廷相字夢弼，濮州人。巡撫順天、提督紫荆關李瓚之子。弘治壬戌進士第三，歷官禮部尚書，謚文敏」。又序首有「黄琳印」三字白文方印，「九苞山人」四字朱文方印，卷一、卷二、卷四首有「黄琳美之」四字朱文方印，「休伯」二字朱文方印，卷五尾有「黄氏淮東書院圖籍」八字白文長方印。《開有益齋讀書志》「金陵收藏家徐霖髯仙、黄琳藴真、羅鳳印岡、謝少南與槐並著于時，後多散佚」云。《式古堂書畫考》「米元暉《五洲圖》，有『江表黄琳』、『黄美之』、『黄氏淮東書院圖籍』朱記」云。知其富於收藏，爲金陵之表表者。又卷一首有「毛晉私印」四字朱文方印，「子晉」二字朱文方印，卷二首有「毛晉之印」四字朱文方印，卷三尾有「子晉」二字朱文方印，卷四首有「毛氏子晉」四字朱文方印，卷五尾有「子晉」二字朱文聯珠小長方印、「聽松風處」四字朱文方印，知爲虞山毛氏汲古閣曾藏。而《秘本書目》不著於録者，則是售書潘稼堂太史時毛斧季手抄，非其藏書目也。又序及卷一、卷二、卷三、卷四尾有「江左僧彌」四字朱文方印，卷三、卷五首有「江左僧彌」四字朱文方印，蓋又爲邵瓜疇僧彌收藏者。又序首有「慧海樓藏書印」六字白文大方印，卷五尾有「樝樝客印」四字白文方印，此爲查映山編修瑩印記。又序及卷五尾有「袁廷檮借觀印」六字朱文長方印，蓋經吴中袁壽階寓目者。又序首有「大興徐氏藏圖籍印」朱文滿漢文大方印，此徐星伯松所鈐。又書目首有「何印紹基」四字白文、「子貞」二字朱文小對方印。余從何氏後人以番餅百圓得之，手自裝池，以爲吾家鎮庫之寶。丁卯上元前一日，拾經樓主人跋尾。

韻補五卷 元刊本

丁卯春正，先君棄養，讀禮廬居。估人持宋本《韻補》來，云出道州何子貞太史紹基家，知即平定張月齋穆據以校刻入靈石楊氏《連筠簃叢書》之祖本也。惟楊本當時經河間苗仙露夔參合元明以來各本，多所校改，非復宋本之舊矣。頃估人又持此本來，亦道州何氏物，前有乾道四年徐蕆序，次引用書目凡五十種，後吴棫自識。每半葉八行，每行大字無整行，難記字數，小注雙行，每行二十字，白口單邊。卷首有「雲龍萬寶書樓」六字朱文方印，「何印紹基」四字朱文方印，卷二、卷三、卷五首均有「道州何氏收藏圖書印」九字白文方印，書根題字亦子貞太史手筆。蓋亦月齋據以參校之又一本也，遂並購藏之。書前後無刻書人序跋，不知刊於何時何人，遍考歷來藏書家志目所載，有明許宗魯刊古體字本，有陳鳳梧刊上下二卷本，有何天衢序刊本，均與此本不符。惟上元鄧正闇邦述《羣碧樓書目》載元刊本行款與此本同，乃知此爲元時所刻也。常熟瞿氏《鐵琴銅劍樓書目》著録「《韻補》五卷抄本」，云「此本行款與宋刊本不同，宋刊支韻『淮』字上脱至十餘行，此本特完備，譌字亦少。是書以明許氏宗魯重刊本爲最善，以校此本，大致相同，然許本改用古字，篆籀兼登，雅俗並列，此本未經竄易，或尚出嘉禾舊刻歟」。核之此本，五支「淮」字上較宋本多「鯊」、「魦」、「疏」、「灑」、「試」、「是」、「哀」、「埃」、「憂」、「畏」、「柯」、「毀」、「諱」、「緯」十四字，與常熟所藏抄本正同。或抄本即從此出，尚是許宗魯據刻之祖本也。惜家無許本，無由一校其同異，以證余言耳。戊辰季春桃花盛開，坐華萼堂東軒漫記。

重續千字文二卷　汲古閣影宋精抄本

明毛氏汲古閣影宋精抄宋葛剛正《重續千字文》二卷。首題「重續千字文」，次題「水雲清隱丹楊葛剛正撰并篆注」，皆篆書，每行之後俱以真書釋之。又次正文，亦篆書，每行四字，每二行之後復釋以真書并注。葉數通連計算。上下白口，無字數、刻工姓名。首有德祐戊申冬至日水雲清隱丹楊葛剛正德卿序。案毛斧季扆手書《汲古閣珍藏秘本書目》，載「宋板《重續千文》二本一套」，注云「世間絶無，並不知有是書，而篆書精妙，真奇書也」。此本序首下方有「毛氏圖史子孫永寶之」九字朱文方印，書首上方有「開卷一樂」四字朱文方印，左上方有「宋本」二字橢圓朱文小方印，塙爲毛氏舊藏。考《天禄琳琅書目》影宋抄經部《周易輯聞》引云「琴川毛晉藏書富有，所貯宋本最多，其有世所罕見而藏諸他氏、不能購得者，則選善手以佳紙墨影抄之，與刊本無異，名曰影宋抄。於是一時好事家皆争仿效以資鑑賞，而宋槧之無存者，賴以傳之不朽」云。虞山孫慶增從添《藏書紀要》第三則《抄録》云：「新抄，馮己蒼、馮定遠、毛子晉、馬人伯、陸敕先、錢遵王、毛斧季各家俱從好底本抄録。惟汲古閣印宋精抄，古今絶作，字畫紙張，烏絲圖章，追摹宋刻，爲近世無有，能繼其作者，所抄甚少。」又云：「余見葉石君抄本校對精嚴，可稱盡美。錢遵王抄録書籍裝飾雖華，固不及汲古多而精、石君之校而備也。」是則毛氏影宋抄本久已爲藏書家推重矣。《天禄琳琅書目》至別列「影宋抄本」爲一類，次於宋本，前於元本。良以毛氏印宋精妙，紙潤墨香，不啻下真跡一等，豈特以書之希見爲足珍重哉？又檢《藏書紀要》第五則《裝訂》云：「錢遵王述古堂裝訂書面，用自造五色箋紙，或用洋箋書面，雖裝訂華美，卻未盡善。不若毛斧季汲古閣裝訂書面用宋箋、藏經紙、宣德紙，染雅色，自製古色紙更佳。」又云：「惟毛氏汲古閣用伏天糊裱，厚襯料，壓平伏。裱面用灑金墨箋，或石青、石緑、棕色、紫箋，俱妙。內用科舉連裱裏，糊用小粉、川椒、白礬、百部草細末，庶可免蛀」云。此本書面用石緑灑金箋紙，二本襯訂，全書無一字破損，無一葉蟲蛀，猶是汲古閣原裝原訂。三百年前奇物，至今觸手如新，其毛氏裝訂之精，更令人愛玩不已。書首下方有「席鑑之印」四字半朱半白文方印，「席氏玉照」四字朱文方印。考黄廷鑑《愛日精廬藏書志序》，「汲古毛氏、述古錢氏兩家凌替，吾邑藏書之風寖微，然亦未嘗絶也。以余所聞，玉照席氏、慶曾孫氏、虞巖魚氏，皆斤斤雪抄露校，衍其一脈」云。又案《海虞詩苑》席鎬詩有《湘北寶箴玉照讀書敏遜齋猶記十五年前余亦嘗偕對揚敬修居之因題示二首》，其第二首云「三人聯袂祗，萬卷浩縱横」，蓋爲虞山嫻古讀書之士，三人謂孫從添、魚元傅及席鑑也。又有「雲龍萬寶之軒」六字朱文長方印，書尾下方有「道州何紹基印」六字白文方印，「子貞」二字朱文方印，蓋又經道州何子貞太史舊藏。去歲臘八，余從估人手見之，堅索白金二百，遷延月餘，乃以五十餅金得之。當毛斧季售書潘稼堂太史時，其《秘本書目》記云「精抄之書，每本有費四兩之外者，今不敢多開」。所謂「裁衣不值緞子價」也，在當年抄時豈料有今日哉？事逾數百寒暑，今日之價已數倍之，又豈毛氏所能料及哉？丁卯新正元旦，定侯葉啓勳誌於華萼堂。

附

此毛斧季所云世間絶無之書也，宋本見《汲古閣珍藏秘本書目》。當時售之潘稼堂太史不成，而售之泰興季滄葦振宜。今檢季《目》，則此書未見著録，不知罹於五厄耶，抑亦留存人間耶。然遍檢南北藏書家目，惟聊城楊氏海源閣著録宋本。楊氏已仿刊行世，然其改篆書爲真書，改「重續」爲「三續」，已非葛氏之舊矣。此本爲毛氏印宋精抄，首葛序末篆文頗有脱佚字，當是宋本已然，此已成人間孤本，不足病也。去臘余從書肆估人手見之，堅索白金二百，余心知其爲居奇，而惜其書之爲秘帙，不忍交臂失之。歸以語仲弟定侯，定侯因舉《汲古閣書目》謂余曰：「在毛氏抄時，每本有費四兩之外者。其《書目》記云，抄本書看字之工拙、筆資之貴賤、本之厚薄、書之秘否，然後定價。就宋元板而言，亦看板之工拙、紙之精粗、印之前後、書之秘否，不可一例，所以有極貴極賤之不同。」又舉孫氏《藏書紀要》所載毛氏影宋之精、裝訂之美示余。始知毛氏佳抄，墨守宋槧之舊，早已爲士林推重。今此書毛氏已極稱之，其爲秘帙，斷可知也。至於紙墨、抄手無一不精，篆書尤爲秀挺，裝訂猶出毛氏，年久毫無損蝕，更當爲此書增色矣。吴縣黄蕘圃主事丕烈《藏書題識》明抄本《草莽（詩）〔私〕乘》一卷，記云：「余性嗜書，非特嗜宋元明舊刻也，且嗜宋元明人舊抄焉。如此書載諸《汲古閣珍藏秘本書目》，估值二錢。平日留心蒐訪，絶少舊本。」又云「是書之值幾六十倍於汲古所估，旁觀無有不詫余爲癡絶者」云云。是知書貴秘帙，固不必較其值之多寡。所謂性命可輕，至寳可重，矧其爲毛氏、席氏、何氏遞藏，朱印累累，手跡如新。與其坐失于一時，不能復購于異日，曷不以重金得之，乃以白金五十易之。毛藏宋本估值十二兩，此則從宋刻影摹，去值較毛氏幾數倍，旁觀者其亦笑余爲癡絶耶。然黄蕘翁得錢氏述古堂影宋抄本《韓非子》二十卷於顧廣圻思適齋，去白金三十。今後且百餘年，而得此毛抄，較錢抄爲精美，安可惜錢物，任其落於他人之手。是則可爲知者道，難與俗人言也。丁卯春正人日，康侯葉啓藩跋尾。

史記一百三十卷　明嘉靖四年柯維熊校刻本

明刊《史記》，世以莆田柯氏、震澤王氏本爲最精善。曩曾得王本藏之，今又得此柯本。兩本均半葉十行，每行大字十八，小字注雙行，行廿三字。小題在上，大題在下。柯本大題旁注偏左，不若王本並作大字，尤爲近古。王本從宋建安本出，柯本從陝本而以白鹿洞本參補校正。王本《周本紀》第三十七葉脱《索隱》一條，繒。《正義》一條，驪山。柯本《秦本紀》第三十一葉脱《索隱》一條，尉斯離。《正義》五條，鄢郢、南郡、襄陵、武安君、黔中郡。當以兩本互補，則皆成善本矣。柯本每卷首題下間有「莆田柯維熊校正」一行，目後有「明嘉靖四年乙酉金臺汪諒氏刊行」兩行，蓋板爲汪刻而就正於柯氏者。首有嘉靖四年費懋中序，後有嘉靖六年莆田柯維熊跋。考大梁錢輔宜《甘泉鄉人稿・校史記雜識》云「戊申三月五日，書估持柯本來，《索隱序》後有『紹興三年四月十二日右修職郎充提舉茶鹽司幹辦公事石公憲發刊，至四年十月二十日畢工』三十八字，凡三行，始知柯本從紹興本翻刻也」云云。此本《索隱序》、《後序》均全，而無此三行。據前費序云「白鹿本無《正義》，陝西雖有之，而《封禪》、《河渠》、《平準》三書特缺焉。柯君悉爲增入，刻既成，因書此以識歲月」云。檢嘉定錢竹汀《養新録》記宋元槧《史記》云「明嘉靖四年莆田柯維熊校本，金臺汪諒刻，始合《索隱》、《正義》爲一書。前有費懋中序，稱陝西翻宋本有誤，無。《正義》，白鹿本無誤，有。《正義》，是柯本出於白鹿本」云。又檢仁和邵位西《四庫簡明目録標注》，江陰繆筱山附注云「石公憲本滬上出一書，爲某姓以二千元得之，曾過目。止有《集解》，而有《索隱序》。官銜係兩行，非柯本所出，柯本出於白鹿本也」云云。是柯本並非出於紹興本可知，特不解何以錢氏所見柯本有紹興官銜三行耳。此本藏書家唯歸安陸氏、仁和朱氏、錢唐丁氏有之。丁藏無前後序跋，唯云據錢氏所見有紹興官銜，陸、朱兩家之藏則《索隱序》均全，而無石公憲發刊行字，是可斷定錢氏見本《索隱序》或從王本移置，錢氏殆未細審也。惜余藏王本序跋均佚，無可取證耳。此本較王本少訛字，曩歲南潯劉氏嘉業堂仿刊宋本，意欲得此本參校，遍尋未獲，卒付缺如，則此本之希可見。《集解序》首、目首、《五帝本紀》首，均有「笥河府君遺藏書記」長方朱文印，此大興朱少河錫庚印記，爲其大父竹君學士遺藏者。又有「星伯藏書印記」長方朱文印，「大興徐氏藏圖籍印」朱文滿漢文大方印，「世許學堂」朱文方印，此徐星伯太守松也。遞藏道州何氏，余以重值獲之。時戊辰冬小寒前一日志於望瀛居之西，葉啓勳。

己巳莫春，復從道州何氏得震澤王〇本，前後序跋均全，而《索隱序》後並無紹興官銜畢工三十八字三行，錢氏所見殆別一刊本。板本之學，非目見原書，未可爲定案也。定侯又記。

史記一百三十卷　明嘉靖乙酉王延喆刻本

《史記》百三十卷，明嘉靖乙酉震澤王延喆仿宋刊本。每半葉十行，行大字十八字，小字雙行，行字二十三，板心下方均有刻工姓名。歸安陸心源皕宋樓、仁和丁丙善本書室兩《藏書志》著録。陸氏云「目後有『震澤王氏刻梓』木記，《集解序》後有『震澤王氏刻于恩褒四世之堂』木記」。丁氏云「前有《索隱序》、《補史記序》、《正義序》、《集解序》、《索隱後序》，目後有『震澤王氏刻梓』篆文木記，《集解序》後有『震澤王氏刻于恩褒四世之堂』隸文木記，《索隱序》後有王延喆跋」。此本前失《索隱序》、《補史記序》、《集解序》、王延喆跋。目後剜去「震澤王氏刻梓」六字篆文牌記，蓋書賈作僞，欲充宋本耳。目後牌記余從別本補寫於上，其序跋別本亦被撤去，無從補全。錢輔宜《甘泉鄉人稿·跋震澤王氏刻史記》云：「世傳《史記》明刻本以震澤王氏爲最善，余求之有年，所見都無刻書序跋。」如此可見王氏雕刻之精固不下真跡一等，而書賈狡儈作僞亦層見叠出矣。辛酉秋，余因事赴滬，適大伯父文選君因張菊生年伯元濟有《四部叢刊》之舉，乞大伯編定，由蘇來申，遂得盡窺涵芬樓諸秘笈。中有殘宋刻《史記》半部，行款、字體與王本悉同，知爲王本所自出，益信王氏摹仿精良，碔砆固可亂玉，毋怪書估恒以之作僞也。王文簡公《池北偶談》載「明尚寶少卿王延喆，文恪少子也。性豪侈，一日有持宋槧《史記》求售者，須三百金，延喆給之曰：『姑留此，一月後可來取直。』乃鳩集善工就宋板本摹刻，甫一月而畢工，其人如期至索直，故給之曰：『以原書還汝。』其人不辨真贋持去。既而復來曰：『此亦宋板而紙差，不如吾書，豈誤耶？』延喆大笑，告以故，因取新雕本數十部示之曰：『君意在獲三百金耳，今如數予君，且爲君書幻千萬億化身矣。』其人大喜過望。今所傳有震澤王氏摹刻印，即此本也」云云。考丁氏藏本云，《索隱序》後有跋云：「延喆不敏，嘗聞於先文恪公曰：《國語》、《左傳》，經之翼也；遷《史》、班《書》，史之良也。今吳中刻《左傳》，郢中刻《國語》，閩中刻《漢書》，而《史記》尚未板行。延喆因取舊藏宋刊《史記》重加校讎，翻刻于家塾，與三書並行於世。工始嘉靖乙酉蜡月，迄丁亥之三月。林屋山人王延喆識于七十二峰深處。」據此則延喆家固有宋刻《史記》，即據以翻雕，始工明世宗嘉靖四年蜡月，迄工世宗六年之三月，明有歲月可稽。以如許之巨編而又刊刻精美，殆非一月可以畢工，蓋因延喆早歲豪侈，外傳其佚事，文簡遂筆之於書耶。憶余庚申歲，有持影宋抄本唐馬總《通曆》求鬻者，聞出自縣人袁漱六太守芳瑛家中，其先固蘭陵孫星衍淵如觀察舊藏本也，索直極昂，且不肯示人。余頗惡其居奇，乃假歸，集從父兄弟竭一晝夜之力，抄寫其副，急以活字排印二百部，而以原書還之。厥後活字印本坊肆風行，其人知而賤售從兄某，今得之矣，距求售時纔月餘耳。延喆以椒房貴戚，財力雄厚，一月而成《史記》，或非難事。然延喆自跋，實不盡然，則傳聞之訛，已非一日。文簡亦如此云云，是文簡未見原書，或得見原書亦無序跋之本。康熙距嘉靖未及百年，其書已自稀見，則在今日宜其與宋元舊槧相伯仲矣。壬戌嘉平，定侯葉啓勳跋于拾經樓。

三國志六十五卷　宋衢州刊本

丙辰仲夏，余從坊肆見馮夢禎本《三國志》。首有「滋蘭堂」朱文方印，全書以宋元本校過。時不知滋蘭堂爲何人，第以其朱校滿紙，欲收藏納架，顧被從兄某所挾持，以爲監本書不足貴也，遂棄之。歸取黄復翁《士禮居題識》讀之，始知爲吴門朱文游奂手校，元和惠徵君棟莫逆友也。急往詢之，已爲儀徵秦子曼青所得矣，懊喪者久之。庚午冬臘，余舉室避亂之申。時友人善化唐子乾五亦居滬上，因出所藏長洲何義門焯手批西爽堂本求售，頗欲留之，以長沙擾攘未定，旅囊不充，遂介李某得之。蓋兩遇此書，一則失之無識，一則限於財力，而心中固未嘗不耿耿也。今年四月七日，有賈人持書一單來，余挑得數種。中有明嘉靖刊本《青陽集》五册一函，前三册則嘉靖三十三年洪大濱合肥刊本，後二册則嘉靖十七年鄭錫麒刊本，蓋合肥刊本祇六卷，無《附録》二册，後人取鄭刊《附録》附後，併爲一帙。而余辛酉秋從永明周季譻鑾詒家曾得鄭本藏之，初不知尚有《附録》二册也。事逾十四寒暑，恰爲延津之合，已自幸書緣不淺矣。越日，又持來此書，取值頗廉，以中有「萬曆十年補刊」字，不知爲宋衢州本也。亟如值償之，拾經樓中有宋本《三國志》矣。全書每半葉十行，行大十八九字，小二十二三字不等。每卷大題在下，魏、蜀、吴三志前均有目録，題「三國志目録上」、「目録中」、「目録下」。首有大德丙午日南至前進士桐鄉朱天錫跋，《魏志》十四卷、十九卷、二十卷、二十一卷、二十三卷、二十七卷、二十八卷、三十卷，《蜀志》五卷，《吴志》十九卷末，均有「右修職郎衢州録事參軍蔡宙校正兼監鏤板一行，左迪功郎衢州州學校授陸俊民校正」兩行。書中「桓」字、「構」字缺筆，蓋刻於紹興季年。其板至明猶存南京國子監，遞有修補，故皕宋樓陸氏則以爲宋刊，愛日精廬張氏則以爲元刊，天一閣范氏則以爲明刊。考李心傳《建炎以來朝野雜記》云「監本書籍，紹興末年所刊。國家艱難以來固未暇及，九年九月，張彦實待制爲尚書郎，始請下諸道州學，取舊監本書籍鏤板頒行。從之。然所取者多有殘缺，故胄監刊六經無《禮記》，正史無《漢書》。廿一年五月，輔臣復以爲言。上謂秦益公曰：『監中其他闕書亦令次第鏤板，雖重有費，不惜也。』由是經籍復全」云。是宋自紹興以來，六經正史皆曾下諸道州學鏤刻，以板存國子監矣。又考明梅鷟《南雍經籍考》「梓刻本末」云：「《金陵新志》所載集慶路儒學史書梓數，正與今同，則本監所藏諸梓，多自舊國子學而來也明矣。」是可證明時監本多係宋元舊板，宜乎藏書家羣相推重。而梅《考》流傳頗希，故歷來藏書家於其板刻原委莫能明也。《欽定天禄琳琅書目續編》「萬曆丙申馮夢禎刊本《三國志》」云：「南京國子監舊有《廿一史》板，《國志》漫漶，故重刻之。」則此書舊板至萬曆廿四年已多漫漶，此本印刷清朗，雖補板至萬曆十年，宋元舊板尚居十之三四，而其可以訂正後來諸本之處亦且不少，蓋亦乙部中不可多得之秘笈矣。乙亥冬月十日，坐雨媚古堂東軒記。

陳書三十六卷　宋九行大字本

此宋紹興十四年蜀刻「眉山七史」之一，《陳書》三十六卷。每半葉九行，每行十八字，白口，單邊，板心有字數及刻工姓名。首目録後有曾鞏等序紀傳，各爲起訖。「弘」、「匡」、「胤」、「徵」、「敬」、「恒」、「貞」、「慎」等字，皆爲字不成，間有不諱者，則後來修板也。檢歸安陸存齋心源《儀顧堂續跋》載此書宋刊宋印本，云「卷一、卷三、卷九、卷十六、卷二十八後皆有校語，序所稱其疑者，亦不敢損益，特各疏於篇末是也」。又檢江陰繆筱山荃蓀《藝風堂藏書續記》著録此書，云「陸存齋所藏自以爲宋刻宋印，卷一、卷三、卷九、卷十六、卷二十八皆有校語。此本卷三、卷九、卷十六無，而卷二十九、卷三十陸本亦無，則亦互有得失也」。核之此本，陸、繆所稱各卷之有校語者，此本惟存卷十六「《劉師知傳》孔中庶諸通疑」一條。案此書雖板刻於宋，歷元明遞有修補。據明梅鷟《南雍經籍考》，知正德十年雖經刊補，然未完善。及嘉靖七年奉敕校正補刊，至十年乃完。蓋諸家所藏，或爲元修，或爲明修，而明修又有正德、嘉靖兩次。此本已修補至嘉靖十年，故較陸、繆所藏卷後校語爲少矣。然如《廢帝紀》「光大二年，章昭達進號征南大將軍」下，毛氏汲古閣本、武英殿本脱「中撫大將軍新除征南大將軍」十二字，猶賴此本得以補全。其他可以補正一二字者尚夥，是固不害其爲善本也。

周書五十卷 宋九行大字本

此亦「眉山七史」本《周書》五十卷。行款均同《陳書》。目録後有宋梁燾等序，卷數亦以紀傳爲起訖，補板亦至明嘉靖十年，蓋與《陳書》同時印行者也。據仁和丁氏《善本書室藏書志》、歸安陸氏《儀顧堂續跋》所載，知此書列傳第二十二、二十三兩卷後均有校語。此本已無之，蓋較丁、陸所藏印刷在後矣。烏程嚴鐵橋可均云「宋眉山本《周書・賀蘭祥傳》，較今本多六十餘字」，其可貴如此。核之此本，賀傳「宣陽縣公」句下，有「高祖於并州，戰殁，贈上大將軍，追封清都郡公。師，尚世宗女，位至上儀同大將軍、幽州刺史、博陵郡公。寬，開府儀同大將軍、武始郡公。祥弟隆，大將軍、襄樂縣公」六十一字，皆毛氏汲古閣本、武英殿本所無。其他正訛補脱者，尚不勝縷列。古人云書貴初刻，益信然矣。至卷三十二後有「右此卷内申徽、陸通、柳敏、唐瑾傳，全與《北史》同」兩行，卷三十三後有「右此卷内楊荐、王慶傳，全與《北史》同」一行，可見其非眉山覆刻時取《北史》補闕之證。大氐周史本有柳虯、牛弘二家，德棻本而成書。周主之名如「邕」、「毓」等字，唐祖李虎之「虎」，皆以諱代，不書其名者，皆用柳史改之未淨也。則其與《北史》同者，安知非延壽同采柳、牛二史乎？

舊唐書二百卷　明嘉靖十七年聞氏刊本

歐陽文忠《唐書》出，劉煦《唐書》遂鮮傳本。至明嘉靖十七年，餘姚聞人詮由寶應知縣擢山西道御史，督學南畿，始校刊之。前有詮序，稱吴令朱子得列傳於光禄張氏，長洲賀子得紀、志于守溪公，乃紹興初年朱倬忤秦檜，出爲越州教授時所刊本。因督蘇庠司訓沈桐校刊之，東吴耄生楊循吉、翰林待詔文徵明並爲之序。沈桐更詳記惠借藏書、捐俸助膳、分審校訂、出資經費諸人姓名于後。每半葉十四行，每行二十六字。卷後間有「右文林郎充兩浙東路提舉茶鹽司幹辦公事蘇之勤校勘」，或「霍文昭校勘」，結銜同；或「左從政郎紹興府録事參軍徐俊卿校勘」，或「張嘉賓校勘」，結銜同；或「左奉議郎充紹興府府學教授朱倬校正」各條。明仿宋之極有矩矱者，宜乎藏書家稱之也。此書首葉護紙有無名氏跋，云「《舊唐書》二百卷，計四十册。嘉慶丁卯，鈞雲弟以小錢值一、錢笵一、漢銅辟邪一、白玉界尺一，易之於程大彝齋敦，今相隨已二十五年矣。鈞雲、彝齋俱歸道山，對之淒然，殊難堪也」云云。卷八末有墨筆題云：「此書刻殊不精，意欲校刊，工費甚大，不知此生能了此願否。若五年以内，此志不果，便不能矣。道光辛卯十一月初八日，六十一翁周心如識。」書前後有「周心如紛欣閣藏書印」、「浦江周氏」諸朱記。考鈞雲爲周爲漢，字心渠，浦江人。官湖北縣丞，周心如之弟。此書首葉題字，亦周心如筆也。心如曾編刊《紛欣閣叢書》行世，亦書林之好事者。書首又有「靈漢之印」，此爲道州何文安印記。後經子貞編修手批圈讀，各卷間記閱時歲月。列傳卷二十六末有「同治乙丑八月十一日閱至此，蝯叟記」一行。志卷三十末有「丙寅正月十一日，蝯叟」一行。尾卷末有「乙丑十月廿四日，蝯叟」一行，下鈐「子貞」二字朱文方印。考歸安陸剛甫觀察心源《三續疑年録》：「何子貞，七十五。生嘉慶四年己未，卒同治十二年癸酉。」乙丑、丙寅爲同治四、五年，是時公六十七八歲矣。前輩讀書，耄而好學，其精力信有過人者。何氏原裝二十册，每册面葉均有編修手書紀、志、表、傳卷第，書根亦爲編修手筆。余並編修手批《杜牧之集》得之，不僅以其棉紙初印、槧刻精美之足貴也。丁卯夏初曝書日，玉磵後人啓勳志于海上。

舊唐書二百卷　明聞人詮本　先族祖石君公以至樂樓抄本手校

劉昫《唐書》世無宋本，故藏書家均以明嘉靖十七年聞人詮本著録。顧其自序稱係自宋越州本出，故各卷後尚有宋時題銜。實則校勘未精，訛舛彌甚，特世人未見宋槧，不得不以此刻定一尊也。此爲吾家中巷派二十五世祖石君公手校聞人詮本，後有手跋云「從坊間見至樂樓抄本，爲錢遵王取去，因得假歸對勘」云云。抄本源出宋兩浙茶鹽司，故各卷末均有朱筆校補字一行，云「右文林郎充兩浙東路提舉茶鹽司幹辦公事霍文昭校勘」或「蘇之勤校勘」二十三字。至樂樓則明常熟御史陳原習察藏書處也。考吴定璋《七十二峰足徵集》云：「何義門侍講最喜石君所閲書，謂考訂精審，評騭古今，源流瞭然，别見手眼。一時好事者，因義門之言，争購其書，於是樸學齋所藏不脛而走。」孫從添《藏書紀要》云：「葉石君所藏書籍，皆手筆校正，博古好學，稱爲第一。葉氏之書，至今爲寶，好古同嗜者賞識焉。」是公所校之書早已爲名流推重。今讀是書，不獨有考訂之功，且有論議之識，原原委委，實能用苦功成其學問，非塵藏弆之富足以誇人也。此書出郡故藏書家，索值頗昂。從兄某知其爲先人手澤，而又惜財物，不欲致之。及歸余插架，又欲乾没以去。余於從兄弟輩爲最小，遂不敢争，亦不願争也，卒爲所奪。未幾，從兄某豪於摴蒲之戲，盡散其藏書，余仍從估人手得之。嘗考歸安陸運使心源《皕宋樓藏書志》《沈下賢集》葉石君跋「崇禎戊寅得沈亞之集，爲林宗乾没，近來林宗物故，書籍星散，宋元刻本盡廢於狂童敗婦之手。予生平不欺其心，自信書籍必不若林宗死後之慘」云。案林宗公以後娶妻，故致二子失愛以憂死，士論少之。而從兄某以腰纏萬貫，吝不資先世父以行，致死丁卯之難，爲清流所不齒，卒之及身而書籍星散，且負債累累。然則欺心之人，天理報施，固未嘗或爽，其然豈其然乎。因跋是史，牽連書之，以垂訓云。

前漢紀三十卷後漢紀三十卷　明嘉靖戊申刊本

明嘉靖戊申黄姬水刊兩《漢紀》，據黄序云「從雲間朱氏得宋本付梓」者。每半葉十一行，行二十字。仁和丁氏《善本書室藏書志》、江陰繆氏《藝風堂藏書記》皆著録。考元馬端臨《文獻通考·經籍考》載此書，「巽岩李氏曰：某家有寫本一，印本一。寫本不記其時，而印本乃天聖間益州市所摹刻者。大抵皆差誤，而印本尤甚，衍文助語，亂布錯置，往往不可句讀。或又增以子注音切，並非所當有」云，則此書北宋時已無善本矣。然宋本今不可得，故藏書家均重此本。此爲明行人司舊藏，原裝二十册。每册首均有「行人司圖書記」朱文長方印。惟首本爲人撤去，故無之。遞藏元和顧氏思適齋、吴門黄氏士禮居，有嘉慶己未冬十一月顧千里文學廣圻、黄復翁主事丕烈手跋。蓋文學舊藏，爲其交好程某所得，程書散出，又爲主事所有。文學因跋其首，敘述源委甚詳。主事又跋之云「因其爲明行人司藏書，爲可珍貴」。又有咸豐壬子十月廿七日録陳眉公《太平清話》一段，後記云「余生于己未十二月，得此有夙緣也。履卿手跋」。考仁和丁氏著録咸豐初韓崇臨何義門學士焯批本《唐(毆)[歐]陽先生文集》，云「韓崇字履卿，自號南陽學子。元和人。家有寶鼎山房，儲藏秘本甚多，爲桂舲尚書葑之哲弟」云。又著録明行人司藏書《唐宋八大家文鈔》，云有「行人司圖書記」、「萬曆戊申春行人司查明」兩朱記。考《明史》，「行人司隸鴻臚寺，凡出使官屬，必採書籍歸司，每歲查檢，蓋戳卷端」云云。惜此書首葉撤去，無從取證，然其被撤之由，則蓋當時官書流出民間，特去之以免禍耳。道州何蝯叟太史紹基《東洲草堂文鈔》咸豐己未《跋重刻李北海書法華寺碑》云「去春在吴門，韓履卿丈崇以此宋拓本見貽」云云。是履卿家固富於儲藏，故至今猶有流傳，使吾輩得以摩挲景仰之，則此書又不僅以明行人司舊藏而見重矣。辛未冬十月，葉定侯得於長沙肆中，手裝並記。

古史六十卷　宋刊小字本

宋刻蘇欒城《古史》六十卷，今時流傳可考者有兩本：一宋刻大字本，每半葉十一行，行廿二字；一宋刻小字本，每半葉十四行，行廿二至廿六字不等。兩本卷首均不題名氏，小題在上，大題在下。此小字本。卷七後别行有「左迪功郎衢州司户參軍沈大廉同校勘」一行，卷十六後小題下有「右修職郎衢州録事參軍蔡宙校勘兼監鏤板」一行，蓋衢州州學刊本也。考《欽定天禄琳琅書目續編》載宋小字本《古史》，云「書六十篇，本紀七、世家十六、列傳三十七。前轍自序，後紹聖二年自志。本紀第七末刻『左迪功郎衢州司户參軍沈大廉同校勘』。大廉字元簡，瑞安人。建炎間進士，官御史」云。歸安陸氏《儀顧堂續跋》載《古史》六十卷，小題在上，大題在下，轍自序及後序皆缺。卷十六《晉世家》後有「右修職郎衢州録事參軍蔡宙校勘兼監鏤板」一行，卷一至七板心有「甲」字，卷八至十二有「乙」字，卷十七至二十三有「丙丁」字，二十四至三十七有「戊己」字，三十八至四十八有「庚辛」字，四十九至六十有「壬癸」字，以紀册數。又有刊工姓名，其無刊工姓名者，皆元時修板。宋諱有缺、有不缺，蓋宋季衢州刊本也。此本與

《天禄琳琅》、陸氏著録之本相合。全書有黑、白口之分。黑口則無刊工姓名，據陸氏以爲元時修板。然證以此本，卷七有「沈大廉校勘」一行者爲黑口，卷十六有「蔡宙校勘」一行者爲白口，則黑口、白口均爲宋時原刻，當時本未劃一。宋刻之妙，全在參差不齊，固不必如後世刻書規畫整齊，轉失古趣也。「桓」、「完」字減筆，當是刊于紹興季年。考李心傳《建炎以來朝野雜記》云：「監本書籍，紹興末年所刊。國家艱難以來固未暇及，九年九月，張彦實待制爲尚書郎，始請下諸道州學，取舊監本書籍鏤板頒行。從之。」是紹興南渡，軍事倥傯，而高宗乃殷殷垂意於此，宜乎南宋文學之盛已。元馬端臨《文獻通考・經籍考》載此書後有雁湖李氏跋，此本佚，道州何子貞編修紹基手録附後。余從其後人手得之。戊辰八月中秋日，葉啓勳志。

漢雋十卷 元延祐庚申袁桷序刊本

《漢雋》十卷，宋林越撰。宋有嘉定中趙氏刊本，明有嘉靖時吴氏、萬曆朝吕氏兩刻本。此元延祐庚申袁桷序刊黑口本也。罟里瞿氏《鐵琴銅劍樓書目》載「宋嘉定辛未趙時侃刻本《漢雋》十卷」，「宋林鉞撰并序，又魏汝功後序。每卷首行標『漢雋卷第幾』，次行低二格列目，次畢低四格列篇名，下接本文，猶存古本之式。每半葉九行，大書分注，每行大字十五，小字三十，板心有字數、刊工名。自序『林鉞』不作『越』，可證延祐庚申袁桷刻本之誤」云云。此本行款、字數悉與宋本同，惟無魏汝功後序及板心字數、刊工名，「林鉞」作「林越」爲異耳。向藏道州何子貞編修紹基家，後有舊人硃筆跋語三行，余從其後人某手見之。雖虫傷斷爛，喜其爲元刊元印，特購藏之。以無別本可據填補，存之篋笥者有年。頃從書友杜振湘別見一本，亦爲元刊，而印在明時者，亟假歸，竭二晝夜之力，手自填補，始知明印本頗多補板。全書邊欄有單、雙線之分，書中注文並多脱誤，自非兩本比勘，不能知也。抄補將竣，書友催索甚急，惜未能一一校正補板之謬而記之。書舊一日好一日，毋怪乎藏書家之佞宋癖元矣。丙寅冬月，拾經樓主人葉啓勳識。

太平寰宇記二百卷　舊抄本

舊抄本《太平寰宇記》二百卷《目録》二卷。每半葉十一行，行廿三字，蓋秀水朱氏曝書亭合濟南王氏池北書庫、崑山徐氏傳是樓兩家藏本録抄，而曹子清通政寅又從朱藏傳抄者也。遞藏富察堇齋學士昌齡、大興朱竹君學使筠、道州何蝯叟太史紹基家，余以重值從何氏後人得之。原闕河南道第四卷、江南西道第十一卷至十七卷，即全書通卷第一百十三卷至一百十九卷。共八卷。《欽定四庫全書總目》著録爲浙江汪啓淑家藏本，《提要》云「原本二百卷，諸家藏本並多殘闕，惟浙江汪氏進本所闕自一百十三卷至一百十九卷，僅佚七卷」云。檢王亶望《浙江採集遺書總録》「《太平寰宇記》二百卷《目録》二卷，開萬樓寫本」，云「按此書上元焦氏、崑山徐氏所藏俱闕河南道第四卷，江南西道第十一至十七卷，今本同」云。又考吴顥《杭郡詩輯》：「汪啓淑，官工部都水司郎中。乾隆三十七年，詔訪遺書，進呈書籍六百餘種，恩賞《古今圖書集成》一部，士林榮焉。」又考歸安陸心源《儀顧堂續跋·周易爻變義藴跋》，云有「新安汪氏」

朱文方印，「啓淑私印」朱文方印，蓋開萬樓舊藏也。據此則《四庫》著録之本，即當時浙撫于錢唐汪氏採訪進呈者。《浙録》所載缺卷與此本同，而《提要》云「僅佚七卷」，不足信也。上元焦氏藏本爲宋時舊槧，竹垞太史曾見之，殘闕亦與此同，則此書殘佚已久。遵義黎蒓齋星使庶昌從日人森立之家假得宋刊殘卷，刻入《古逸叢書》中，足以補此書之缺。而江南道第四一卷及一百十九一卷，又一百十四卷尾數葉仍無從補全，是則不免遺憾矣。然中土久佚之書，賴黎公好事摹印刊行，其加惠藝林良非淺鮮，豈獨有功于樂史也哉。庚午夏四月望日，葉啓勳記。

附

此《太平寰宇記》二百卷，宋樂史撰。卷首有「楝亭曹氏藏書」六字朱文長方印，蓋康熙間曹子清通政寅家藏舊抄本也。又有「長白敷槎氏堇齋昌齡圖書印」十二字朱文方印，則又經堇齋學士昌齡收藏者。堇齋爲楝亭之甥，楝亭藏書盡歸所有，各書所見二家收藏印記大半連屬相鈐。又有「大興朱氏竹君藏書之印」十字朱文長方印，則笥河學士筠藏書印記也。後爲道州何子貞太史紹基所得，書面副紙及書根均經太史手書題字。余從其後人得之。原缺第四卷及第一百十三卷至第一百十九卷，共八卷。考乾嘉以來各藏書家志目所載，此書均爲抄本，缺佚之卷亦同，唯虞山錢曾遵王《讀書敏求記》有二百卷足本，然不知流傳何所，缺佚與否，無可取證也。檢《欽定四庫全書總目》著録《太平寰宇記》一百九十三卷，浙江汪啓淑家藏本，《提要》云「所闕自百十三至百十九卷，僅佚七卷。又每卷末附《校正》一頁，不知何人所作」云云。較之此本，多佚第四卷一卷，至末附《校正》則此本亦有之。檢王文簡士禛《居易録》十二云：「《太平寰宇記》□百□□卷，宋樂史撰。世無刊本，予家有寫本，闕七十餘卷。竹垞嘗借抄之，又借徐氏藏本補足六十餘卷。尚闕第四卷及百十三卷至百十九卷，僅闕(十)［八］卷。聞金陵焦氏有宋刻本，今歸昊廬澤弘侍郎」云。又檢朱竹垞太史彝尊《曝書亭集》是書跋云：「《太平寰宇記》二百卷《目録》二卷，宋朝奉郎太常博士樂史撰。康熙癸亥抄自濟南王祭酒池北書庫，闕七十餘卷。後二年，復借崑山徐學士傳是樓本繕寫補之，尚闕河南道第四卷、江南西道第十一卷至十七卷。聞黄岡王少詹購得上元焦氏所藏足本，及詢之，則卷數殘闕同焉。」按此本今歸常熟瞿子雍鏞，詳載所撰《鐵琴銅劍樓藏書目録》。偶讀李文藻侍郎南澗《琉璃廠書肆記》，云「楝亭掌織造、鹽政十餘年，竭力以事鉛槧。又交于朱竹垞，曝書亭之書，楝亭皆抄有副本。以余所見，如《石刻鋪敘》、《宋朝通鑑長編紀事本末》、《太平寰宇記》、《春秋經傳闕疑》、《三朝北盟會編》、《後漢書年表》、《崇禎長編》諸書皆抄本」云云。據此，則此本爲楝亭抄自竹垞朱氏，竹垞則合王、徐二家藏本湊配迻録，其原委固甚明晰也。樂氏此書，合宋代輿圖所隸，尋究始末，採摭繁博，于歷朝人物、古跡、題詠悉行詳載，開後來方志之例，與《元和郡縣志》、《輿地紀勝》並傳。乾隆中有樂氏刊本，又有江西萬廷蘭刻本及活字本，皆剞劂不精，互有脱誤。萬本臆改尤甚，均不及此抄本之少舛謬也。缺佚之卷，光緒中黎蒓齋星使庶昌得日本舊家所藏宋刻殘本，摹刊于《古逸叢書》中。余並擬覓單印本附後，以成全璧云。歲在庚午，葉啓發東明記于華萼堂。

類編長安志十卷　琴川張氏影元鈔本

《類編長安志》十卷，元駱天驤纂編。天驤始末未詳，據書首大德戊戌王利用序，稱「京兆教授駱飛卿，長安故家也」云云。書首亦題「京兆路儒學教授駱天驤纂編」，則飛卿其字，長安人，曾官儒學教授矣。又據元貞丙申自序題「藏齋遺老」，序云「老眼昏花，中間多所脱略訛錯，更竢博雅君子改而正之」云。按元貞丙申爲元成宗二年，上距宋亡衹十七年耳。其時已自稱老，則「藏齋」其自號，爲宋之遺民矣。是書以宋敏求《志》卷軸過多，故事散布州縣，難以檢閱，乃取而去其繁蕪，撮其樞要，增入金元沿革，門分類聚，故曰《類編》。雖以古跡爲主，凡州郡之變更、城郭之遷移，以及山川名勝、宫室第宅、丘陵冢墓，與夫古今興廢之殊、名賢游覽之作，靡不備録。又附之以紀異、辨惑，而以石刻終焉。全書分二十四類，類又各分子目，條理明晰，敘述亦詳。元時開成路儒學教授薛延年曾校正付刊，明時板存南京國子監，後燬於火，故傳本極希。《四庫全書總目》未收，儀徵阮文達元亦未進呈。此則從元本影寫者，首有安西路州縣圖，次目録，次引用書目。全書每半葉十三行，每行廿二字。書前後有「小琅嬛福地」、「琴川張氏小琅嬛福地繕抄秘册記」、「秘帙」、「蓉鏡私印」、「成此書費辛苦後之人其鑒我」等印。考吴縣黄復翁主事丕烈《士禮居藏書題識·題明秀集詩》："「琉璃廠裏兩書淫，蕘友蕘翁是素心。我羨小琅嬛福地，子孫世守到於今。道光四年甲申，蕘翁爲芙川世講書于百宋一廛。」又《題永嘉四靈詩》云「昭文同年張子和藏書也。余與子和相得，以彼此藏書故。猶憶癸丑同上春官，邸寓各近琉璃廠，一時有『兩書淫』之目」云。蓋蕘友爲子和别號，子和名燮，昭文人，乾隆癸丑進士，官浙江寧紹道，詳龐鴻文《常昭合志稿·耆舊》，與復翁鄉舉同年。芙川名蓉鏡，子和之孫也，蓋此爲琴川張氏祖孫藏書矣。案宋元舊志，南則四明、臨安、吴郡、三山、嚴州、會稽、赤城、鎮江、建康、新安、毗陵、嘉禾，存者尚多，北則宋敏求、李好文二《志》外，惟天驤此書。且古跡之源委必稽諸地志，地志之紀録必訂於鄉耆。天驤家本長安，從游前輩，周訪鄉老，於周秦漢唐遺址無不登覽，耳聞目睹，具載靡遺。所采《地理叢編》、《三輔會要》二書，今且無有知其名者，金元詩文所載尤夥，尤足以資參考也。雖其於金元沿革故事分門條繫，非地理志體裁，然凌雲之材，固不以寸折爲病矣。

朝邑縣志二卷　明正德己卯刊本

曩讀《四庫全書總目》，著録明韓邦靖《朝邑縣志》二卷，《提要》稱其「筆墨疎宕，源出《史記》，古今志乘之簡，無有過於是書者」。徧考明以來藏書家志目，惟晉江黄氏《千頃堂書目》載之，而不云修於何時，蓋未見其書也。寧波范氏天一閣、連江陳氏世善堂儲弆之備，國朝仁和邵氏、獨山莫氏聞見之富，均未著録。固知此書不僅爲名志書，抑亦罕傳之秘帙已。今夏估人譚某得道州何氏藏書，余先後得義門學士評校《才調集》，覃谿宫詹手校《益都金石叢鈔》藏之，隨從亂書堆中揀得此《志》，驚喜欲狂。譚頗曉事，而好持高價，以余癖之深也，堅索五十餅金。余不敢交臂失之，亟如值取歸。全書共三十一葉，計葉酬錢，每葉值銀兩餘矣。方之汲古毛氏收宋本書，其價殆又過之。書爲明正德己卯朝邑知縣陵川王道校刊。每半葉八行，行十六字，墨口。前有邦靖自序、康海序，末有吕柟後序、王道跋。蓋修成于正德己卯，即于是年刻竣。考明萬曆三十三年張萱修《内閣書目》，載萬曆間邑人王學謨修《續朝邑志》二册，則繼韓氏此《志》而作者。然以天府財力雄厚，有《續志》而無此《志》。萬曆至今閲數百年，吾之寶此《志》，以重價收之，固不得目爲書媄已爾。辛未五月小暑，更生居士記。

嶽麓書院圖志十卷　明嘉靖二十年刊本

明陳論撰。論，始末未詳。是書《明史·藝文志》不載，祁承㸁《澹生堂書目》、黄虞稷《千頃堂書目》有之。虞稷云「山長」，則論曾主講席於斯院矣。考《湖南通志·人物志》引《四川通志》載「論字思魯，攸人，天順中官巴州訓導。師事增城湛若水，邃於《易》學，遠方來者雲集，教誨不倦。卒於官，士爲立主於學祀之」。則論天順間又曾爲四川巴州訓導，且卒於官矣。是書前有正德甲戌陳鳳梧序，稱「弘治間鳳梧督學參政，兩至其地，因以院志屬攸生陳論集次焉。書成，付知府陸相梓置院中」云。則弘治中論尚在嶽麓，安得有天順中爲巴州訓導，且卒於官之理？《通志》誤矣。書爲鳳梧屬論所修，始於弘治，成於正德九年。時論尚爲學生，非山長，虞稷亦誤矣。案書院之始設，在宋開寶九年朱洞爲郡守時。祥符八年，周奭爲教授，真宗賜額，遂與嵩陽、睢陽、白鹿並稱「四大書院」。繼以朱熹、張栻二子講學之故，流風遠被，稱「小鄒魯」者數百年，遂相承以爲古跡。弘治中，通判陳綱、同知楊茂先重建而表章之，參議吴世忠倡議改建於舊址之左。時論以斯院肄業之生，撰爲是《志》，故其於書院興廢、山水、古跡、藝文靡不考訂精詳。在明人雜地志中，可謂具有條理者矣。附刻《禹碑釋文》及諸家辨論之作爲一卷，則嘉靖辛丑重刻時所增入也。

水經注四十卷　孔氏微波榭刊戴震改定本　綿州李墨莊手批

《水經》自明以來，傳刻舛誤，經、注混淆。至乾隆時，戴東原震以《永樂大典》所載舊本，條分縷擘，重爲校正，世頗稱善。此爲綿州李墨莊主事鼎元手批補訂戴氏本。書首有「師竹齋圖書」五字朱文方印。戴序首眉上有主事手批數十行，「河水三」後有「嘉慶十四年己巳仲秋八日澧江舟中墨莊手記」跋語九行，均係申述訂正戴書大旨。檢王昶《湖海詩傳》，「李鼎元字味堂，號墨莊，綿州人。乾隆四十三年進士，官宗人府主事。有《師竹齋集》」云。又檢《春融堂集·師竹齋集序》「李君和叔家綿州，偕弟鼂塘，皆以俊偉鴻博之才入詞館，既改爲中書舍人。家本寒素，雖通籍猶爲負米之行。由齊魯、吴越而楚，奔走數千里，又往還蜀道，足跡遍天下。耳目所涉，山水所(曆)[歷]，往往于詩發之。詩無不仿，亦無不似，而得之少陵者最多」云。此書爲主事晚年手筆，書面題字亦出其手。耄而好學，用力至勤。足履所至，一溝一瀆，無不周覽其原流，考究其形勢。閱歷所到，不徒採之空談，故分晰經、注，極爲詳核。世知主事之工於詩，而不知且精於水道也。向藏善化賀耦耕觀察長齡家，余從其後人手得之。庚午春三月朔，葉啓勳記于拾經樓西軒。

瀛涯勝覽一卷　舊抄本　大興翁覃谿閣學方綱以硃墨兩筆手校

《瀛涯勝覽》一卷，明馬歡永樂丙申隨鄭和出使海外諸番時所述所記。凡占城等十九國，而爲篇十八者，以那孤兒國在蘇門答剌國西，地理相連，乃一小邦，故附見也。其中各載其疆域道里、風俗物産，間亦略及沿革，大氐與史傳相出入，頗足以資考鏡。《欽定四庫全書總目》作「馬觀撰」者，誤也。此舊抄本。每半葉九行，每行二十字。序首有「原書此處有『謙一行牧堂藏書記』白文方印二行」墨筆字兩行。書面題本書書名，下題「永樂丙申馬歡述」。又有「□□十九年歲在甲戌菊月一行，□□石墨書樓抄本共五十葉二行，同日手裝並校三行」墨筆字三行。前護葉有「前有馬歡自序，始永樂癸巳，迄丙申，凡四載一行書成，《彙刻書目》作鄭和纂者，誤也二行」墨筆字兩行。書尾有「甲戌九月既望燈下校」硃筆字一行。書中有硃墨兩筆校字，蓋大興翁覃谿閣學方綱從遼陽納蘭容若侍衛成德家藏本傳抄，手自校藏者也。考吉林英和訂正閣學原稿《翁氏家事略記》載，閣學生於雍正十一年癸丑八月，卒於嘉慶廿三年戊寅正月。檢乾隆十九年歲在甲戌，閣學二十二歲，正供職翰林院編修時也。嘉慶十九年亦歲在甲戌，閣學年八十一(藏)[歲]，正重預瓊林宴賜二品卿銜時也。此書書面題字「十九年」上殘缺數字，無由斷定其爲乾隆、爲嘉慶。惟丁卯春月，余從道州何氏東洲草堂得閣學手稿《海東金石文字記》。首目録爲石墨書樓格紙，上鈐「大興翁氏石墨書樓珍藏圖籍」朱文篆書大方印。其書成于嘉慶二十年，爲晚歲手筆，蓋續《兩漢金石記》而作者。今以此書字跡驗之，殆可審定其爲嘉慶十九年，距易簀前四年耳。估人得之長沙張潛園文達百熙家，索值頗昂。以無閣學題名，人多不識，擱置月餘，遂爲余有。不廑以其爲閣學手校可珍，且前明惟《紀録彙編》曾經彙刻，今亦世鮮流傳，留此名賢手校精抄，亦足爲連厨生色，何况其傳抄有自，遠有端緒耶。特重加裝飾，以待來者，知所寶重焉。丙子芒種，定侯跋尾。

崇文總目一册　秀水朱氏傳抄本

《崇文總目》六十六卷。當時譔定諸儒皆有論説，凡一書大旨，必舉其綱，法至善也。此本爲秀水朱氏曝書亭傳抄明范氏天一閣藏本。後有朱氏手跋云：「向讀馬氏《經籍考》，中載《崇文總目》，皆有評論，思亟見其書。及借抄於四明天一閣，則僅有其目而已，蓋紹興間惑於夾（際）［漈］鄭氏之説而去之也。擬從《六一居士集》暨《通考》所采，别抄一本。老矣未能，姑識於此。康熙庚辰九月，竹垞老人書，時年七十有二。」此跋文不載於《曝書亭集》，而集中别有此書跋云「歸田之後，聞四明范氏天一閣有藏本，以語黄岡張學使。按部之日，傳抄寄予」云云，敘述得此書原委。考嘉定錢辛楣宫詹《疑年録》：「朱錫鬯，八十一。明崇禎二年己巳生，康熙四十八年己丑卒。」又考杭州錢東生學士《文獻徵存録》：「公以康熙二十二年召直南書房一年，挂彈事，貶一秩。二十九年，補原官。三十一年，復坐事免。既旋里，不復出矣。」是檢討歸田時六十四歲，先從范氏傳抄此本而爲之跋。至七十二歲，復欲補輯敘釋以綴之，以年老未能，姑爲之跋。雖未能别抄一本，然固經檢討以朱筆圈記之矣。首葉有硃筆批云「○者馬《考》，△者他書」。書名下間有以朱筆直抹一行至五行者，證以嘉慶四年錢侗考證本，所謂「○者馬《考》，△者他書」者，諸書所引之敘釋也，則此爲檢討擬補輯敘釋之藍本無疑。首又有朱筆批云「《永樂大典》：王堯臣、歐陽修《崇文總目》六十六卷下引《直齋》一條，《通考》一條，夾(際)〔漈〕一條。」一行。書中復以《永樂大典》所引校注于上，可見檢討嗜書成癖，至老不衰。《曝書亭集》刻始于康熙己丑，曹通政荔軒捐資倡助，工未竣，而檢討與曹相繼下世，其孫稼翁乞諸親故續成之。當時未遑細檢，遂遺此跋歟。據王蘭泉司寇《蒲褐山房詩話》，「稼翁晚年貧不能支，曝書亭藏書八萬卷漸致散佚」云。此書爲大興翁覃谿宮詹所得，書面有宮詹正隸體字，尾有宮詹引高似孫《緯略》云云。考證兩行，小楷率更，隸法《韓敕》，書中亦有一二校字。二公皆考據名家，可寶也。余從道州何氏並宮詹手校《絳帖平》、《寶刻叢編》，以重值得之。時己巳夏五日南至，更生居士葉啓勳志。

金石録三十卷 大興徐氏抄本

世傳宋刊殘本《金石録》十卷，僅存卷十一至卷二十者，遞藏嘉興馮研祥文昌、常熟錢遵王曾、儀徵江玉屏立、阮文達元、仁和趙晉齋魏、韓泰華小亭家，後展轉歸于吳縣潘文勤祖蔭，見於《滂喜齋藏書記》。諸家題詞、圖記，充然滿幅，洵驚人秘笈也。此爲大興徐星伯松舊藏緑格抄本，每半葉十行，每行廿三字。每葉前板左角有「治樸學齋著録」六字，後板右角有「星伯紬書」四字。書衣題字云「此余嘉慶乙丑歲照謝刻所抄，道光癸巳借得蘇齋抄盧刻本校一過。原書内用紅筆者何義門語也，用墨筆者朱竹垞語也，今概用紅筆，盧刻按語則以墨筆録之。星伯記」四行六十六字。又題云「謝刻序跋此書不載。又盧按所引謝本每與此異，則不全爲謝刻矣」兩行廿六字。尾有跋云「道光癸巳三月，余從海寧許珊林所假得覃谿先生手校《金石録》，對臨一過。讀雅雨先生所證易安居士事，苦其不備，適友人俞禮初以所作《事輯》見示，因抄附於趙《録》之後。星伯徐松識」四行七十一字。又跋云「庚子除夕，又借得盧椠重校一過。松記」一行十五字。蓋星伯從陽丘謝良衍世箕刻本傳抄，復從海寧許珊林槤假得大興翁覃谿方綱手校本對臨，而覃谿則以秀水朱竹垞彝尊、長洲惠定宇棟校本及范氏天一閣、陸丹叔二家所藏舊抄本，謝世箕、德州盧雅雨見曾二刻本，合六本參校。其長洲何義門焯校語，則惠、陸兩本中筆也。至義門所據校者，其題記所稱有宋槧本，有先族祖文莊公藏本，有虞山陸敕先貽典所藏錢罄室手抄本。後復以《隸釋》參校，其《隸釋》則吴文定公家藏，亦爲善本，常熟錢楚殷沅所贈者也。附以《易安居士事輯》，則黟縣俞禮初正燮所作，星伯録以附後也。考《滂喜齋藏書記》「宋本《金石録》十卷」，載元和顧千里廣圻跋云「予在里門，凡見善本二。其一是葉文莊手抄，前後兩翻者；其一是錢叔寶通部手抄者，皆細勘一過，是正近刻處甚多」云。案罄室之名，爲長洲文待詔徵明題贈錢叔寶者。則文莊公及錢罄室兩抄本、義門所據校者，皆顧千里所謂善本矣。凡此一書，經三數人手眼，合各家所藏善本而參校之，固當爲此書第二宋本矣。舊藏道州何子貞太史紹基家。序首有「何印紹基」四字朱文、「子貞」二字白文對方印，尾有「道州何氏詒愷」六字白文方印。詒愷爲子貞太史之孫，余即從伊手得之。丁卯臘月臘八日裝成插架漫記，時先世父被難將及週矣，書竟淒然。

隸釋廿七卷隸續廿一卷　乾隆戊戌汪日秀校刊本　曲阜桂未谷、道州何蝯叟手批

此曲阜桂未谷明經馥、道州何蝯叟學使紹基手批，乾隆四十三年樓松書屋汪氏校刊《隸釋》、《隸續》六册。桂先用墨筆，繼用硃筆。目録後有硃筆跋云「此吴江陸直之本也。余與直之同住潭西精舍，余將北上，已束裝矣，復以事小留，因取此本翻披一過，隨手標記，不及周審也。曲阜桂复記，乙卯七月十五日夜三鼓」六十三字。卷一首行下有硃筆標記云「曲阜桂复看」一行。書中有以原碑校誤者，有以他書校正者，有引申《説文》校改者。何用墨筆，以其字跡與桂不同，固甚易于辨别也。卷一首有「辛亥十二月初六日，武昌省寓燈下閲起，子貞記」二行。卷三後有「咸豐元年辛亥十二月十三日，武昌省巡道嶺趙静山太守寓廬閲，時得雪後甫晴，十五日即壬子立春節矣。子貞記」四十五字。卷六、卷九、卷十二、卷十六後均有楷書題記，卷廿及《隸續》卷四、卷十、卷十五後均有隸書題記。卷末有篆書「壬子孟春月廿日閲畢，道州何紹基子貞志于武昌旅寓」三行。每册首均有「道州何氏藏書」朱文長方印、「雲龍萬寶書樓」朱文方印、「何紹基印」朱文大方印。全書圈點殆遍，書中有以桂説爲然者，加墨圈于上；有不以爲然者，反覆辨論之；有不置可否者，間又有以己意加評于上者；亦有校誤者、補闕者，硃泥爛然，洵可貴也。書根亦爲學使手筆。考桂氏《晚學集》卷七《潭西精舍記》云「歷城西門外唐胡國公秦叔寶故宅，一夕雷雨，潰而爲淵，即五龍潭也。吾友陳君明軒嘉其水木之勝，與小香、二香諸君募錢，於潭西架屋爲游息地，屬予記之」云云。又考未谷詩集有《潭西雜詠》八首，敘述園亭水木之勝。又有《别潭西精舍》一

首，蓋明經嘗游息其間也。據天門蔣祥墀撰《桂君未谷傳》，以嘉慶十年卒，年七十，是明經生于乾隆元年。乙卯爲乾隆六十年，是時明經年六十歲矣，此其時手批者。又檢學使嗣君伯源孝廉慶涵撰學使《行述》，學使生于嘉慶四年己未，卒于同治十二年癸酉，年七十五歲。咸豐元年辛亥，爲學使五十三歲。此書學使自咸豐元年十二月閱起，至次年春月閱畢。二公均以六書、金石、考據名家，老而劬學，用力至勤，毋怪至今片紙隻字人争寶愛。此爲二公手批，精神光采萃於一書，彌足珍重矣。余向得何氏書數千卷，大都名人批校舊抄，或經蝯叟書根書面，或一再批點圈讀，可想見其舟車所至，手不停披光景，每一瀏覽，輒深起敬起慕之思。今夏湘亂，余避地海濱，此書爲善化雷怡甫上舍悦從何氏後人某手得之，知余藏有大興翁正三閣學方綱及學使手批宋岳珂《寶真齋法書贊》，寓書以得此書相告，意在使物聚所好也。余雖時逢多難，迭遭禍亂，而惜書之癖未嘗稍衰，乃節衣縮食，亟以百五十餅金易之。郵航遞至，爰筆書此，以志欣幸。時庚午冬月小寒節也。

石刻鋪敘二卷絳帖平六卷　舊抄本　何義門評校

《石刻鋪敘》二卷、《絳帖平》六卷，舊抄本，長洲何屺瞻學士焯批校。《石刻鋪敘》尾有「康熙辛卯得顧可承家舊抄本，稍正數字。顧名德育，廉吏榮甫之子也。焯記」廿九字。評語多引他書以相證明，又據顧本校改數字。據全祖望志公墓，稱公「訪購宋元舊槧及故家抄本，細讎正之，一卷或積數十過，丹黄稠叠。以康熙六十一年病卒」。又據沈彤撰《行狀》，「先生蓄書數萬卷，參稽互證，於其真僞是非，皆有題識，如別黑白。生于順治十八年辛丑，卒于康熙六十一年壬寅」。辛卯爲康熙五十年，時公五十一歲。公以四十二年由拔貢生特賜舉人，試禮部，下第。復賜進士，改庶吉士，及散館，得旨再教習三年。明年，丁外艱歸。是批校此書，當在歸里以後。書法秀逸，有晉唐帖意，可寶也。遞藏大興朱氏、道州何氏。首有朱氏手跋云：「內有竹垞先生兩跋尾，今檢集中，兩跋正相接連，在第四十三卷。是本殆從曝書亭抄出也。中有硃筆校勘，迺何義門之筆。《石刻鋪敘》卷尾有云『康熙辛卯得顧可承家舊抄本，稍正數字。顧名德育，廉吏榮甫之子也。焯記』。道光三年癸未夏五廿九日，少河山人記此」。下鈐「少河」朱文小長方印。少河名錫庚，幼承家學，讀書好古，乾隆戊申舉人，笥河學士筠之子，石君宮詹珪之侄也。書中夾有購朱氏書目一紙，所列凡十種，爲道州何蝯叟太史紹基手筆，蓋當日蝯叟購自朱氏時所記價值數目也。目中「《石刻鋪敘》、《絳帖平》合抄四十千」者，即係此書。又「《絳帖平》十千」者，則長洲惠定宇徵君棟手定本。「《猗寮記》三十五千」者，則西(冷)[泠]魏柳州布衣琇、錢唐鮑渌飲處士廷博手校舊抄本，首亦有少河先生手跋，余並此書以重值從何氏後人得之。目中更有「《廣川書跋》、《法帖刊誤》合抄二十千」者，則明文衡山玉磬山房抄本，歷經泰興季振宜滄葦、三韓安麓村岐、大興朱竹君筠、子少河錫庚珍藏，並經少河先生校誤，有跋。辛酉夏，余從友人齋頭見之，曾假讀一過。今友人墓已宿草，其書不知所歸矣。書此，喟然者久之。庚午七月曝書日記，更生居士葉啓勳。

辛未七月，又從何氏得《東坡志林》十二卷，明棉紙抄本，虞山也是翁故物。首有少河先生手跋，即蝯叟書單中「《東坡志林》十千」者是也。

書首購朱氏書目一紙，細審爲何文安靈漢手筆。

寶刻叢編二十卷　舊抄本

己巳夏五，余從道州何氏東洲草堂得大興翁覃谿、歸安丁小疋、海昌錢緑窗手校舊抄本宋陳思《寶刻叢編》二十卷藏之。未幾，估人復持此本求售，凡四册，亦舊抄本。每半葉十行，每行二十字。前亦有鶴山翁、孔山居士、陳伯玉及無名氏四序，後亦有俞子中、保居敬二題記，惟少秀水朱彝尊一跋。蓋翁、丁藏本抄自曝書亭，此則別有所據本也。書首有墨筆手跋云：「是書所列古碑之目，以《元豐九域志》京府州縣爲綱。其石刻地理之可考者，按各路編纂，無可考者附於末，兼采諸家辯證之語著於下。」又跋云：「案《書苑菁華》亦係陳思所撰，並有魏了翁序。」又跋云：「又案《簡明目録》云，原本展轉傳寫，已顛倒訛脱。其亡佚之六卷，殘缺之兩卷，則無從校補矣。今檢是本，殘缺則有之，初無亡佚，豈當時所收之本，不及是本之全耶？辛巳九月十六日記。」下鈐「錫庚閲目」白文方印。序首及目録首均有「大興朱氏竹君藏書之印」朱文大長方印，「朱印錫庚」白文方印。卷一首、卷二十尾及題記末，均有「大興朱氏竹君藏書之印」朱文大長方印，卷五首有「朱印錫庚」白文方印。蓋大興朱竹君學士筠父子家藏本，經少河題記者也。詢以出自某家，亦以道州何氏對。審閲書根題字，則子貞太史紹基手跡。知估人之言非誣，亟購藏之。大氏東洲之藏，多爲文安嘉慶十三年分校順天試時所得，當時文安購朱氏書單亦在余家，其單中之書多爲余有，故知之頗詳，蓋此書又經道州何文安凌漢父子遞藏矣。越數十寒暑，並翁、丁藏本先後歸余插架，特重裝而題記之。時己巳嘉平月朔日，啓勳。

寶刻叢編二十卷 大興翁氏傳抄宋本

宋錢唐陳思纂次《寶刻叢編》二十卷，前有紹定二(元)[年]鶴山翁序，紹定五年孔山居士序，紹定辛卯直齋陳伯玉父序，又無名氏序，後段殘闕。後有「至正庚寅冬得于武林河下之書鋪，歸寘于竹江舊隱之凝清齋，俞子中父誌」二行，又有「至順改元夏五月五日，收此書本，保居敬記」一行，又秀水朱彝尊跋。舊抄本，每半葉十行，行二十字。「桓」字闕筆，蓋從宋本抄出者。此書向無宋元明刊傳世，藏書家著録均舊抄本。道光末，海豐吴式芬始刊行之，然藏書家不重視也。此大興翁覃谿宫詹方綱、歸安丁小疋學博杰、海昌錢緑窗布衣馥手校。原分六册，每册書面均有宫詹題字。書中宫詹以朱墨二筆校。學博以墨筆校，冠「丁杰曰」以別之。布衣亦以朱筆校，以其與宫詹字跡不同，易于辨別，間有加「馥案」二字以別之者。間又有小紙墨筆細書校文黏於書上。卷七《唐潁國公史繼先墓志》有小紙校文，宫詹以朱筆批云「此書抄成時，陸兄代爲校者」，雖陸兄不知何許人，然可證此爲大興翁氏傳抄本矣。又卷十三《越州石氏帖目》有別紙，爲歙縣程易疇計君瑶田手録何義門學士焯跋語，後云：「《石氏帖》十七種，義門先生題記。今又逸《筆陣圖》，止存十六種。乾隆丙午二月，於杭州見之，因録何氏記，並圈出《帖目》中今存之十六事。是秋八月五日，在覃谿先生座，言論及此，書一通以呈之。程瑶田。」下鈐「程瑶田」白文、「白易氏」朱文對方印。後餘紙有宮詹批語四行。考王蘭泉司寇《蒲褐山房詩話》：「覃谿年甫及冠，已入詞垣，而精心績學，宏覽多聞。書法初學顔平原，繼學歐陽率更，隸法《史晨》、《韓敕》諸碑，生平雙鉤摹勒舊帖數十本，是以北方求書碑板者畢歸之。」繼考錢東生學士《文獻徵存録》「程瑶田字易田，歙縣人。乾隆三十五年領鄉薦，大挑二等，選嘉定縣教諭。乞病歸後，讀書不輟，尤善言禮」云。又「丁杰字升衢，歸安人。乾隆三十六年鄉試中式。入都，朱學士筠、盧學士文弨、戴編修震、程孝廉瑶田皆與爲友，學益進，聚書益多」云。又考《復初齋集·丁小疋傳》云：「君北學齋在京師宣南坊，與予對門而居，無日不相過從。共几展卷，宷正罅漏。每竟一編，校籤細字壓黏，倍其原書，皆目光鬚影栩栩飛動處所定也。」又考《海昌備志》：「錢馥字廣伯，號幔亭。世居路仲里，嘗取濂溪詩意自號緑窗，於是遠近以『緑窗布衣』目之。自題所居曰小學盦。年甫四十而歿」云。案翁以金石考據名家，書法率更，小楷尤得神髓。程字步武晉唐，精妙無比。丁、錢以校勘名家，均翁、程交好，其切磋宷定之精，當非專事校勘家所能及。凡此一書，經三數人手眼，其錯簡竄置之處，均經一一校正。至《越州石氏帖目》，則他書所不載，藉此可見大凡，得計君爲之搜採補證，更足以資考索。善本書而加以名賢手跡，豈不重可寶貴哉？己巳夏五望後二日，余從道州何氏得之。是日爲余生辰，友人聚集同觀，午後泚筆記之。定侯葉啓勳。

歷代帝王法帖釋文考異十卷　明刻大字本

明顧從義《歷代帝王法帖釋文考異》十卷，明露香園刻，即藏書家著録之顧氏手寫大字本，世以爲希見者也。每半葉九行，每行大十九字，小注同。字體在歐、趙之間，端肅嚴整，閲之殊令人心曠神怡。據《四庫全書總目》著録爲副都御史黄登賢家藏本，《提要》云「此乃所作《淳化閣帖》釋文，於前人音注辨其譌謬，析其同異，依帖本原次勒爲十卷，手自繕寫而刊行之。《閣帖》自米芾、黄長睿而後，踵而考訂者寥寥無幾，從義始參彙羣説，輯成一編，評書者每以爲據」云。是《提要》於此書頗相推許，固讀《閣帖》者不可少之書也。仁和丁松生丙《善本書室藏書志》著録此書爲影抄本，云：「此乃專釋《淳化閣帖》本法帖，裒集諸家所刊，辨其異同，毫髪必審，模刻精工。初印本流傳甚罕，此則影寫者也。大字每葉十八行，行十九字。前有太原王穉登序。」按丁爲嘉道間四大藏書家之一，儲庋之富極爲當時所稱，而此書乃以影抄著録，知此雖明刻，固當與宋元舊槧同其珍貴。惜佚王穉登序，無由補全耳。舊藏貴筑黄再同編修國瑾家。首護紙及卷尾有「貴筑黄氏珍藏訓真書屋」十字隸書朱文長方印。卷一首有「黄再同藏」四字朱文長方印、「見修家藏」四字白文方印、「國瑾印」三字白文方印、「詔詣東觀讀所未嘗見書」十字朱文長方印。卷六首有「惟黄氏子子孫孫世世永保之」十二字朱文長方印、「見修家藏」四字白文方印。按編修爲子壽方伯彭年之子，光緒己丑成進士。原籍湖南醴陵，故其家恒居長沙。與先世父文選君交誼頗篤，又以好尚相同，過從極密。惜余生晚，未得一瞻其丰采。然先世父數數稱之，固早知其家多秘笈也。此爲其家散出，余得之估人手中。歲月如馳，距先世父之没逾十一載矣，覩乎九京墓草皆宿，泚筆記此，不勝梁木之感云。丁丑清明前十日。

玄牘紀一卷續紀一卷謝山田舍借書鈔一卷 舊抄本

《玄牘紀》一卷《續》一卷，明盛時泰撰，即《四庫全書總目》存目著録之《蒼潤軒碑跋》也。《提要》稱其善畫水墨竹石，居近西冶城，家有小軒，文徵明題曰「蒼潤」，蓋以時泰畫傚倪瓚，而沈周題倪畫詩有「筆蹤要是存蒼軒」句也。然觀此書前時泰自序末題「嘉靖丙辰十一月三日」，云「點竄之以存，題曰《玄牘紀》，作《玄牘紀序》」，則《玄牘紀》之名，乃時泰嘉靖三十五年所自題也。後序稱「嘉靖戊午九月二十一日，雨中在蒼潤軒對酒信筆寫，不減增一字」云，戊午爲三十七年，則蒼潤軒之名在後矣。且其後序仍稱《玄牘紀》而未改題，知「蒼潤」爲其軒名，其書名固應仍題《玄牘紀》。後人未繹其前後序文，因石田之題句，遂併其書名而改之，失其本意矣。李遇孫《金石學録》：「盛時泰著《蒼潤軒碑跋》、《續跋》二卷。時泰，上元人，所紀金陵六朝諸跡爲多。」《提要》謂其「皆借觀於人，非盡出所自藏。又多但據墨本，而不復詳考原石。即如《孔廟漢史晨碑》後有武周時諸人題字，乃疑爲於別刻得之，則並未見全碑。又如唐元和六年刻晉王羲之書《周孝侯碑》，爲陸機文，陸機之文既不應羲之之書，且其中於唐諸帝諱皆缺筆，其僞可不辨而明，而是《紀》乃信爲羲之所書，則於考證全疏矣」云云。然在明代著録金石家，其本末源流燦然明白者，終未能或之先也。且全書論列一百九十餘條，而《提要》所指爲疏於考證者僅二條，則千慮一失，不能因之遂廢其全書矣。後《謝山田舍借書鈔》一卷，據時泰自記，則其從何元朗四友齋借閱書時所撰。其成書亦在嘉靖三十五年，故附於後，此則四庫館臣所未見者也。此舊抄本爲長洲吳氏、盛湖顧氏、道州何氏遞藏。前有道光十四年顧賢庚題識，下鈐「顧賢庚印」四字白文、「易堂」二字朱文對方印，「蘭畦秘笈」四字朱文方印。據其題識，則目録乃賢庚所增。賢庚始末無可考。書首有「吴翌鳳枚庵氏珍藏」八字朱文方印、「枚庵流覽所及」六字朱文方印，尾有「東洲草堂」四字朱文方印。考戴延年《摶沙録》：「枚庵名翌鳳，吴縣人。酷嗜異書，無力購致，往往從人借得，露抄雪纂，目爲之眚。」石韞玉《蘇州府志》：「吴翌鳳，字伊仲，諸生。中歲應湖南巡撫姜晟之聘，繼主瀏陽南臺書院。」吴壽暘《拜經樓藏書記》：「伊仲本休寧商山人，僑居吴郡。家貧而好書，與朱文游爲莫逆交，手抄秘册極多。予至金閶，必爲留連日夕，得佳本輒互相傳録。後應姜度香中丞之辟，挈家入楚，郵筒不接者十載，聞其書亦皆散失矣。」觀諸家皆稱枚庵之酷愛典籍，且多秘本，故老風流，誠足令聞者眉飛色舞。此書爲其家藏散出，後展轉入於何子貞太史紹基家，余從其後人詒愷手得之。「東洲草堂」，太史藏書印記也。按太史之書，得之順天者爲多，大氏朱文正家物也。余先後得其所藏宋元精抄本甚夥，其藏書目録亦在余家，故知之頗詳。而此書則枚庵主講瀏陽南臺書院，以心疾返里時散出，由顧氏轉入太史家者也。越數十寒暑而歸於余，静對古篇，覺墨香可愛。時丁丑春分後一日，葉啓勳志並書。

求古録二册　道州何氏藏舊抄本

案南昌彭文勤元瑞《知聖道齋讀書跋尾·求古録跋》云：「此《金石文字記》初本，後乃增益詳覈，排比時代，始成書耳。然《録》用洪景伯《隸釋》例，全抄本文，俾遺篇墜簡不見於他書者，得此僅存，則視

《記》爲勝。要之，二書不可偏廢也。借全書底本寫此，原抄於『檢』、『校』等字皆闕筆，猶是亭林早年作」云。此緑格抄本舊爲道州何子貞太史東洲草堂所藏，書根爲太史手筆。余從其後人手得之，以與《金石文字記》并存焉。丁卯冬十月朔，更生葉啓勳記。

海東金石文字記四卷瑣記一册　大興翁覃谿手稿本

清翁方綱撰。所著《兩漢金石記》已著録。案自梁元帝集録碑文爲《碑英》一百二十卷，是爲金石文字之祖，自後踵而作者，代不乏人。其書或有關郡中利弊，或有資於考證，蓋古人著作託金石以垂久遠。然金石有時而銷泐，反不若木刻之能壽世，此金石文字諸書之有裨學術，固非淺鮮也。覃谿年甫及冠，已入詞垣，而精心績學，宏覽多聞。是書以新羅、百濟、高麗自陳、唐至明以來石刻録抄成帙。卷一陳、唐，卷二唐、後梁、後周，卷三後晉、遼、宋、金，卷四明，皆以時代爲次。每卷於目録每題之下注年月、撰書人名、正書、楷隸、大楷、行書、行楷。後附《瑣記》一册，皆與海東史事有關切者，蓋有待于考訂之資，一如《兩漢金石記》後之《班馬字類附記》例也。前後無序跋，似是未經編訂完竣之書。全書皆依石刻之文字寫之，後説明原石寬窄、尺寸、行款，現存字數，字之大小，並博稽《朝鮮史略》、《高麗史》、《册府元龜》、《集韻》諸書，爲之考證。書首目下鈐有「大興翁氏石墨書樓珍藏圖書」朱文大方印。書中《和州藥師寺碑》後有「丁巳冬十月蘇齋記」二行。《聖德大王神鐘之銘》後有「嘉慶二十年，北平翁樹崑手識」。考李元度《國朝先正事略》，覃谿于嘉慶十九年重預瓊林宴，賜二品卿銜，時年八十二，又四年卒。丁巳爲嘉慶二年，覃谿時年六十四歲矣。蓋是書爲其晚年所作，子樹崑繼之。特覃谿歿于嘉慶二十三年，此書則斷自嘉慶二十年，覃谿猶及見之也。洪亮吉《北江詩話》云：「有誤傳翁閣學方綱卒者，余輓詩云『最喜客談金石例，略嫌公少性靈詩』。蓋金石爲其專門，詩則時時欲入考訂也。」檢《復初齋文集》，考證金石碑板及題跋書畫之作爲多，可見其嗜好之篤、志向之堅矣。《兩漢金石記》成于乾隆五十一年，前於此書三十年，蓋是書爲繼《金石記》而作者，惜身後門户衰落，手跡散亡，無好事者爲之收拾補刊耳。樹崑字星原，幼承家學，克紹箕裘，而後世名不彰者，豈即所謂名父難爲子歟。

從古堂款識學一卷 稿本

趙撝叔之謙《仰視千七百二十九鶴齋叢書》刊有《從古堂款識學》一卷，趙跋云「咸豐初，客嘉興，於郭丈止亭家見所考釋金石文字數十通，未成書。此本同治己巳得於京師，亦隨取題識寫存者，故詞多複疊。爲器凡八，而張氏清儀閣物居其五」云云。取較此册，唯周頌敦兩本重出，而釋文互異，餘則彼有此無，此有彼無。蓋彼爲釋其舅氏張叔未解元廷濟清儀閣藏器銘字，此則釋山東濰縣陳氏寶簠齋藏器銘字也。此册「周頌敦釋文」注云「清儀閣藏有史頌敦，與是銘爲一人之器。又史頌敦有名蘇者，是銘有尹氏，知頌迺孝王至宣王時人，並詳《頌敦》及《史頌敦考》」云。是先生此册釋文，猶在釋清儀閣銘字之後。今此册後題「咸豐四年甲寅夏五，嘉興八十者徐同柏籀莊釋文」一行，蓋爲先生晚年所著也。至先生事跡，詳趙刻後跋。唯趙云「先生年七十餘卒。子士燕字穀孫，能詩」云。此册爲士燕手録，「同」、「柏」二字減末筆，猶避家諱，而當時先生年已八十。又張鳴珂《疑年賡録》：「徐籀莊同柏，八十六。乾隆四十年乙未生，咸豐十年庚申卒。」則趙云「先生年七十餘卒」者，誤也。此册向藏道州何氏雲龍萬寳書樓，首有「雲龍萬寳書樓」六字朱文方印、「何紹基印」四字朱文方印。余得之冷書攤中。丙寅中秋，定侯葉啓勳跋。

補寰宇訪碑録五卷失篇一卷　同治三年刻本

李詳《脞語》云：「趙撝叔《續寰宇訪碑録》初成，携稿至京師，過宜都楊守敬，屬覓刻工。楊薦匯文堂書坊代刻。刻成，印十數部，潛身出京，不付一錢，楊不知也。已，匯文堂向楊索直。楊不得已，曰：『我薦人不償汝銀，汝欲賣板於我，當稍減原價乃可。』某曰：『願之。』楊乃買回，復轉售於京師懿文堂，携印本數十部至江南。滬上諸坊據之重刻。」據此，此書板刻於宜都楊守敬。而此書目後有樊問青一作文卿。批云「趙寓沈韻初中書家，沈爲刻此書，可謂至交」云云，則此書爲沈韻初所刻。沈固富藏金石碑板者，當時與撝叔本稱莫逆，今韻初所藏各碑拓本均有撝叔題識，是明證也。此書本集顧湘舟、胡荄甫、樊文卿、沈韻初等之力搜輯而成，自序言之甚詳。其搜訪諸人皆當日藏金石之人，此本樊問青批謂全不足信，殆惡趙之爲人而並此没其實也。趙序末云「刻既竣，魏稼孫自閩中寄書來，言孫氏録《漢孔宙碑》不及碑陰，君補孫書，仍未及也。務多之弊，必忽近圖遠，是一大罅漏，願後儆戒，他弗類是。爲之憮然，謹記以志吾過」云云，則趙成此書已審慎至再。趙、樊初無芥蒂，故自序引樊爲同搜訪之一人，而樊忽于書成後詆之，殆其中有凶終隙末之事與。樊批又云「沈有老友，乞趙書畫扇者，趙必先付六千文，然後肯下筆」，其無情至此，則趙之爲人亦自可知。今趙之書畫頗有重價，而所藏金石碑刻罕有流傳，是此目之成，全抄自友人，斷可知也。特孫氏之後，續撰無人，倘得好事者就此目糾正而增益之，是固必傳之作矣。書此俟之。癸亥孟陬，葉啓勳記。

拾經樓紬書録卷中

南陽葉啓勳定侯甫纂

宣和書譜二十卷　宋刊本

余舊藏明嘉靖庚子楊慎序刊本《宣和書譜》二十卷，爲蘭陵孫淵如糧儲星衍所藏，即《孫祠書目》著録，《廉石居藏書記》所謂「《書譜》最古之本」也。余得之邑人袁氏卧雪廬。前有慎序云「《博古圖》南國子監有刻本，此書雖中秘亦缺。余得於亡友許吉士雅仁，轉寫一帙，冀傳播無絶」云。則此書在明中秘已缺，故慎以寫本傳刊，宜乎歷來藏書家未見有以宋元舊刻著録者也。丁卯三月，家遭變亂，典籍頗多散亡，此書亦被竊去，年來蹤跡，遂不可復得矣。庚午冬月，避亂滬皋，叔弟東明留滯省垣。忽一日有持此書求售者，索值至三百金。馳書告余，云前後無序跋，全書歐體絶精。每半葉十行，行十九字，黑綫口。板心上左方間記字數，黑魚尾下「書譜卷第幾」。書中「玄」、「匡」、「胤」、「貞」、「讓」、「桓」、「恒」、「構」字皆缺筆，而「慎」、「敦」字不闕。蓋宋建炎、紹興間刻本也。亟復書如值償之，然未信其真爲宋刊，第以歷來收藏家志目罕見紀載，雖重值勿惜也。迨郵航遞至，展讀一過，始知書中於高宗嫌名「遘」、「購」二字亦缺筆，廟號上皆空一格或二格，間尚留有墨釘，似是刻成後尚未加以洗刷者，的是宋刊宋印無疑。惜楊本早失，無由校其同異爲可憾耳。仁和丁氏《善本書室藏書志》載明抄本，卷末有大德壬寅吴文貴識云「《宣和書畫譜》乃當時秘録，未嘗行世，近好古雅德之士始取以資考訂，往往更相傳寫，譌舛滋甚。余竊病之。暇日博求善本，與雅士參校，十得八九，遂鋟諸梓」云。又有大德七年王芝後序云「《宣和書畫譜》自宋南渡後，不傳於江左，士大夫罕見稱道。及聖朝混一區宇，其書盛行，好事之家轉相謄寫。吴君和之刻二譜於梓，余嘉其有志於古也，因爲書於篇末」云。蓋此書編纂後即有靖康之亂，據李心傳《建炎以來朝野雜記》，高宗雖值軍事倥偬，而殷殷好古，日以刊書爲事。意者此書成於兵荒亂世，故譌謬滋甚。高宗雖刻之，尚未愜於心意，印行不多，故當時江左士大夫已罕見稱道。至元初，始爲好古者所重，吴文貴遂重刻之，然固未見天水舊槧也。迨明楊慎時，元刊又稱罕見，乃以寫本付梓，於是後世流傳皆楊本矣，故糧儲以楊本爲最古也。余後於慎且數百年，得此宋刊秘帙，爲歷來藏書家所未見，不可謂非至幸。而此書不僅爲天水精刊，且係海内孤本。後人得一楊本已寶愛逾恒，則余之以三百金得此，不能謂爲書癖不可醫者矣。戊辰新正人日，秉燭記於海上寓廬之寶書閣。

甲戌夏五，江安傅沅叔學使增湘因游南嶽之便，道經長沙。學使爲先世父壬辰同年，余以通家子往謁。學使請觀家藏，因出此書共賞，亦歎爲生平所未見，推爲海内孤本。歸京後，馳書來告，云《故宫書目》養心殿所儲有《畫譜》，可稱合璧。其書有張庚樓題爲大德六年吴文貴刻本，乃據丁《志》所言，而本書固無大德之序，未爲定論云云。旋寄示《衡廬日録》，云係宋本，並謂爲最銘心絶品。學使家富儲藏，曾長教部，於清宫舊藏典籍，無不目覽手披，固今之黄復翁也。然則此書之爲宋槧，並將藉學使而益見寶貴矣。乙亥冬再筆。

附

宋槧《宣和書譜》二十卷，不著撰人。大題「宣和書譜卷第幾」。每半葉十行，行十九字。綫口，大版，版心上左方間記字數，黑魚尾下「書譜卷第幾」。宋諱「玄」、「殷」、「匡」、「胤」、「桓」、「讓」等字缺筆，廟號間以墨釘，蓋南宋初年刻本也。此本自來藏書家志目罕見著録，余從道州何氏得之。仲兄定侯舊藏有明嘉靖庚子楊慎序刻九行十九字本，遞藏蘭陵孫氏、湘潭袁氏。據慎刻書序，稱「《博古圖》南國子監有刻本，此書雖中秘亦缺。余得之亡友許吉士雅仁，轉寫一帙，冀傳播無絶」云云，可見此書在明初已極希覯，慎雖重刻，然非據宋本翻雕，不足貴也。楊本流傳亦少，孫糧儲星衍祠堂藏本見陳宗彝編次《廉石居藏書記》者，云「此本最古，在諸本前」。以孫氏藏書之富、鑒賞之精，尚不知楊本以前更有天水舊槧，安得不重可寶貴邪？書首有「珊瑚閣珍藏印」朱文長方印。據家鞠裳侍御昌熾《藏書紀事詩》四所載納蘭性德容若、揆敘愷功兄弟事跡，知珊瑚閣爲容若藏書之處。又檢《昭代名人尺牘小傳》：「成德氏納喇，又作納臘，亦稱納蘭，字容若，後改名性德，遼陽人，太傅明珠子。康熙癸丑進士，選侍衛。愛才好客，所與遊皆一時名士。嘗集宋元以來諸儒説經之書，刻爲《通志堂經解》一千八百餘卷。精鑒藏，尤工于詞」云云。則此書在國初已經名賢藏弆，展轉爲余所有。暇日當取楊本及毛晉汲古閣《津逮秘書》本、張海鵬照曠閣《學津討原》本一一詳校其異同，以與考古者共參訂焉。東明葉啓發。

廣川書跋十卷 明秦氏雁里草堂抄本

明以來抄本書爲藏書家推重，而流傳絶少者曰「文抄」，即江左文徵明待詔玉蘭堂抄本是也。辛酉夏，余從友人處見宋董逌《廣川書跋》十卷，爲文氏抄本。前後有「玉磬山房」、「辛夷館」、「文徵明」等印。然其書前後顛倒，錯脱幾不可讀。歷經泰興季振宜滄葦、三韓安麓村岐珍藏，曾未一校正之。遞至大興朱少河錫庚，始以毛氏汲古閣刊本校正，前有朱氏手跋。如此可見此書固無善本，不得不以毛刻以定一尊。其實毛刻訛誤不少，又復臆爲竄改，固未足以爲定本也。友人以重值得之道州何氏，余擬乞得之，以補余藏書之缺，友人靳未許也。未幾，余從廠肆獲此墨格抄本。每半葉十一行，每行廿三字。板心中縫下方均有「雁里草堂」四字。假文抄本、毛刻勘之，固不及此本之整齊精美、文從字順也。而雁里草堂則不知爲誰氏，第以此抄可以證文抄、毛刻之顛倒訛奪，爲《書跋》最佳之本，乃購而藏之，不啻獲一珍珠船也。暇檢常熟瞿氏《鐵琴銅劍樓書目》載「《酒經》三卷，宋刊本」，云「卷首有『雁里草堂』，卷末有『雁里子柄』印記」。又載「《禪月集》二十五卷，明雁里草堂抄本」，云「卷末有『秦柄圖書』、『雁里草堂』二朱記」。乃知雁里草堂爲秦柄藏書處也。柄爲秦端敏公金之孫、汴之子。金字國聲，無錫人。明弘治進士，官刑部尚書，謚端敏。汴字思宋，即刻《錦繡萬花谷》之繡石書堂主人也，藏書甲海內。一門好事，風雅相尚。柄擩染家學，故其抄本古雅可愛，訛舛絶少。序首有「璜川吴志忠家藏書」白文大方印，此乾隆間吴中負藏書望，所謂「璜川吴有堂」者也。幾經展轉，由吴而湘，余得之有年。今春家遭禍亂，余遁跡海隅，唯攜此二三精抄宋元舊槧秘帙以自隨。滄海横流，人情鼎沸，此間差幸無恙，然屋狹炎蒸，憂悶無聊，遂取舊藏銘心精品重爲裝池而跋于後。此時何時，嘯歌不廢，亦自笑其書族已耳。丁卯夏六月伏日，葉啓勳志于海上寄廬。

又

余幼承先世餘蔭，頗嗜蓄書。時事多艱，湘中舊家之藏流落坊肆，本抱殘守缺之心，爲啓先待後之計，歷十三寒暑，得四萬卷有奇。湘亂頻仍，隨得隨散，自詡達觀，惟宋元舊槧、名人批校抄本，則把玩不忍割釋。明知玩物喪志，然不敢效法錢遵王之塞聰蔽明，爲三日之混沌也。此明嘉靖中錫山秦氏雁里草堂抄本《廣川書跋》十卷，遞藏璜川吴有堂志忠許，余以重值得之。丁卯春，家被禍亂，余遁寓海濱，旅中岑寂，因以毛刊臨校，毛本脱文訛字，無葉無之。時值德化李牧齋侍郎之嗣少微造訪，見而讚賞，堅請相讓。余書魔故志復萌，靳未之許，卒至面赤而去，遂秘之篋笥，不敢示人。旋秦君曼青來言，意欲借校，余婉却之。今秋湘亂又作，余重來滬上，曼青復申前議。余從之取得朱記榮刊本，屬叔弟東明臨校以贈，以副曼青嗜古之篤，並志余前者之靳。即今者之不借校出門，仍不得謂爲達觀也。庚午九月，拾經主人葉啓勳。

寶真齋法書贊二十八卷　武英殿聚珍本

此大興翁覃谿閣學方綱、道州何蝯叟太史紹基評校《寶真齋法書贊》二十八卷，武英殿聚珍板本。翁用硃、墨二筆，何用墨筆，翁字近率更《化度寺》。檢《復初齋詩集》有《臨寫化度寺碑偶述》六首，《文集》有《化度勝醴泉論》二篇，又有《化度寺邕禪師塔銘跋》二首，又《跋化度寺碑》二首，又《跋吴門鮑氏化度寺碑》一首，又《跋化度寺碑》一首，知翁氏自幼即服膺歐書，日日臨習。其所藏所見之《化度寺碑》宋拓，明翻達十三本之多，故不僅襲歐之規模，直得歐之神髓也。此本翁氏原裝十二册，每册首面紙均有翁氏題字。其第五册墨筆批云「卷十之卷十二」，鈐有「蘇齋」、「日講官掌詹事」、「宫詹學士」、「主考兩江」等印，又批云「有補蘇注處，卷十二第十五葉、第十六葉」，又批云「蘇年譜一條，卷十二之十五」。又第六册批云「卷十三之十五」，又批云「第十四卷内可補入《山谷年譜》者，〇記於上」。又第七册批云「卷十六、十七」，又批云「附入《山谷年譜》一條，卷十七之四上」，又批云「補蘇詩注一條，卷十七之八上」，又批云「《送范中經濟略得先字》，檢書中卷十二第十四葉蘇文忠《西湖聽琴觀月詩帖》眉批云『坡公此詩作於元祐六年九月十五日』。是年閏八月潁州滌印，見岳倦翁《寶真齋法書贊》。今方綱得此紙拓本，適爲漁洋作生日。漁洋生於閏八月廿八日，此詩恰亦在閏八月，又字字感，原脱一字，疑是「慨」字。良非偶然」云云。因檢翁氏《蘇詩補注》八卷、翁刊《山谷年譜》十四卷二書取勘，知當時均未録入。考吴修《續疑年録》，公「生于雍正十一年，卒于嘉慶二十三年，年八十六」。其成蘇、黄二書，爲乾隆四十七年，翁時正五十歲。又考法式善《清秘述聞》云云，翁官詹事時年五十四歲。此其時所批，蓋後于二書四年。先用墨筆記其可補入何書者，後用硃筆以石刻本校其異同，密行細字，朱墨爛然。翁以金石考據名家，詩則宗江西派，出入山谷、誠齋間，生平瓣香少陵、東坡。享年最高，著書甚富，身後手跡爲收藏家秘匿，早已名重士林。其碑帖有蘇齋題識者，人知寶貴，幾如一字千金。此爲補蘇、黄二書藍本之遺，又不僅以手跡爲足珍重也。遞藏道州何氏，經蝯叟評讀。首有「道州何氏收藏圖書」印記。書中行草批語尤多。改裝四册，每册首面紙均蝯叟手書本書名，及書根隸書亦出其手。余從何氏後人得之，彼固知爲其先人手評，而不知曾經翁批者。余並先族祖調笙公手批段懋堂《説文注》得之，去值番餅百二十圓，可云廉矣。憶丙辰歲，余曾見彭文勤手校古香樓抄本《默記》及翁閣學手校抄本《石刻鋪敘》。書估知翁而不知彭，一索賤值，一索重金。余以廿金得《默記》藏之，至翁校《石刻鋪敘》以價昂未得，不知歸于何人。今此册其第三册面紙翁批云「卷七之十七下，秘閣《樂毅論》、《東方贊》，此條可補入《石刻鋪敘》」云。惜當時吝值，未得收藏，留爲今日一校，固知書經我眼，即當不較值之多寡，免致交臂失之。余以「拾經」名樓，亦猶斯意云耳。丁卯新正元宵日，葉啓勳跋。

猗覺寮雜記二卷　明謝氏小草齋抄本

宋朱翌《猗覺寮雜記》二卷，凡四百三十五則，洪文敏邁爲之序。明晉安謝在杭肇淛小草齋黑格抄本，每半葉九行，每行十八字，中縫下方格闌外有「小草齋抄本」五字。此書宋以後無刊本，當是從宋本出者，可貴也。書首有「在浚之印」白文方印、「周雪客家藏書」朱文長方印。檢晉江黄俞邰虞稷、大梁周雪客在浚同編《徵刻唐宋秘本書目》載有此書，是其爲當時秘帙，黄、周本欲徵以付刊者。《書目》前有例云「大梁周子梨莊，櫟園司農長公。司農世以書爲業。嘉隆以來，雕板行世，周氏實始其事，遊宦所至，訪求不遺餘力。閩謝在杭先生萬曆中抄書秘閣，後盡歸司農。兩遭患難，數世所積，化爲烏有。獨此繕寫秘本二百餘種，梨莊極力珍護，巋然獨存，大抵皆今世所不數見者」云云。是此書謝氏從秘閣抄出，後爲大梁周氏所藏。其時值鼎革之際，干戈擾攘，天下騷然，苟非周氏什襲珍藏，恐不免淪于五厄矣。又序首及書首均有「胡氏茨村藏本」朱文長方印。考儀徵阮文達《兩浙輶軒録》載「茨村名介祉，字循齋。山陰人，宛平籍。少保兆龍子。由蔭生歷官河南按察使，著《隨園詩集》」云，其人亦好書之人者。幾經展轉，先世父從縣人袁漱六太守芳瑛家得之，藏庋有年矣。今春余得道州何氏藏國初抄本，經鮑以文廷博、魏之琇柳州校誤，即知不足齋刊本所自出。唯鮑刊割其下卷六十八條移入上卷，以均篇頁，殊失作者之恉。書中並多舛訛。鮑氏刊書，往往所據之本爲善本，而仍意竄改，蹈明人刻書之惡習，誠足怪也。先世父因命勷以此本爲主，而以國初抄本校注付梓，以訂鮑本之失，遂舉此本賜勷。未幾而湘亂作，先世父被難，余兄弟寄寓滬上，家爲賊踞。無何，亂定歸家，清檢藏書，有破碎不堪者，有以之拭穢者。余家之厄，抑亦圖書之厄，而此書幸未散亡，蓋兩經兵厄矣，豈非在處有神物護持耶。暇日當校而刊之。時事蜩螗，正未知何日能償此願也。丁卯孟冬臘八日，南陽觳道後人更生跋尾。

猗覺寮雜記二卷　舊抄本

此《猗覺寮雜記》二卷，國初舊抄本。每半葉九行，每行十八字。首護紙有「辛酉六月五日錫庚手跋」，下鈐「少河」朱文方印，此朱竹君先生之子也。序首有「雲龍萬寶之軒」朱文長方印，則道州何蝯叟印記也。卷上首有「書潤屋」朱文小圓印，「阮林手抄」白文方印，「今貌古心」朱文方印，「名余曰文元字余曰善長」白文方印，「林氏善長堂讀畫藏書印」朱文大方印，卷下首有「善長」朱文、「林文元印」白文兩方印，「人或謂之狂生」朱文長方印，「阮林子」白文方印，皆海寧林善長先生印記也。後有「知不足齋鮑以文藏書」朱文大方印，則錢唐鮑處士廷博也。又有「歲在癸丑之秋，阮林借金先生江聲藏本手録」朱字二行。考江聲爲金志章觀察別字，仁和龔翔麟蘅圃友也。蘅圃，康熙辛酉副貢，歷官御史。則此爲康熙癸丑抄本矣。又有「辛卯二月借閱于以文先生處，凡注疑譌處三十許。外有不可解者尚多也。柳洲琇識，十九日燈下」朱字二行，則西泠布衣魏琇，著有《柳洲遺稿》者。世父觀古堂舊藏明謝在杭小草齋抄本，行款與此本同。考明謝在杭萬曆中抄書秘閣，後盡歸大梁周櫟園司農亮工，其長公在浚與晉江黄俞邰同編《徵刻唐宋秘本書目》載有此書。檢李富孫《鶴徵前録》，「黄俞邰館江寧龔方伯署中，與令子侍御蘅圃交最契」云。又檢《杭郡詩輯》，金志章有《江聲草堂集》，注云「江聲居吴山之麓，高才博學，爲龔蘅圃所重，延課其子。龔氏故多藏書，能盡讀之」云。是當時謝抄此書爲周氏所得，諸家所見同是謝本，此本即從之傳抄。唯此本卷下「五星二十八宿降于世爲人」條，自「蕭何爲昴星」句下脱半條，又脱《搜神記》「周犨者家貧」一條。又「曹相以齊獄市屬後相」條，「市如用」句上全脱。蓋當時抄寫粗略，以上葉之上半葉與下葉之下半葉混合，誤翻夾葉，遂致「蕭何爲昴星」句下徑接「斗秤欺謾變易之類」云云。歷經諸公收藏校誤，曾未校補，可見當時固無他本可以取證也。鮑刊後有跋，云「此本末卷題云『康熙丙申六月，借小山從汲古得本付抄』，不知何人筆，予購自文瑞樓金氏」云。是此本雖經鮑藏，而非鮑刊所自出，故鮑刊此葉不脱也。朱少河跋以爲即鮑本所自出，蓋以有鮑印故，而不知鮑刊此書時僅據此本參校，故與此本頗多異同。而此本脱葉則以傳有刊本，未遑校補，理或然歟。今謝抄則世父于光緒癸巳得之縣人袁氏卧雪樓，此則去春余得之道州何氏東洲草堂。物聚所好，他人求其一而不可得，余得列之一插架焉，良足深幸矣。戊辰冬大寒前一日，玉磵後人啓勳記。

論衡三十卷　明嘉靖乙未通津草堂刊本

此書宋時刻本有二：一北宋仁宗慶曆五年楊文昌序刻本，大字，三十卷；一南宋孝宗乾道三年洪适重刻本，小字，十五卷。兩板明時均存國子監，楊板至萬曆梅鷟盤校時猶存五百六十面，脱者祇十二面，故後世傳本頗多；洪板元至元六年韓性補板印行，後其板無存，傳本頗少，梅鷟盤校時亦未之見，故所撰《南雍經籍考》載有三十卷《論衡》之板，無十五卷《論衡》之板，可覆按也。此明嘉靖十四年吴郡蘇獻可刊本，即從楊本重刊。其中《累害篇》「汙爲江河」下，以所據本脱去一葉，文句不屬，乃妄改「毛」字爲「毫」字，以曲成其義，要不脱明人習氣。惟其筆畫遒勁，繕刻清朗，在明本中可謂尚有矩矱者。全書每半葉十行，每行二十字。首「論衡」目録，下雙行小注「凡三十卷八十五篇」，次行王充，目尾有「嘉靖乙未春後學吴郡蘇獻可校刊」一行。書首題「論衡卷第一」，下空五格，題「王充」二字，次行題全卷篇名，再次本篇篇名，再次本文。尾卷後亦有「蘇獻可校刊」一行，空一行有「同郡周慈寫、陸奎刻」一行。每葉板心下方均有「通津草堂」四字。蓋通津草堂爲蘇獻可刻書堂名，周慈則當時寫手，陸奎則當日刻工也。仁和邵位西懿辰《標注四庫全書簡明目》、獨山莫郘亭友芝《知見傳本書目》均誤以爲兩刻，東京島田翰《古今舊書考》則誤以爲袁褧所刻，皆未見原書也。是此本之希，可概見矣。

夢溪筆談二十六卷　宋刊本

宋沈括《夢溪筆談》二十六卷，乾道二年揚州州學刊本。《補續》二卷，舊本别行，非缺佚也。每半葉十二行，行十八字，上下黑口。首括自序，連屬目録，後有乾道二年六月日左迪功郎充揚州州學教授湯修年跋。書中語涉宋帝皆空格。每條首行頂格，次行低二格。「登」字注避仁宗嫌名，「驚」、「瑋」、「嗔」、「完」皆爲字不成。歸安陸氏、吴縣潘氏所藏皆此本也。陸撰《儀顧堂續跋》云「每葉二十二行，行二十字」，然證以陸之《皕宋樓藏書志》所載，行款與此本同，則跋誤記矣。此書于宋人説部筆記之中最爲博洽，故世恒重之。宋時揚州已一再鏤板，此州學本，因公庫本不可得，故重雕以行。考明初取宋元舊槧板片實南北兩監，補刊印行，此書不見于南北兩雍志。而潘氏《滂喜齋藏書記》著録别有元泰定元年補刊此本，云第七卷首葉板心有「泰定元年補刊」六字，則此書板片亡佚當在元明之間。此爲宋黄麻紙精印，紙潤墨香。余得之道州何氏，特重裝而題記之。時戊辰重九日也。

此書涵芬樓印入《四部叢刊續編》者爲明覆宋本，即從此出，故行款相同，避諱諸字亦同，惟改全書黑口爲白口爲異。又書中卷七第十九葉「易有納甲之法」條，第六行「交于」二字，此本擠刻佔一格，明本則已改勻佔二格，遂致自此行以後每行推下一字矣。又後列「納甲」，此本共佔七行，明本擠作四行。此本「夢溪筆談卷第七」一行，另刻一板，板心葉數爲二十。明本因「納甲」擠刻之故，十九葉下板尚餘三行，故將此行刻於十九葉之末，省去一板矣。至卷十七第五葉「古文自變隸」條，第八行「白水」二字，明本誤作「泉」字；第十行「留」下「從」上，明本脱去「皆」字；第十一行「緣」下「如」上，明本脱去「何」字。又第六葉「國初江南布衣徐熙」條，第二行「并」下「居」上，明本脱去「二子」二字，留一空格；第三行「寶」下「弟」上，明本脱去「居實」二字，留四空格；第九行「己」下「有」上，明本脱去「言」字。不獨行款推移，且文句亦不通順，然此僅就其推易行款數葉校之，已多所訂正，信知宋刻之佳矣。乙亥冬十月晦日，更生再志。

東坡先生志林十二卷　明抄本

此明抄白棉紙《東坡先生志林》十二卷，前後無序跋，亦不著撰人姓名。每半葉十行，每行十八字。首有無名氏題云「《簡明目録》子部雜家：《東坡志林》五卷，舊本題宋蘇軾撰。一名《東坡手澤》，後編入《大全集》中，改題此名。核其文義，亦蒐輯墨跡所編也」三行五十字。書前有「虞山錢曾遵王藏書」八字朱文長方印，「彭城世家」四字白文方印。蓋經也是翁家藏，即《述古堂書目》子部小説家類所載「《東坡志林》十下脱「二」字。卷，抄」之本也。己巳冬月，余從道州何氏雲腴山房得長洲何義門學士焯手校舊抄本《石刻鋪敘》，前有大興朱少河錫庚手跋。書中夾有購朱氏書目一紙，蓋何文安凌漢購朱笥河筠父子家藏書議價之目，尚是文安手筆。目中所載之書，均先後爲余所得，惟「《東坡志林》二十千」者未之見也。辛未七月，文安後人詒愷持來此書，索值至百元。彼固不知書，第以先人所遺，故要高價耳。取閲向得各書之有少河手跋者，乃知此書無名氏題字亦少河手跡，固即目中所載之書也，亟償值藏之。蓋自也是翁後，又遞經大興朱氏椒花吟舫、道州何氏東洲草堂珍藏矣。兩家皆無印記，特志其顛末，以示子孫，知所寶重焉。

春渚紀聞十卷　明毛氏汲古閣刊本　其後人扆以宋本校

宋何薳《春渚紀聞》十卷，明毛氏汲古閣刊本。其後人斧季扆據宋尹氏刻九行十八字本，以朱黄二筆手校，改塗筆畫，鈎勒款式，並影補卷九中脱葉及目録八紙附訂。目尾有「臨安府太廟前尹家書籍鋪刊行」一行。書末護紙有斧季手跋，知毛刻此書係從抄本出，後得宋本，而板早已質人，未得據以校訛補脱。黄蕘圃嘗曰「汲古閣刻書富矣，每見所藏底本極精，曾不一校，反多肊改，殊爲恨事」云云。覩斧季此跋，可知毛氏當日恐秘册之失傳，急于流布，值鼎革之際，板多他質，後得善本，無力校改印行，底本流傳，致貽佞宋者之口實。然雖不能免賢者之責備，而其殷殷刻書之心，信有至樂，宜爲今日藝林佳話也。考龐鴻文《常昭合志稿・毛鳳苞傳》，「扆字斧季，陸貽典壻也，最知名，尤耽校讎。何義門輩皆推重之」云云，故至今斧季校本流傳，爲世寶重。而其點畫一依宋本，爲顧、黄死校法之先河，不獨存宋槧之真，亦有「誤書思之，自是一適」之樂，宜今日收藏家得其片楮隻字，價重連璧也。此書爲柳姓苕賈所得，持以示余，亟以二十餅金易之。柳謂余曰：「京估某曾見過，以無毛印疑之，今已售汝，曷告我以真贋。」余因語之曰：「余庚午仲夏，曾從海上涵芬樓見斧季手校《鮑照集》，以此驗之，的爲斧季手筆無疑。書面題簽亦出其手，雖無毛鈐印記，而《鮑集》已有影本，固可取證，非余一人阿私之言也。」遞藏善耕顧氏，目首及卷六首「養拙齋」朱文長方印，卷五尾及斧季跋尾「顧肇聲讀書記」朱文長方印，即乾隆間刻《笠澤叢書》之顧楗也。楗字肇聲，先世自金陵遷蘇州。君少力學，初得直隸鹽山令，隨改福建（蒲）［浦］城縣，復補陝西蒲城縣，入資爲中書舍人。既歸里，不復出，以乾隆三十二年九月二十七日卒，年六十有五。所撰詩古文名《碧雲堂集》。事詳彭啓豐《芝庭文集・文林郎蒲城縣知縣顧君墓志銘》。距其生當爲康熙四十二年。斧季爲宋牧仲尚書門人，康熙五十年刻《西陂類稿》，目尾有「常熟門人毛扆校梓」一行。毛、顧同鄉共里，均富儲藏，毛氏式微，顧氏繼起，此書爲顧所得。以同時人藏同時人校本之書，可見此書之足珍貴，固不必以無毛鈐印記而致疑，更不待以有《鮑集》而取證也。余向從道州何氏得顧藏長洲何義門小史手抄《張右史集》，所鈐印記均與此同，知其藏書甚多，故一鱗一爪，至今猶有流傳者。考盧抱經學士《羣書拾補》載有此書卷九一葉，據其《文集》題云「過蘇州，從吳秀才枚士翌鳳傳録本傳抄之」。而書中增補一二字至十餘字者，均未録入《羣書拾補》中。余他日當録爲校記傳之。辛未五月望前一日，裝成因記。

附

坊肆有持虞山毛斧季手校《津逮秘書》本《春渚紀聞》求售者，皆以無毛氏印記疑之。仲兄定侯亟以二十餅金購得，喜告余曰：「此的爲斧季手筆。曩年余等避亂滬上，曾于張菊生年伯元濟許見斧季校本《鮑氏集》，字跡與此正同。《鮑集》已影印行世，可以取按也。且跋尾有『顧肇聲讀書記』朱文長方印，目録首有『養拙齋』朱文長印。肇聲名楗，爲吴中藏書故家，事跡見彭啓豐《芝庭文集》。與向所得翁覃谿學士藏何義門家抄本《張右史大全集》顧鈐印記脗合，更知此書之足貴矣。」此書宋本久佚，賴此傳校之僅存。觀斧季手跋，則黄復翁、顧思適之詆諆毛氏者，適成一重翻案矣。宋本每半葉九行，行十八字。大題「春渚紀聞卷第幾」，次行題「韓青老農何薳撰」。首列十卷目録，目録尾行題「臨安府太廟前尹家書籍鋪刊行」一行。書中廟號及語涉宋帝均空一格，宋諱闕筆。卷第一「李右轄抑神致雨二異」條，「時郡倅曾紱帥郡官」下，毛本脱「賀雨之次」四字。卷第二「沈晦夢騎鵬摶風」條，宋本在「霍端友明年狀元」條後，毛本誤列「吴觀成二夢首尾」條前；又「龍神需舍利經文」條，「因上謁龍祠禱龍」，宋本作「與季父焚香禱龍」。卷第七「秦蘇相遇自述輓誌」條，「某嘗憂少游」，毛本下脱「未盡此理今」五字；又「饋藥染翰」條，「至紙尚多」，毛本「至」字下脱「日暮筆倦或案」六字。卷第九「吕老煅研」條，「余嘗爲之銘曰」，毛本下脱「煅瓦成金老吕受之鑄金作瓦置之籬壁以睨」十八字；又「南皮二臺遺瓦研」條，「孰期乎澡澤而薦藉而參夫文」，毛本下脱四十字；又「端石蓮葉研」條及「風字晉研」條，毛本全脱；又「烏銅提研」條，毛本脱前段三十六字，遂誤以後段之「而銘之曰」接「南皮二臺遺研瓦」條「而參夫文」之下。其他卷一二字句之訛誤，則幾于無葉無之。書貴宋槧，信然。東明。

乙卯避暑録話二卷 明弘治庚戌抄本

右宋先少保公《乙卯避暑録話》二卷，明弘治庚戌抄本。安陽秦伯子西巖、虞山錢遵王曾、長塘鮑渌飲廷博、獨山莫楚生棠舊藏。序首有「安陽洞天秦伯子藏書記」十字朱文方印，卷首有「虞山錢曾遵王藏書」八字朱文長方印，「莫棠楚生父印」六字朱文長方印。尾有「弘治庚戌夏六月下浣重録，八月十一日校畢」字一行，又有「計一百廿一幅」六字，又有「獨山莫氏銅井文房藏書印」十一字朱文長方印。書衣有紙籤二：其一題「乾隆四十六年歲次乙酉，三月十九日送戴東瞻親家北上，次吳門，陸白齋先生[以]此見贈，謹誌勿諼」三十八字；其一題「乾隆辛丑，吳門陸白齋先生見惠」十三字。先世父考功君跋稱「弘治庚戌」字一行爲秦西巖手筆，蓋此爲秦抄，經也是翁收藏，即《述古堂書目》著録之本也。書衣題籤，楚生觀察注云「此兩條皆鮑渌飲手跡」，則又經知不足齋遞藏矣。後展轉歸于觀察，以其爲吾家先澤之遺，遂舉以贈先世父。其先，江安傅沅叔學使增湘亦以明嘉禾項德棻宛委堂刊本見惠，先世父遂並兩本(俾)[畀]余，云異日當以此本爲主，而以項、毛、商三刻校録異文，撰爲校記，附刊行世。世父被難，三載於兹，摩抄手澤，涕淚縱横。時逢多難，正未知何日能償此願也。庚午新正人日，茅園派裔孫三十九世啓勳謹志。

石林避暑録四卷　明項氏宛委堂刊本

此明嘉禾項德棻宛委堂刊本宋先少保公《石林避暑録》四卷。每半葉八行，每行十八字，每葉板心左下方均有「項氏宛委堂笈」六字，右下方均有字數。每卷首行大題「石林避暑録卷一」，空一格，下題「嘉禾項德棻宛委堂校」。前石林老人序，即接本文銜刻。卷末有「就李項德棻記」，蓋得華亭陳仲醇抄本重梓者也。又接刻有「翁立用校于項氏崟山堂中一行高金聲王淑民釋智舷再校」兩行，又接刻有「郁嘉慶重校於九友樓」一行，蓋四經校正，宜其絶少舛訛，爲藏書家所稱矣。舊爲汾湖派卅一世族祖戟甫公家藏，江安傅沅叔學使增湘得之蘇城書肆。時先世父正居蘇城，以宣統己酉校刻此書時苦無善本，乃以先族祖調笙公本重刻編入《石林遺書》印行。後聞獨山莫楚生觀察棠藏有虞山也是翁故物，明弘治安陽秦氏抄本，尚是從宋刻傳抄者，亟假歸影録。觀察遂以見贈，學使亦以此刻見貽。先世父曾題記以志良友之惠，俾余輩得以永矢勿諼。丁卯春正，余禮廬抱痛，閉户勘書，先世父遂以二書(俾)[畀]余，囑爲校記，擬付手民。未及其半而湘亂作，先世父殉道，余遁寓海濱。既痛哲人之云亡，復悲先澤之或泯，江天在望，徒喚奈何。近以湘中稍安，乃遄返里第，發笥清理，羣籍頗多散亡，而此二書差幸無恙，其祖德有靈，猶眷戀余小子也耶。展讀一過，且喜且泣。戊辰秋九，茅園裔孫啓勳敬志。

雲麓漫鈔十五卷　舊抄本　海昌吴兔牀騫、朱巢飲型手校

此海昌吴氏舊藏《雲麓漫鈔》十五卷。前有「拜經樓吴氏藏書」朱文方印，「事學鍾離存義概書求宛

委續餘編」朱文大長方印。十卷及十五卷末有朱筆録歙鮑以文廷博三跋，末有吳騫朱筆手跋。又有海寧陳簡莊鱣朱筆手跋，下鈐「仲魚」朱文小長方印。全書以朱緑二筆校過，考證極精。書首標題「兔牀校用硃筆」硃字一行。檢其子虞臣壽暘纂《拜經樓藏書題跋記》，「《雲麓漫鈔》十五卷，先君子從知不足齋借本傳録，手自校正，用硃筆，並囑朱巢飲先師校，用緑筆」云，則緑筆爲朱巢飲手校矣。巢飲名型，字允達，以教徒館於鳳埧陳簡莊鱣家，與兔牀過從甚密。後館兔牀家，虞臣其弟子也。兔牀藏書或爲允達手抄，或爲允達手校，殆亦黄蕘翁之顧澗翁，特其名不若澗翁之顯著耳。書首又有「忠勇軍右進邊第三指揮第二都都虞侯記」朱文大方宋印，此陳簡莊從山左東野明經得於揚州舊城者。安邑宋芝山助教葆淳、江都江鄭堂文學藩、簡莊徵君鱣均有考釋。蓋吳陳交好，互通假借，共相校抄，此爲兔牀校藏，簡莊從而傳録，即以跋自抄本之跋，信筆書於此本，後適得此印，鈐諸卷端。先世父以此爲陳抄，誤也。案陳跋云：「嘉慶十一年夏日，從拜經樓借得是本，倩人傳録甫竟，遂手録渌飲前後三跋，并拜經樓主人所跋所評，細校一過。至吾師朱子，則稱『師云』以别之」云云。今檢閲此本，無一稱「師云」者，固可爲非陳抄之一證。「吾師朱子」即朱巢飲也。癸丑花朝，先世父文選君復從湘鄉王佩初計君禮培假得錢塘吳尺鳧焯繡谷亭藏抄本，補抄陳造本書序及《六十四卦準氣候并天度圖》、《納甲圖》、《十二律圖》、《四正旁通圖》、《九類洛書圖》、《洪範九疇圖》、《洛書范氏洪範圖》、《今定洛書本數禹所次圖》九篇，舉以貽余，俾爲傳刻。卒以時事蜩螗，刻工寥落，荏苒多年，未克蕆事。世父被難，七載於兹，回思遺訓，泫然者久之。

展讀一過，不勝人事滄桑之感矣。癸酉季夏，葉啓勳漫記。

穀山筆麈十八卷　明于緯家刻本

明福唐郭應寵編次其師于文定公慎行《穀山筆麈》十八卷，公子緯校刊本。每半葉九行，行十八字。《四庫全書總目》子部雜家類存目著録，《提要》云「此編乃其退居穀城山中時所著，凡分三十五類，所記多明代故典，亦頗及雜記」云。王亶望《浙江採輯遺書總録》史部雜史類著録，云「明大學士東阿于慎行撰。亦間及詩文雜類，而有關史事爲多」云。考文定著有《讀史漫録》十四卷，起伏羲氏，終遼金元。此書則專紀昭代故實，蓋文定見聞詳洽，紀述具有史才。觀其所爲詩詞，典雅和平，自饒清韻，而不蹈公安、竟陵纖靡之習，其剛直不阿，固有可以足稱述者。此書傳本甚希，明之連江陳氏《世善堂書目》、涿州高氏《百川書志》皆未著録。惟山陰祁承㸁《澹生堂書目》載其手輯《國朝徵信叢録》，云「臣㸁手輯皆抄本，凡家藏刻本皆不載」云，散列于文定公《筆麈》十二卷。則知此書刻板後印行不多，富於儲藏之祁氏且不知有此十八卷之刻本，而此書在當時爲人推重，固有信史之稱。夫以明代之人，紀明代之事，網羅既恐不備，忌諱亦復宏多。文定於李攀龍爲鄉人，而不沿歷城之學，其生平宗旨可以概見，則此書固足以信今傳後，有斷言者矣。辛未冬十一月，得於長沙肆中，裝成漫記。嚴寒大雪，圍爐書此，時憂禍頻仍，幾忘其爲遁世之民，書能養性，固如是耶。

藝文類聚一百卷　明嘉靖己酉張松刊小字本

《藝文類聚》虞山錢牧齋宗伯曾藏宋本，馮己蒼、錢求赤假以校陸采本，云宋刻正是陸本之祖，宋刻中有模糊缺失處，陸本無不因襲。故世稱小字本爲最精者，以其原出于宋，少改竄也。歸安陸剛甫觀察《皕宋樓藏書志》載有元宗文堂本，《儀顧堂續跋》云：「次行題『唐太子率更令弘文館學士歐陽詢撰』，前有詢自序，後有無名氏跋。每葉二十八行，每行二十八字。亦謂明小字本出于此本。」余案宋本絳雲一炬，久爲六丁下取。陸氏元本爲其子以全藏售之日本岩崎静嘉堂，海内亦無第二本矣。宋元本既不可得，於是藏書家重視明本。然明本陸《續跋》云凡四刊：有蘭雪堂活字本，有聞人詮本，有陸采本，有大字本。考蘭雪堂本每半葉十四行，行十三字。目後有墨圖記云「乙亥冬，錫山蘭雪堂華堅允剛活字銅板校正印行」，見罟里瞿氏《鐵琴銅劍樓藏書目》。乙亥爲正德十年，宋元以後，以此本爲最早。陸采本每葉二十八行，每行二十八字。張金吾《愛日精廬藏書志》馮己蒼以宋本校者，云是聞人詮刊本，而前有胡纘宗序，後有嘉靖戊子陸采跋，即從元宗文堂本出者。大字本爲萬曆丁亥王元貞刊，即從陸采本出，見仁和邵氏《四庫簡明目［録］標注》。聞人詮本據張《志》似即陸采、胡纘宗一本，而各家志目未見著録，較諸本爲希。此則山西知平陽府事洛陽張松刊本，次行題名及行款均與元本合，首有濮陽蘇祐序、莆田黄洪毗序、益都鄭光溥序，卷末有嘉靖己酉夏六月望日知平陽府事洛陽張松重刻後序。余昔從廠肆見之，以其索值甚昂，議價未果。因遍考南北藏書家目，唯仁和丁氏《善本書室藏書志》載明刊本，云「每葉二十八行，行二十八字」。此吳郡陸子元刻本，一至五卷補配，別有山西巡撫蘇祐、黄洪毗、按察司僉事鄭光、平陽知府張松重刻序，江陰繆氏《藝風堂藏書記》載有此本。丁藏本爲陸采刊本，中缺五卷，即以此本配合，固非全書。藝風老人所藏，身後爲其子盡以所藏售之滬估，不知落誰何之手。如此本之精印品大，又不僅以其希而見珍，因以重值得之。元本出于宋，陸采本出于元，宋本八十五至八十七三卷亦雜亂無緒，似爲後人增入，非率更原書。元明重刻因之，他卷亦無改易，固不必宋元槧本爲足珍貴也。丙寅小年後一日，葉啓勳誌。

初學記三十卷 明安氏活字本

明錫山安國活字排印唐徐堅《初學記》三十卷，每半葉九行，每行大字十八，小字雙行，行字二十四。前後無刻書人序跋，唯第十九卷首行題本書名，次行題「錫山安國校刊」一行，知爲安氏本也。大伯父文選君舊藏安本，行款與此本同，惟每葉上方板心均有「安桂坡館」四字，目録第三行有「大明嘉靖辛卯錫山安國重校刊」一行，爲此本所無。又卷首首行題本書名、卷第幾，次行題「光禄大夫行右散騎常侍集賢院學士副知院事東海郡開國公徐堅等奉」，三行題「勑」，空十餘格，下方題「錫山安國校刊」，與此本次行僅題「唐集賢學士徐堅等撰」者爲異。王蓮涇《孝慈堂書目》「《顔魯公文集》，明錫山安氏刻本」，丁丙《善本書室藏書志》「《顔魯公集》，明安氏活字本」。知當日安氏每得古書善本，先以活字排印，後復以木板梓行。其活字本世以錫山華氏活字印本同珍，良有以也。考安紹傑輯《希範年譜》，追述先世云「桂坡公諱國，好蓄古圖書，鑄活字銅板印《顔魯公集》、徐堅《初學記》等書」云云，是安氏此書固有活字一本，亦如《顔魯公集》之例也。自來藏書家目入録此書，皆爲刻本，若不知有活字本者，良以活字印書隨聚隨散，不若刻本之能傳久。五百餘年，兵燹水火，歷經浩劫，此書之得幸存，亦所謂在在處處有神物護持者矣。原缺第七卷、第九卷、第十卷、第二十一卷至第二十五卷、第卅卷之下半卷，從第十九葉起至三十二葉止。共八卷半，余倩傭手從刻本影抄補全之。惟安氏刻本首有嘉靖辛卯秦金序，云「錫義士安國購得善本，謀諸塾賓，原空二格。相與校讎釐正，遂成完書，選能鳩工，繕寫鋟梓以傳」，據此則安氏所得宋本似爲不全。繼考仁和邵懿辰位西《四庫簡明目録標注》，云「《初學記》三十卷，嘉靖辛卯錫山安國得宋本，缺二十一、二十二以下數卷，屬其師郭某補完刊行」。然則此書第二十一卷至二十五卷確爲原闕。蓋安國既得宋本，意以此書傳世頗希，急于排印，故闕卷未及補全。後更得他本，屬其師郭某補其佚卷，復付諸梨棗。至第七、九、十三卷，第三十卷之下半卷，則不知失于何時。有明以來各家刻本，如嘉靖十三年晉藩本、萬曆丁亥徐守銘寧壽堂本、萬曆戊戌陳大科本、無年月晉陵楊氏九洲書屋本，皆從此刻翻雕。世無宋元佳刻，當以此本爲上駟，不能以其缺卷而輕視之矣。書首尾均有「無世間心同世行事」朱文方印，「經筵講官太子少師建極殿大學士圖章」朱文方印，「有明王氏圖書之印」白文方印，知經太倉王元馭錫爵舊藏。又「李挺之印」白文方印，此江陰李如一貫之之孫。又「江村秘藏」朱文方印，則入國朝歸高士奇江村矣。又「朱印彝尊」白文方印，「竹垞」朱文方印，又「嚴蔚豹人」白文方印。歷爲名家藏庋，硃印累累，手跡可珍，又不僅活字印本希見之足重矣。壬戌仲夏，葉啓勳記。

默記一册　桐城汪氏抄本

《默記》一卷，宋王銍撰。銍熟于掌故，其言多可據。惟所言王朴引周世宗夜至五丈河旁見火輪小兒，知宋將代周一事，未免涉于語怪，不得爲實録耳。周壽昌跋以此本爲知不足齋底本，余因取鮑本校之，頗多異同。如「會世宗新征淮南」，「新」鮑本作「親」；「且據壽州」，「據」作「援」；「三軍跨軍浮西澗」，「跨軍」作「跨馬」；「旋率親兵擐甲與太祖戰」，「祖」下有「巷」字；「暉仰而言」，「而」作「面」。如此之類，不可勝數。大抵鮑氏刻本校勘之精，優于此本。然鮑刻本間亦有誤，今得此本，互相證明，益見舊抄舊刻，各有可貴，惟在人之勤于校讀耳。丙辰嘉平月望，葉啓勳記。

此國初桐城汪文柏古香樓抄本，經彭芸楣侍郎元瑞、周荇農舍人壽昌批校。彭用硃筆，周用墨筆。周以爲即鮑刊所自出者，蓋以此本卷首有「曾在鮑以文處」六字朱文方印也。然取校鮑本，頗多異同。蓋鮑氏先據葉本付刊，故後有先祖石君公跋。繼得此本再校，今鮑本後有「乾隆癸卯仲春重校一過，知不足齋記」字一行，可覆按也。大伯父觀古堂藏拜經樓吴騫抄本，中經朱文藻、鮑以文用硃筆校，吴自用緑色、紫色二筆再校。又爲陳鱣借閲，以黄色筆校。今以兩本互勘，吴抄實遜於此本。大伯父曾取諸家所校，詳注此本行間，復爲之辨别異同，以此本爲主，餘則擇善而從，將壽梓以行。夫而後此書得以會萃衆長，以視鮑本，等於篳路藍縷矣。庚申冬月，啓勳又記。

默記一册　海昌吴氏抄本

此海昌吴兔牀騫拜經樓藏舊抄本《默記》一册。書首大題下有「朱、鮑校俱用硃筆」朱字一行，「兔牀校先用紫筆，繼用緑筆」緑字一行，下有「海昌吴葵里收藏記」八字朱文腰圓印。尾有緑筆兔牀兩跋，黄筆陳仲魚鱣兩跋，朱筆長塘鮑渌飲廷博兩跋，仁和朱朗齋文藻跋，即兔牀子虞臣壽暘《拜經樓藏書題跋記》著録之「巢飲先師手寫本」。書中渌飲、朗齋兩校，則皆兔牀手録也。先世父得之書坊，藏庋者有年。丙辰嘉平，余得國初汪氏古香樓藏舊抄本。其書曾歸南昌彭氏知聖道齋，經芸楣侍郎以朱筆手校，後歸長沙周氏思益堂，經荇農侍郎以墨筆再校。先世父曾以此本讎校，辨别同異，將付手民，會丁亂離，存之篋笥。丁卯春月，世父被難，余倉皇出奔，無暇計及典藏。亂定歸家，則觀古堂之藏散佚者十之三四，此書亦經亂復歸於余，展讀一過，喟然者久之。書中墨筆校字，先世父云此不知何人筆。據兔牀跋稱「癸巳歲，余假得以文本，吾友朱君雲達爲余手抄，且以意改其亥豕」云，則墨筆爲朱雲達手校矣。雲達名型，號巢飲，曾館兔牀家，虞臣其弟子也。蓋此爲雲達手抄，抄時並校其疑誤，故書中墨筆校字與全書字跡同，不待取證於兔牀跋，已知其出於一人之手筆矣。戊辰冬月，更生居士。

山海經十八卷　明仿宋本

世傳《山海經》以宋淳熙庚子梁谿尤袤校刊本爲最善，檇李項氏曾有藏本，有文三橋跋，後爲泰興季氏所得。滄葦没後，其書歸崑山徐氏。虞山毛斧季扆曾手校一本，並影寫尤序文，跋於首，毛云「板心分上、中、下三卷」。其書藏昭文張氏，見《愛日精廬藏書續志》。張藏散後，不知所歸。不獨宋本無傳，即校宋本亦不可得矣。此明仿宋本，每半葉十二行，行二十字，流傳極希。陽湖孫氏《平津館藏書記》：「《山海經》十八卷，題郭氏傳。每卷俱大題前有郭璞《山海經序》，總目每篇下皆有本文及注字數，後有劉秀《山海經奏》。」余以別本相校，惟此本與宋本相同。每葉廿四行，行廿字。孫書展轉流入常熟瞿氏，見《鐵琴銅劍樓藏書目》：「《山海經》十八卷，明刊本。此本開卷首行頂格題曰『山海經序』，次行題『晉記室參軍郭璞撰序』，後接題『山海經目總十八卷』，雙行注云『本三萬九百十九字，注二萬十字，瞿《目》「萬」下脱「三百五」三字。總五萬一千二百六十字。瞿《目》「十」下脱「九」字。』以下《南山經》至《海內經》，皆注『本若干字，注若干字』。」又曰「《海內經》及《大荒經》皆逸在外，後接向秀上書狀。以下首卷不題『山海經』，惟題『南山經第一』，次行曰『郭氏傳第一』，迄第十八卷皆同。武進臧庸堂謂宋本若此者，猶六朝唐人之舊式也。舊爲平津館藏書」云。是此雖爲明刻，而仿宋精刊，已爲藏書家所推重。癸酉孟冬，余從坊肆獲見此本，亟重價收之。前後無刻書人姓名、序跋，驗其字體、紙墨，殆嘉隆時刊本也。昭文張氏毛斧季手校宋尤袤本，載尤《序》云：「始予得京都舊印本三卷，頗疎略。繼得《道藏》本，《南山》、《東山經》各自爲一卷，《西山》、《北山》各分爲上、下兩卷，《中山》爲上、中、下三卷，別以《中山東北》爲一卷，《海外南》、《海外東北》、《海內西南》、《海內東北》、《大荒東南》、《大荒西》、《大荒北》、《海內經》，總爲十八卷。雖編簡號爲均一，而篇目錯亂不齊。晚得劉歆所定書，其南、西、北、東及中山，號五藏經，爲五篇，其文最多。《海内》、《海外》、《大荒》三經，南、西、北、東各一篇，並《海内經》一篇，亦總十八篇。多者十餘簡，少者三二簡。雖若卷帙不均，而篇次整比最古，遂爲定本。其卷後或題『建平元年四月丙戌，待詔太常屬臣望校治、侍中光禄勳臣龔、侍中奉車都尉光禄大夫臣秀領主省』。建平實漢哀帝年號，是歲劉歆以欲應圖讖始改名秀，而龔則王龔也。哀帝時朝臣有兩名望者，一則丁望，一則蟜望，而此疑爲丁望」云。此本卷帙及卷後題銜，均與尤袤所謂定本一一脗合，則此書除宋本外，要當以此本爲最善，陽湖之言不誣也。《欽定四庫全書總目》「《山海經》十八卷，内府藏本」，《提要》云「舊本所載劉秀奏中稱其書凡十八篇，與《漢志》稱十三篇者不合。《七略》即秀所定，不應自相牴牾，疑其贋託。然郭璞序已引其文，相傳既久，今仍併録焉」云云。不知《山海經》本十三篇，劉秀校獲逸文，得《大荒經》東、南、西、北四篇，《海内經》一篇，定爲十八篇，同時奏進，故於總目下注云「此《海内經》及《大荒經》本皆逸在外」，蓋謂此五篇爲十三篇外之逸文，並非自相牴牾也。乾隆四十八年鎮洋畢制軍校刊本，嘉慶十四年儀徵阮文達刊郝懿行箋疏本，皆誤「逸」爲「進」，失其旨矣。然可知諸家所見均非善本，館臣遂至疑此書爲贋託，孰謂書無庸講本子耶，更毋怪藏書家之佞宋癖元矣。其「十」三卷、十八卷之不同，則固無關要義也。癸酉冬十月二十日，葉啓勳摇筆書後。

清異録二卷　明隆慶壬申菉竹堂刊本

曩余輯編《四庫全書目録板本考》，知先族祖文莊公菉竹堂于明嘉隆時刻有唐馮贄《雲仙雜記》、宋陶穀《清異録》。諸家藏書志目，惟陽湖孫氏《平津館》、錢塘丁氏《善本書室》著録《雲仙雜記》，罟里瞿氏《鐵琴銅劍樓》著録《清異録》。知其書甚爲罕秘，久思得而藏之，無有也。今夏湘亂，余避地來申。伯兄康侯因事留湘，偶于書肆得先族祖刊《清異録》二册，馳書告余，云其書「每半葉十行，每行十八字，板心下方記字數，前有隆慶壬申春日河間俞允文撰序，又附王鳳洲來翰」云云。首卷首行題「清異録」，次行題「宋陶穀撰號金鑾否人」，二卷首行題「清異録卷之二」，次行題同前。原書分三十七門、一千二百五十八事。據俞序，知從元孫道明抄本及陶宗儀删定本參校付梓者。適案頭有罟里瞿氏《書目》，因檢之，載「《清異録》二卷，明刊本。宋陶穀撰。前有隆慶壬申河間俞允文序，云『葉伯寅有元時孫道明抄寫本六卷，凡十五門、二百三十事，遺缺過半。後復得抄本，不第卷次，凡三十七門、六百四十八事，比道明本爲備，而文獨簡略，爲陶宗儀删定本。今參校勘正，十有二三，而疑誤難正者並復存之。』又附王鳳洲來翰云『僕向有《清異録》，意欲梓行，得足下先之，是藝苑中髠孟不落寞矣』。後有『隆慶六年壬申葉氏菉竹堂繡梓印行』十五字」。今得本與瞿藏一一脗合，惟尾脱「菉竹堂」一行。又檢瞿目著録「《雲仙雜記》十卷，明刊本」，云「崑山菉竹堂葉氏得舊本，倩友人俞質夫寫而刻之，有序。質夫名允文，工書」云，則此書殆亦質夫手寫付刊者歟？康熙戊子陳世修刊本似即從此本出，而略有改易，不足貴也。先族祖文莊公爲明名臣，且富儲藏，生平手自讎録至數萬卷，嘗欲作堂以藏之，取《衛風·淇澳》學問自修之義，名曰菉竹。至公玄孫伯寅公恭焕，堂乃克成，王世貞爲之記。乾隆時，文敏公方藹猶居其地，蓋菉竹堂爲文莊公藏書堂名，子孫猶沿用之，不屬于一人者。此吾家故實，得此因並記之。庚午冬大寒，玉磵後人啓勳志于海上寄廬之媚古堂。

抱朴子内篇二十卷外篇五十卷 明緑格抄本

《抱朴子》世無宋元舊本，明嘉靖乙丑魯藩承訓書院刊本，九行廿字，已極希見。嘉慶癸酉孫糧儲星衍校刊本，世亦稱之。此明弘嘉間緑格抄本《抱朴子内篇》二十卷《外篇》五十卷，每半葉十一行，每行十七字。取較魯藩本及孫本，無甚異同，蓋均從明正統十年《道藏》本出也。惟孫本雖從《道藏》，而以明盧舜治刊八卷本、先族祖林宗公家抄本、明魯藩本及盧學士文弨手校明本參校，略有出入。考《道藏》刻于正統十年，見者頗尠。其中如《淮南子》、《抱朴子》諸書，極爲藏書家推重，以其較他本爲完善也。魯藩本前有序云「顧所傳抄寫舛譌，乃與兒輩手校壽梓」云云，是魯藩當時並未見《道藏》原本，而以抄本付梓者。孫本前有序云「從江寧朝天宫假得《道藏》，覆審一過，書中多依之。有依别本校改者，則注明《藏》本作某」云云。是魯、孫二本雖從《道藏》，一則梓自傳抄，一則頗多校改，固不及此本之傳録《道藏》爲可貴也。各卷首行下有「疲六」至「疲八」、「守一」至「守十一」、「真一」至「真十二」、「志一」至「志七」等字，蓋《道藏》以千文編號，此書列入「疲」字號至「志」字號也。檢黄氏《士禮居藏書題跋記》載姑蘇吴岫方山家藏舊抄本，云「取袁氏五硯樓藏《道藏》本校者手勘一過，無大異同」云云。蓋吴藏亦出《道藏》，可見此書《道藏》本外，固無其他善本矣。黄《記》又云「向在都中見明魯藩本《内篇》二十卷《外篇》五十卷，後爲陶五柳主人買歸，屬澗薲校其翻刻明烏程盧氏本，澗薲復借金閶袁氏所藏《道藏》本爲之校勘。澗薲嘗謂余曰：《道藏》本爲最勝，此外無復有善本矣」云云。可見此書《藏》本之爲人推重如此，故諸家均從之傳抄也。黄《記》又云「按《道藏》本正統十年刻，相傳是本最佳，魯藩本不及也」云云。今以魯藩本勘之，魯本亦出《道藏》，無明人竄亂肊改之惡習。黄藏吴本，據黄《記》云「曾借魯藩本相校，雖行款不同，而大段無甚異處」云云，知吴本本出《道藏》，實與魯本同源。黄氏紀載傳聞之言，殊不足信。此書余得之長沙故家。前後有「彭城」朱文一圓、一小長方印，「裒古堂」朱文長方印，「錢印興祖」白文、「孝修」朱文兩對方印，「錢孝修圖書印」朱文大長方印，「孝修」朱文、「興祖」朱文兩對方印。裒古堂爲虞山錢謙貞履之築以奉母者，其子孫保、求赤藏書處也，「彭城」亦其印記。孝修則履之族孫，求赤猶子，蓋此爲求赤、孝修遞相藏弆者。又有「臣鷺印」白文、「玉山」朱文、「一號四戌居士」朱文三小方印，「常琬字英懷號慎齋之章」白文、「甲辰鄉魁庚戌進士」朱文兩對方印，「后林讀過書」白文大方印。後護紙有墨筆題云「乾隆三十五年二月十九日玉山常鷺閲」一行。常不知何許人，暇日當詳考之。全書明時裝釘，書面用弘、嘉時試卷糊裱，所題篇名猶是明人手筆。四百年前奇物，至今觸手如新，洵可寶貴。書中略有譌字，經錢氏硃筆校改，尚有未盡者，大都因形近而誤，望文可知，固甚易于校理也。庚午冬大寒記。

拾經樓紬書録卷下

南陽葉啓勳定侯甫纂

楚辭集註八卷辨證二卷後語六卷 明正德十四年沈圻刊本

宋朱子《楚辭集註》八卷《辨證》二卷《後語》六卷，明正德十四年沈圻刻本。每半葉九行，每行大十七字，小注同。上下大黑口，上黑口黑質白文記字數，下黑口黑質白文記刻工姓名。《集註》、《後語》均有朱子自序。書首有正德十四年梅巖張旭《重刻楚辭序》，後有正德十四年平湖沈圻《重刻楚辭跋》。豐順丁禹生日昌《持静齋書目》著録此本，云善。仁和丁松生丙《善本書室藏書志》著録此本，云爲明成化十一年刊，有盱江何喬新序，正德十四年新安張旭、休寧知縣平湖沈圻跋，蓋從宋本出也。今檢此本，無何喬新序。考張旭序稱「平湖沈公子京以柱下史來知休寧縣事，未期年，乃梓行此書。恐今本未善，命旭爲之校讎」云。又考沈圻跋稱「請於郡守新淦文林張公，會婺源鄉進士汪濟民者以舊本遺圻，又民事勞心，不能校證，托之於鄉大夫張君廷曙别號梅巖者，嚴加考訂，圻遂捐俸命工鋟梓」云。蓋此爲張旭校訂、沈圻梓行者，兩人皆未言及有倩何喬新作序之語，則丁《志》所載何序自是從他本羼入，非此本有脱佚也。至丁《志》誤以張旭序爲跋，亦可見其考證之疏舛矣。丁卯冬大寒後一日，定父居士記。

分類補注李太白詩二十五卷　明正德庚辰劉氏安正堂刻本

《分類補注李太白詩》二十五卷，唐李白撰，元楊齊賢集注，蕭士贇補注。前後無序跋，無刊刻年月可考，唯尾卷末標云「庚辰歲孟冬月安正書堂新刊」兩行長方木牌記。每半葉十行，行大字二十三，小字雙行。槧法雅致，黑口雙欄，紙墨精良，洵可寶貴。孫星衍《平津館鑒藏書籍記補遺》載《類聚古今韻府續編》四十卷，云後有正德丁丑書林安正堂劉宗器題識。則安正堂爲書林劉宗器刻書之堂名，此書當亦宗器所刻。考劉氏于明宣宗宣德己酉四年刊有《四明先生續資治通鑑節要》二十卷，見湘陰郭氏養知書屋藏書；孝宗弘治甲子十七年刊《鍼（灸）［灸］資生經》七卷，見日本森立之《經籍訪古志》；武宗正德辛未六年刊《詳增補注東萊先生左氏博議》二十五卷，見昭文張氏《愛日精（樓）［廬］藏書續志》；無元號年月，大伯父文選君觀古堂藏本前有木牌記，末題「正德六年」。世宗正德己卯十四年刊《淮南高誘注》二十一卷，見獨山莫楚生觀察藏書；世宗嘉靖三年刊《宋濂學士先生文集》二十六卷《附録》二卷，見仁和丁丙《善本書室藏書志》；嘉靖九年刊《春秋胡傳集解》三十卷，嘉靖壬辰十一年刊《璧水羣英待問會元選要》八十二卷，均見浙江范懋柱《天一閣書目》；嘉靖壬辰刊《新刊河間劉守真傷寒直格論方》三卷《後集》一卷《別集》一卷，見大伯父文選君觀古堂藏書；嘉靖間刊宋林亦之《網山集》八卷，見獨山莫友芝《郘亭知見傳本書目》；神宗萬曆辛亥三十九年刊《新編事文類聚翰墨大全》一百二十五卷，見江陰繆荃孫《藝風堂藏書題跋記》；無帝號庚寅刊《韓文正宗》二卷，見常熟瞿鏞《鐵琴銅劍樓藏書志》；無紀元年月刊《孔叢子》七卷，見王聞遠《孝慈堂書目》。此就其各家志目著録者考之，劉氏刊書於明代已歷百有數年。但此書尾卷木記僅紀「庚辰」，既未注明廟號，亦無各家志目可以參證其刊於何帝庚辰。因檢舊藏安正堂刊《集千家注分類杜工部詩》散帙，尾卷末葉有長方木牌記云「正德己卯十四年年仲夏月劉氏安正堂刊」兩行，知此庚辰爲正德十五年，當時與杜詩合刊者也。自來收藏家重視安正堂之書，皆經著録，唯此李集向不經見，爲諸家目中所無，其當日印行之希，概可知矣。至劉宗器所刻之書，丁丙稱其精良，《止齋先生文集》二十八卷。云安正堂者，當爲麻沙書肆之號，寫刻精良，卷中空格提行，一遵宋式，後之林刻、陸刻，遠不及也。吴騫稱其可貴。《詩經疏義》二十卷。云蓋是書雖刻于明之中葉，而猶爲元儒手筆，悉仍文公之舊，未經妄删者，洵可貴也。若《欽定天禄琳琅書目》之于《象山先生集》，元板類，云《正集》二十八卷《外集》五卷，後有「辛巳歲孟冬月安正書堂重刊」木記。案嘉定十三年歲在庚辰，則木記所紀「辛巳」當爲嘉定十四年，但此書墨闇紙黝，决非宋本，當屬元時翻刻之書。歸安陸心源《皕宋樓藏書志》之於《增刊校正王狀元集諸家注分類東坡先生詩》，三十卷，云元刊本，目後有「龍集丙戌秋月劉安正堂刊木」一行，卷末有「丙戌歲孟冬月安正堂新刊」一行。竟誤以安正堂刻書爲元板者，亦可想見宗器刻書殊有元人風味。魚目原可混珠，毋怪館臣與陸氏皆爲其板式所迷惑也。此書舊爲華亭王氏收藏。書中有「横雲山人」、「王印鴻緒」、「大司農章」、「華亭王氏珍賞」諸印記。今展轉而歸於余，雲烟過眼，他日不知更歸何所。丙辰夏五，拾經主人葉啓勳跋尾。

集千家注分類杜工部詩二十五卷文二卷　元刊明印本

庚午春月，爲先世父考功君校刻《書林清話》，知建安余氏書業衰於元末明初，其皇慶壬子所刊《千家注分類杜工部詩集》原有「皇慶壬子余氏」木記者，其板後爲葉氏廣勤堂所得，遂將「皇慶壬子余氏」木記劃去，别刊「廣勤堂新刊」木記。其鐘式、鑪式二木記尚存，而以「皇慶壬子」四字易刻「三峯書舍」，「勤有堂」三字易刻「廣勤堂」。目録後「皇慶壬子余志安刊於勤有堂」十二字雖已劃去，而卷二十五後猶未劃補，並别刊《文集》二卷附印以行，故其字跡與全書迥異。迨明，其板又爲金臺汪諒所得，削去「廣勤堂」三字，而以「三峯書舍」四字易爲「汪諒重刊」。惟全書久印低損，故較初印本筆畫稍肥矣。癸酉秋九，余從道州何氏東洲草堂收得此本。全書圖記均經剜補，以後附有《文集》二卷，知非廣勤堂印本，即汪諒印本。蓋書估欲僞充余氏勤有堂本以欺世，差幸不知此中源委，故未將《文集》割棄，尚有蹤跡可尋耳。然其爲葉氏印本，或汪氏印本，殊難審定矣。惟據聊城楊氏《楹書隅録》著録元廣勤堂本，云卷首楊蟠《觀子美畫像》詩後有「廣勤書堂新刊」木記一行。此本於此處既未剜補，又無此一行，已知其爲汪諒得板後印行之本。旋從縣人袁氏卧雪樓見一殘本，缺一之十卷，其卷二十五後「正德己卯春正月吉旦金臺書院汪諒重刊」一行，尚未被賈人剜去，乃賤價收之，取與此本比勘，益證此爲明時汪諒印行之本矣。全書每半葉十二行，每行大二十字，小廿六字。首題「東萊徐居仁編次，臨川黄鶴補注」，蓋分類分卷俱居仁之舊，注則鶴有所補益也。《四庫全書總目》著録劉須谿評注二十卷本，諸注皆高楚芳所附入，已删節十之五六。此乃當時完帙，又爲勤有堂原版，頗不數覯，誠秘笈矣。丙辰仲夏，從永明周季譻舍人鑾詒家，得明正德庚辰劉宗器安正堂刊本《分類補注李太白集》二十五卷，與此可稱雙璧云。

韋蘇州集十卷 宋刊本

宋本《韋蘇州集》十卷附《拾遺》一卷。首有嘉祐元年太原王欽臣序，次沈明遠作喆補撰《韋刺史傳》。首行題「韋蘇州集卷第幾」，次行題「蘇州刺史韋應物」。每半葉十行，行十八字。書中「桓」字、「構」字缺筆，當是南宋初年刊本也。盧抱經學士文弨《羣書拾補》載此書，云「余家所蓄乃下邳余懷本，十卷，今以宋本補其闕遺，正其脱譌，是者正書，譌字旁書。凡云『一作某』者，皆宋本所有。其同時酬和之作，時本皆缺，宋本有之，與集中詩皆平寫，今悉依倣補入」。又云「卷第一《冰賦》，宋本卷首載此篇，《賦彙》卷三十有之，可據抄入」。唯「觀其力足以淒一室」，宋本「力」作「劣」； 卷二《贈令狐士曹》，宋本「沙季」作「涉季」，「而待」作「而不相待」； 卷四《天長寺》注，宋本「庫」作「康」； 卷七《西亭》「簾牖散喧風」下「扶棂」，宋作「扶樹」； 卷八《雜興》八十九首，云「案只七十五首」，宋本多一首，亦只七十六首，《詠玉》下云「下一首宋本有《詠露珠》」，案盧氏此首全録詩句。又云「《仙人祠》宋本在卷末」； 後録《拾遺》三葉，云「以下悉依宋本抄補」云。取校此本皆合，可知盧氏所見即此本也。楊紹和《楹書隅録》載此書，云「歲辛亥，獲此本于袁江。每半葉十行，行十八字。與余前收黄復翁藏本《唐山人詩》款式正合，即《百宋一廛賦注》所謂臨安府睦親坊南陳氏書棚本也」。又云「盧抱經學士《羣書拾補》所校是集宋本，與此俱合。惟盧本有《拾遺》三頁，其目云『熙寧丙辰校本添四首，紹興壬子校本添三首，乾道辛卯校本添一首』。此本俱無之，想刻時在前，尚未經輯補耳」云云。《欽定天禄琳琅書目續編》宋板類載此書，云後《拾遺》一卷，標熙寧丙辰校本添四首，紹興壬子校本添三首，乾道辛卯校本添一首，前有嘉祐元年王欽臣序。此本行字與楊《録》合，《拾遺》與盧本、内府本合，蓋諸家所藏同一板刻，唯楊氏殘缺《拾遺》耳。上海涵芬樓藏明嘉靖戊申華雲刊本，改題《韋江州集》，有汪汝達跋，云「《拾遺》八首」，則熙寧以後增入。舊本另爲卷，今附末卷之後。又有華復初跋云「家君嘗以數本互校，欲刻之，以宋本亦有訛脱而止。近蘇、揚所刻，更欠精校。今刻再參諸本，就其長者從之，但詩中襲疑甚多，不容不以意裁之」云。又云「劉須谿批《白鷴鴿歌》，云『誤字既多，大抵無味』。愚謂『夜仁全羽翼』當作『依人』，此不必疑，餘自明白，豈須谿亦未見善本耶？惟《石鼓歌》『喘逶迤相糾錯』，『喘』字上下必有脱文，嗣更校補」云云。伏讀《欽定天禄琳琅續》載本云「有墨跡跋二，其一後紀『德祐初，初秋看二集并記。須谿』，其一後紀『至正丁酉九月十五日，天全叟題』。須谿，劉辰翁號。天全叟，無考」云。據此則劉辰翁所見即此本，後華雲據以翻刻。今華本卷末尚附須谿劉辰翁評語，可取證也。唯華本經其以意竄改，已非宋本舊第矣。是書世傳宋槧祇此一刻，紙薄如繭，字體槧方。全書新若手未觸者，彌足珍已。序首及卷一有「鄭氏注韓居珍藏記」八字朱文長方印，「鄭杰之印」四字白文方印，「一名人杰字昌英」七字朱文方印；序尾有「玉融李馥」四字白文方印；卷三有「鄭氏注韓居珍藏記」八字朱文長方印，「圖史富書生」五字白文方印；

卷五有「注韓居鄭氏珍藏記」八字朱文長方印，「注韓居士」四字白文方印； 卷六有「注韓居鄭氏珍藏記」八字朱文長方印，「鄭杰之印」四字白文方印； 卷七尾有「侯官鄭氏藏書」六字朱文長方印； 卷八有「注韓居鄭氏珍藏記」八字朱文長方印，「人杰」二字朱文方印。 書面題字，猶是鄭氏手筆。 考陸心源《儀顧堂續跋·元槧晏子跋》，云有「鄭杰之印」、「注韓居士」、「鄭氏注韓居珍藏記」印。 案鄭杰字人杰，侯官人，乾隆貢生。 其藏書之所曰注韓居，藏書數萬卷，分二十廚貯之，以「東壁圖書府，西園翰墨林。誦詩聞國政，講易見天心」爲誌。 此書背面書根下皆有一硃印「墨」字，是鄭氏以之列入第九廚也。 檢《郎潛紀聞》云「泉州李中丞馥撫吾浙時，收書極富，一時善本，齊入曹倉。 每册皆有圖記曰『曾在李鹿山處』」。 後緣事頌繫，羣書散逸。 人以爲印文之讖，然亦達已」。 此書經李中丞收藏，轉入鄭氏，一再展轉而爲余有。 手跡如新，硃印累累，又不僅以其爲天水舊槧爲足珍重也。 乙卯仲冬，葉啓勳跋尾。

李文公集十八卷　明成化乙未何宜序刊本

先世父文選君舊藏明成化乙未玉融何宜序刊《唐李文公集》十八卷。 每半葉十行，每行二十字。 長卷頭，葉數通連計算。 上下大黑口，上黑口中分卷，黑質白文。 首有湘鄉曾文正國藩手跋，云獨山莫子偲先生定爲南宋邵武書坊本。 先世父以莫氏當時負賞鑒名，信之。 今夏，余從海鹽張菊生農部年伯許見一本，行款皆同。 首有成化乙未玉融何宜序，後有景祐三年七月十七日歐陽修跋，景泰乙亥四月之吉河東(刑)[邢]讓識。 書中間有白口、小黑線口、大黑口，其白口板魚尾上方刻一「補」字，小黑線口板中縫魚尾左方刻一「補」字。其第六卷尾有「歲乙酉邵武府通判舒瑞補刻」一行，卷十七首有「嘉靖乙酉下空六格補刊」一行，乃知世父藏本即成化刊本而佚其前後序跋者，莫氏誤以爲宋本也。其板至嘉靖乙酉已兩次修補印行，故板口參差不一。其黑口板爲成化原刻，而所存者只第九葉、第一百五十三葉、第一百五十四葉，共三葉矣。成化乙未爲明憲宗之十一年，嘉靖乙酉爲世宗之四年，相距五十年，其板已燬滅殆盡。事逾數百寒暑，則在今日欲求成化時印本，不更難哉？頃書友持此本求售，猶是成化時初印本也，亟購藏之。前後序跋亦均佚去，目首及卷尾有「中吴錢氏收藏」六字朱文長方印，卷一首有「懸罄」二字朱文方印，尾有「錢氏叔寶」四字白文方印、「中吴逸民」四字朱文方印。考虞山錢宗伯《列朝詩集小傳》，錢穀字叔寶，少孤貧，游文待詔門下，日取架上書讀之，至老不衰。子允治，酷似其父，年八十餘，隆冬病瘍，映日抄書，薄暮不止。功甫没，無子，其遺書皆散去。又檢《劉子威集》有《懸罄室記》，言錢君少學於文徵仲先生，爲題其室曰「懸罄」，言能貧也。又卷首有「朱印之赤」四字朱文方印。考聊城楊以增河帥《楹書隅録》影宋精抄《西崑酬唱集》二卷，毛斧季跋云「甲辰三月，同葉君林宗入郡訪朱卧庵之赤，其榻上亂書一堆，大都廢曆及潦草醫方。殘帙中有繕整一册，抽視之，乃《西崑酬唱》也，爲之一驚。卷末行書一行云『萬曆乙丑九月十七日書畢』，下有『功甫』印。乃錢功甫手抄也，因與假歸」云。功甫爲懸罄子，善守楹書，雅好抄書。錢遵王曾《讀書敏求記》云「功甫名允治。老屋三間，藏書充棟。雖白日檢書，必秉燭緣梯上下，所藏多人間罕見之本」云。此書爲罄室藏書，硃印累累，其爲秘帙，斷可知矣。後其書散出，爲朱氏所得，朱亦吴中之好藏書者。繼檢平原陸其清謬《佳趣堂書目》，載「《唐李文公集》十八卷，錢叔寶藏本」，則又經陸氏收藏，雖無平原印記，而《目》已注明，固可左證也。幾經展轉，流于湖湘而爲余有。時余將回蘇舊居，仍攜之以還吴中。鄉邦遺澤，由吴而湘，由湘而吴，楚弓楚得，吾子孫其永寶之。唯余今春先君棄養，先世父被難，夏初避亂滬瀆，秋初亂定回湘，雖迭遭大故，顛沛流離，而愛書之心更甚。癡獃如余，人有不相竊笑者乎？回憶平時每得一書，必經世父鑒定跋尾，今世父殉道，不能起而請益，並以知莫氏之誤，書此能不淒然？丁卯中秋前五日，棘人更生葉啓勳志。

《佳趣堂書目》載《西崑酬唱集》二卷，錢功甫手抄。蓋懸罄藏書散出，爲朱卧庵所得，朱書散出，爲陸其清珍藏，證諸諸家書目，若合符節。方信藏書不可無目，目又不可不詳記之，以爲他日考板本、話遺聞之談助也。越日始生魄，拾經主人燈下再志。

杜樊川集二十卷外集一卷别集一卷 明仿宋本

《唐書·藝文志》「杜牧《樊川集》二十卷」，宋晁公武《郡齋讀書志》「杜牧《樊川集》二十卷《外集》一卷」，陳振孫《直齋書録解題》、元馬端臨《文獻通考·經籍考》所載並同。然考宋劉克莊《後村詩話》，云《樊川集》有《續别集》三卷。檢王文簡士禛《居易録》，謂舊藏杜集只二十卷，後見宋板本雕刻甚精，而多數卷云。則是此書宋本有《續别集》三卷者，王漁洋尚書曾見之。然證以《唐志》、晁《志》、陳《録》、馬《考》，則《續别集》當爲後人編輯而成，舊在《外集》之外也。此明仿宋熙寧八年田概刻本二十卷《别集》

一卷《外集》一卷，題「中書舍人杜牧字牧之」，前有將仕郎守京兆府藍田縣尉充集賢殿校理裴延翰序云云。《别集》首有熙寧六年三月一日杜陵田槩序云云。乃知《文集》二十卷爲裴延翰所編次，《外集》則爲舊傳，《别集》則爲田槩所輯，已非劉克莊所見之本矣。明人刻書，好改易舊本行式，此則仿宋之極有矩矱者。每半葉十行，行十八字。錢曾《讀書敏求記》云「牧之集舊人從宋本摹寫者，新刻校之無大異，此翻宋雕之佳」者，即此本也。陽湖孫氏《平津館鑒藏書籍記》、昭文張氏《愛日精廬》、罟里瞿氏《鐵琴銅劍樓》、仁和丁氏《善本書室》、朱氏《結一廬》著録同爲此本。世無宋刻，當以此爲虎賁中郎矣。全書經道州何蝯叟太史子貞圈點評讀，書估重視何字，堅索重值。余惜書之癖强于惜錢物，亟以番餅七十易之。不特書估居奇，亦余好書之心有以使之然也。然近來明刻日希，如此仿宋精美，又經何蝯叟逐卷加評，名賢手澤，固當爲此書增重矣。丙寅臘八日，葉啓勳記于拾經樓。

八叉集注四卷　顧氏秀野草堂刊本

此顧予咸參定、秀野草堂刻曾益注温庭筠《八叉集》四卷。每半葉九行，行十二字。王文簡士禛《居易録》云「門人顧嗣協迂客貽會稽曾益注温庭筠《八叉集》四卷，清苑高鐈序。益曾注《昌谷集》號精博，温注世鮮傳者，亦顧氏刻也」云云，然其刻于何時則未詳述。檢舊藏康熙三十六年顧嗣立《刻温飛卿詩集箋注跋》，云「昔先考功令山陰時，邑人曾君名益字謙注《温庭筠詩》四卷，曰《八叉集》。先考功謂其用心良苦，特鳩工剞劂，流傳一時」云。又檢《蘇州府志》「顧予咸字小阮，順治丁亥進士，授寧晉知縣。畿南多盜，廉其魁數人，捕弗誅，厚衣食之，使爲耳目，他盜悉驚散。居數月，縣大治，調知山陰」云。據此，則顧予咸通籍在順治四年，其宰山陰時當在順治五六年間矣。此本前有古燕高鐈序、盤陽沈潤序、古吴顧予咸序。舊爲邑人王理安校官啓原所藏，余喜其傳本希見，特重裝而考其刻書年月于後。

昌谷集注四卷 顧氏秀野草堂刻本

此即王文簡士禛《居易録》所云顧氏刻明曾益注《李昌谷集》四卷，世鮮傳本者，唯不知刻于何時。檢舊藏顧予咸秀野草堂刻曾益注温庭筠《八叉集》，首有古吴顧予咸序，云「會稽曾益，南豐嫡裔，注其集。閲之博而核，詳而有體，表章力居多。昔朱晦庵欲注杜集而未果，曾子以史學饒爲之，三十年前注長吉集行海内。李、温俱以詩雄于唐，兹集出，並不朽」云。據此，則此書刻于《八叉集》之前。其《八叉集》予已考爲順治五六年間所刻，則此書當刻于萬曆末年。今此本首題「明會稽曾益釋」，《八叉集》則去「明」字矣。此本予得之有年，近又得《八叉集》，流傳甚久而又聚合一處，並得考其刻書年月，真快事矣。丙寅重九，葉啓勳記。

笠澤叢書四卷補遺一卷 碧筠草堂刻本　古燕查恂叔批讀

唐陸龜蒙《笠澤叢書》世行雍正辛亥江都陸鍾輝刊本、嘉慶間中吴顧楗刊本，兩本均從元至元陸悳原本出。陸本字體較顧本瘦削，而圓活流動過之。陸本陸悳原跋「今清朝右文」云云不提行，顧本提行。陸本增入《小名録序》，顧本無之。此爲陸氏原板轉鬻他人印行者。陸本原題「水雲漁屋」，此則易以「碧筠草堂」，較陸本字體稍失鋒芒，匡綫間多裂斷，則因印刷稍後耳。目首有「古燕查氏家藏」朱文長方印，目尾有「榕巢」朱文方印，書首有「宛平查禮恂叔氏圖書」朱文方印，又有「宛平查氏藏書印」朱文方印。書中以硃筆手批圈讀，書法學黄山谷，硃泥爛然，洵可寶也。據《國史》本傳，「公以困京兆試，納貲爲郎，出守四川，荐升川藩。乾隆四十七年九月，擢撫湖南。十二月，入覲。四十八年，卒于京」。吕星垣志公墓，稱公「好藏法書名畫，書學黄山谷，間喜畫梅，傳《銅鼓堂遺稿》。卒年六十有八」，則批讀此書當在六十七歲，官湖南巡撫任内。可見前輩好學之勤，至老不倦。名臣碩學，其精神福澤，信有大過人者。遞藏道州何子貞太史家，今秋余以重值得之。善本書而加以名賢手跡，以爲鎮庫物，不亦大快意事乎？戊辰秋白露，坐雨華萼堂之西窗，因識。啓勳。

寇忠愍公詩集三卷　明嘉靖乙未王承裕刊本

明人好刻書而最不知刻書，然亦有墨守宋元舊槧、不失矩矱者，如此《寇忠愍公詩集》，其一也。顧傳本甚希，曩曾得古香樓刻楷字本甚精，久思得一明本藏之，無有也。今秋自滬歸來，書坊估客羣集余樓，各攜近日所收者求售，余從挑得多種。此書爲郡故藏書家物，頗持高價。大抵余所收書，選擇過精，苟非不經見之書，鮮有當意者，每見一書問值，則書估無不居奇。余又每見珍秘之本愛不忍釋，必優其值以得之，而外間耳食之徒，每聞有書爲余所償值者，必倍其價取以去，雖受紿不計也，故書估得售其技，習以爲常。此書去值白金四十星，可云貴極。書分上、中、下三卷，每半葉八行，每行十八字，葉數通連計算。前有弘治庚申歲夏四月平川王承裕書《録藏宋萊國忠愍寇公詩集序》，參知政事孫抃奉勑撰《萊國寇忠愍公旌忠之碑》，宣和五年十二月朔濟南王次翁《新開寇公詩集序》，金紫光禄大夫行尚書户部侍郎知河陽軍州事上柱國范雍述《忠愍公詩序》，知制誥丁理行撰《贈謚誥》，後有隆興改元七月下墨釘二格日長樂辛斆書《再開萊公詩集後序》。嘉靖乙未歲春正月丁卯平川野逸王承裕《記》略言「予昔時録藏，迄今幾四十年。近攝三原縣事，零陵蔣君鏊至，出以示之，喜而懷歸，遂捐俸以永其傳」云。蓋王氏于弘治庚申從宋隆興本録藏，至嘉靖乙未乃付蔣君鏊刊之，前後序記言之綦詳。寧波范懋柱《天一閣書目》、仁和朱學勤《結一(樓)[廬]書目》、丁丙《善本書室藏書志》、邵懿辰《標注四庫簡明目録》、獨山莫友芝《郘亭知見傳本書目》所載，均爲弘治庚申刊本者，即此本之誤也。考萊公知巴東縣時，自擇其詩百餘首，編爲《巴東集》，後河陽守范雍裒合所作二百餘篇編爲此集。檢先族祖石林公《詩話》，有準《過襄州留題驛亭》詩一首，《侍兒小名録拾遺》有《和舊桃花詩》一首，《合璧事類前集》有《春恨》一首、《春晝》一首，均爲集中所無。大約雍編訂時有所去取，雖非準集之全，而其菁華固萃于此矣。準詩含思悽惋，骨韻清高，綽有晚唐之致，又豈僅以勳業風節見重于世哉？書此以志景仰。時丁卯中秋日，更生葉啓勳記于拾經樓。

鐔津文集二十二卷　明永樂八年刊本

此北宋釋契嵩《鐔津文集》二十二卷，明永樂八年刊本。每半葉十行，每行十八字，上下大黑口。首總目録，次以陳舜俞《明教大師行業記》爲前序，後有洪武甲子沙門原旭《募刻鐔津集疏》，永樂三年弘宗書後，永樂八年沙門文琇後序。蓋原旭于洪武十七年募貲刊板，至永樂八年文琇刻成始印行之。每卷後有僧俗人等助刊姓氏。考歷來藏書家志目，惟日本森立之《經籍訪古志》著録宋槧本，行款板式，一一與此本同，知此本爲重雕宋本，無改易也。契嵩生當仁宗慶曆、皇祐間，其時人文極盛，而契嵩乃能以文筆雄偉見稱，與儒者抗，宜其全集後人一再重刊，久爲藏書家所寶貴也。此刻惟《天禄琳琅書目》有之，而闕補卷三、十一、十二。卷十五、八。卷十八、十五。卷十九，十。不若此本之完全。至常熟瞿氏《鐵琴銅劍樓》、仁和丁氏《善本書室藏書志》著録，皆弘治十二年沙門如巹重刻本，知此本久不易覯，諸藏書家皆未之見也。至新城王文簡士禛《居易録》所稱之十三卷本，吴郡王蓮涇聞遠《孝慈堂書目》著録之十九卷本，秀水朱竹垞彝尊《潛采堂宋金元人集目》所載之十卷本，均爲後人編竄，又不及弘治本尚從此刻重雕爲有端倪也。《四庫全書總目》著録浙江鮑士恭家藏弘治本，特不解當日何不以内府舊藏之永樂本著録，而乃有取于弘治重刊，豈以其殘闕不全歟？丙寅新正人日，葉啓勳跋尾。

伊川擊壤集二十卷　明成化庚子畢亨刊本

《伊川擊壤集》二十卷，宋陳振孫《直齋書録解題》、晁公武《郡齋讀書志》、元馬端臨《文獻通考·經籍考》所載卷帙同。此成化庚子畢亨刻本，前有治平丙午中秋日自序，後有元祐六年辛未夏六月甲子十有三日原武邢恕序。每半葉九行，每行十八字，上下大黑口。中縫魚尾，上十卷刻一至十等字，葉數自一葉至一百五十三葉；　下十卷刻下十一至廿等字，葉數自一葉至一百七十葉。板式闊大，槧刻極精，明板中上乘也。前後無明人序跋。余憶曩年曾見一本，首有成化乙未希古引而不著姓名，後有庚子畢亨跋，即此本也。苦無左證，因檢《欽定天禄琳琅書目》載《伊川擊壤集》二十卷，「前明人希古序，次雍自序，後附集外詩十三章，并宋邢恕、畢亨二序。希古不載姓氏，其序作于成化乙未。畢亨序祇標『庚子歲作』，不題年號。以序中之言考證諸書，則爲成化庚子，後于乙未希古之序又五年矣」云云。又檢仁和丁氏《善本書室藏書志》載《伊川擊壤集》二十卷，云「此本前有成化乙未花朝希古引，而不著姓名。中有『待問之暇，批閲再四，重鋟廣惠來學』，疑出自藩邸之手。次有治平丙午中秋雍自序。後附集外詩十三章，元祐辛未原武邢恕序，更有成化庚子副都御史畢亨序」云。兩家書目均未注明行款板式，仍無由定此本之是否成化刻也。夏初，余避亂滬上，從海鹽張菊生年伯元濟許假觀涵芬樓藏書。中有此本，前後序跋俱全，乃知此確爲成化本，唯張藏本不及此之印刷較早也。此本序首有「翰林院」滿漢文大方印，卷首有「曾在鮑以文處」六字朱文方印。儀徵阮文達元《知不足齋鮑君傳》云「高宗純皇帝詔開四庫館，采訪天下遺書。鮑君廷博集其家所藏書六百餘種，命其子士恭進呈。既著録矣，復奉詔還其原書」云。檢王亶望編《浙江採集遺書總録》載《擊壤集》二十卷，云「晁《志》卷帙同，有治平丙午自序，元祐六年門人邢恕後序。其書爲明畢亨校刊」，蓋此本鮑氏曾以進呈，後復賜還。《四庫全書總目》著録以爲「河南巡撫採進本」者，誤也。《提要》云「前有治平丙午自序，後有元祐辛卯邢恕後序」，則此本明人前後兩序在鮑氏進呈時已失之，故《浙録》、《提要》均未言及也。汲古閣從《道藏》本付刊，無集外詩，且不及此本之字大悦目，讀者珍之。丁卯中秋後二日，更生居士記。

案歸安陸氏《儀顧堂題跋》載元槧本，云「每葉二十行，行二十一字。以毛氏汲古閣、《道藏》八種刊本互校，毛本脱落甚多，其他序次之不同、字句之譌謬，更難枚舉」云云。據陸跋所記毛本脱落之詩，此本均有之，序次亦與元本無異，惟行款不同，斯固無關宏恉矣。至隆慶刊本爲陽羡萬士和分類改編，非其原次。此猶康節手編原第，信可寶也。黄蕘圃言，書舊一日好一日，誠然。定侯再記。

居士集一百五十三卷附録五卷　明天順六年黑口本

明天順六年程宗吉州刊宋歐陽文忠《居士集》五十卷、《外集》二十五卷、《易童子問》三卷、《外制集》三卷、《内制集》八卷、《表奏書啓四六集》七卷、《奏議集》十八卷、《雜著述》十九卷、《集古録跋尾》十卷、《書簡》十卷，總一百五十三卷，《附録》五卷，《年譜》一卷。後有「慶元二年三月十五日郡人登仕郎胡柯謹記」云云。《附録》末有編定、校正銜名，覆校等銜名十二行，次有「六月己巳前進士周必大謹書」云云，知從宋孫謙益、丁朝佐、周益公等編次本出也。每半葉十行，每行二十字，上下粗黑綫口。《考異》皆另葉起，不與正文相聯。每卷後有「熙寧五年秋七月男發等編定，一行。紹熙二年三月郡人孫謙益校正」兩行，唯《外集》、《書簡》無之。檢《附録》卷五末男發等述公《事跡》所載，則《外集》、《書簡》本非發所編定。考周必大《記》云「惟《居士集》經公決擇，篇目素定，而參校衆本，有增損其辭至百字者，有移易後章爲前章者，皆已附注於下。如《正統論》、《吉州學記》、《隴岡阡表》，又迥然不同，則收寘《外集》」云云。的是孫謙益等輯録而成，别無他本可以校正者，宜其無此二行也。唯《事跡》所述尚有《歸榮集》一卷，據胡柯《記》云「往往散在《外集》」，則是此本爲歐集最足之本矣。檢罟里瞿氏《鐵琴銅劍樓宋金元本書影》載宋本《居士集》卷一首葉及末葉，取勘此本皆合。唯瞿藏宋本《考異》有續添數條，此本則與前《考異》依次編入。又有云「恕本」者，此本無之爲異。繼檢瞿氏《書目》「宋刊本歐陽文忠公《居士集》五十卷」，云：「有蘇軾序，此書編次爲公晚年所自定。凡詩十四卷，賦、雜文一卷，論二卷，經旨辨一卷，詔册一卷，神道碑銘四卷，墓表二卷，墓志銘十二卷，行狀一卷，記二卷，序傳四卷，書三卷，策問一卷，祭文二卷。每卷末有『熙寧五年秋七月男發等編定，紹熙二年三月郡人孫謙益校正』二行。卷一後有白文二行云：『李文敏公家藏公之孫恕宣和癸卯寫本，今以考證異同于後。』其各卷後有『朝佐考正語』者，丁朝佐也。」余案此本分卷，及各卷後編定、校正二行，丁朝佐考正語，均一一符合。唯無卷一後白文二行，審是未據恕本重校者，故無之也。檢周必大《記》云「自餘去取因革，粗有據依，或不必存而存之，各爲之説，列於卷末，以釋後人之惑，而首尾浩博，隨得隨刻，歲月差(亙)[互]，標注牴牾，所不能免」云，則在宋周益公時《考異》已有牴牾。瞿氏宋本爲周益公校正最後之本，此則據宋未以宣和癸卯恕寫本重校者付刊，故與瞿藏宋本略有出入也。唯書影末葉，《考異》有黑質白文二行，云恕本惟「曇頴」作「頴」，「已矣」作「已失」，「菱」作「凌」，餘並同正文，而與《考異》所謂「一作某」者合，則恕本亦别無異同，似不必校勘，理或然歟。此本余於辛酉秋得之，當時持此書求售，人無知者，余擬以賤價獲之。不意書估見余欲售，始知爲秘帙，居奇昂價。余重其希見，乃以重價收之。乙丑冬，從兄某於玉泉街書肆見成化四年刻《蘇東坡集》，即世所謂「七集本」是也。從兄獲之，固不知與此書同刊並行者。及持歸細閱，蘇集首有李紹序，云「海虞程侯自刑部郎來守吉，謂歐爲吉人，吉學古文者以歐爲之宗師也。嘗求歐公《大全集》刻之郡釁，以幸教吉之人矣。既以文忠蘇公學於歐者，又其全集世所未有，復遍求之，得宋時曹訓所刻舊本及仁廟所刻未完新本，重加校閲，仍依舊本卷帙，舊本無而新本有者，則爲《續集》，並刻之，以與歐集并傳於世」云，乃知二集同爲程宗所刊。閲數百年之久，余兄弟先後並得藏之，物聚所好，殆信然矣。此本近涵芬樓影入《四部叢刊》，沿《天禄琳琅》之誤，定爲元板。余取二本對勘，板框、墨綫、字體無一不同。所謂字仿鷗波，定屬元時重刊宋板者，即此本也。蘇集取《書影》載本比校，乃知瞿氏所謂元本者，亦即此本。藏書家目往往以元本爲宋本，以明初本爲元本，自欺欺人。其實此明仿宋之至佳者，固不必强躋於元板方足珍貴也。丙寅春正人日，葉啓勳記於華萼堂。

臨川先生文集一百卷目録二卷　宋刊明印本

《臨川先生文集》一百卷、《目録》二卷，南宋初刊本。首有吴澄幼清序，次永樂十五年十月一日廬陵楊士奇《語録》，蓋明時補刻也。是集藏書家皆著録。罟里瞿氏《鐵琴銅劍樓書目》載臨川曾孫珏刊本，「前有小序云云，因贅不録。末署『紹興辛未孟秋旦日右朝散大夫提舉兩浙西路常平茶鹽公事王珏謹題』。又有總目，唯載某卷之某卷某體詩、某體文。其細目載每卷前，目後即接本文。每半葉十二行，行二十字。書中『桓』字作『淵聖御名』，『構』字作『御名』，『慎』、『敦』、『廓』字不缺筆。雖有後來修板，謬誤不少，而原書尚是紹興舊刻可知。覈之明翻詹大和本，卷第皆同，惟『輓詞』類中少《蘇才翁輓詞》二首，『集句』中少《離昇州作》一首，而多《移桃花》一首」云，乃知此爲紹興王珏所刊而佚其小序者。錢塘丁氏《善本書室藏書志》載元刊本，云「瞿氏恬裕齋藏宋刊百卷本，每半葉十二行，行二十字，與此本行款同。前有吴澄幼清序」云云，因贅不録。「又楊士奇跋此書云：『歐、蘇、曾、王四家全集，今書坊皆無刻板。獨北京有《臨川集》板在國子監舊崇文閣，而所缺什一。用之永樂八年扈從在北京，印二本，以一本寄余。既已補録，遂以吴草廬先生所爲序冠諸首』。此本板心間有嘉靖五年補刊之葉，豈即北京本歟」。

案此本行字、總目、缺筆則與瞿本合，吴序、目録、補刊葉則與丁本合，二家所藏實同一板刻。宋板至明永樂猶存，楊士奇修補所缺什一，復增入吴序、《語録》印行。迨至嘉靖，又有缺板，今此書板心上方有「嘉靖五年補刊」六字者，即其時修補印行之證也。明郭磐《皇明太學志·經籍門》「堪印書板數目」載「《臨川集》七百四十四塊」，注云「《舊志》六百八十七塊，餘係嘉靖五年祭酒嚴嵩刊補」。據此，則此書嘉靖時所補祇五十七塊，永樂時修補亦僅什一，餘尚是紹興刻本之舊。今此本有白口、避諱謹嚴者，爲宋刊原本；有上下黑口者，爲永樂補刊；至嘉靖補板，則於魚尾上方注明矣。此本較瞿氏藏本影入《書影》者，印刷較早。據瞿《目》所載，僅有總目某卷之某卷二葉，而無一百卷之總目二卷，蓋由嘉靖時於目録補板過多，書估去其目，又抽去書中補葉以充宋板宋印。瞿氏因書中有黑口、白口之分，故知有後來修板，而不知有永樂、嘉靖兩次修補，其印刷尚在嘉靖時也。然古香古色，溢於楮墨間，以視黄蕘翁寶宋殘本書如金泥玉檢，其輕重爲何如耶？此書紙背間多朱墨字跡，蓋其時用公牘廢紙所印。原書裝二十册，以嘉靖極薄棉紙襯訂，余因其破口蟲傷重裝，將原襯紙撤去。惜紙背字跡因重裝不能辨認，並誌之以諗後之讀是書者。乙丑冬臘，裝成漫記，時嚴寒大雪，呵凍書之，不覺其苦也。定侯葉啓勳。

欒城集五十卷後集二十四卷三集十卷應詔集十二卷　明清夢軒刻本

右宋蘇文定《欒城全集》四種，都九十六卷，明清夢軒刻本。每半葉十行，每行廿字。每葉板心下間有「郭秀刻」、「楚黄湯世仁鐫」等字及字數。「謚議」首板心下有「常郡施行奇書」五字，目録後有「清夢軒藏版」五字，或卷尾有「清夢軒」三字。全書大題後有「明東吴王執禮子敬、顧天敘禮初同校」二行。書首列本傳、謚議，又有淳熙六年從政郎充筠州州學教授鄧光跋，淳熙己亥曾孫朝奉大夫權知筠州軍州事詡跋，後列校勘官名「文林郎筠州軍事判官倪思」一行。「從政郎充筠州州學教授鄧光」二行。「奉議郎知筠州高安縣事閭丘泳」三行，又有開禧丁卯四世孫朝奉郎權知筠州軍州事蘇森跋，蓋清夢軒從宋筠州本重刊，王執禮、顧天敘同爲校字也。案晁公武《郡齋讀書志》、陳振孫《直齋書録解題》載欒城諸集，卷目均與此同。大氏此爲文定所手定，其正集皆爲尚書左丞時所輯，均元祐以前之作，《後集》則自元祐九年至崇寧四年所作，《三集》則自崇寧五年至政和元年所作，惟《應詔集》則其策論與應試諸作，爲其孫籀所集也。《四庫全書總目》著録即爲此刻，《提要》稱「自宋以來，原本相傳未有妄爲附益者。此本爲明代舊刻，尚少譌闕，所據猶宋時善本」云。則宋刻《欒城集》不可得，當以此刻爲最古，宜爲藏書家所珍秘矣。至歸安陸誠齋運使心源《儀顧堂題跋》此書跋云「是集爲文定所手定，不應有遺漏。然元祐五年《劾上官均疏》、《劾許將疏》、《與岑象求同劾許將疏》三首，見《通鑑長編》四百五十二，此本皆不載」云。陸知此集爲文定所手定，不知其集中所不載者皆文定不經意之作，不欲流傳後世，故删之，非漏遺也。書首有「衡陽常氏潭印閣藏書之圖記」十二字朱文大方印，知爲常文節公大淳家藏書。余從估人手得之，泚筆記此。

后山詩注十二卷 明弘治丁巳黑口本

宋刊任淵注《陳后山詩》，國初唯虞山錢氏述古堂藏其全者，載於《讀書敏求記》。乾嘉時昭文張氏《愛日精廬藏書志》所載闕卷一至三三卷，吴中黄氏《蕘圃藏書題識》所載只第六卷一卷。張藏散後，不知尚在天壤間否。黄藏後爲常熟瞿氏所得，見其《鐵琴銅劍樓宋金元本書影》，零篇斷帙，寶若琳球。余曩從湘鄉王佩初計君禮培許，得見縣人袁氏舊藏明弘治丁巳刊本。每半葉八行，每行大小十七字，小注雙行，板心上下大黑口。有石淙楊一清識此書後云「予尤酷愛后山，嘗攜其遺稿過漢中憲副朱公，恨世無完集，不與歐、黄並行，遂屬知府袁君宏加板刻焉，顧訛脱太甚。丙辰南歸，獲定本於江東故家。朱公喜，如得重寶，復屬袁君再板以行云」。乃知明弘治時袁君已一再鏤板，顧傳本甚少，歷來藏書家罕見著録，且無有知此書之一再刊板者。計君並爲余言，曾從縣人楊氏見一本，似即弘治所刊，唯前後無序跋，目録與全書行款參差，倉卒未能細閲，今猶耿耿於心也。余聞而識之者有年。頃估人持此本求售，每卷首有「朱印彝尊」白文方印，「竹垞老人」朱文方印，蓋秀水朱氏潛采堂藏書也。其《潛采堂宋金元人集目》不載，殆編目後所得歟。又有「湘鄉楊氏藏書」長方印，爲估人摹潄，而其印文固隱約可辨，知即計君曾見之本。目録每半葉十一行，每行二十字。全書則與計君藏本行款正同，字體、紙墨亦無差異，蓋此爲袁氏據遺稿所刊，王藏則爲袁氏據定本再刻，故整齊一番耳，亟購藏之。惜王藏又經流散，不知歸於何人，無由校訂其異同。考楊序云初刊本訛脱太甚，因再板以行。余謂遺稿與定本本自不同，則文字不必相合，併刻二本，以存其同異，便於讀者之索解，固無不可，或因此而廢初刻，則余不敢苟同。世無宋刻，則此亦虎賁之中郎。朱、袁兩君一再流傳古書之盛心，足令後之人聞風興起，詎獨有功於此書也哉。丁卯春正人日，葉啓勳呵手記。

張右史文集六十卷　長洲何氏抄本

此宋張耒《右史文集》六十卷，六册，爲長洲何義門學士焯家藏抄本。每半葉十三行，每行廿五字。遞經長洲顧肇聲大令楗、大興翁覃谿閣學方綱珍藏。第二册、第四册、第五册、第六册書衣均有閣學題字，定爲義門小史所書。辛未初伏，叔弟東明得之道州何子貞太史紹基家，蓋太史之父文安分校順天試時所得，其孫詒愷不能守，遂以歸之余家者也。按《右史集》在南宋時已非一本，其卷數多寡亦復相懸，此本與毛斧季《汲古閣珍藏秘本書目》所載卷數相符。斧季云「張耒世所行《文潛集》纔十之五，《右史集》乃大全」云，則此本固爲耒集之全矣。仁和丁丙《善本書室藏書志》載《宛丘先生文集》七十六卷《補遺》六卷抄本，云「案金星軺《文瑞樓書目》」云，文潛《柯山集》，《讀書志》載有百卷，而行世之抄本祇六十五卷，名《右史集》。兹集宋子蔚如從其友人借抄之本，比前本卷數略多，前後參差，訂爲七十六卷，又多《補遺》六卷，仍未符百卷之數。此清吟閣瞿穎山從鮑以文借文瑞樓舊藏本，依式刊格，重爲抄校」云。然考《文瑞樓書目》載「張耒《右史文集》六十卷，抄」。又考《清吟閣書目》名人批校抄本《宛丘集》七十二卷，「文瑞樓舊抄，重寫鮑校本」，則丁《志》著録之七十六卷《補遺》六卷本，云清吟閣從鮑以文借文瑞樓藏本抄校者，不足信矣。又考《四庫全書總目》著録《宛丘集》七十六卷，浙江鮑士恭家藏本。然儀徵阮文達元撰《知不足齋鮑君傳》云「高宗純皇帝詔開四庫館，采訪天下遺書。鮑君廷博集其家所藏書六百餘種，命其子士恭進呈。既著録矣，復奉詔還其原書」云。檢王亶望《浙江采集遺書總録》載「《張右史文集》六十卷，舊影寫本」，則鮑士恭當日進呈者，亦爲六十卷，而非七十六卷明矣，且亦未嘗言及《補遺》六卷，則丁《志》所云更不足信也。考宋周紫芝《太倉稊米集·書譙郡先生文集後》，稱耒集宋時有四本：一《柯山集》十卷，一《張龍閣集》三十卷，一《張右史大全集》七十卷，一《譙郡先生集》一百卷。則宋時固無《宛丘集》之名，當出後人彙集所改。據丁《志》所云，或宋蔚如編訂時所名歟。至《四庫總目》於七十六卷本知其出於後人摭拾殘賸所編，而不知何時何人，亦可謂疏陋甚矣。然其以聚珍板排印耒集，寧取五十卷之《柯山集》而不取此，蓋亦有其意義，非舍卷數多者不貴也。叔弟東明考之未審，因書此以諗之。辛未立秋前一日，葉啓勳志於拾經樓。

附

《張右史文集》六十卷，長洲何氏抄本，六册。每册卷首有「顧肇聲讀書記」朱文長方印，卷尾有「養拙齋」朱文長方印，本傳首葉有「善耕顧楗」朱文方印，又有「文淵閣校理翁方綱藏」朱文方印。第二册書衣題云：「此册内第十二卷至第十六卷書字不必工，然似是何義門小史所書。」下鈐「覃谿鑑藏」朱文方印，另行云：「丙午秋，見義門小楷《周頌》數幅，與此對之，是義門家塾所寫無疑。」第四册書衣題云：「卅七、卅八二卷《同文倡和》，合下册總六卷。」第五册書衣題云：「卅九至四十二凡四卷《同文倡和》。」第六册書衣題云：「此册内五十六之六十之五卷者，亦是何義門家小史之書，但不工爾。」下鈐「覃谿鑑藏」朱文方印。蓋遞經善耕顧氏、大興翁氏二家珍藏者。檢彭啓豐《芝庭集》十四《文林郎蒲城縣知縣顧君墓誌銘》，略言「顧君諱楗，字肇聲。先世自金陵遷蘇州。君少力學，涉(曆)[歷]經史，兼通術數之書。屢赴省試不第，乃循例謁選吏部。初得直隸鹽山令，憲皇帝目之曰：『此人風格老成。』改福建(蒲)[浦]城縣。以乾隆三十二年九月二十七日卒，年六十五。所撰詩古文名《碧雲堂集》」云。又檢吴修《續疑年録》四：「翁正三，方綱，年八十六。雍正十一年癸丑生，嘉慶二十三年戊寅卒」。法式善《清秘述聞》「學政類」江西省，「翁方綱，字正三，大興人。乾隆壬申進士，五十一年以詹事任」。此書題「丙午秋」云云，以紀元推之，正五十一年，則即官詹事時所得也。張集宋時所傳，見于周紫芝《太倉稊米集・書譙郡先生文集後》者凡四本：一爲《柯山集》十卷，一爲《張龍閣集》三十卷，一爲《張右史大全集》七十卷，一爲《譙郡先生集》一百卷。四本與今世所行諸本卷數均不相合，惟七十卷本有紹興十三年張表臣敘刊本，道光中猶存海昌蔣氏，見蔣光煦生沐《東湖叢記》，其餘各本早已無傳。蓋張集宋時傳本已不一致，後來傳抄之本，分合皆以意爲之，故無從還宋刻諸本之舊次也。《欽定四庫全書總目》著録《宛丘集》七十六卷，浙江鮑士恭家藏本，《提要》云「末之文集在南宋已非一致，其多寡亦復相懸。此本卷數與紫芝所記四本皆不合，又不知何時何人摭拾殘剩所編，宜其缺佚者頗夥」云。仁和丁丙《善本書室藏書志》、歸安陸心源《皕宋樓藏書志》、常熟瞿鏞《鐵琴銅劍樓藏書目録》均載此本。蓋張集流傳者以此七十六卷本爲最足，與宋陳振孫《直齋書録解題》所稱蜀本卷數相合，蓋即從蜀本出也。丁《志》又載《宛丘先生文集》七十六卷《補遺》六卷抄本，云「按金星軺《文瑞樓書目》云，文潛《柯山集》」，《讀書志》載有百卷，而行世之抄本衹六十五卷，名《右史集》。兹集宋子蔚如從其友人借抄之本，比前本卷數略多，前後參差，訂爲七十六卷，又多《補遺》六卷，仍未符百卷之數。此清吟閣瞿穎山從鮑以文借文瑞樓舊藏本，依式刊格，重爲抄校」云云。據此，則八十二卷本爲宋蔚如參訂分卷，雖卷數較多，固非宋本舊第，不足信也。唯虞山毛晉《汲古閣珍藏秘本書目》載《張右史文集》六十卷二十四本，云「張耒世所行《文潛集》纔十之五，《右史集》乃大全」云云。毛氏富于收藏，且精鑒賞，所言斷非耳食。此本分卷與毛藏正同，又經名賢題記，自當益增珍貴矣。别有明嘉靖中郝梁刊十三卷本，題《張文潛文集》。乾隆中武英殿聚珍印五十卷本，題《柯山集》。郝本卷數雖少，亦有此本所無之文。聚珍本僅編次略有出入，詩文無大異同。獨不解内府有七十六卷本，不以印行，而印此五十卷本，棄珠玉而寶碔砆，何所取義也。

寶晉英光集六卷　舊抄本

此抄本宋米芾《寶晉英光集》六卷。前有紹定壬辰岳珂序，序後及卷末有戒庵老人兩跋。蓋明萬曆間李詡恐崑山張青父丑有所改竄，從長洲吴文定寬叢書堂藏抄本傳寫，尚是岳珂會粹米集之真本也。歸安陸存齋心源《儀顧堂題跋》「《寶晉山林集拾遺》八卷，影寫宋嘉泰米憲刊本」，云以《四庫》所收《寶晉英光集》互校，得多詩文數十首。紹定後嘉泰二十年，覩岳珂序，似未見憲所刻者。然《拾遺》所載除《書史》、《畫史》、《硯史》外，岳本皆已有。惟岳本卷六「題古良醫妙技」二十餘條，注曰「以下並不標題」，其爲《拾遺》所有者十三條，「題古良醫妙技」祇二十二字，餘十二條題曰「雜説」。岳本削「雜説」二字，淆亂不清，不如《拾遺》之善也。案芾《山林集》一百卷，失於靖康之亂。嘉泰元年，芾孫憲知筠州，輯存詩文五卷，《書史》、《畫史》、《硯史》各一卷，刊於郡齋。因不及原集十之一，故名曰《拾遺》。後三十一年，至紹定五年，珂未見憲刊，别爲會粹，從《寶晉》、《英光》兩帖録補多篇，故曰《寶晉英光集》，蓋合其齋名、堂名以名一書也。是芾集自宋流傳六卷、八卷之本，均出後人輯録而存。至《四庫全書總目》著録之浙江鮑士恭家藏本後有張丑跋者，則又經丑有所改竄增補，非岳輯原本矣。此書余得之道州何氏。序首有

「蕭江飛濤書畫珍賞」八字朱文小長方印，書首有「聲」字螭形白文小圓印，「白沙」二字朱文小方印。檢龐鴻文《常昭合志稿》，江聲字飛濤，號白沙。詩文之外，尤以畫竹、篆刻有名。性嗜書，得秘本輒手録，校勘精確。曾從蕭姓，故有『蕭江聲讀書記』及『飛濤』、『白沙』諸朱記。此書所鈐諸印，篆刻精妙，有浙西六家之風，由其家富儲藏，胸羅卷軸，澤于古者深，固無施而不可，非僅其藏本之可貴，亦當以印譜觀而重之矣。目首又有「曹琰之印」四字白文、「彬侯」二字朱文對方印。考顧廣圻《清河書畫舫題後》「常熟嗜手抄者，陸敕先、馮定遠爲極盛，至彬侯殿之。彬侯名炎，席氏客也」。黄廷鑑《愛日精廬藏書志序》「汲古毛氏、述古錢氏兩家陵替，吾邑藏書之風寖微，然亦未嘗絶也。以余所聞，玉照席氏、慶曾孫氏、虞巖魚氏，皆斤斤雪抄露校，衍其一脈」云，則炎爲玉照之客，其風雅好事，薰習同也。

建康集八卷　明影宋抄本

此明影宋抄本先少保公《建康集》八卷，爲晉江黄氏父子藏書，有「海隺道人」四字白文方印，「俞部」二字白文方印。復經宛平胡茨村介祉收藏，有「胡氏茨村藏本」六字朱文長方印。案茨村名介祉，字循齋，山陰人，宛平籍，少保兆龍子。由蔭生歷官河南按察使，著《隨園詩集》。事實載儀徵阮文達元《兩浙輶軒録》。檢長洲徐大臨昂發《乙未亭詩集》，有《題胡茨村畫像》二首，一寫茨村校書之勤，一寫茨村閑居之樂，其人殆亦嗜書有癖者。庚子冬至，先世父文選君從善化張姓得之。原缺卷三書類《唐李弼告後》二篇，論類《蘇秦論》、《范增論》、《續養生論》上、中、下五篇，序類《程致道集序》題目及文首兩行。

先世父從常熟盛杏蓀宫保藏抄本補全，彙刻入《石林遺書》印行。此則藏之觀古堂中，爲子孫青箱世守之業。丁卯三月，先世父被難，典籍散亡。此書余得從冷書攤頭購歸，亦似冥冥中有默加呵護者。楚弓三篋，亡來已久，一旦頓還舊觀，展卷相對，如見故人。特世父云亡，寒暑屢易，追懷疇昔，感痛繫之。惟先世父得此書於庚子冬至後一日，是年五月爲余生辰。綜此三十四年間，余家變故相乘，余雖屢經憂患而酷好典籍，相依如命。此書幾經展轉，别六載仍歸於余，抑天公欲破余之癖，故予而故靳也耶？抑長恩有靈，祖先之眷戀余小子也耶？此則非余所知者矣。癸酉冬重九，茅園裔孫啓勳謹志。

須溪先生評點簡齋詩集十五卷 高麗紙印本

宋陳與義《簡齋詩集》十五卷，世不多見。此日本刊高麗紙印本，每半葉十一行，行二十字。前有劉辰翁序，後有嘉靖二十三年五月上澣承議郎行茂長縣監柳希春跋，末署校正都色刻手等名銜十二行。又有甲申冬十月江宗伯跋云「嘗得是集，手寫自珍，遂欲鋟梓，廣其傳於不朽矣。於是以付剞劂氏，且欲便童蒙，加以和訓，恐未無差訛，請讀者訂焉」云云。則此爲江宗伯所刊，和訓亦其所加也。檢歸安陸純齋觀察心源《儀顧堂續跋》「宋麻沙本《須溪先生評點簡齋詩集注》十五卷」，云「前有劉辰翁序。卷一賦，卷二至十三詩，卷十四雜著，卷十五《無住詞》，年譜散入詩題之下，續添正誤散入每卷之後。注爲胡穉作，又有增注，以墨質白章别之，不知出自何人，今不可考」云。此本一一與之脗合，則其出自宋槧，蓋信而有徵矣。惟增注不作墨質白章爲異，此固無關要義也。序首有「思適齋」三字朱文長方印，目首有「顧印廣圻」四字白文方印，卷一首、卷四首及卷十五尾均有「顧澗蘋藏書」五字朱文長方印，「思適齋」三字朱文方印，「顧印廣圻」四字白文方印，卷六首有「癡絶」二字白文方△，卷九首有「思適齋」三字朱文方印，卷十二首有「廣圻審定」四字朱文方印。尾護紙有蕘翁手跋四。蓋元和顧千里茂才廣圻舊藏，以歸吴中黄蕘圃孝廉丕烈士禮居者也。先是，估人李少仙持此書詣從兄某處，索值廑四十元。某頗自負衡鑒者，謂之曰：「此袁子才集而有和訓者，黄跋則出自小兒手，不足重也，曷去其和訓以欺某，庶可得善價矣。」李頗曉事，嗤之曰：「簡齋爲袁子才，須谿則何人也。」憤而持出，潛取蕘翁所刊《士禮居叢書》之有千里印記及蕘翁手跋者，一一比勘，絲毫畢肖，遂持示余，索價至二百元矣。余有奇癖，每見異書，必面紅耳赤，估人之黠者，每以余之面色定價之高下。此書余一見而心怦怦動矣，估人遂堅持原價，不肯減少，余不獲已，卒如數與之。李估遂告余以某者之言，余不覺喟然歎曰：方今佉盧横行，秦火胡灰，本非意外，古書之獲幸存者僅矣，而又有如某者之無識。幸李估尚爲曉事，否則剜去和訓，遭(鈐)[黔]面之厄殆矣。李去，因泚筆記之，以告後之人知所寶重焉。癸酉夏月伏日。

竹洲文集十卷　明刊本

宋吴儆《竹洲文集》十卷、《附録》一卷，明無年月十四世孫繼良刊本。每半葉十行，行二十字。卷首有「曹溶」二字朱文方印，「檇李曹氏藏書」六字朱文腰圓印，蓋曹秋岳侍郎藏書，《静惕堂宋元人集目》所載之一也。又有「讀易樓秘笈印」六字朱文長方印，目録首有「玉棟之印」四字朱文方印，「功不費于無益事必期其有成」十二字白文方印。考王芑孫惕甫《淵雅堂未定稿·讀易樓記》云「吾友玉棟筠圃于今輦下爲藏書家，讀易樓其所貯書處也」，則又展轉而爲玉氏物矣。丁巳夏，余得此于長沙故家。無刻書人序跋、年月可考，以書首次行有「十四世孫繼良校正重梓」一行，知爲繼良刊本也。諸家志目唯吴尺鳧《繡谷亭薰習録》載有此本，丁丙《善本書室藏書志》載汪閬源藏舊寫本，歸安陸氏、仁和朱氏、常熟瞿氏著録爲弘治癸酉十世孫雷亨刊黑口本，可見此十卷本之希，故爲諸家所重也。大伯父文選君藏弘治癸酉二十卷本。從兄某藏萬曆甲辰裔孫瀛刊本，亦二十卷，末附其兄俯《棣華雜著》一卷、《附録》一卷。此書《宋史·藝文志》、陳振孫《直齋書録解題》、元馬端臨《文獻通考·經籍考》均未著録。弘治本首有程敏政序，云「先生既没，曾孫資深始哀其遺文爲二十卷上之，得易名之典。兵燹數更，板刻亡矣。今十世孫雷亨始取家藏本翻刻之」云云。檢書後吴資深《進竹洲文集表》文，則稱「三十卷，總爲十册表上」。此本前亦有程序，後亦有表文，原作「十卷」，復剜改作「三十卷」。小字夾注。前序與表文不符，可知十卷、二十卷之分，均非資深編次舊第也。此本一至九卷爲奏議、政議、表、啓、書、記、序、祭文、雜著、銘、贊、賦、詩、樂府。十卷爲《棣華雜著》，乃其兄俯所著者。前有程珌、吕午、洪揚祖三序，後附陳亮、陸伯壽、張南軒、朱文公序。其贈書簡及程卓所撰《行狀》、《進書表》、《謚告》、《敕牒》，款式均出自宋槧，或此本據吴資深《表》文改「十册」爲「十卷」，其編次尚在弘治本前耶？若然，則視二十卷本爲最古矣。戊午孟秋，葉啓勳識。

鄂州小集五卷附録一卷　明初黑口本

此明閩縣徐惟起紅雨樓舊藏洪武二年刻本宋羅願《鄂州小集》五卷、《附録》一卷。首有「徐𤊹之印」、「興公父」兩白文方印。每半葉十一行，行二十一字。上下黑口，有陰文刻工姓名一字。前宋濂題辭及記，又趙壎、李宗頤、蘇伯衡、林公慶、馬珹、鄭玉序，後趙汸二序及王禕序，皆當時諸公手書付梓者。此本藏書家罕見著録，唯歸安陸氏《皕宋樓藏書志》、仁和朱氏《結一（樓）［廬］書目》有之。陸書爲其子售于日本岩崎静嘉堂，朱書歸其壻豐潤張幼樵副憲。張晚年移家金陵，辛亥散于狼烽馬糞中，恐海内僅此孤本矣。余别有天啓丙寅刊本，即從此出，而增入其姪似臣羅府教《徽州新城記》一篇，殊爲疵贅。戊辰秋九月，葉定侯記。

文山先生全集二十卷　明嘉靖三十九年張元諭刻本

殘本《文山先生全集》。前後餘紙俱有「五福五代堂寶」六字朱文篆書大方印，「八徵耄念之寶」六字朱文篆書大方印，「太上皇帝之寶」六字朱文篆書大方印，每册首眉上有「天禄繼鑑」四字白文篆書方印，「乾隆御覽之寶」六字朱文篆書橢圓方印，下方鈐「司經局印」朱文篆書九叠大方印，書尾眉上有「乾隆御覽之寶」六字朱文篆書橢圓方印、「天禄琳琅」四字朱文篆書方印，知經内府收藏者。因檢《欽定天禄琳琅書目續編》所載此書解題云：「二十卷。嘉靖三十九年何遷巡撫江西檄吉安知府張元諭刻本。闕補目録一、二、三卷，爲明司經局官書。每册首有『司經局印』朱文九叠方印。」此書各卷印記相同，知即此册矣。光緒二十年三月，德宗諭南書房翰林清查天禄琳琅藏書，長沙張冶秋時官祭酒與其事，取證目中各書今尚存昭仁殿者，以硃圈記于上方，散在各殿者以硃圈記于下方。大伯父文選君曾假録一本藏之。今目中此書上下均無硃圈，是其時早已散落在外。今又散失第四卷及十五、十六、十七、十八、十九、二十共七卷，蓋已失其半矣。辛酉季冬，余以番餅十八元得之，喜其國寶累累，刻本希見，且書上綾籤猶是當日供奉原書手跡，固不欲以其殘缺棄之。壬戌新正人日，葉啓勳謹誌。

自堂存稿十三卷 影宋抄本

陳杰燾甫《自堂存稿》久已失傳，乾隆中修《四庫全書》，館臣從《永樂大典》中輯出，僅得詩四卷，然亦未付聚珍板印也。此十三卷完帙，洵爲人間孤本。其原書爲宋槧，歷經元明修補，中又參以活字印者數處，版口參差不齊，至爲草率。其第六卷末葉《答李道士》詩重見十三卷尾，當爲補板時未細檢之故。又第三卷七葉割去下半葉，第八卷遺落首葉，第五卷詩首篇失題。間有板片漫漶、字畫磨滅處，亦無他本可以抄補。原書今藏從兄某願學齋中，余得從而假讀，因竭十晝夜之力，影抄一本，同時某亦抄録其副。至遺落、割補之葉，悉添補空紙，書中缺文悉仍其舊。《四庫》輯本向藏丁丙善本書室，今歸江南圖書館。江西胡漱唐侍御假之，刊入《豫章叢書》。取校此本，亦可借補一二缺字。然胡本之詩有爲此本所無者，疑與此本失葉之詩相合。而此本失葉處，有存半首在下葉者，細按詩句，全與胡本多出之詩不同，或是當日館臣疏略，羼入他人之作也。至《閒觴記》、《閒觴賦》兩篇，其《記》末云「使其子樵書而刻之」，明爲樵父所作，非杰之文，故此本不載。辛酉夏，余道過滬上，時大伯父由蘇適來，因率余往觀涵芬樓藏書，中有舊抄《鹿皮子集》，假之取讀，載有此文。《提要》考其非杰作，知爲樵父所作，而不知已刊入樵集。其樵集既經著録，曾不檢閱，可見當日館臣草草從事，則胡本多出之詩，更不足信也。館本《冬至攝獻于郊》一首，有眉批四行云「杰官止郡守，不應有冬郊攝獻之事。詳詩意，蓋投贈亞獻者，題下疑有脱誤」云云。檢此本卷九載有此詩。前尚有《連攝獻官宿湖山》一首，注云「供檢討職」。館本有《冬至攝獻于郊》一首，而無《連攝獻官宿湖山》一首，宜乎不知杰官檢討，固可預于攝獻者也。迺賢《金臺集》載《讀汪水雲詩集序》「南歸時，幼主、瀛國公、福王、平原郡公，提刑陳杰與宮人王昭儀清惠以下廿有九人，分韻賦詩以餞其行」，今十三卷末附汪元量《挽自堂公》一首，而杰集中無一詩與元量往來，則杰詩當宋之亡，或多散佚也。朱緒曾《開有益齋讀書志》「《自堂存稿》四卷」云「自堂之詩學，方回、萬里尤喜稱之」，又云「自堂乃回之所從受詩法，其年必長于回。今自堂集中與劉須溪、鄧中齋、徐子蒼、謝疊山倡和，無一字與方回相往來，蓋回以嚴州降元，大節已虧，故回屢借自堂爲引重，而杰鄙回之爲人也」云云。今檢此本，卷三有《和虚谷》二首，又《和虚谷蛛網》，因下半葉失去，此首只存上半首。朱氏僅見館本，未窺全豹，故如是云。然文文山被執不屈死，弟璧以惠州降元，在後世固無損于文山之忠義，則回之降元，又何惡于自堂耶？汪氏《湖山類稿》、《水雲集》乾隆間歙縣鮑以文刊行，久已流播，獨此一集，館本雖已刻行，而詩終覺不備。此本尚在沉晦，故吾甚欲舉而梓之，俾與元量之詩並傳不朽，固亦藝林之盛事也已。癸亥春月，葉啓勳識。

石屋和尚山居詩一卷語録一卷　明弘治二年刊本

元釋清珙撰。清珙字石屋，姓姜氏，蘇之常熟人。生于宋咸淳八年，依本州興教崇福寺爲僧。後遊建陽西峯、湖州道場。元至正壬辰，示寂于嘉禾當湖之福源禪寺。蓋亦厭棄世事，遁入空門，與遺民之有託而逃者，其事不同。詩多閒適之作，雖未脱蔬筍之氣，而罕覯興亡之感，其明證也。是《録》並《山居詩》爲其門人至柔所編，一刻于元沙門來員，再刻於明洪武十五年釋豫章，三刻於弘治二年釋林坡，此本是也。《録》中有「我觀王公大臣好此道者極多，至於談道之際，個個憙人順己，怕人針劄」，又有「翰林九皋學士來我山中清話」，則其嘗酬應雜遝，於當時公卿大夫間冠蓋逢迎，亦老於世故人情者。《四庫全書》别集類存目有《石屋山居詩》一卷，不著其名，謂其詩不脱釋家語録之氣。因佚去後附《元旭塔銘》，無從著其名字，僅附明末，微此幾不能考其行業矣。宋代緇流能詩者頗多，其有集傳於今者，九僧、石門、參寥，詩皆不工，蓋工詩則非高僧也。釋家本以佛典爲内學，儒書爲外學，則清珙不脱釋家語録之氣，毋怪其然。較之釋善至之入空門，而深與文士同臭味者，固自有别也。

翰林楊仲弘詩八卷　明嘉靖丙申翁原匯刻本

此元楊載仲弘詩集八卷，明嘉靖丙申翁原匯刊本。每半葉十行，每行二十字，上空一格，實十九字。前有至大二年重陽日裴庚季昌序、致和元年六月一日臨江范梈序、嘉靖丙申秋九月既望梅南翁原匯序。

惟裴庾序繹其文義，似非序此集而作。且此集刻於文宗之致和元年，裴序則作於武宗之至大二年，前於刻集十八年，尤爲不合。而序首仍題「翰林楊仲弘詩集序」，殊不可解。據范梈序，稱「仲弘有子，尚幼，其殘藁流落，未有能爲輯次者。友人杜君伯原將就其平生所得詩，刻諸山中，俾爲序之」云，則致和元年本爲此集第一次初刻，而詩則僅就杜伯原所得者輯次成編，疑非仲弘之全也。然遍考歷來藏書家志目，於元刻《仲弘集》絶少著録，惟虞山錢遵王曾《讀書敏求記》載《楊仲弘詩集》八卷，云「余昔藏元板《仲弘詩集》，後歸之季氏。此從元本影抄」云，則范序雖不詳其卷數，即此可證其爲八卷矣。此爲翁原匯所重刻，詩皆分體，即從致和本出者。考瞿宗吉《歸田詩話》曰「楊仲弘以《宗陽宫望月》詩得名，先叔祖每稱之。長篇如《古牆行》、《梅梁歌》亦皆爲時所稱。夫人瞿氏，余祖姑也，嘗以仲弘親筆草藁數紙授予，字畫端謹，而前後點竄幾盡，蓋不苟作如是」云云。按瞿所載各詩，今此本皆有之，則此雖爲杜伯原所輯編，當時固搜采詳備，無遺佚矣。舊爲曲阜孔氏紅櫚書屋珍藏，序首有「孔繼涵印」四字白文、「東家季子」四字朱文對方印，書首有「孔繼涵印」四字白文、「葒谷」二字朱文對方印，卷八尾有「孔繼涵印」四字白文方印。原作四册裝訂，書面均有「元楊翰林仲弘集卷幾」隸書題字，亦葒谷手筆也。己未夏五，估人周蓮渠收長沙王氏衡洞草堂藏書，蓋其先人久宦山東，得之馬竹吾國翰玉函山房者。余以五十餅金得此藏之，重裝而記於後。

青陽先生文集六卷附録二卷　明嘉靖十七年鄭錫麒刊本

辛酉秋九，余從廠肆見元余忠宣公闕《青陽先生文集》六卷。目録次行題「門人淮西郭奎子章輯」。每半葉十一行，每行十九字。後有嘉靖戊戌長樂鄭錫麒跋，知刻於嘉靖十七年。檢書首目録，知無殘闕，且爲白棉紙精印。估人云出永明周季譽鑾詒家，遍考各藏書家志目，皆未載有此本，知其極爲希見，乃購藏之。乙亥四月，估人持大批書籍來，中有《忠宣文集》五册，因前三册板心上方題「忠宣文集」，後二册板心上方白口，不待展卷，已知其爲兩刻參合。及取閲之，則前三册六卷爲嘉靖三十三年豐城雷逵所刊，錢塘吴尺鳧焯《繡谷亭薰習録》著録即其本也。其書每半葉十行，每行二十二字。後二册則《附録》二卷，行款與此本同，前有弘治三年雲中徐傑《續編青陽附録序》，後有正德二年皖城柯忠《重編青陽附録後序》，嘉靖戊戌長樂鄭錫麒跋。乃知向之得自永明周氏者，其書爲忠宣門人郭奎所輯，皆忠宣之遺文，而以維(陽)[揚]程廷珪《送余廷心赴大學》詩及新安程文《青陽山房記》附後爲《附録》，鄭錫麒據舊本梓行。此則明徐傑、柯忠搜集明以來諸家記傳、慨悼追輓之作成編，錫麒又據以刊附於後耳。惟二本鄭錫麒跋文字全同，特《附録》後跋文筆畫稍肥，則由於久印低損故也。「嘉靖」下「戊戌」二字，亦因刻板時已經剜補，年久木性伸縮，遂致歪斜，無他故也。觀此，可證錫麒初刊此集原祇六卷，其跋亦同時付刊，後補刻《附録》二卷，遂移跋於其後印行，不遑再跋矣。余並宋本《三國志》得之。錫麒兩次所刊，藏之兩家者越十五寒暑，先後歸余插架，延津之合，信非偶然。喜而漫記，以待後之考板本、話遺聞者之取證焉。

丙子六月伏日，定父居士。

鐵崖古樂府十卷復古文集六卷 元刊本

元槧元人楊鐵崖集，書賈從衡陽常氏得之，歸於余者也。舊藏毛晉汲古閣本，即從此出，唯末有正統元年楊士奇、衛靖兩跋，所據當是正統間補修元槧。於此可見此書在明時，元時初印者已自難得，宜爲自來藏書家珍重也。毛本《古樂府》十卷，卷各有目，目後有復識「已上凡若干首」云云一段，即此本每卷末所載移置者。唯删去第十卷末「吴見心集《鐵崖古樂府》凡十卷」至尾句「以見世次云」一段，並删去他人和辭及篇末評語。衹存卷三《龍王嫁女辭》後匡山人于立彦成和辭，卷七《警雕》三章篇末評曰「此先生在天台」至尾句「故曰詩可諷也」一段未删，餘均删去。又删去首列宋濂撰先生《墓誌銘》及卷十末《吴君見心墓誌銘》二篇。至《復古詩集》六卷，卷亦有目，與此本通連卷數計算者不同。其篇末「太史評語」云云，各段悉經删去，「琬曰」云云各段，則衹删去卷一《精衛操》末「琬曰：古人賦精衛辭者稱王建，先生此作出，建辭劣矣」一段，餘均未删。毛氏既從此刻翻雕，乃自作聰明，擅易舊本次第。毛刻各書大都如是，又不僅此書矣。然《古樂府》卷四《金山篇》，毛本作《塗山篇》，注「一作金山」。卷五《貧婦謡》末句下，毛本注「『龍盤有髻不復梳』，一作『閉門花落春不知』，又作『閉門花落青春深』」。卷六《强氏母》末句下，毛本注「『兒孫』，一作『諸孫』」；又《傅道人歌》，毛本注「一作《傅劊子歌》」。又《禽演贈丁道人》注「『嬴分』，一作『龜介』」，毛本作「嬴介」。當是補修之訛。卷七《兩鵯鵊》，毛本注「爲顔氏婦賦」。

卷十《冶春口號》，毛本注「寄崑山袁、郭、吕三才士」。又《復古詩集》卷三《商婦辭》末句下，毛本注「『蕩子』作『蕩蕩』，『西江』作『西流』」；又《楊柳詞》末句下，毛本注「『幾萬』，一作『萬萬』」。卷四《青峰廟王氏》，毛本注「一作青風」。如此之類，又似毛氏別從他本校正。此尚是字句之異，其《復古集》卷一《精衛操》末附郭翼和辭一首、陸仁和辭一首，爲此本所無。此書此刻乃第一祖本，毛本何所依據而録以竄入？今得此本，益信毛刻諸書皆不足信今傳後矣。壬戌夏閏月伏日，葉啓勳跋。

鐵崖先生大全集六册　明馬人伯抄本（即孫慶增《藏書紀要》所謂新抄從好底本抄録者也）

壬戌春，余從衡山常文節公大淳家得元刊本《鐵崖古樂府》十卷、《復古詩集》六卷，曾以毛氏汲古閣刊本比勘，乃知毛氏多所竄改，不足信也。後復從冷書攤頭購得明成化癸巳先族祖文莊公刻《詠史古樂府》一册。前有金華章懋序，無目録，亦無後序，亦不知殘缺與否。遍考歷來藏書家志目，皆未載。第以其希見，而刻本又在數百年前，且其詩皆爲元本所無，故什襲藏之，以待他日之取證。頃友人賀子彝亭持示其先人蔗農侍郎延齡舊藏抄本《鐵崖先生大全集》六册，前四册爲《古樂府》，又一册則《古賦》也，又一册爲《古樂府補遺》，則馬弘道所彙選也。後附《鐵（雅）［崖］先生復古詩集補遺》，《香奩集》尾注云：「丁丑菊月丙寅日，偶借歸景房古本《楊鐵崖集》校對，與金陵坊本、崑山王益刻本互有不同，旋補入此，人伯。」下鈐「馬印弘道」四字白文小方印。蓋此爲人伯以諸本參校，故其分卷與元本不同，亦與毛本互異，其《詠史古樂府》亦經搜采補入，爲鐵崖集最足之本。其賦二卷，則爲毛氏所本，以首有楊維楨《麗則遺音古賦程式自序》，故晉遂以「麗則遺音」名書也。序首有「文瑞樓」三字白文方印，「家在黄山白岡之間」八字白文方印，「金星軺藏書記」六字朱文長方印，又有「馬印弘道」四字白文方印，「得山家藏書印」六字白文長方印。尾有「天啓元年歲次辛酉季春上巳日，海虞逸民人伯馬弘道漫録竟」一行，後亦鈐有「馬印弘道」四字白文方印，「得山家藏書印」六字白文長方印，又有「海虞逸民」四字朱文方印，「馬弘道印」四字白文方印，「馬氏藏書印章」六字朱文方印。書中並有「弘道氏」、「青松白雲處」、「人伯」等印，蓋此爲明天啓時馬弘道抄藏，後歸于桐鄉金氏文瑞樓者也。弘道字人伯，號退山，蘇州人。與毛子晉友善，著有《采菊雜詠》，汲古閣爲刊行之，《四庫全書總目》別集類存目。星軺名檀，籍隸桐鄉，徙宅於婁東。收藏之富，甲於一邑。所著有《文瑞樓書目》，事跡載《嘉興府志》。檢張金吾《愛日精廬藏書志》「《皇元風雅》三十卷」，黄蕘圃丕烈跋曰「書友攜來，驗其裝潢，識是金星軺家故物，非出自尋常藏書人家」云。此書書面用淺緑粉蠟箋，裝訂精緻，誠如蕘圃所言。核其藏書目録所載楊維楨《鐵崖文集》，又抄本五卷，又《鐵崖賦》一卷，又《鐵崖古樂府》者，即此書也。幾經展轉，歸于蔗農侍郎，閲數十寒暑而歸于余。聚散無常，古今同慨。他日雖不知歸于何所，但一經余眼，後之得此者，必摩挱賞玩曰此某某家藏之物也，豈非一大快意事乎？特書此以志歲月焉。丙子冬小寒前一日，葉啓勳。

石門集二册　國初抄本

此舊抄本元梁寅《石門集》二册，不分卷。每半葉十二行，每行十八字。前有嘉靖壬子李先芳《重訂石門集序》。書首有「朱印彝尊」朱文方印、「竹垞居士」白文方印，乃秀水朱氏曝書亭藏本也。第一册首有戴光曾手書二跋，下鈐「光曾」朱文小長方印，跋首鈐「吴郡城隍神廟東偏寶是堂徐氏書畫記」白文大方印。第二册首有「辛未六月金錫爵坐玩華居，濡毫書此以還」手跋，下鈐「玩華居」白文方印。尾有復翁手書跋文，序首及尾均鈐有「金錫爵借讀」白文方印，又「戴印光曾」白文方印。蓋秀水朱氏藏書散出，爲吴中書估徐氏所得，以歸鮑氏知不足齋，鮑又歸之禾中戴氏，而金錫爵從之假讀者，後戴又歸之吴中黄氏士禮居，授受源流可覆按也。戴字松門，嘉興諸生，以學行受知於阮文達，徐康《前塵夢影録》載《墨表》上、下二卷，「禾中名士戴松門光曾輯」。《士禮居藏書題識》「《笛漁小藁》七卷，原藁本」，云「嘉禾戴五松門，余舊交也。今春閏月二日，有事至禾中，夜訪松門於吴涇橋，遍閲所藏之書，作詩贈之。有句云『從好招朋共，傷心失子才』，蓋松門與余嗜好同，而境遇亦相等也」。金字蠻庭，爲文瑞樓星軺先生之從曾孫。《士禮居藏書題識》宋刊殘本《後村先生詩集大全》十一卷，云「其華陽本，余介歸禾中金蠻庭玩華居，今主人不在，此書之存亡亦未可定」云。是戴、金均蕘圃舊交，同有書癖者，故戴輯《墨表》，蕘圃於嘉慶戊寅爲之刊以行世也。元和顧千里茂才廣圻《復翁詩卅六韻》有句云「復翁復生書不死」，蓋「復翁」爲蕘圃乙丑病瘳自署。此書後跋述得書原委，及此爲梁集足本，與别本之同異甚詳。唯文筆頗多蕪累，而其溺古佞宋之趣，時流溢於行間。江陰繆小山太史荃蓀曾輯刊《蕘圃藏書題識》，搜輯最備，然近日爲余所藏所見而《題識》失載者，此其一也。余尚藏有《程巽隱集》，亦爲蕘圃舊藏，後跋署「半恕道人」，《題識》中亦未録入。蕘圃於書目别開一派，既非如《直齋》之解題，又非如《敏求》之骨董，南北藏書家琳琅插架，無非黄氏吉光片羽之留遺，至今舊籍中有士禮居藏印之書，幾與宋元舊槧同其珍貴。「翁能傳書書傳翁，千秋不朽靡涯涘」，誠定論矣。丁卯立秋二候，更生葉啓勳揮汗書此。

巽隱程先生集四卷　明嘉靖元年吴氏刊本

明嘉靖元年吴南溪刊《巽隱程先生集》四卷，首二卷文，三、四卷詩。前有嘉靖元年林庭棉序，後附録《巽隱程公事狀略》。每半葉十行，每行二十字。吴中黄丕烈士禮居舊藏，後有半恕道人墨筆題記，《士禮居藏書題跋記》未載。檢《記》中宋本《孟東野文集》、抄本《王梅邊集》、景宋本《蘆川詞》諸跋，均爲「壬申歲題，半恕道人」。考殘宋本《姚少監文集跋》，壬申五月十有一日爲蕘圃五十生辰。又考《老學庵筆記跋》云「余自甲寅丁外艱，乙卯遭火災，遂至日蹙一日，二十年來夢夢，今醒矣，殆將自止矣。淵明詩本有廿『止』字，而今適當廿年，非前定耶」云云。據此則蕘圃生於乾隆二十八年。甲寅爲乾隆五十九年，時蕘圃三十一歲，壬申爲嘉慶十七年，蕘圃年五十矣，其二十年間如跋中所云之「日蹙一日」，則「半恕道人」蓋取「五十如心所欲」之義也。此書蕘圃手跋稱明神廟時已鮮舊刻，誠哉其言。國初藏書家，若范氏《天一閣書目》、延令季氏《藏書目》均未載，王氏《孝慈堂目》著録則爲濮陽棐刊本。《四庫》著録浙江巡撫採進本，《提要》云「是集詩二卷、文二卷，爲其曾孫山所編。弘治乙丑，桐鄉知縣莆田李廷梧序之。嘉靖初，南溪吴氏爲刊板，西虞范氏又重刊之。歲久，皆散佚。此本乃萬曆乙卯桐鄉知縣濮陽棐得其遺稿於其裔孫九澤，而屬訓導李時校刊者也」云云。此爲程集最初刊本，題「賜進士嘉興吴昂編輯」，前無弘治序，當非出自巽隱曾孫山編本可知。《提要》以神廟棐刻前有弘治序，稱此集爲巽隱曾孫山所編，以此本即從之出，當是未見此本，爲此肊度之辭。蕘圃先得濮本著録，後乃得此本，題記而藏之，則此本之希，固不僅以蕘圃手跋而見珍重也。原裝二册，每册書面、書根題字均爲蕘圃手跡。余並見明初黑口本《楊東里詩集》三卷，亦有蕘圃手跋，跋末署蕘圃名，書估索重值，未能得也。此則不知半恕道人爲蕘圃别號，乃得以番銀四十餅購之。時戊寅夏至節後八日，葉啓勳志於拾經樓中。

東里詩集三卷 明刊黑口本

右明楊士奇《東里詩集》三卷，正統元年初次刻本。首有楊溥序。白棉紙初印。每半葉十行，每行十八字，上下大黑口。序首有「槜李曹氏藏書印」七字朱文腰圓印，「曹溶」二字白文方印。前護紙有「壬戌六月三日揮汗書，蕘圃黄丕烈識」手跋，下鈐「蕘圃」二字朱文篆文方印。書面有「另刻楊東里詩集一册全」墨筆字一行，雖未標明何人所題，以家藏縣人袁漱六太守芳瑛舊藏諸書題字字跡驗之，殆太守手筆。蓋歷經槜李曹氏静惕堂、吴中黄氏士禮居、湘潭袁氏卧雪樓三家遞藏，展轉歸於余者也。《四庫全書總目》集部著録《東里全集》九十七卷、《别集》四卷，則後人彙刊足本，或是嘉靖乙酉黄如桂所刻，非此本也。丁丙《善本書室藏書志》著録天順刊本，云「《文集》二十五卷，正統五年永嘉黄淮序；《詩集》三卷，正統元年江陵楊溥序；《續集》六十二卷，正統九年金陵李時勉序；《别集》四卷，一《聖諭録》，一

《奏對録》，一《啓》；《附録》四卷，則誥命、敕諭、傳贊、祭文、墓銘也。每卷末有『天順某年某月男道禾編定』一條」。是《東里詩集》編定前於《文集》四年，其刻板當亦在前。此尚係刻成時印行者，其時《文集》固未梓成。據錢大昕《疑年録》，東里卒於正統九年，則此本刻成後，文貞猶及見之矣。考李東陽《懷麓堂詩話》曰：「楊文貞《東里集》，手自選擇，刻之廣東，爲人竄入數首，後其子孫又刻爲《續集》，非公意也。」然則東里惟詩、文二集爲文貞手自選刻於廣東。其《續集》編於正統九年，則文貞没後，後人裒其芟棄之文，固非得意之作，或者爲其子道禾所編，非文貞之舊也。且其子於天順刊全集時，於文貞所手定者已有竄入。惜家無天順本，無由取證耳。至此刻之難得，蕘圃跋已言之，則在今日更當比之鳳毛麟角矣。况歷經名家藏庋，尤足爲此書增色，洵其爲文貞集第一刻本耶。序首及卷二首有「竹洲書院慕陵家藏」八字朱文方印，此不知何人，當續考之。

古廉李先生詩集十一卷　明景泰乙亥刊本

明李時勉《古廉先生詩集》十一卷，明景泰乙亥門人吴節編刻本。每半葉十行，行二十字，上下大黑口。陽湖孫糧儲星衍舊藏，即《孫祠書目》著録之本也。前有糧儲手跋，下鈐「五松書屋」四字半朱半白文方印。序首及卷一首均有「星衍私印」四字白文、「伯淵家藏」四字朱文兩方印。又有「漢陽葉名灃潤臣甫印」八字白文方印、「漢陽葉氏」四字朱文方印、「東卿過眼」四字朱文方印、「葉志詵借讀」題字二行，下鈐「東卿」二字朱文方印，則曾經遂翁披讀者。糧儲跋後又有「湘鄉李希聖藏書之章」九字朱文大方印，序首眉上有「李印希聖」四字白文方印，蓋又經亦元先生雁影園藏過者。百數十年間，三易其主，信乎雲烟過眼矣。聞之先世父考功君云，巴陵方柳橋觀察功惠官廣東四十年，好書有奇癖，聞人家有善本，必多方購致之，期於必得。觀察屢權府事、榷鹺金，嶺海所入頗不貲，盡耗於書，故所得秘笈尤多。迨其下世，生計蕭然，其文孫湘賓大令盡輦其遺書至京師。時湘鄉李亦元先生以辛卯鄉試與大令爲舊交，同寓京師。大令酷好葉子戲，動輒大負，又值庚子拳亂，遂盡以先世藏書質之亦元先生。亦元《雁影齋題跋》著録之書，均方觀察舊藏也。此書以廣東東丹箋襯訂，與余曩年所得觀察舊藏明宣德刊本《選詩補注》裝潢如出一手。蓋此書雖未經觀察鈐有印記，固亦可以理斷爲觀察藏書之歸於亦元先生者。先是，有人持此書至書坊求售，坊賈中固無一陶蘊輝、錢聽默之流能識古書者，因其蟲蝕過甚，羣鄙夷置之。持書者爲湘鄉人，初至會城，不識途徑，僅聞人言有葉某者，好書有癖，致奇書不惜重價。偶從坊間相值，遂導余至其寓所，且言坊賈之無識，並出此書，告余爲其祖亦元先生舊藏，前有亦元先生手跋，因欲留爲世守，而迫於生計，故僅留手跡而去其書，其先則得之巴陵方氏者，與曩時先世父考功君所言一一脗合。余亟以番餅百元易之。名賢手跡可珍，固不僅以槧刻在數百年前爲可貴也。《四庫》著録十一卷、《附録》一卷，爲成化中門人戴難編本，其孫長樂知縣顒所刊者，以墓志、傳贊之類附録於末焉。後於此刻十餘年，近世亦罕有傳本矣。按明楊慎《升庵詩話》載古廉《詠剪刀》詩：「吴綾剪處魚吞浪，蜀錦裁時燕掠霞。深院響傳春晝静，小樓工罷夕陽斜。」此詩不見集中，則當時尚多散佚，特不知成化本有此詩否。古廉尚有文集六卷，惜世無傳本，不能得耳。癸酉冬月大寒，更生居士記。

太白山人漫藁五卷附録一卷　明正德十五年鄭善夫刊本

明孫一元《太白山人漫藁》，《四庫全書總目》著録爲崇禎中湖州周伯仁所刻八卷本。《提要》稱「蓋據吴興張氏本及陽湖本而合輯之」云，然則《漫藁》在崇禎以前固兩經傳刻矣。遍考歷來藏書家志目，惟明高儒《百川書志》、黄虞稷《千頃堂書目》，國初王聞遠《孝慈堂書目》著録五卷本，雖未注明何人所刊，當是同一刻本。明祁承㸁《澹生堂書目》著録八卷本，當是周伯仁所刻。范懋柱《天一閣書目》著録二卷本，亦未注明何時何人所刊。然《漫藁》在前明已經三刻，更可斷定也。丁丙《善本書室藏書志》所載亦周本，云「正德戊寅晉安鄭善夫、棠陵方豪序。其稿初刻惟張氏本最善，歲久零落。崇禎乙卯，吴興周中度覓得原本，校以陽湖本重刻之。《四庫提要》云八卷之末尚標有《補遺》若干首，而卷内無之，豈當時有志搜訪而未得歟？此本有之」云云。先世父觀古堂舊藏嘉慶甲戌凌鳴喈校正本。前有正德戊寅晉安鄭善夫序，云「擕其稿至杭梓而行之」。又有萬曆丙申謝肇淛序，云「吴興張生睿卿重校先生之詩，而又搜得其散逸者附之梓」。是吴興張本以前尚有正德戊寅鄭善夫刊本。頗疑范藏二卷本之有鄭善夫序者，尚是《漫藁》初刻，因流傳頗希，故諸家著録均爲吴興張氏合輯之五卷本也。頃估人楊保生持書求售，中有是集，爲黄蔴紙精印。每半葉十行，每行十七字，白口，魚尾下方有刻工姓名。全書五卷，前有正德戊寅晉安鄭善夫序，五卷後另葉附許宗魯、張鯤倡和詩，再後附殷雲霄撰傳、劉麟造墓志（名）〔銘〕，再後《附録》一卷，載祝鑾弔辭、張浩祭文，此文凌本無之。再後正德十五年方豪後序。蓋《漫藁》第一刻本，鄭善夫編次付梓者，即萬曆丙申吴興張氏據以增定之原本也，亟重價收之。始知范藏二卷本，尚是陽湖重刻，非《漫藁》原本。吴興張氏亦就鄭本而增定爲八卷，亦非《漫藁》初刻也。蓄疑數載，一旦豁然，何快如之。蓋《漫藁》前明固經四易其板，張、周二本均爲八卷，則澹生堂藏本爲張、爲周，不可知矣。然可考見集本希見，故萬曆、崇禎、陽湖一再重刊。因其詩排奡凌厲，多悲壯激越之音，當時足跡半東南，所至登臨吟詠，流傳既廣，散佚亦多，諸家以其風調高古，争爲搜輯付雕，故卷帙非一。即崇禎八卷本，據《四庫提要》所稱閔元衢《歐餘漫録》載《送許相卿》詩一首，見許氏譜；《題王伯雨園亭》二首，見《烏青鎮志》；《和吴甘泉》四首、《重游》一首、《君馬黄》一首，見真跡；《飲馬長城窟》一首，見盧志菴所録；續於紀宣符家得十四首；又稱鮑稚弢家有其詩抄約千餘首，而梁清遠《雕丘雜志》亦稱所藏一元墨跡有《送别李遠菴北上》詩者，《漫藁》皆未載入，則亦非孫詩之全。考麟志太初墓，稱太初「疾革，持手稿若干卷，告衆人曰：「晉安鄭子繼之知吾言，是在繼之」云。繼之，善夫字也，是《漫藁》固當以善夫編次者爲定本矣。且唐人有以一卷之詩名家者，是固不必以多爲貴也。序首有「蒼巖山人書屋記」七字朱文篆書長方印，卷一首有「蕉林藏書」四字朱文篆書方印，序尾有「蒼巖子」三字朱文篆書圓印，「觀其大略」四字白文篆書方印。蓋真定梁相國清標藏書，幾經展轉，而歸于余。丁丙爲嘉道間四大收藏家，其載是集云「吴興張氏本，歲久零落，以崇禎本著録」。余後且數十百年，而得前于張本百十餘年板刻之孫集最初定本，何翰墨因緣之深耶，且在當時張本已稱罕見，則鄭本之希更可知矣。特重裝以志欣幸，時在丙子立夏後五日云。

泰泉集六十卷　明萬曆癸酉刊本

明黄佐撰。佐有《泰泉鄉禮》，《四庫全書》已著録。初佐官南京國子監祭酒時，曾手自編定其詩爲十卷。嘉靖壬寅，其門人李時行刊板於嘉興。後其子在中、在素、在宏彙輯遺稿，合而編之，刻于萬曆癸酉。首有嘉靖廿一年張壁及萬曆七年陳紹儒二序。一至三卷賦，四卷騷辭、樂章、琴操、樂府，五至十四卷詩，十五卷對策，十六卷符命、頌、序録，十七卷箴，十八卷箴、贊、銘、頌謡、祝辭、字辭，十九、二十卷奏疏，廿一、廿二卷書啓，廿三卷問對、設論，廿四卷策問，廿五至廿七卷論議，廿八卷説，廿九卷原、解、辯、考、述、禁諭，三十至三十三卷記，三十四至四十三卷序，四十四卷題跋，四十五、四十六卷圖經，四十七卷碑，四十八卷神道碑，四十九至五十四卷墓表，五十五卷墓表、誄，五十六、五十七卷傳，五十八卷行狀，五十九、六十卷祭文。佐詩體頗正，而取材太陳，格雖聳高，而氣少奔逸；文則章疏切實，體裁雅潔，頗多有道之言。蓋其博極羣書，篤守洙泗之學，而不以聚徒講學名，故所論述皆有根柢。黎民表稱其操履端謹，模範嚴整，居無惰容，燕無媟語，宜其平生立言不苟，類其爲人。正、嘉之際，學問漸岐，而佐獨恪守先儒，不爲高論，可謂篤實之士矣。《四庫全書》著録李時行刊本，有詩無文。《提要》所載佐《春夜大醉言志》詩，此本亦有之，而無自注，則館臣所謂「是將以嘲風弄月之詞而牽合於理學」者，殆不然乎。史稱佐弟子多以行業自飭，而梁有譽、歐大任、黎民表詩名最著。是集前有民表《行狀》，後有大任後序，或者注爲其所删歟。朱彝尊《静志居詩話》稱：「嶺表自南園五先生後，風雅中墜，文裕力爲起衰，如黎維敬、梁公實輩，皆其弟子，嘉靖中南園後五先生，二子與焉。蓋嶺南詩派文裕實爲領袖，不可泯也。」然則佐可傳者，又不廑在區區詞采間矣。

蘭汀存稿八卷　明刊本

《蘭汀存稿》八卷，《四庫全書總目》未著録。《明史·藝文志》載「梁有譽《比部集》八卷」，即此《蘭汀存稿》追題其官者，名殊而實一也。先世父考功君藏明前後七子集皆全，而獨無此集。江陰繆小山學丞荃蓀藝風堂則獨藏有此集，先世父曾託其抄録副本藏之，訪求舊刻無有也。辛未仲夏，余得此書於郡故藏書家。前有嘉靖乙丑曹天祐《梁比部集序》、古番郭棐撰《蘭汀梁公傳》、歐大任《梁比部傳》、吴郡王世貞《梁君公實墓表》。序首及卷四首均有「讀易樓秘笈印」六字朱文長方印，蓋玉篘圃大令棟家藏書也。書中缺葉，亦經大令補全，可知前輩已視爲秘笈，毋怪今日流傳之罕矣。惜先世父死丁卯三月之難，家藏典籍强半散亡，不獨明前後七子集無存，即觀古堂之藏亦不脛而走。余抱殘守缺，時逢多難，藏書亦隨得隨失，久欲再彙集有明前後七子集之全，不知能償此願否。壬申臘八日夜漏三鼓，定侯揺筆書此。時朔風怒號，雨雪交作，追懷往昔，不勝人琴之感，讀此破涕而反增，天亦似助余悲痛者。距世父之殁，蓋六易寒暑矣，嗟夫。

來恩堂草十六卷　明萬曆癸丑刊本

明姚舜牧撰。舜牧有《易經疑問》，《四庫全書》存目著録。是集爲舜牧所自定，其子祚端梓行。舜牧於四書、五經皆有《疑問》，大都遊談無根，惟説《詩》差善。是集有《詩經疑問序》，又有重訂一序，蓋其用力較深也。文則平正通達，不事錘鎔，猶講學家之格；論史則好醜成敗，原委顛末，尚爲纚然；論性理則以洛、閩爲的；《家訓》一卷，皆深于世故，多閱歷之言；《警世録》一卷，皆録前言往行，寓勸懲之旨，嘗曰「做人要存心好，讀書要見理明」，其宗旨可以概見。其自敘年譜，儼然以所著四書、五經《疑問》能窺先聖之心，足以羽翼經傳，則其大言不慚，自爲標榜，較揚雄之擬經尤爲僭妄也。《四庫全書》别集類存目載康熙癸丑其曾孫淳顯刊本《樂陶吟草》三卷，而無此書。館臣云：「據淳顯《後序》，所刊乃詩文全集，此本有詩無文，豈佚其半耶？」則似當時未見此書，故不知僅文集有十六卷也。然《四庫》於《易經疑問》提要云：「迨年過八十，又重訂《詩》、《禮》二經及此書，其序並載所著《來恩堂集》中。」乾隆《禁書總目》亦列是集於四庫館奏准抽燬書，則是見而未收，何《提要》前後不相照應如是耶？書中卷一《裁訂史綱要領間出小論序》，有「五代，中國而夷狄魚肉，胥戕乎人命，宋興，苟安四百年而奄奄弱息，終陷於蒙古，無復世界」之語；卷八《代人題楊某總兵遼東卷》，有「北虜猖狂，有邀請無厭之心」之語；卷十《論高宗無淚可揮》，有「但看當日金虜之情，要求無已」之語；又《論加秦檜太師》，有「洪皓在金，曾以蠟書報虜之情」之語；又《論明宗立弟爲皇太子》，有「夷入中國，宜中國之可立弟爲皇太子耶」之語；

卷十二《元仁宗諭中書省臣》，有「夷狄之有君，誠然哉」之語。宜四庫館臣視爲偏謬，奏請抽燬也。

七録齋文集六卷　明啓禎間刊本

明張溥撰。溥有《詩經注疏大全合纂》，《四庫全書》已著録。明之末年，中原雲擾，大江以南，文社極盛。最著者艾南英倡豫章社，衍歸有光之説而暢其流風；陳子龍倡幾社，承王世貞之説而滌其濫觴；溥與張采倡復社，聲氣曼衍，幾遍天下。是書前有周立勳序，稱其意量和雅，文理粲備，體法詳淹，治世之言。陳子龍序稱其正不掩文，逸不踰道。蓋溥以博洽見稱，曾編刻《漢魏六朝一百三家集》行世，故其爲文無窒塞艱澀，不可句讀者。由於多見古書，薰蒸沈浸，吐屬自無鄙語，譬若世禄之家，天然無寒儉之氣也。昔桓譚見揚子雲善爲賦，欲從之學，子雲曰：「能讀千首賦，則善爲之矣。」溥固不止讀千篇文，宜其善於爲文也。是書首卷論，略如《治夷狄論》、《備邊論》、《任邊將論》、《備倭論》、《女直論》諸篇，皆論當時外患，有關治術，又不能僅以文士目之矣。溥年止四十而卒，以倡復社，嗣東林，大爲執政所惡，未克盡其才，惜哉。此爲乾隆四十七年軍機處奏准全燬書，當時文網之密，重者家破身亡，輕者亦不免流離千里，秦火之後，此爲最烈最酷。觀於乾隆五十三年上諭，務以查繳淨盡，銷燬爲宜，比户誅求，其所留遺者亦僅矣。蓋明末諸公，目睹祖國淪亡，故宫禾黍之思，發爲悲憤之語。究之一代易祚，無不有二三死節之臣，亦無不有二三遁跡逃名之臣，後之入主者，既欲我之臣忠於我，而嫉人之臣忠於人，有是理乎？查當日禁書，有全燬者，有抽燬者。抽燬則剷除其中違礙之處，其他尚可印行。全燬則不獨版片澌滅，印行者亦必銷除。上諭諄諄，縉紳士庶之家，無敢藏匿，致蹈法網。猶幸山巖絶壁，隱逸之士，時有藏書流傳，使後人得以搜求，致不絶種人世。然《禁書總目》所載不下千餘種，在今日按目求之，散佚無存者頗多，殆亦有幸、有不幸也。乾隆曰「常人設遇詬其祖先之文字，亦將泚而不視，而況國家乎」，此是書之所以被銷燬矣。

峚陽草堂詩集二十卷　康熙甲辰刊本

明鄭鄤撰。鄤有《天山自敘年譜》，已著録。鄤十六歲即以能詩名，其《贈滿震寰太僕三黜》詩，當時爲文震孟所稱誦。後以《黄芝歌》忤魏忠賢得禍，搜捕逃匿，家人以其原稿盡付水火，故其少作盡逸不存。後繫錦衣獄中，曾手自删定舊刻詩，合前、後《獄中草》成十六卷，止于崇禎十一年戊寅，以授其子珏。珏又以續得之詩，至己卯授命前一日，一百六十八首分爲二卷，並《國風賦》一卷，《楞嚴偈》一卷，共計二十卷，編目付之其弟兢梓行，即此本也。集未分體，亦未分類，隨時編次，據珏識云本鄤之意旨也。前有黄道周、馮舒兩序，辨鄤之無罪。又有陳仁錫序，稱其「詩格高妙」。陳繼儒序稱其詩「遠者高清，近者孤冷」，又稱其「不操七子之音。大約以元魯山詩法爲開山祖，如子瞻海外偏愛陶、柳詩，其剛介之性情，英特之風格，政絶似之」。觀集中《初入翰林言志》詩曰：「有求皆自賊，無欲稱至剛。一意不可亂，千人莫敢當。椒蘭馨自貴，瑾瑜重軒黄。一淄寧得白，失足千秋傷。思賢入夢寐，懷古多慨慷。荏苒三十年，初衷詎能忘。」其剛正不阿，以卓行自勵，本非繼儒溢美。審閲全集，其游名山大川之詩，鼓盪筆墨，洗發性靈，固非盡出標榜。即論其人，以元德秀相比，亦庶幾儗於其倫，蓋亦寓有辨冤之意也。當明季詩道冗雜，如鄖者不沿歷城之浮響，亦無公安、竟陵纖詭幽冷之音趣，可謂蟬蜕穢濁矣。至《楞嚴偈》一卷，本旁涉雜學，蓋明季士大夫流於禪者十之八九，鄖亦未能免之也。王紹徽《東林點將録》「四方打聽邀接來賓頭領十二員」中，列「地異星白面郎君翰林院庶吉士鄭鄖」。而陳鼎《東林列傳》臚敘諸人事跡頗詳，不及於鄖，惟《黄道周傳》中附見其廷争爲鄖辨誣，道周自稱其文章氣節不及鄭鄖，固極推崇之能事，亦可想見鄖之爲人矣。是集乾隆《禁燬書目》列入軍機處奏准全燬書，故傳本極少。天既阨之於生前，以門户而賈禍致死，似猶欲摧殘於身後，燬滅其集以翳如其姓名，文人命蹇，固如是耶。

王西廬家書一卷　手稿本

明王時敏撰。時敏字遜之，號煙客，一號西廬老人，太倉人，明相國王文肅錫爵孫、翰林衡子也。崇禎初，以蔭官太常。入清朝，隱居不仕，爲畫苑開山祖。平生殘山剩水，價重量珠，書法亦逼近晉人，收藏家珍若鼎彝。此爲其康熙丙午四月至九月家書十通，頗有繫於清初掌故。書中屢言其時徵比錢糧之案，州縣私刑拷掠，濫斃人命，皆與當時私家紀述足相印證。此由開國之時，承明季弊政，法網嚴密，未能一旦擴清也。又書中極推王石谷翬畫，謂其凌跨古人，無一家不酷肖，且謂其爲曠代所無。其後石谷名成，竟與西廬及廉州鑑鼎足而三，又與西廬之孫麓臺原祁並稱「四王」，則其宏獎之功，實先爲之道地。又一書云「石谷藝固獨絶，利上最重，及臨行贈之八金，使大失望」等語。是其時石谷雖爲西廬所知，猶未十分契合。後由西廬介紹，得交於廉州，而藝日進，名亦大成。故石谷晚年，歲必一拜二王墓，以識感恩，則非此時交淺之言矣。又一書論季滄葦振宜、錢遵王曾交易宋板書及書畫之事，有云「此公最刻，謂季振宜。遵王亦一鑽骨剔髓之人，俱非好相識，聞欲與之偕來，我甚畏怖」。又云「遵王尤爲峭刻詭譎之人，同來必無好意，心甚憂之」云云。遵王爲牧齋族子，生平受其提挈，得附士林。後乘牧齋之喪，率族人争産，逼河東夫人縊死，其人狗彘不若，乃知西廬有先見之明。至明季宦家陋習，家蓄歌童，故西廬雖極貧窮，猶恃出賣優童，稍圖轉活。書中云平西吴三桂也。差趙蝦太監之稱。至江南採（賣）〔買〕優童事，亦他處紀載所未詳，得此書流傳，亦略存當時逸聞也。書中敘述家常，宅心忠厚，其于親故貧窘之際，猶時時眷戀于懷，如聞當時父子絮語。其教誡諸子有「爲善乃受實用」，勖勉諸兒「事事務存寬厚，念念勿萌邪曲，培養元氣，少答天意」諸語，尤見其居心慈善，不墜家風，宜乎子孫科第蟬聯，及身享高壽大名，晚景無不如願。彼季滄葦、錢遵王諸人雖事事經營，惟恐失利，而身後書籍、字畫，轉瞬化爲煙雲，子孫繼起無達人，生前遺行，至今爲人指斥。亦可見餘慶餘殃，其理信不爽也。丙寅冬臘，啓勳。

鶴谿文稿四册　手稿本

《鶴谿文稿》稾本不分卷，王鳴韶撰。鳴韶字鶚起，西莊光禄鳴盛之弟，以有田在太倉之鶴瀝，又號鶴谿子。錢大昕《鶴谿子墓誌銘》稱其眉目如畫，舉止有名家風度，濡染家學。又稱其侍二親在家甚謹，而學日益進，學使户部侍郎夢麟公賞其文，以廷謂名補新陽學生員，後乃改今名。性落拓，澹于榮利，而好爲詩古文，兼工書畫。同時如大昕，本秦晉之親，所與往來者，盧抱經文弨、汪少山照、王蘭泉昶，皆一時高尚博雅之士，宜其學有師承，不愧光禄難弟矣。此藁余于丙辰夏僅得其半，有錢、汪二君跋，又有朱春生一跋。錢跋後有「錢侗過眼」四字朱文方印。藁中《昭慶寺修建記》後有王蘭泉跋。篇尾注「上」、「次上」、「次」字樣，知爲朱所評。篇末評語，則爲汪所批。眉上評語，檢其字跡，殆亦蘭泉手筆耳。舊藏縣人袁漱六太守芳瑛家，固不知其全與否。己未冬，聞估人又得袁氏書，急往物色之，又得四册。細閲藁中《謝絜源詩序》後有「王印鳴韶」四字白文方印、「鶴谿」二字朱文方印、「逸野堂主人」五字白文方印，《蠅蚊喻》後鈐「錢侗過眼」四字朱文方印。書估知余必欲得此以成完璧，始頗居奇，遷延月餘，以殘册無人過問，卒爲余有。李文藻《南澗文集·琉璃廠書肆記》云「内城隆福諸寺，遇會期，多有賣書者，謂之趕廟。散帙滿地，往往不全而價低，朱少卿豫堂日使子弟物色之，積數十年，蓄數十萬卷，皆由不全而至于全」云云。今此本初藏袁氏，完好無缺，余兩次得其半，始得其全，非余之好事，日日留心，此藁幾成殘帙。然由不全而至于全，余自幸書緣不淺，然亦先生之靈有所憑式矣。因爲編次，重加裝訂，合全藁值番餅六十元，益以裝工，更不菲云。歲在上章涒灘陬月，葉啓勳記于拾經樓。

樊榭山房集十卷續集十卷　原刻本

戊辰春月，得厲太鴻徵君鶚《悔少集》三卷，即《遊仙詩》三百首。一爲乾隆辛巳其子志黼以手稿付鮑以文廷博校刊本，一爲陳曼生鴻壽據傳抄重刊本，皆世所希見，先世父文選君所謂向未見有刻本者也。

《四庫全書總目》集部著録《樊榭山房集》二十卷，而未著録《悔少集》，亦未存目，蓋當時亦未之見也。《四庫全書》收國朝人集最嚴，惟徵君與沈彤《果堂集》並載，可以知其去取之意矣。《提要》稱徵君詩「吐屬嫻雅，有修潔自喜之致」，證以《悔少集》，頗覺其不當，久思得其全集讀之，無有也。頃估人得衡陽常文節公大淳家藏書，中有是集，爲徵君自編刊行本，亟償值收之。全書有硃筆圈點，並有蠅頭小楷評語。書首有「籜石齋錢氏珍藏」七字朱文方印，乃知爲秀水錢坤一宗伯載手批本也。嘉興李既汸、富孫兄弟《鶴徵後録》稱「樊榭之詩，能於漁洋、竹垞兩家外，獨闢畦徑，自成一派，其幽深精妙，窮極雕鎪。譬如入幽崖峭壁，幾乎斷絶人跡。當時杭堇浦、全謝山輩無不推服，錢籜石翁有評本，亦爲心折」云，知此書並經既汸兄弟寓目矣。宗伯詩學有根柢，不肯人云亦云，故能刊落浮華，獨標真諦，觀其於此集密點濃圈，全不肯滑口讀過，其用心之專、用力之勤，可以概見。《續集》卷八《嶰谷寄鶴天寧僧舍有作同人和之》中有一律云「九杞山中佇買田」，注：「孫太初養鶴南屏，許相卿爲買田于九杞山，有鶴田券。」宗伯評曰「非買田于九杞山，九杞爲買田于湖中也。九杞，許黄門號，因號而其處，却名九杞山，詩句是而注誤」云。是則宗伯本精于考據，故能獨具隻眼，雖起徵君於九京，其亦俯首無詞矣。

玉臺新詠十卷　明崇禎六年寒山趙氏仿宋本

余年才志學，即從厰肆游，識秦曼青，其人蓋與余有同癖者，自後頻相過從有年。丙辰春間，永明周季譻舍人鑾詒藏書散出，余與曼青分得之。此明寒山趙氏小宛堂仿宋陳玉父本《玉臺新詠》十卷，後佚趙跋，亦爲舍人藏本，書衣有舍人手跋。其書舊爲虞山錢遵王、潤州蔣春農藏物。余家藏此書三部，均無趙跋，蓋以其槧刻精良，書估恒去之以僞宋本也。時曼青意欲分有其一，而以此部爲最愜心，以其印刷爲趙本之冠，又歷經名家藏弆者，余固未之允也。未幾，曼青因事去申，魚雁久疏，而余家變故相乘。世父死丁卯春月之難，藏書散失幾盡，從兄某則因家計，將所得斥賣罄盡，惟余此部，得保守於喪亂之餘，固足深幸矣。丁卯，余避亂來申，時與曼青過從，曼青復申前議，余無他好，惟書癖殆不可醫，雖流離顛沛，固未忍却篋也。庚午夏，湘亂更亟，余舉室避申，重與曼青話舊。曼青仍未能忘情此書，知余擕之行笥，强讓未可，割愛不能，遂請假觀數日。還書之日，並題記以致拳拳。余因志數語以見曼青嗜之篤，而余癖之深也如此。更生居士，時客海上寄廬。

才調集十卷　汲古閣刊本　何焯評校

義門先生評校《才調集》十卷，其底本爲明崇禎元年毛晉汲古閣刊本。序首有「何焯之印」朱文方印，卷首有「乙酉春二月屺嶦購讀」朱字一行，卷十尾跋云「以《律髓》法讀此集，乃爲得門而入，後之覽者其知之。十一月朔日，何焯記於石墨書樓」朱字二行。評語多論詩，間或稱「宋本作某」，而不詳其出處。文人結習，與言考據者固自不同也。據嘉定錢竹汀宫詹《疑年録》，先生「順治十八年辛丑生，康熙六十一年壬寅卒，年六十二」。乙酉爲康熙四十四年，是時先生年四十五歲，正試禮部下第，復賜進士改庶吉士時手評也。字法虞、褚，端整精妙。余從道州何蝯叟太史紹基曾孫詒愷得之。考仁和邵位西懿辰《四庫簡明目録標注》「《唐人選唐詩》八種，明崇禎元年毛子晉刊，《篋中集》、《河岳英靈集》、《國秀集》、《中興間氣集》、《極玄集》、《搜玉小集》，益以《御覽詩》凡七集，合明沈雨若所刊《才調集》共八種，名曰《唐人選唐詩》。曾滌生購得汲古閣所刊七種，係何義門手評本」云。則知先生評校不僅此書一種也。蝯叟於同治庚午經曾文正、丁中丞日昌延主蘇揚局事，其時獨山莫郘亭友芝適客文正戎幕，文正在京又與邵爲講學之友，固均通知板本者。當時上下承風，沆瀣一氣，故三家之藏爲邵、莫所見，筆之《標注目》、《經眼録》者比比皆是。此書八種，文正、太史分得之，而未曾配合，邵見文正所藏七種，而不知蝯叟藏此一書。老子曰「不見所欲，則心不動」，蓋蝯叟秘之甚也。今中丞有《持静齋書目》行世，文正以功業顯，太史以書法擅名，本不欲與藏書家争席，差幸於邵、莫二《目》得見其一鱗片爪，使吾輩得以蹤跡之耳。文正之藏早已散佚，太史之藏，余得十之三四。特不知文正所藏七種，他日尚能訪求爲延津之合否。物聚所好，吾拭目俟之矣。辛未四月十八日，葉定侯跋尾。

何校此書，所據宋本爲虞山也是翁故物，叔弟東明考之頗詳。其宋本後爲延令季氏所得，幾經展轉，流入仁和朱氏，其《結一廬書目》載「宋韋（轂）［縠］編《才調集》十卷，宋刊本，六卷至末精抄補足，季滄葦藏書」者是也。朱書後歸其壻張幼樵副憲佩綸，張晚年移家金陵，辛亥國變，藏書大多散失，此書不知尚在天壤間否。庚午仲夏，余避亂之申，因緣得識副憲令嗣庭仲，詢以家藏，則云散亡之餘，多存津沽。其時余尚未得此書，惜未曾詢及宋本之存亡也。八月十日，更生再筆。

附

義門學士手評汲古閣本《才調集》十卷，仲兄定侯今夏從道州何氏得之。書中間有以宋本校者，而不言其出處。余因考仁和邵氏《四庫簡明目録標注》載唐高仲武編《中興間氣集》二卷，注云「《中興間氣集》、《極玄集》何評本，係從述古堂影抄宋本精校」云。又考虞山錢遵王曾《讀書敏求記》「《才調集》十卷」，云「余藏《才調集》三：一是陳解元書棚宋槧本，一是錢復真家藏舊抄本，一是影寫陳解元書棚本」云，則知學士所據宋槧爲陳道人書棚本，亦述古舊藏者。檢吴縣黄蕘圃丕烈《百宋一廛賦注》載「《才調集》十卷。每半頁十行，每行十八字。卷二至卷五爲宋槧，餘抄補。第一卷有『季振宜藏書』一印。合諸《延令目》云『《才調集》十卷，四本，宋本抄補』，知其即此」云。復檢遵王《述古堂書目自序》，云「丙午、丁未之交，胸中茫茫然，意中惘惘然，舉家藏宋刻之重複者，折閲售之泰興季氏」云。據此知季氏所藏即述古舊物也。季藏散後，爲士禮居黄氏所得。黄藏再散，不知所歸。而其他各藏書家志目著録者，均爲汲古閣本，不僅宋本無傳，即明隆慶沈若雨刻本亦不可得矣。此書經學士以宋本手校，雖未能如黄、顧之死校法，一點一畫，鈎勒塗乙，自當與宋本同其珍貴，亦虎賁之中郎。特詳考宋本出處，以爲讀此書者之一助云。東明。

唐人萬首絶句一百零一卷目録二卷　明仿宋本

明嘉靖辛丑陳敬學仿宋刊本。目録二卷，七言七十五卷，五言二十五卷，六言一卷，蓋據宋嘉定癸未汪綱合會稽、鄱陽兩本重刻者。每半葉十行，每行二十字。板心中縫下方左有「德星堂」三字，各卷後間有「陳敬學校刊」字一行。往時藏書家惟錢氏《讀書敏求記》、張氏《愛日精廬藏書志》、朱氏《結一廬書目》有之，明刻之最罕見，亦最佳者也。萬曆丙午趙宧光刻四十卷本，經黄習遠竄補，已失洪氏面目，自不如此本之出自宋刊，遠有端倪也。真定梁蕉林相國清標藏書，有「蒼巖山人書屋記」朱文長方印。幾經展轉，余以重值得之道州何子貞編修家。時戊辰立秋二候，葉啓勳記。

風雅翼十四卷 明宣德甲寅曾鶴齡序刊本

辛酉夏，余得嘉靖壬子顧存仁刊元劉履編《選詩》八卷、《補遺》二卷、《續編》四卷。考歸安陸心源皕宋樓、仁和丁丙善本書室兩家《藏書志》，著録嘉靖刻本，題名同。檢《四庫全書總目》著録編修汪如藻家藏本，題《風雅翼》，而不云何時何人所刊。從兄某云，數年前曾見一本，題《風雅翼》，書估堅稱元槧，索值極昂，故未購得。今冬，書估持此本求售，即曩時從兄所見者也，余亟購藏之。前有宣德甲寅曾鶴齡《重刻風雅翼序》，次至正二十一年冬十有一月日南至金華戴良序，亦題《風雅翼》，次至正乙巳三月初吉友生會稽夏時序，次至正二十一年春二月既望平江路學道書院山長上虞謝肅序，均題《選詩補注》。據戴序云「《風雅翼》者，中山劉坦之先生之所輯録。既繕寫成書，其友謝君肅來告曰：吾鄉劉先生蓋聞文公之風而興起者也，故取蕭昭明所選之詩，精擇而去取之，至其注釋亦以傳詩、注《楚辭》者爲成法，所謂《選詩補注》者是也。他若唐虞而降以至于晉，凡古歌辭之散見於傳記、諸子集者，則又別爲簡拔，題之曰《選詩補遺》。此外又有《選詩續編》，乃李唐、趙宋諸作。二編亦皆有注，視《補注》差略。《補注》凡八卷，《補遺》二卷，《續編》四卷，合十四卷，以其爲《風》、《雅》之羽翼也，故通號曰《風雅翼》，願序而傳焉」云云。證以夏、謝二序，並不題《風雅翼》，則此書當時已名稱不一。《四庫》從戴序題名，諸家志目從本書名，非元刻、明刻題名有異也。此本最爲罕見，每半葉十行，每行二十字，注低一格，行十九字。上下黑口，間有下黑口有刻工姓名，黑質白文。書首行題「選詩卷第幾」，次行題「上虞劉履補注」，板心題「補注幾」。《續編》首行題「選詩續編卷第幾」，次行題「上虞劉履校選」，板心題「續編幾」。《補遺》首行題「選詩補遺卷幾」，次行題同《續編》，板心題「補遺上」、「下」，全書詩有圈點。據曾鶴齡《重刻序》云「顧紹興刻板，歲久弗完，今不重刊，曷由廣及」云云，則是以紹興府舊本重刻，爲此集第二刻本矣。明范懋柱《天一閣書目》載此書，有至正二十一年謝肅序，而無戴、夏二序，或即此本，書估去曾序以充元本者。此本序文完全，舊爲巴陵方功惠傳經堂藏書，有「方功惠藏書印」六字朱文方印、「巴陵方氏傳經堂藏書印」十字朱文大方印。又有「佐香文庫」朱文長方印，審是日本人藏書印記，後展轉入中國，爲方氏所有。數年前從兄某欲購而未得者，今乃爲余所得，不可謂非幸事也。丙寅小陽月，葉啓勳誌。

選詩八卷補遺二卷續編四卷 明嘉靖壬子顧氏刊本

明嘉靖壬子顧存仁刊元劉履編《選詩》八卷、《補遺》二卷、《續編》四卷。每半葉十行，行十九字，注低一格，行十八字。板心下方均有「養吾堂」三字。前有嘉靖壬子七月望日後學居庸山人吴郡顧存仁書于東白齋中重刻序,《補遺》末有「是編刻于嘉靖甲辰,訖工今歲壬一行。子,刻李潮叔姪,書龔氏白谷,技盡二行。吴下,可與茲編並傳,而白谷文士,三行。卷帙謄寫,非其業也,遂至數年始四行。克完局。嗚呼難哉,東白齋識」五行長方牌記。檢舊藏嘉靖甲申徐焴刻《唐文粹》,板心下方亦有刻工李潮、李本等姓名,可見當日李氏爲吴中刻書名手。此書字體較《文粹》倍大而精美過之,諸家志目罕見著録,舊爲璜川吴志忠家藏,余得之有年矣。《四庫全書》總集類著録《風雅翼》十四卷,《提要》云:「是編首爲《選詩補注》八卷,次爲《選詩補遺》二卷,次爲《選詩續編》四卷。」則《風雅翼》者,爲此書之總名,而此本舊序已佚,顧氏重刻序及書首均題《選詩補注》,初不知《四庫》本題稱何據,心竊疑之。今冬得宣德甲寅刊本,有曾鶴齡《重刻風雅翼序》,至正二十一年金華戴良題《風雅翼序》。據曾序述及從紹興舊板重刊,似是舊本題《風雅翼》,明刻改題今名。然同時謝肅、夏時二序則並不題《風雅翼》,與此本書首題名同。乃知《風雅翼》爲戴良題此書之總名,而書名固本稱《選詩》也。《四庫》著録雖不云何時刊本,而其據戴序題名則無疑義矣。余先後得兩本並藏,特詳考其源委,以諗來者。丙寅仲冬,葉啓勳記于華萼堂。

皇明近代文範六卷　明萬曆三年刊本

明張蓉選。蓉字山泉,盱江人,其始末未詳。是編裒録明人之文,分「道理」、「精實」、「英華」、「經濟」四類,僅成「道理」、「精實」兩類。而「道理」一類佔五卷,不獨「英華」、「經濟」兩類缺焉,即「精實」類亦似未經完竣也。所録自陳獻章,至許穀,凡六十人,每篇皆有圈點評語,而以「總評」冠每篇題下。

以議論正大、章法句法可觀、氣魄昌沛者入「道理」，分三類：曰記、曰序、曰雜著；以就題發揮、精緻切實、不可移易者入「精實」，僅成記類。萬曆三年，益藩一齋刊行之。《明史·藝文志》未著於録，黄虞稷《千頃堂書目》載之，卷同而不詳其字及履貫，蓋亦未見此書，以傳聞入録也。案明季之文體凡數變，自洪武以來，運當開國，多昌明博大之音；成、弘以後，安享太平，多臺閣雍容之作；正、嘉以降，李夢陽、何景明倡言復古，導天下毋讀唐以後書，學者從風響應，文體一新；啓、禎之際，公安、竟陵新聲屢變，文章衰敝，莫甚斯時。大抵二百七十年中，主盟者遞相盛衰，偏袒者互爲左右，諸家選本，亦皆堅持畛域，各尊所聞。《明文衡》、《文海》網羅宏富，固明代文章之淵藪。然《文衡》選自程敏政，偏重道統。《文海》出自黄宗羲父子，意在徵文考獻，不在選文，比于唐之《文粹》、宋之《文鑑》，未免繁重。此編所選，既不足以接軌《文衡》，又不足以媲美《文海》。崔銑、羅欽順，攻王守仁之學者也，而與守仁同登，程敏政文格頹唐，陳獻章文不入體，皆不免蕪雜之譏。然數多則簡擇難精，世近則是非未定，榛楛未剪，則亦勢使之然耳。

文則一册 明毛氏汲古閣影元抄本

虞山毛子晉晉汲古閣影宋元抄本書，見于《汲古閣珍藏秘本書目》者，因售于潘稼堂太史未不成，而售于泰興季滄葦侍御振宜。自後或爲吴中黄氏士禮居、聊城楊氏海源閣、常熟瞿氏鐵琴銅劍樓、歸安陸氏皕宋樓所得，見於諸家志目題記者，咸愛重之。去臘余從道州何氏得影宋抄本宋葛剛正《重續千字文》二卷，紙白如玉，字法工雅絶倫，正如錢遵王曾所謂「楮墨更精於槧本」，洵縹囊中異物也。此宋陳騤《文則》，亦毛氏影元精抄，無卷第，以十干爲次分類，總一百五十六條。首有乾道庚寅正月既望天台陳騤序。書首行題本書名，次行題「宋少傅文簡公天台陳騤著」，三行題「福州府儒學訓導餘姚李居義校正」，四行空四格題「甲」字，下空五格接題「凡九條」三字，再次本文。每半葉十行，每行十九字，上下大黑口。後有題記云：「此書始得陳天民本，録於江陰，缺序文及末一板。今五年矣，乃得莫景行本，補足之於松江泗水之上，至正己亥六月也。陶宗儀志。」序首有「毛晉私印」四字朱文方印、「子晉」二字朱文方印，卷首有「毛晉」二字朱文小聯珠方印、「聽松風處」四字朱文方印，文尾有「毛晉私印」四字朱文方印、「汲古、人」四字朱文方印，卷尾有「東吴毛氏圖書」六字朱文長方印、「子晉書印」四字朱文方印、「汲古得修綆」五字朱文長方印。《汲古閣珍秘書目》載「《文則》一本」，云「棉紙，從元板精抄」，季滄葦《延令宋板書目》載「陳騤《文則》一本」者，即此本也。雖無延令印記，而毛售於季，授受源流固可得而考也。檢《蕘圃藏書題識》載，所見毛氏影抄諸書，無不因當時索值過昂，欲收不得，然亦有時不惜重值收之，其值數倍於毛《目》所估而已。今此書毛《目》所估抄價只八錢耳，余乃以五十餅金易之，數十倍於毛氏估價。黄蕘圃佞宋槧，余則佞毛抄矣。丁卯仲秋重九前四日，更生跋尾。

華鄂堂讀書小識

葉啓發　著
李　軍　點校

華鄂堂讀書小識

華鄂堂讀書小識序

古無所謂板本之學也。雕板印書，創於五季後蜀。《宋史》高麗上言，願賜板本九經書，此「板本」二字之始，所以言其物也。若板本之爲學，當取劉向《别録》「一人持本，一人讀書，若怨家相對爲讎」之義。何也？彼其所持之本，與讀書者之本必爲兩本，故曰言板本之學者，實取義於斯，不其然乎？余家固貧，藏書絶少，少時閲《天禄琳琅書目》與顧澗賓《百宋一廛賦》等書，始知有所謂板本之學。元和江建霞師以余稍識此學之門徑，曾以所輯《宋元行格表》稿本命爲整齊之，又命作論板本絶句，此余言板本之學之始。然於宋刻元槧、孤本精抄，多未寓目，遑論收藏，迄今思之，可謂爲平生一大恨事。甚矣，爲學讀書之難也。湘潭葉郎園先生，樸學大師，西宗正脈，收藏之富，甲於湖外。所著《書林清話》，直躋乾嘉諸老之林，而多補其所未見者。顧自丁卯先生罹難後，家藏多半散佚。猶子定侯、東明兩兄，獨守殘缺，而所藏珍本竟得保存。一日，東明兄出其所編《華鄂堂小識》見示。余受而讀之，始知言板本之學，非家有藏書，如論西子於圖書，終不能識其真美，而余曩者所爲板本絶句，真夢囈耳。夫物聚於所好，好而無力以致之，則不如不好之爲愈。余固好古成癖矣，然無力以致其物，則惟有以人之所好，即視如己之所好。讀東明兄所爲《小識》，其辨别真贋、記載行款，以及敘述收藏授受之淵源，無一不精審不欺，以盡繼述之能事。使天假我數年，得取其所藏，逐一瀏覽，即謂聚於所好，亦惡乎不可。想定侯、東明兩兄亦不吝我予也。然回思郋園先生生前檢書指點，從容告語時，則又有不忍覩者。時事變遷，故家喬木，已如漢物，則視此《小識》，如劉向《别録》而好之也亦宜。東明兄囑爲敘其事，爰述其所懷如此。猛庵老人曹典球敬識，丙戌季夏揮汗作，時年七十。

華鄂堂讀書小識序

有清咸同之際，太平軍興，海内騰沸，十有餘年，兵氛始戢。湘中適當衝要，廬户蕩然，田園荒廢，故家所藏典籍，更無論已。其時先曾祖由吴避亂來湘，先世父考功君以湘潭籍成進士，官京曹者數年。性甘恬澹，謁選歸田，致力於考據板本目録之學，尤嗜收蓄舊本書籍。適縣人袁漱六太守芳瑛卧雪廬舊藏散出，而歷城馬竹吾大令國翰玉函山房儲籍亦爲估人捆載南來。袁書出於孫忠愍祠堂，馬書來自王文簡書庫，先世父兼收並蓄，充棟連楹，於是觀古堂之藏書蔚爲湘中大觀矣。仲兄定侯及余方在髫齡，即侍硯側。先世父時以各書板刻之原委、校勘之異同相指示。余兄弟習聞訓言，漸知購藏典籍。先世父更以《四庫全書目録版本考》一書，命余兄弟分任部居，纂編考核，著之詩歌，以相勉促。牽於人事，僅成十之四五。然定兄及余嗜書之篤，蓋胚息於此時矣。余兄弟每得一書，必互相考審，綴以題跋，或呈先世父加以鑑定，《郎園讀書志》中頗多爲余兄弟題跋之書也。世父逝世，藏書爲從兄鬻於估人，數十年之所聚，散如雲烟。間有先世父舉賜之書，則余兄弟什襲珍藏，不敢或失也。自後仲兄及余搜訪舊籍之心益切，仲兄既以拾經樓爲庋書之地，余則以華鄂堂爲插架之所，時從廠肆故家獲得善本，分别藏之。庚午，湘亂又作，余兄弟舉室避居申江，行笥所攜，半是秘笈，困於資斧，割損什之二三。亂定返湘，仍事購集，道州何氏藏書散出，宋元名本盡入余兄弟篋笥之中，大興朱氏、翁氏，平定張氏，諸名家批校抄本、稿本，更指不勝屈焉。余兄弟考審辨别之文，則以自慚淺陋，未敢付之手民，然時於南京、北平各圖書館季刊載其一二。丁丑十月，仲兄摭拾所作諸書題跋之文，印行請益。其一書有余兄弟題跋者，則以余作附後，名曰《拾經樓紬書録》，江安傅沅叔學使增湘爲之序。學使南遊衡嶽，道出星垣，過余里居，索觀典籍，所著《衡廬日録》於余兄弟獎掖備至，有吾道不孤之感。逾二年，中日戰起，東北淪亡，繼而蘇、皖、鄂、贛先後喪失，長沙日有鋒鏑之警，舟車阻塞，避地無方，余兄弟未得盡舉藏書移置鄉野。迄至十月，湘垣大火，拾經樓、華鄂堂均成灰燼，典籍之未攜出者，同罹浩劫。余兄弟避居邑之河西農家，矮屋三椽，藏書數篋，論辨綴述，不敢或輟，蓋余兄弟有書淫之癖，雖在兵戈擾攘之中，結習未能改也。己卯春月，定兄取劫餘未盡之書編成書録，更取所作各書之題跋訂爲《拾經樓紬書後録》，余亦取嚮所隨手劄記者彙爲一帙，以待印行。憶吾家自宋代以還，子孫篤守先訓，以讀書藏書爲樂，先世吴中所藏，悉燬於兵難，遷湘以後，所蓄又罹於互市之災。蓋藏書未有聚而不散者，余兄弟則守闕抱殘，一本素願，雖厄難之至不以時，而余兄弟聚書之志亦無已時也。己卯清明，東明自序。

雷序

余交葉郎園吏部四十年，每見則指示插架所藏板刻之源流、文字之同異，娓娓不倦。其從子定侯、東明側聞緒論，克承家學，廠甸搜求，雖不如吏部之富有，而間有吏部未經收得者。吏部歿後，書皆散佚，而定侯、東明所藏，雖屢經兵火，巋然獨存，若有神物呵護者。定侯曾著《拾經樓紬書録》，間見北平、南京各圖書館月刊。東明有《華鄂堂讀書小識》，抄寫待梓。蓋本之吏部《郋園讀書志》，稍有變更也。慨自學校既興，四部之書束之高閣，即有一二抱殘守缺之士如余者，而力不能購，徒望洋興歎，坐令數千年古籍任番舶捆載而去，其厄甚於秦火胡灰。東明方直盛年，出其心力，日事收羅，不獨近延吏部觀古堂之緒，遠紹文莊箓竹堂之業。他日賡續成書，可爲中國留傳絶學，則是編其嚆矢與。辛巳元日雷愷敘于晚知山堂。

題華鄂堂讀書圖

鄰鷗雷愷

挾册曾登觀古堂，卅年前事付滄桑。竹林又見阿咸出，益信詩書世澤長。

又題華鄂堂燼餘圖

君家富藏書，昔年曾假讀。一日三扁摩，曾不許飽蠹。戊寅九月末，長沙紅光燭。先事幸預防，山中別韞櫝。不然頃刻間，與屋罹其毒。亂後剩頹垣，有目存篇牘。付之以丹青，如戀桑三宿。

雷序

昔年郎園以觀古堂所藏書目屬爲編録，印行傳世。今從子東明十兄能克承先志，世守鑾楹，出《華鄂堂讀書小識》乞敘于伯兄，余得捧讀。收藏之富，考證之精，殆淵源有自矣。恭甫雷愘識于幸存室。

題識

余兄弟嗜書成癖，藏書之所命名「華鄂」，即本斯意。蘇家巷老屋距小瀛洲僅二牆之隔，洲擅花木之勝，爲五季馬殷遺跡，故余堂扁曾乞粟谷青世丈掞書「望瀛居」張之。仲兄定侯編印《拾經樓紬書録》，更以「紬書閣」爲齋額，余間亦襲用之。「樸學廬」則以曾得先族祖石君公萬手校《舊唐書》，有「樸學齋」印而仿題，後廢而不用。己巳歲，以「寶書閣」署題。逾二年辛未，果從道州何氏得宋槧《宣和書譜》，海内孤本，若有先兆焉。乃乞雷彝甫師鐫一小白文印曰「寶書室」，更仿韓小亭《金石録》之例，鐫一朱文方印曰「宣和書譜二十卷人家」。儲藏、目見不及蕘翁，别字、齋號亦不敢學蕘翁之多用也。

家藏宋刻以《宣和書譜》爲壓卷，《説文解字》次之，《韻補》、《古史》又次之。抄本則以毛氏影宋《重續千字文》爲最精，秦氏抄本《廣川書跋》爲最罕見。校本蓋以毛校《春渚紀聞》、先石君公校本《舊唐書》爲希有秘笈。傅沅叔增湘爲仲兄定侯序《拾經樓紬書録》，極稱述之。惜宋刊婁氏《漢隸字源》，黄、盧校本《周禮注疏》失之交臂，未得入録，不免遺珠之憾。編《小識》時，每一念及，不免耿耿於心。天下未見書多矣，何不自量乃爾耶，又可聊以自解矣。

余性喜讎校書籍，每得複本，必取以比勘而記其同異。先世父自吴門寄示詩句，有「阿十持本日對讎，抱經思適能同擅」之期許。小子淺陋，何敢妄冀前賢，更慚獎飾之過分。雷彝甫師本先世父之意，鎸一白文方印貽余，文曰「師盧友顧」。余間用「師盧友顧室」署題，殊覺不敢。

《讀書小識》再三審勘，凡四易稿本。第一次用樸學廬十行緑格，係開兒謄抄。第二次用十一行硃格，係女弟子王碧君所繕。第三次用華鄂堂樣紙，係楊塄國典書録，最爲工整。此第四次寫本，亦開兒手筆。兵亂頻仍，散亡是懼，多録副本，煞費苦心，後之覽者，恐不免以好名相譏，實無以自解。然藏書未有聚而不散者，有此一編流傳，則後來可以尋源索委，數十年精力所聚，不致湮没無聞，此則衹可爲知者道，難與俗人言也。乙酉仲夏，東明漫記。

雷民蘇愷、恭甫恪昆弟，先世父及門弟子。第二次稿本曾經校閲，並各有序言，存仲兄定侯許，當抄録補入。仲兄如有序記，亦應加補，付刊時不可忽畧，庶符華鄂之意。

華鄂堂燬於戊寅，迄癸未冬又得重建。甲申之變，又罹兵火。天之厄我，何其酷邪。

蘇家巷老屋後通里仁巷，與小瀛洲（五代馬王殷故跡）相隔咫尺，華鄂堂在屋之東南隅，戊寅火災焚燼。癸未冬遷居馬王街（亦因馬王故跡而名），重建華鄂堂，不一年又燬。兩處均與馬王瀛洲相近，「望瀛居」仍可沿用也。世亂頻仍，不遑寧處，三建華鄂，則不知在何時矣，書此不勝喟然。己卯四月，避兵西鄉桐木橋菖蒲塘曹姓農家，手自釐定，命運開兒抄録副本，以待他日付之梓民。華鄂主人記。

甲申，湘亂更亟，仍避西鄉，忽忽年餘，不遑寧處。今夏稍形安定，清理篋笥，重檢一過。開兒夭殤，倏經五載，人亡家破，悲曷能已。乙酉五月，東明漫志。

乙酉夏，補入《抱朴子》、《小字録》、《唐眉山集》三跋，又補入《春渚紀聞》再跋一段。午節，又補入《夢溪筆談》、《廣川書跋》、《程巽隱集》三跋。六月，又補入校本《來齋金石刻考畧》一跋。共百零六篇。

《小識》所録應專取宋元明舊槧及批校抄本爲主，華鄂堂校本《來齋金石刻考畧》、《清異録》、《唐眉山集》、《孟津詩》、《賴古堂集》、《田間文集》，刊刻時代太近，亦非舊人批校，衹可編爲附録。且除去六跋，恰符百篇之數，亦甚合宜。

《小識》正待寫樣刊行，又遘甲申之變。世難年荒，河清難俟，覆瓿是懼，素願不成。鄉居苦悶，檢閲一過，抄寫訛誤仍多，有待細校。掃葉几塵，非可草率從事也。乙酉五月，華鄂主人記。

此第二次謄寫本，係己卯四月命開兒所抄，忽忽七年矣。開兒歿已五年，此本置之篋笥。甲申之變，避居鄉間，續有題記，隨手寫入，定爲第四次稿本。其第一次稿本已付長女運寧攜往藍田，第二次稿本存仲兄定侯許，第三次稿本爲楊甥國典取去，前後增删不同，此則最後定本也。乙酉六月，華鄂主人。

《小識》此次稿本審閲再三，似不必再行改易，卷數、篇數均已釐定，亦不必再事更張矣。前後審校不下二十次，付刊據以寫樣校字，想無大誤。審校時偶憶舊事，漫筆記於首尾。餘紙瑣雜，信手寫之，盈紙累幅，亦有足資談助者。鄉居苦悶，亦藉以遣愁爾。乙酉伏日，寶書室主手記。

仲兄《拾經樓紬書録》用樣紙謄清，以活字印行。《小識》或用木刻，或以活字付印，雖不必定，但行款決與《紬書録》一致，故此次稿本用拾經樓樣紙。先世父《郘園讀書志》，郘園樣紙行格亦同，《讀書志》、《紬書録》、《小識》體裁悉同。家藏書籍，先世父及余兄弟二人有題志者甚多，亦可藉以覘淵源家法，且示余之不敢忘所自也。

雷彝甫師悦曾從先世父問難，又得游端匋齋尚書方幕中，匋齋收藏金石極富，盡得縱觀，師篆刻遂爲湘中首屈。余所用印章均師所鐫刻，師嘗謂鑒藏印記，必求工整精潔，庶與昔人舊鈐並陳，不致相形見絀。若用之書畫，則不可太拘緊，不妨放縱以示魄力。師鑒別金石書畫、碑刻古器甚精，目録版刻非所長也。曾爲余購得桂未谷、何子貞批校汪氏刻本《隸釋》、《隸續》，手鈐印記極多，余跋尾曾詳言之。師又工花卉，出入白昜、青藤之間。余從師學十年，畧窺堂奧，師嘗以得意門生相期許，愧恧無既。又嘗賜贈堂幅屏條册扇極多，盈箱滿篋。戊寅、甲申兩次兵火，損失十之六七，護之之不周，余之罪也。唯印章幸均保全，它日倘得拓印成册以傳，則亦後生之責矣。

觀古堂印章，大半亦彝甫師手刻。先世父曾拓印百部，曰《鐵耕齋印譜》，弁序行世。「鐵耕齋」額，先世父題贈彝師者，燬於戊寅之火。彝師手拓印存四十鉅册，亦不復存，惜哉！

癸未冬，重建華鄂堂，雷民蘇明經愷贈余楹聯云「水心舊著詩文集；　華鄂新開講習堂」，豈料又有甲申之火耶？

華鄂四十感懷　甲申三月

四十鬖光彈指過，已知來日苦無多。半生事業渾如夢，搔首問天莫奈何。
先世藏書累代名，而今難弟又難兄。長沙兩度咸陽劫，傾篋盈箱幸早行。
卅年愛我若親生，獎飾逾恒愧品評。亂世竟留詩讖句，昊天罔極罪非輕。
華鄂堂成避世囂，調脂弄翰詡清高。旁人未解此中趣，我自琴書守舊操。

余不知詩。甲申三月朔，余四十生辰。先三日，長兒生，親友聚賀，心有所感，不無戚戚，漫成俚句，聯以述懷。七絶十首，删存其四，餘則傷刺過甚，不願録存也。乙酉四月，避亂鄉居，已一年矣。敉平無日，河清難俟，撫今思昔，感慨繫之。

長兒已歲餘，呀呀學語，日隨左右，頗足自娱。能讀父書者賴此子，余與蕘翁固有同感，唯藏書則不敢望蕘翁之肩背，生不逢時，更不及蕘翁之優遊自得也。

目録

華鄂堂讀書小識卷二

華鄂堂讀書小識卷三

華鄂堂讀書小識卷四……二八六

華鄂堂讀書小識卷一

南陽葉啓發東明甫撰

宋開封紹興石經釋文一册 翁方綱手稿本

漢熹平刻石經，置于太學鴻都，是爲石經之祖。漢人注經，惟何休《公羊傳解詁》中一引用之。自後魏正始立三體石經，唐開成立十二經石經，孟蜀廣政立十三經石經，宋至和立二體石經，高宗南渡立御書石經于杭州學宫，此皆元明以來舊本也。漢、魏、孟蜀所立，均已殘闕。漢、魏二種，又以《後漢書·儒林傳》之譌，使三字、一字争如聚訟。惟開成石經獨存，高宗御書石經十存六七，乾嘉諸儒多及見之。然開成石經一誤于乾符之修改，再誤于後梁之補刊，三誤于北宋之添注，四誤于明人之磨勘，加以板刻代興，各相沿誤，去古日遠，真僞雜糅。觀顧炎武、萬斯同、杭世駿三家考異之文，可以得其崖略。則宋代二刻，雖時代稍近，其精審不下于唐開成，固不必舍近而求諸遠也。此覃谿閣學手録宋開封、紹興二石經釋文，開封石經録存石全文，《周官》、《尚書》二種各附跋語，紹興石經則僅記石之層次、字數，後附孔葓谷户部繼涵《宋太學石經記》及閣學跋語。閣學於乾隆五十三年督學江西，任内曾以錢唐黄小松易、金匱錢梅溪泳及如皋姜氏重模本漢熹平石經殘字刻石，置于南昌學宮。此則爲孔氏藏本，而作跋録存以備參稽者。開封石經汩于河水，紹興石經存于杭州學宮壁中。朱竹垞太史彝尊《經義考》云：「《易》二，《書》六，《詩》十二，《春秋》四十八，《論語》七，《孟子》十一，《中庸》一，共八十七石。」閣學據孔溁谷藏本，得自孫某者八十六紙，考訂《書》凡六碑，《詩》凡十碑，以駁正竹垞《書》七、《詩》十二之誤。又據《書》、《詩》、《論語》之尾秦檜跋語尚存，以證竹垞所謂「秦檜跋爲吴訥椎碎者」之語爲不得其實。更細辨東廡第二十六碑爲《論語》，補孫氏所未及，固精確不易之論。然孔氏藏本外有吴訥《石經歌》一紙，共八十七紙，則竹垞所謂八十七石，或并吴訥一石言之，未可謂之全非也。且東廡自第三至第八凡六石，均爲《書》，第九石則闕泐尤甚，有舊人跋語，亦不可辨，閣學細審知爲秦檜跋語，則猶可知竹垞蓋誤以此石爲《詩》，又以檜跋爲吴訥椎碎，遂并吴訥《石經歌》一石，謂《詩》爲十二石矣。先世父曾從吴門得紹興石經拓本八十六紙，而無吴訥一紙，又可證竹垞八十七石者，確爲并吴訥《石經歌》一石而言之，特未及其詳也。馮雲伯編修撰《南宋石經考異》，謂碑「漫漶已甚，當時所頒州學者，散佚已盡」云云，先世父所得拓本八十六紙，漫漶之處甚少，則馮氏所言未免不盡可信矣。閣學此册，余曾影寫一本，贈江都秦曼青更年。中日戰起，江浙淪于兵鋒，曼青不知避地何所，景本亦不知尚得保存否也。己卯上元後五日，啓發。

尚書古文疏證五卷　長洲沈氏抄本　沈彤批校

舊抄本《尚書古文疏證》四册。第一册卷一，自第一至第十六，凡十六條，有目。第二册凡十六條，不詳卷數，亦不詳條次，無目。第三册卷四，自第四十九至六十四，凡十六條，有目。第四册卷五，自第六十五至第八十，凡十六條，有目。書中有朱、黄兩筆批校，第二册尾有兩筆題記。卷一目録及各卷首均有「果堂」二字朱文印記，後有道光廿九年平定張石洲穆墨筆手跋。石洲據第六十二篇書眉朱批「余已通之於《周官禄田考》矣」一語，及書首印章，定爲沈果堂彤抄本，跋論甚詳。據果堂跋，第一、第四兩卷爲家藏殘本，第二册則抄自顧陶元家。顧本一册書根號「全」字，不分卷，無目録，以殘本校之，其册首四五十葉，較殘本少二十條餘；第四卷則顧藏所無，唯所多七八十葉，則第二、第三畧具，因屬人抄藏；後又從惠定宇借抄第五卷補足云。檢《四庫全書總目》著録《古文尚書疏證》八卷，内府藏本，《提要》云「國朝閻若璩撰。其書初成四卷，餘姚黄宗羲序之。其後四卷又所次第續成。若璩没後，傳寫佚其第三卷。其二卷第二十八條、二十九條、三十條，七卷第一百二條、一百八條、一百九條、一百十條，八卷第一百廿二條至一百廿七條，皆有録無書。編次先後，亦未歸條理，蓋猶草創之本。諸條之後，往往衍及旁文，動盈卷帙，蓋慮所著《潛丘劄記》或不傳，故附見於此，究爲支蔓」云云。是潛丘此書，初定本爲四卷，後又次第續成四卷。顧氏所藏不分卷次，爲最初之本。果堂所藏則爲初定四卷本，而佚其第二、第三兩卷。惠藏爲第五卷，則又訂定在後。《四庫》著録者佚卷三及卷二三條、卷七四條、卷八六條，均非最後定本、足本也。此本第二册中諸條，見於惠藏第五卷者，有「古人文字多用韻」條，次爲七十四；及「古人字多假借」條，次爲七十五。見於刻本卷七、卷八者，有「百篇序謂之小序」條，次爲第一百五；「安國大序一篇」條，次爲一百七；「朱子於古文嘗竊疑之」條，次爲第一百十四；「鄒平馬公驌談《尚書》有今文古文之别」條，次爲第一百十五；「或問孔安國之從祀」條，次爲第一百廿八。可見諸家傳本，均有先後增訂之不同，故篇次各異也。唯每卷分十六條，卷一止于十六，卷二止于卅二，卷三止于四十八，卷四止于六十四，卷五止于八十，卷六止于九十六，卷七止于百十二，卷八止于百廿八，則各本皆同。蓋潛丘撰著此書，隨手録記，滿十六條則訂爲一卷。以沈抄四卷六十四條、惠抄五卷八十條證之，知其必然也。又檢書中「朱子疑古文」條，書眉上有「又按，余戊午應薦至京師，崑山顧寧人炎武，時在富平」云一段，係補入原按之後者。考錢竹汀大昕《疑年録》四：「閻百詩，六十九。若璩。明崇禎九年丙子生，康熙四十三年甲申卒。」戊午爲康熙十七年，潛丘年四十三歲，次年己未即舉鴻博。則《疏證》四卷之本，定于四十三歲未舉鴻博以前，故「又按」一段爲原抄所未有，補載書眉也。乾隆九年，潛丘子學林刻《潛丘劄記》，首有潛丘書引，稱「愚年滿四十，甫敢出臆見，集衆聞，用纂一帙，以示兒輩」云云。又十年，刻《疏證》，卷六第八十一條下有「《潛丘劄記》恐世不傳，仍載其説于此」之語，又可證《疏證》後四卷，爲四十三歲薦舉鴻博之後續有增益，併前四卷再行釐定卷第者矣。此本朱、黄兩筆校注，黄筆係據顧氏不分卷無目本，故卷一目録下有「一本無目録，乃此本以前流傳副本」黄筆一行。且其本較此本爲略，故黄筆又多「有一本無此篇數節」之批注，又斷至第一卷及第二册，其明證也。朱筆則據惠氏五卷本，故嘗見定宇云云之語矣。又書中有籤條云「此書淮揚刻本已毀，近日又有刻之者」，上有朱字云「沈抄本有此籤」，似是惠氏抄藏本所有，所云「沈抄」即指此本也。蓋果堂借校之時，又隨手將籤條夾入此本矣。淮揚刻本即乾隆十年閻氏家刻，板歸汪氏振綺堂，劓去板心「眷西堂」三字印行之本。近刻則天津吴氏刻本也。書根爲道州何蝯叟學使紹基所書，卷一首有其印記，余從其後人手得之。乙亥清和月，啓發漫筆。

呂氏家塾讀詩記三十二卷　明嘉靖四年刊本

《呂氏家塾讀詩記》三十二卷，明嘉靖四年陸釴序刊本。每半頁十四行，行十九字，注低一格。「某氏曰」以黑質白文别之，間以界圈。宋諱「桓」、「完」、「匡」、「筐」等字，均闕筆。釴序稱得宋本於友人豐存叔。呂氏書凡廿二卷，《公劉》以後，其門人續成之，與陳振孫《直齋書録》所云「自『篤公劉』以下，編纂已備而條例未竟，學者惜之」之語不合，然釴序不言門人爲誰。又《宋史·藝文志》所載，亦與今本卷數相同，則釴言未盡可據也。《天禄琳琅續編》有宋刊巾箱本，昭文張氏、獨山莫氏有宋刊殘本，行款與此本合，則其源出宋槧，確無可疑矣。陽湖孫氏《平津館鑒藏書籍記》「明板《呂氏家塾讀詩記》三十二卷」，云「前有嘉靖辛卯陸釴序，稱近得宋本，柱史應臺傅公刻于南昌郡。又有淳熙壬寅朱子敘。盧氏《羣書拾補》所據以補萬曆癸丑南都刻本缺葉者，即此本，每頁廿八行，行廿九字」。又盧紹弓文弨《羣書拾補》「《呂氏讀詩記》三十二卷」，「宋東萊呂祖謙著。明御史傅應臺氏刻于南昌，有嘉靖辛卯鄞陸釴序。

從宋本出，字多從古，今其本頗不多得。世所通行者，乃神廟癸丑南都所刻本爾。余曾借得嘉靖本以相參校，始知神廟本脱去兩頁，其他亦有遺脱，恐久遠不復見其全書，故亟爲之補正。卷一《詩樂》，《禮記》「天子五年一巡狩」之前脱一段；卷二十七，《烝民》第六章「鄭氏曰袞職者，不敢斥王之言也，王之職有闕能」下，嘉靖本後印者脱去兩頁，神廟本遂無從補完。嘉靖本係每頁廿八行，行十九字。又卷廿八第八頁「自彼成康，奄有四方」，神廟本此下脱誤十四字。又「李氏」下，缺二「曰」字。又第十二頁後三行「牟，大麥也」下，文多訛誤。核之此本，行款均同，遺脱之處，此本均完全無缺，知此本之可貴矣。孫《記》云「每行廿九字」者，誤也。書中避宋諱謹嚴，篤守規榘，明仿宋本不可多得者，又不僅以其足補諸刻之訛誤而見珍已。丁卯六月伏日，東明。

儀禮注疏十七卷　明嘉靖常州刻本

余家舊藏明嘉靖十七年聞人詮刻《舊唐書》、嘉靖戊子刊《藝文類聚》二書，均出宋本。《舊唐書》每半頁十四行，行二十六字。《藝文類聚》則半頁十四行，行二十八字。槧法欄匡，驟視之幾疑其無一不同也。癸亥歲，先世父由蘇返湘，語余曰：「刻《舊唐書》之聞人詮，尚刻有《三禮注疏》，余曾見《儀禮注疏》一種，題『直隸學政監察御史餘姚聞人詮校正』、『直隸常州府知府遂昌應檟刊行』，蓋當日常州刻本也。」一余誌之有年。庚午春月，仲兄定侯避亂之申，從書坊得此本，馳書相告，意謂可以補觀古堂之缺，且以告慰世父於九原也。返湘後，余即索觀。槧刻精美，字大悦目，明刻中之上駟也。唯核閱書中《士昏禮》脱

「婿授綏，姆辭曰：未校，不足以爲禮也」一節，《鄉射禮》脱「士鹿中翿旌以獲」七字，《士虞禮》脱「哭止告事畢賓出」七字，《特牲饋食禮》脱「舉觶祭卒觶長者答拜」十一字，《少牢饋食禮》脱「以授尸坐取簞興」七字，蓋仍沿舊誤，尚未改正。書雖名本，脱漏同于坊行，世人以其希見而珍視之，耳食之言，不足信也。好學深思者，其慎所擇取焉。壬申新正，東明記于寳書室。

説文解字十五卷 北宋刊小字本

許氏之學，晦於元明，顯於乾嘉。以元明兩朝公私家刻書之盛，而大徐《解字》、小徐《繫傳》曾無一本之翻雕，其明證也。迨明崇禎間，虞山毛子晉始以家藏宋本《説文解字》翻雕，於是大徐始一終亥之十五卷本，得盛行於世，其功固非淺也。毛本後有其子扆跋，稱「先君購得《説文》真本，嫌其字小，以大字開雕」，結構頗精，知其出當時名手所寫矣。乾隆中，金壇段懋堂大令玉裁據青浦王蘭泉侍郎昶及吴縣周漪塘明經錫瓚兩家所藏宋本，成《汲古閣説文訂》，凡兩宋本同者則曰「兩宋本同」，異者則分别之，曰「王氏宋本作某」、「周氏宋本作某」。周本不知所歸，王本後爲歸安陸存齋運使心源所得，見《皕宋樓藏書志》。其本後有阮氏手跋曰「嘉慶二年夏五月，阮元用此校汲古閣本於揚州學署」。毛晉所刻即據此本，凡有舛誤，皆毛扆妄改」云云。頗疑文達之言，不盡可據。陸書後歸日本岩崎静嘉堂，孤懸海外，無從取證也。十餘年前，海鹽張菊生年伯元濟編印《續古逸叢書》，先世父曾爲之從静嘉借得影行。其書小字絶精，不知毛氏何以爲嫌，亦可怪也。乙亥夏月，仲兄定侯從估人購得此本，取影本按之，一一相合。

書中有「毛扆之印」四字、「斧季」二字朱文對方印，知即毛氏據刻之底本，刊於北宋真宗時者也。取毛刻署勘，多不相同，因知毛氏刊刻此書，不僅改易字體，盡失宋本真面，而且竄亂實多，宜其見譏于段、阮諸家。使非得此本一取證之，方且稱其傳刻孤本之功，瓣香爇奉，又豈意其竄改舊本，貽誤後學，直大徐之罪人也耶。昔黄蕘圃嘗曰「汲古閣刻書富矣，每見所藏底本極精，曾不一校，反多肊改，殊爲憾事」云云，蕘圃佞宋，故有是言。余於毛氏校刻此書，及獲觀其底本而益信。丙子春初，東明葉啓發誌。

曩年傳沅叔學使增湘南遊衡岳，道出省垣，觀余兄弟藏書。以余得之道州何子貞太史紹基東(州)[洲]草堂舊藏者爲多，因語余曰：「道州尚藏有宋刊《説文解字》、《漢隸字原》二書，曷蹤跡之？」後學使爲仲兄撰《拾經樓紬書録序》，亦曾言及之。《漢隸字原》余於庚午春間見過，以索值千金，無力購取，交臂失之。《説文》則未經入目，未知其流傳于何所矣。此本得之湘鄉估人手中，係出湘潭劉姓所藏。書中有「湘潭劉氏蘭竹山房藏書之印」朱文長方印，又有「子霞過眼」朱文方印，非道州藏書也。卷十第七、第九兩頁，卷十一第三頁，卷十三第七頁板心有「重刊」二字，蓋南宋時所補刊者。錢竹汀大昕《日記抄》載所見宋板《説文》二部，一爲王述庵家藏，一爲黄蕘圃所示，云「黄本卷末多一行，有十一月江浙等處儒學字，殆元翻宋刻」云云。檢蕘圃《求古居宋本書目》載「《説文》十五卷，殘本，補抄，七册」。又檢明梅鷟《南雍經籍考》，「《説文解字》十五卷，脱者五十五面，存者二百十四面，内半模糊」云。蓋蕘圃所藏，爲宋板入明南監後所印，且不完全也。桂未谷馥《説文解字義證》卷五十《附説》，云「安邑宋君葆淳得《説文解字》小字本，有毛晉印、季振宜印，是元明間坊本」云。又卷三十四水部「涃，水也，從水困聲，苦頓切」。桂云「困聲也，初印本作『因』，音於真切。宋本、小字本、李燾本並同。《集韻》『(涃)〔洇〕』，伊真切，《説文》水名』」云云。檢此本卷第十一水部「洇，水也，從水，因聲。於真切」，與桂氏所見正同。唯此本無季氏印記，然可知毛藏此書，一爲元明補刻宋槧，一爲此宋槧宋印，原有二部也。宋板遞經宋元明補修，字句亦因而有同異。藏書家因字句之不同，往往誤以爲兩刻，故桂氏亦沿誤將宋本小字本岐而爲二，不知實一板刻也。余因學使之言，恐後人之以余藏爲出於道州所有者，特再詳考而誌之，以示後人之搜訪者，不致昧其授受源流焉。丙子初春，東明再筆。

説文解字十五卷　明毛晉汲古閣刻初印本

明虞山毛晉得北宋小字本《説文解字》，改作大字刊行，世頗稱善。惜經其子斧季剜改五次，羼入小徐《繫傳》之文，使大徐真面盡失，遂爲乾嘉諸儒所詬病。金壇段玉裁且撰《汲古説文訂》以糾其繆，於是毛本爲人所輕視矣。然其初印本則源於宋槧，毫無竄易，固不愧虎賁中郎，且極希見也。此大興徐星伯太史松所藏，有太史印記及手跋三行，後歸道州何蝯叟學使紹基，展轉而歸于余者。檢金壇《説文解字注》水部「涃，洇水也，從水因聲。此字《玉篇》及小徐皆作涃，因聲，《廣韻》『洇』、『涃』並收，《集韻》、《類編》引《説文》互異，而今存宋本皆作洇，因聲，於真切，毛斧季改爲困聲，苦頓切，非是。」又檢曲阜桂未谷明經馥《説文解字義證》水部「涃，水也，從水，困聲。苦頓切」，云「困聲也，初印本作『因聲，於真切」。宋本、小字本、李燾本並同。《集韻》「(因)〔洇〕，於真切，《説文》水名」云。核之此本，水部「洇」字註作「從水，因聲。於真切」，知爲汲古閣初印未經剜改之本，與桂氏所見初印本同。而段氏所見者，則爲剜改之本，故謂斧季非是也。繼檢陽湖孫淵如糧儲星衍《平津館鑒藏書籍記續編》「寫本《説文解字》十五卷」，云「此王蘭泉少寇所藏，余影寫得之。與毛氏異者，玉部『珣』字注，毛本『一曰玉器』，此本作『一曰器』；牛部『牿』字注，毛本『《周書》曰，今惟淫舍牿牛馬』，此本作『《周書》曰，今惟牿牛馬』」云云。檢此本玉部「珣」字注、牛部「牿」字注，與孫氏所見毛本不同，而與孫藏影寫宋本相合，又可見孫氏所見毛刻亦爲已經剜改之本，不如此初印之同于宋本者之可貴也。毛氏所從出之北宋刻本，余亦有之。段《注》則有大興手録仁和龔定盦禮部自珍批本，及先族祖調笙公評本；桂《證》則有靈石楊氏連筠簃原刻本；安丘王菉友筠《釋例》，則有其寫定付刻稿本，經平定張石州大令穆及道州評語者。許氏之學，粗備翰墨，書緣不可謂淺，愧余無學，不能研讀，插架塵封，徒飽蟫腹，自幸亦自哂爾。庚午七月，秋燥灼人，有如酷暑，東明揮汗書。

説文解字注三十卷附二卷　嘉慶乙亥原刻本　徐松批校

金壇段懋堂大令玉裁《説文解字注》三十卷附《六書音韻表》二卷，嘉慶乙亥原刻本。大興徐星伯松編修手校，并録仁和龔定盦禮部自珍評校。序後有道光二年編修手跋三行，書中有編修印記及道州何子貞紹基藏印。大令注許，以精博與桂《證》、王《讀》、王《例》並稱，然往往有失之武斷支離者，此鈕樹玉之

《注訂》、徐承慶之《匡謬》、馮桂芬之《考正》所由作也。然自毛氏刊行大徐《解字》，竄入《繫傳》之文，大令始據宋本以匡正之，復有此注以引申之。許氏之學，得以復顯，篳路藍縷之功，固非大令莫屬，而諸家之見仁見智，究不足爲大令此書病也。大興編修以嘉慶乙丑成進士，授職編修，督學湖南，落職遣戍，復起爲中書，遷禮部郎，出爲榆林守。與姚伯昂元之、孫平叔爾準往還甚密。學問淵博，而最精于史學及西域地理，蓋其足跡所至，多親歷之，非得自稗販者可比也。觀《竹葉亭雜記》所載考正金石、地理之言，半出于編修所述。其記載塞外風土異産，得自編修遣戍時所目見者爲多，可知伯昂之傾倒，亦足見編修搜訪之勤矣。此書既録龔評，復參己見，語多精粹，考訂猶嚴，又知編修固不僅以史地擅(傷)[場]，僅讀《竹葉亭雜記》一書，不足以見其學問之全也。編修與何仙槎大空淩漢，均出朱石君珪之門，同官京曹，又同任衡文之選。唯宦途困躓，萬里荷戈，繼起無賢，不及大空之厚福，故其藏書均爲道州所得，展轉而歸于余。余尚得有編修嘉慶乙丑手抄趙明誠《金石録》三十卷，正成進士以後所書。此則道光二年壬午所録，是年湖南學政爲沈編修巍皆，以四川副考調任，知編修督學湖南當在沈後，則傳録此書尚在官編修時也。龔評及編修按注，先世父曾録刊之，其時此書尚未歸余家也。庚午三月望日，東明。

説文釋例八册　稿本　王筠、張穆手校

此寫本《説文釋例》八册，安丘王箓友筠所撰，平定張石州穆爲之勘定，以待梓行之稿本也。書中朱筆校字及第五册尾朱筆跋語六行，均爲石州手跡。第一册亦聲類，第三册籀文好重疊類、分別文類，第五

册讀若直指類，第六册删篆類，第七册存疑類上，第八册存疑類下，有别紙所書，凡十三條，均爲應補入書中者，則篆友手筆也。中有一條稱「淳父夫子以子伯盤拓本命題，筠謹案」云云，淳父爲祁相國寯藻字，與程春澤侍郎恩海同直南齋，二人均篆友座師也。原分八卷，改分二十卷，與世行道光二十三年篆友自刻本卷次相同，知此爲篆友最後定本矣。書中别有何蝯叟學使紹基圈點評註，于篆友之説有以爲精審者，有以爲舛誤者，有删去其大段者。書首護頁有學使手跋，署「戊辰新正」。以伯源孝廉慶涵撰學使《行述》所載生卒年月推之，其時學使年已七十，正告養家居也。學使生平精研金石，工于篆隸，楷法平原，名重一時。與篆友、石州同出祁淳甫、程春澤之門，繼承師學，于小學頗有深造。其所評註，使篆友、石州見之，必有心折以爲精當者，亦有争辯而不服者矣。石州于道光末年曾爲靈石楊氏校刊《連筠簃叢書》，又與蝯叟同刻《程侍郎遺集》，精于讎校，殆顧千里一流人也。此第一册尾有石州朱筆記云「第一册共三萬五千三百八十四字」一行，蓋其時篆友亦以校刻此書屬之石州也，而篆友刻本序中曾未言及，知其有凶終隙末之事矣。然石州於篆友此書參訂考證，臂助實多，設非有此本之流傳，幾不得詳考其實，是知篆友之没石州之勞，毋乃過矣，毋乃過矣。《説文》之學顯于乾嘉，而以王、段、桂三家爲最著。桂氏《義證》其稿亦未全成，道光末年楊氏刊本爲日照許印林翰校，篆友此書亦有印林參證之説。印林亦祁、程門下，與篆友、石州、蝯叟交還甚密，師承沆瀣，於許學多所發明。是知積學功深，非孤陋寡聞比，則篆友此書，又不得謂之一家之學矣。壬申六月，葉東明。

説文繫傳考異二册不分卷 舊抄本

舊抄本《説文繫傳考異》二册不分卷，全書凡二十八篇。檢《欽定四庫全書總目提要》經部小學類，「《説文繫傳考異》四卷、《附録》一卷，國朝汪憲撰。因《説文繫傳》世無刊本，傳寫訛脱，殆不可讀，乃雜考諸書，核正其異同。《附録》一卷，皆諸家論《繫傳》語也」云。又檢《杭郡詩輯》，「汪憲字千陂，號魚亭。錢唐人。乾隆乙丑進士，官刑部陝西司員外郎。有《振綺堂稿》」，注云：「魚亭性耽蓄書，有求售者，不惜豐價購之，點勘丹黄，終日不倦。乾隆三十七年詔求遺書，其長君汝瑮以秘籍經進。御題《曲洧舊聞》、《書苑菁華》二種，恩賜《佩文韻府》一部，文綺二端，足爲海内嗜學之儒勸矣。」當魚亭藏書既富，尤精校勘，此書集録衆長，詳加考訂，固治許學者之圭臬也。書中有歸安丁升衢杰校字甚多，考許周生宗彦《鑑止水齋集·丁教授傳》，「教授在都十年，聚書至數千卷，手寫者十二三。爲學長于校讎，得一書必審定句，博稽他本異同，用小紙反覆細書。孫侍御嘗謂曰：『君書頗不易讀，遇風紙輒四散，不可詮次，奈何』」。是丁氏亦以校勘擅長，與魚亭同有深詣，則此書經其比校，當益臻完備矣，能不寶諸。癸酉夏五，葉東明跋尾。

韻補五卷 宋乾道四年刊本

宋武夷吴才老棫著《毛詩古音韻補》以明古音，朱注《毛詩》多採用之。古音亡佚，存於世者，僅《韻補》一書。後來治古音之學者，皆從而推闡加密，不敢多所菲議焉。崑山顧寧人炎武有《韻補正》一卷，於吳氏此書雖多糾彈攻詰，然（其）其書首引中「安有得如才老者與之講習」之言，蓋見仁見智，各有不同，不足爲才老此書病也。河間苗先露夔篤志顧學，慕才老之書，歎未獲見，後從道州何子貞紹基假得之，手自繕録，以授靈石楊墨林刻入《連筠簃叢書》。子貞又爲搜借各家刻本、寫本及大興劉侍御所藏汲古閣景宋本參校，語詳平定張石州穆所撰《重刻吳才老韻補緣起》。此本即蝯叟所藏，月齋借以據校之宋乾道四年刊本。紙薄如繭，觸手如新，明清兩代藏書家朱印累累，又不僅以天水舊槧而見重矣。大興劉氏所藏景本即從此出。此本有毛鈐印記甚多，既可取證，復可知毛氏所藏宋元舊刊之希見者，固無一不有影宋副本存于天壤間也。蝯叟又藏有元刊八行白口本，亦歸于余家，與此可稱雙璧。物聚所好，信必然矣。庚午清明，東明葉啓發識。

韻補五卷　元刊本　張穆手校

道光二十七年，靈石楊墨林《連筠簃叢書》刻吳才老《韻補》五卷，任校讎者爲平定張石州大令穆，而爲之搜訪各家藏本以相參校者，則道州何子貞太史紹基也。石州《重（刊）［刻］吳才老韻補緣起》言之頗詳。惟其據校本之刊刻年月，及其據校本之多寡，未曾縷述也。檢書目後有「大清道光廿七年太歲丁未冬十一月，博訪各家藏本，精校開雕。平定張穆記」一行，知當時所據非止一本矣。丁卯春間，得宋乾道刊本，其書經明清兩代藏書家鈐印滿卷，中有「何紹基印」四字白文、「子貞」二字朱文小對方印。核之楊本，不盡相合，蓋楊刻據各本參校，不盡依據宋本，宜其中有多于宋本之字者已。唯乾道本既有何氏印

記，則當時必經石州借校，固無疑也。戊辰三月，又從估人得此本。半頁八行，大字無整行，小字雙行，行廿字。白口，單邊。前後無刻書人序跋。卷一首有「何紹基印」朱文方印、「雲龍萬寶書樓」朱文方印，書根題「吴才老韻補上」、「下」，字法平原，知爲子貞太史手筆。又書中有朱筆校字，亦有朱筆抹記，而無校字者。又「下平」抄補第三十二頁，與家藏舊籍經石州題記批校者字跡相同，則出自石州手筆矣，然何、張二人均無題記，石州且無印章。因取宋本及楊刻勘之，卷首吴(域)〔棫〕序「殊不知音韻之正本諸字之諸聲」之下有朱「|」，宋本作「諧聲」，楊刻同。《韻補書目》「蘇内翰本朝人軾軾」，上「軾」字，朱筆改「名」，宋本作「名」，楊刻同。卷一「上平」五支「嚌」下小注「懷音而」，「而」旁朱筆「△」記，書眉朱批云「懷音回，宋本作回，楊刻作而」。九魚「斯」下小注「蘆即且，子如切。繭中蛹分蠶。蠕音而」，朱筆於「子」上、「切」下、「音」上、「而」下以「一」標記，宋本「且」下「子如切」三字、「蠕」下「音而」二字，均小注直行偏右。楊刻「子如切」、「音而」，均在「形若斯」下。十七真「甚」下小注「開封五經文字」，「封」旁朱筆「△」記，眉上朱書「元」字，宋本作「元」，楊刻同。卷二「下平」一先「端」字下「蘇内翰祭同安郡夫母甚敦」，「夫母」二字下均有朱筆乙記，宋本「夫」下有「人」字，「母」下有「儀」字，楊刻同。卷四「去聲」四十九宥「告」下小注「一朝右之」，「右」旁朱筆「△」記，眉上朱書「醻」字，宋本作「右」，楊刻作「醻」。又卷一「禍」字上宋本缺「鯊」、「魦」、「疏」、「灑」、「試」、「是」、「哀」、「埃」、「憂」、「(思)〔畏〕」、「柯」、「毁」、「諱」、「緯」、「淮」十五字，而以「沙」字下小注「山宜切水」四字，接于「淮」字下小注「傳有酒如淮有肉如

池」之上。楊刻不同宋本，知爲石州校刊時所批，故楊刻有與宋本同而與此本異者，如序内「諧聲」之「諧」字，目内「名軾」之「名」字，十七真「甚」下小注「開元」之「元」字，一先「端」下小注「夫人」之「人」字、「母儀」之「儀」字是也。亦有與此本同而與宋本異者，如五支「嚌」下小注「音而」之「而」字，及「禍」上之「鯊」、「魦」等十五字是也。又有與宋本及此本均異者，如九魚「斯」下小注「子如切」、「音而」五字之在「形若斯」下，四十九宥「告」下小注「一朝右之」之「右」字是也。按朱筆校字以求之，則一望而知其爲以三刻參合互校者，然使非三刻均在余家，則無從定其爲石州所校矣。又此本注下「一」、「二」、「三」、「四」等數字，或作黑質白文，或作方□内注數字，或只注數字，殊不一致。宋本則均只注數字，無黑質白文，亦無方□，楊本則全作黑質白文，更知石州曾據此本加以一番整齊也。此書明時有陳鳳梧刊本，分上、下二卷。又有許宗魯刊本，陽湖孫氏有之。每頁十八行，行十七字。書中有「許子曰」云云，均與此本不符。仲兄定侯據上元鄧正闇邦述《羣碧樓書目》定此本爲元刻，又據罟里瞿子雍鏞《鐵琴銅劍樓書目》定此本爲許宗魯據刻之祖本。考之既審，則無待余之贅述矣。己巳夏五，葉啓發。

重續千字文二卷　明毛晉汲古閣影宋精抄本

明清鼎革之際，虞山毛氏以藏書、刻書、抄書負一時盛名，觀毛扆《汲古閣珍藏秘本書目》、顧湘《汲古閣刻板存亡考》，可以得其大略矣。顧所刻之書雖多，不盡依據家藏善本，以意竄改，爲何屺瞻、陸貽典、黄蕘圃、顧千里所詆諆。然其影抄之本，則無不爲諸家所稱許者。良以子晉父子既富收藏，又精鑒別，影抄底本多出宋元，工雅絶倫，與刊本無異。於是不傳之秘帙，得以化身於人間，故「毛抄」之名，至今尤膾炙人口也。黄氏《士禮居藏書題跋記》五載「《孫尚書大全文集》殘本三十三卷影寫宋刊本」，云：「此殘宋刻本《孫尚書大全文集》，僅存三十三卷，即趙希弁《讀書附記》所云《孫尚書大全文集》五十七卷本也。外間傳布頗少，余借諸周丈香嚴處，用舊紙委門僕張泰影摹，兩匝月而竣事，藏諸讀未見書齋，居然影宋抄本矣。雖不及毛抄之精，而一時好事之所爲，以視汲古閣中『入門僮僕盡抄書』者，其風致何多讓焉。」可見毛氏抄書之精，雖蕘翁亦爲心折矣。此毛氏影宋精抄宋葛剛正《重續千字文》二卷，紙墨抄寫，無不精絶，即《汲古閣珍藏秘本書目》所載，世間絶無之奇書也。有毛氏、席氏及道州何氏印記甚多，知其爲名家珍襲，得之足爲連廚生色者矣。丁卯上元，東明葉啓發。

經典釋文三十卷 通志堂刊本　袁芳瑛、莊世驥傳録校本

《經典釋文》宋槧本藏虞山牧翁家中，絳雲一炬，遂成絶響。康熙間，徐乾學刊單行本，校勘不精，餘姚盧抱經學士文弨刊《經典釋文考證》，即據各家抄校本以刊正徐刻之誤者也。盧刻後附先族祖石君公跋云：「從兄林宗借絳雲樓藏本影寫，書工謝行甫也，余幼時曾爲之校勘。至乙巳春仲林宗死，所藏宋名舊本并抄謄未見之書，盡爲不肖子孫散没，糕擔烟擡，往往見之，惟此書尚存，因而留之。」檢牧翁從子遵王曾《讀書敏求記》載「陸德明《經典釋文》三十卷」，云：「吾友葉林宗篤好奇書古帖，搜訪不遺餘力，每見友朋案頭一帙，必假歸躬自繕寫，篝燈命筆，夜分不休。我兩人獲得秘册，即互相傳録，雖昏夜叩門，兩

家童子聞聲知之，好事極矣。林宗殁，余哭之慟，爲文以祭之。此書原本，君從絳雲樓北宋槧本影摹，逾年卒業，不惜費，不計日，毫髮親爲是正，非篤信好學者孰能之？君殁後，余從君之介弟石君借來。石君卓識洽聞，著史論甚佳，交予如林宗，亦不可謂之兩人也。予述此書所自，而題語專屬林宗，或冀後日君托此書以傳，不至名氏翳如，是予之願耳。」據此，則此書宋槧雖爲六丁取去，賴吾家林宗公有影寫本以傳，一綫之縷不絶，誠元朗之功臣也。此本爲縣人袁漱六太守芳瑛所校，以先族祖林宗公抄本爲主，而以盧雅雨、盧抱經、江艮庭、沈嵩門、錢辛楣、陳碩甫諸家校本參校，復命其門人莊世驥以段若膺、臧庸堂兩本再勘。太守校用朱、黄筆，莊校用墨筆。《春秋》卷首有黄筆勾摹「宋本」二字長方印，「毛晉私印」、「子貞」二方印，尾有「子晉書印」、「汲古得修(梗)[綆]」二印，又有「國子監崇文閣官書借讀者必須愛護損壞缺失典掌者不許收受」長方印。《春秋》、(易)《書》、《詩》三種，太守又以宋刻校，《易》、《周禮》、《老子》、《爾雅》四種，又以明刻校。前有太守硃筆題詩四絶，及莊世驥墨筆跋二紙。莊氏更據家藏本手抄各家跋語似葉抄本原跋。及葉抄册數、葉數附後，今已缺佚。世父以葉抄爲石君公抄者，未見後抄跋語故也。書中有「袁芳瑛印」四字白文方印，「卧雪樓袁氏藏書」七字朱文方印及「湘潭袁氏藏書之印」八字白文方印。朱墨校字，無葉無之，集宋明舊槧名校各本之大成，又爲吾家之先澤，誠秘寶也。估人先以此書首册送仲兄定侯審閲，索價番餅百枚，已成交矣。不良兄某要估人於途中以重值啗之，估人遂悔前議。世父以二兄争收之故，遂命尚農大兄購之。世父逝世，尚農大兄盡舉藏書鬻諸滬市，此書亦在其中，以缺佚尾册，久無售者。庚午，仲兄避難之申，從坊肆見此，亟以餅金購歸。此書之再爲仲兄所得，似冥冥中若有主持者，彼雖百計奪取，終未能有之也。從兄某溺于博，藏書及身而散，即使此書爲其所得，亦同一喪于盤龍，先澤不得世守。更知長恩有靈，眷戀于余兄弟之華鄂堂也。甲戌夏五月，啓發謹識。

六藝綱目二卷附一卷

舊抄本　何紹基批校

舊抄本《六藝綱目》二卷附《字原》一卷，元舒天民撰。《四庫全書總目》著録，附小學之後，謂「六藝皆古之小學，而自《漢志》以後，小學一類惟收聲音、訓詁之文，此書轉無類可歸，故附録于小學之末，以存古義」。《提要》云：「天民此書取《周禮》保氏六藝之文，因鄭玄之注，標爲條目，各以四字韻語括之。其子恭爲之註，同郡趙宜中爲之附註，均能考證精核，于小學頗有發明。九數一門，以密術推鄭註，頗爲詳至，以之補正賈疏，亦考《禮》之一助也。其書刊于至正甲辰，前有張翥、胡世佐、揭汯、劉仁本四序，皆未言及（疑）[宜]中附註事。末有舒睿後序，題『戊辰歲』，已爲洪武元年，亦不及宜中，則宜中疑爲明人，其始末則不可考矣。」檢此本前後序跋，均與《四庫》著録之本相同。劉序不署年月，張序題「至正甲辰」，胡序題「至正丁酉」，揭序題「至正二十五年」，恭序則作于至正丙午。丁酉爲十七年，甲辰爲二十四年，丙午爲二十六年，則館臣所謂刊于至正二十四年甲辰之語，殆不盡然矣。又舒睿跋稱「伯父藝風先生纂集六藝，名曰《綱目》，未行世而殁。其子自謙考訂箋註之，名公巨儒歷序表章之約，而未克刊行也。戊申春，予假館于錢氏，以此編示之，三復稱歎，遂矢以成其美」云云，則天民此書雖有至正諸人之序，并未刊行，其侄睿與錢氏始付之梓民，爲此書第一次刻本，其時已在明初。宜中附註，則以有其子自謙箋註而後附注之，又在其後，則張、胡、揭、劉序跋中未嘗言及，固其宜也。此本爲道州何氏所藏，訛文誤字，均經蝯叟以朱筆校正。道光廿八年劉喜海嘉蔭簃所刻，及咸豐三年楊以增海源閣刻本，均在此本之後，前無别本，則此抄當源出于其侄睿所刻，無可疑已。江陰繆藝風荃孫於張文襄之洞提督四川學政任内幕中，代撰《書目答問》，以此書列入童蒙幼學各書，躋于王、李《蒙求》、《三才畧》之類。不知此書雖爲四字韻音，而至正時有入秋闈應舉試，尚不了其旨趣者，可見其精博淵深。繆氏厪以爲有裨童蒙誦習，則亦淺之乎視之矣。己卯春分，葉東明。

華鄂堂讀書小識卷二

南陽葉啓發東明甫撰

史記一百三十卷 明嘉靖四年柯維熊校刊本

《史記》明嘉靖時仿宋刻本有三：一秦藩刊本，一震澤王氏刊本，一莆田柯維熊校正金臺汪諒刊本。世所稱柯本者，此本是也。三本行字相同，惟王、柯兩本小題、大題畧有分別，秦本則以千文分卷爲異耳。此書宋時刻本雖多，然以卷帙繁重，流傳日久，遂多缺佚。虞山也是翁嘗集取宋代諸刻，共成一書，小大長短，各種咸備，仿李汧公百衲琴之例，謂之「百衲本」，開後來重視宋元殘刻之先河，可謂好事極矣。暹《史》爲乙部鼻祖，家絃户誦，故翻雕之本日益增多。秦藩、柯氏兩本則流傳甚稀，王本則序跋、牌記多被書估割剜，以贋宋槧。余既得有一序跋、牌記完全之本藏之。先世父觀古堂藏有秦藩殘刊，以王氏本湊配。唯柯本則久未得，頗縈繫於心也。庚午季秋，苕估柳姓從西鄉黄姓家收得書籍數廚。黄爲道州何子貞學使紹基姻戚，曩聞人言，學使後人曾以家藏舊籍寄存其家被其乾没，經涉訟不直，知其中必有可取者。亟往檢觀，果獲此本。板式較王本闊大，字體亦稍豐腴，猶有明正統、成化刻書餘韻，中有大興朱竹君筠、少河錫庚父子、徐星伯松及何氏印記。柳估之知余必欲得此，索值番餅二百元。余於明代合刻之書每喜兼收並蓄，以待比勘，雖重價不惜也，遂如值取歸。今而後，柯、王兩本華鄂堂均得而有之，良足深幸矣。辛未三月朔日，東明記。是日爲余生辰，馬齒又增而學業不進，殊自愧也。

史記一百三十卷　明嘉靖乙酉王延喆刊本

明嘉靖乙酉王延喆刊《史記》，見于藏書家志目者，其序跋、刊書牌記皆剜割不全。蓋王從宋紹興三年兩浙東路茶鹽司本翻雕，槧法精美，行款與宋本無異，故書賈作僞，恒以之贋充宋刻，遂致其本無一不肢殘體斷也。辛酉夏月，從坊肆得道州何子貞太史紹基家藏孫氏《平津館鑒藏書籍記》。偶一檢閱，其卷二明板類載有「《史記》百三十卷」，云「小題在上，大題在下，前有裴駰《史記集解序》，小司馬《補史記序》、《史記目録》一卷，張守節《正義論例》、《謚法解》一卷，小司馬《三皇本紀》一卷。《史記》列傳各本俱以《伯夷》爲第一，此依《正義》本，以《老子》爲第一。每頁廿行，行十八字。每卷後或注『史計若干字，注計若干字』，宋諱俱缺筆，係明人依宋重雕本。裴駰《集解序》後、《史記目録》後，俱有補痕。前有木印，以記刻書人年月姓名，爲書估剜去」云云。眉上有太史朱批云「此即明震澤王氏重刻宋本」，知太史家藏必有王本，當是未經剜改之本也。估人盧桂生時往來太史曾孫詒愷家，因囑其留心物色之。己巳春暮，果從其家持出此本見示，翻閲之，《集解序》後「震澤王氏刻于恩裒四世之堂」篆文木記，《目録》後「震澤王氏刻梓」篆文木牌記，《索隱後序》尾「王延喆識于七十二峰深處」云云楷字七行均全。印刷精朗，固王本《史記》中不可多得者也，亟以重值購之。至此書之爲明仿宋精善之本，已盡人皆知，無待余之詞費爾。庚午冬十二月呵凍記，東明。

三國志六十五卷 宋衢州刊本

宋衢州刊本《三國志》六十五卷，經明嘉靖、萬曆二次補刊。每半頁十字，行大十八九字、小二十一二字不等。三志前均有目録，分上、中、下卷。書中補刊各頁口上有「嘉靖八年」、「嘉靖九年」、「嘉靖己未」、「萬曆十年補刊」字，唯己未所補者口下有監生李雲芳、盛世皋、蔣賢刊姓名。首有萬曆十年補刻元大德丙午桐城朱天錫跋，云「江左憲臺命諸路學校分派十七史鋟梓，池庠所刊行者《三國志》。池之爲郡，士類率多貧窶，是舉幾致中輟，總管王公亢宗，郡博士孔湄、孫式克奉命以底于成」云云，則是元大德時池州有刊本矣。檢此本卷十九、廿三、廿七、三十五後有「右修職郎衢州録事參軍蔡宙校正兼監鏤板」及「左迪功郎衢州州學教授陸俊民校正」兩行，卷十四、二十、二十一、二十八、三十、六十四各卷亦均有此行，然皆爲嘉靖、萬曆所補刊者，蓋補刻時一仍宋板舊式，無所改易，非明刻有此兩行也。獨山莫子偲友芝《郘亭知見傳本書目》「《三國志》六十五卷」，云「天一閣有元大德丙午朱天錫刊本」，又云「元刊本半頁十行，行十九字，注廿二三字不等」，又云「明嘉靖蔡宙等刊本」。蓋所見即此刻，爲嘉靖修補後印行之本。因補刊葉口上有「嘉靖補刊」字樣，葉中又有蔡宙等銜名，遂誤以爲明刻矣。又因此本前有大德朱天錫序，遂又以此本行款爲朱刻行款，均未細審之過也。然大德朱序非此本所應有，則不解何以羼入，豈當時池州郡庠並未别刻，即以宋板補全印行而加入朱序，遂爲明時補板所沿襲耶，抑池州所刻沿出衢本，仿其行款，序與全書不一律耶？ 是又有待他日之補考以證之矣。 己卯夏避兵鄉居，東明漫記。

舊唐書二百卷 明嘉靖十七年聞人詮刊本 石君公手校

明聞人詮刻《舊唐書》，世稱爲善本者，以其源出宋兩浙東路茶鹽司本。 其實當時僅據殘宋本重刻，又有所竄改，不足貴也。 據詮序稱「督蘇庠司訓沈桐校刊之」，則是沈桐所刻，詮不過爲之序耳。 家藏聞人詮本《藝文類聚》前有詮序，又有胡纘宗序及陸采跋。 胡序稱「吴郡陸君子玄惜其殘剥，爲之鋟梓」，陸跋謂「是書之刻，可泉胡公實主之」，則是又胡、陸二人所刊，亦詮爲之序，非詮所刻矣。 又藏明常州刻本《儀禮注疏》，世亦稱聞人詮本。 其書首題「聞人詮校正」、「應檟刊行」，則又非詮所刻矣。 檢朱彝尊《静志居詩話》十二「聞人詮」云「詮字邦正，餘姚人。 嘉靖丙戌進士，除寶應知縣，擢山西道御史，巡視兩關，歷湖廣按察副使」，又云「邦正著録陽明之門，撰《飲射圖解》，又雕劉昫《舊唐書》行世，津津好古，不易得也」云云。 是知詮在明嘉靖間科名顯達，風雅好事，故沈桐、胡纘宗、陸采、應檟諸人刊刻書籍，均倩其列名校正，弁序卷端，猶之清康雍、乾嘉刻書必標題「某中丞鑒定」以示尊重者，其勢利之見，固今古一轍也。 此書經先族祖石君公以至樂樓抄本勘校，正訛補脱，無葉無之，丹黄滿紙，題跋至再，手澤留遺，自當世守。 他日倘得付之手民，使盡人皆不惑于聞刻善本之言，則固後生之責也。 家藏别有一本，有浦江周心如紛欣閣藏印，後歸道州何文安靈漢，經子貞學使紹基手批圈讀。 評語多論文，不若此本之爲校抄，有

「日思誤書，自是一適」之足珍貴矣。戊寅十月，茅園派裔孫啓發謹誌。

此書宋刻，吴門黄蕘圃主政丕烈有殘本三十二册，見所撰《求古居宋本書目》。《百宋一廛賦》注云：「殘本劉昫等《唐書》。每半頁十四行，行二十五字。僅存志十一至十四、二十一至二十五、二十八至三十，列傳十五至二十八、三十八至四十七、五十至六十、七十八至八十三、一百十五至一百十九、一百二十九至一百三十四、一百四十下至一百四十四上，凡六十七卷有零。每卷末有題名云『左奉議郎充紹興府府學教授朱倬校正』，又有校勘人題名四行，文繁不録。覆本在明嘉靖時，不特多誤，抑神氣索然矣。」其本後歸汪閬源士鐘藝芸精舍。汪藏再散，其一百四十下至一百四十四上五卷歸于昭文張氏，見《愛日精盧藏書志》，云每卷末均有「(右)[左]奉議郎充紹興府府學教授朱倬校正」一行云云，餘則不知其流于何所矣。石君公據校之本，存本紀一至二十，志十四至十八、又二十一，傳一至廿二、四十二至六十九、九十六至百零四，共九十九卷，較黄藏多三十餘卷。黄藏亦有此本所無，可以補勘者，志十一至十三、二十一至二十五、二十八至三十，傳三十八至四十一、七十八至八十三、一百十五至一百十九、一百二十九至一百三十四、一百四十下至一百四十四上，共三十七卷。合兩本則宋槧所缺不過三分之一弱矣，惜未能併得而校之，使聞刻竄削校勘銜名、改易字句之失一覽而無餘，豈不大快事也耶？然石君公據校之抄宋本，較各家所藏爲多，且本紀、志、列傳後校勘人一行各自不同，宋本真面未失，固世間不傳之孤本也。且可以知黄、張兩家所云各卷末均有「左奉議郎朱倬校正」一行及校勘人題名四行者，均僅據其所有殘本而推測言之，固不免失之臆斷也。栝棬世澤，秘笈鴻都，此本兼之，則余不敢不視同泰山瓌寶矣。

戊寅十二月立春日，啓發再識。

舊唐書二百卷 明嘉靖十七年聞人詮刻本 周□□、何紹基批校

《舊唐書》二百卷，明嘉靖十七年聞人詮刻本。每半頁十四行，行二十六字。前有聞人詮《刻舊唐書序》、文徵明《重刊唐書序》及嘉靖十七年楊循吉《舊唐書重(縷)[鏤]紀勛序》。據詮序稱「吴令朱子得列傳于光禄張氏，長洲賀子隨得紀、志于守溪公遺籍，俱出宋時模板，乃督同蘇庠嚴爲校刻。司訓沈子獨肩斯任，肇工于嘉靖乙未，卒刻于嘉靖戊戌」云，則是詮得宋本，配成全帙，據以付刻也。又據文序稱「是書嘗刻于越州，卷後有教授朱倬名。倬忤秦檜，出爲越州教授，當是紹興初年，今四百年矣。先是書久不行，世無善本，沈君僅得舊刻數册，較全書才十之六七，於是徧訪藏書之家，殘章脱簡，悉取以校閲」云。再檢楊序，亦稱「此本故有刻本在吴中，惜亦未全。提學侍御聞人公慨然欲壽諸梓，擇可託者，得蘇學司訓沈君授之，俾董厥事，且命廣搜殘逸，足其卷數」云云。更知所據爲宋紹興越州州學朱倬等所刊之本，不得其全，沈桐更以他本足之也。檢陽湖孫淵如糧儲星衍《平津館鑒藏書籍記》明板類云：「《舊唐書》二百卷。題『監修國史推誠守節保運功臣特進守司空兼門下侍郎同中書門下平章事上柱國譙國公食邑五千户實封四百户臣劉昫等奉勅修』、『皇明奉勅提督南畿學政山西道監察御史餘姚聞人詮校刻』、『蘇州府儒學訓導門人嘉興沈桐同校』。前有聞人詮序，又有嘉靖十七年楊循吉序、文徵明序，并惠借藏書、

捐俸助繕、分番校對、出資經費姓氏。每頁廿八行，行廿六字。吴門黄蕘圃孝廉所藏有不全宋本，每頁廿八行，與此本同。」知糧儲所藏亦即此本，唯多惠借藏書、捐俸等姓名，蓋此本佚脱耳。又檢錢辛楣宫詹大昕《竹汀日記抄》云：「黄蕘圃齋中見宋刻《舊唐書》不全本，每卷後有『右文林郎充兩浙東路提舉常平司幹辦公事校勘』字，卷首有朱印『紹興府鎮越堂官書』八字。每葉廿八行，與聞人本同，蓋即從此本翻雕也。」因檢黄蕘圃《求古居宋本書目》，載「《舊唐書》殘本三十二册」。再檢《百宋一廛賦》注云：「殘本劉昫等《唐書》。每半頁十四行，行廿五字。僅存六十七卷有零。每卷末有題名云『左奉議郎充紹興府府學教授朱倬校正』，又有校勘人題名四行，文繁不録。予跋之曰：題云『唐書』者，昫等撰時本然，蓋歐、宋《新唐書》未盛行之先無『舊』稱也。覆本在明嘉靖時，不特多誤，抑神氣索然矣。」核之此本，唯列傳卷第廿五後有「右文林郎充兩浙東路提舉茶鹽司幹辦公事蘇之勤校勘」一行，則聞氏校刻此書所據宋本，與黄氏所藏同爲紹興越州州學朱倬等校刊之本，唯每卷削去校勘人姓名一行耳。其廿五、廿六字之不同者，則宋刊行字本多參差不齊，聞氏已經整齊一番，非宋本之舊式矣。家藏先族祖石君公萬手校本，其底本即爲此刻所據，則明陳察至樂樓抄本源出宋槧，其書亦不完全，石君公僅就其存者校之。全書本紀一至廿，志十四至十八、二十一，列傳五十一、五十九、六十二至六十九各卷後，均有「右文林郎充兩浙東路提舉茶鹽司幹辦公事霍文昭校勘」一行；列傳一至三十二、四十二至五十、五十三至五十六各卷後，均有「右文林郎充兩浙東路提舉茶鹽司幹辦公事蘇之勤校勘」一行；列傳五十七、六十、六十一各卷後，均有「右從政郎紹興府録事參軍徐俊卿校正」一行；列傳九十六至百零四各卷後，均有「右奉議郎充紹興府府學教授朱倬校正」一行，經公一一補寫。其餘爲抄本缺卷，則未據校，亦未補寫校勘銜名。全書訛文誤字，無葉無之，皆經公以朱、黄兩筆逐一勘正。知聞氏此刻雖源出宋槧，而不免明人陋習，多所改易。然竹汀、蕘圃謂每卷末皆有朱倬題名及校勘人四行者，其言亦有所衍誤矣。石君公校本本紀第十四後，聞刻原有「霍文昭校勘」一行，唯「提舉茶鹽司」，「司」誤爲「事」，經石君公以朱筆校正，此本並此行而無之，不知何以忽於刻成後又劃去也。此本遞藏浦江周□□心如、爲漢心渠兄弟及道州何仙槎靈漢、蝯叟紹基父子家中。心如有墨筆題識，謂此書刻殊不精，中有其朱筆校改之字，蓋亦經細勘，故云然也。更有墨筆圈讀評點，則蝯叟之筆，多讀書論文之語，意各有别矣。劉氏《唐書》因歐書一出而久晦，宋本流傳早成殘璧，賴聞氏此刻得以延一綫之縷，則亦不可厚非。余之一再收儲此本，亦尤斯意云爾。

庚午冬十一月，東明摇筆書於樸學廬。

漢紀三十卷後漢紀三十卷 明嘉靖戊申黄姬水刊本

前、後《漢紀》宋時初刻于祥符，再刻于天聖，三刻于紹興，皆無傳本。此明嘉靖戊申黄姬水所刻。每半頁十一行，行二十字。《前漢紀》序首有荀悦序及黄姬水《刻兩漢紀序》，《後漢紀》首有袁宏序。黄序云：「《兩漢紀》刊布弗廣，遂致湮晦。昔大復何舍人得荀氏書抄本于徐太宰家，刻于高陵，涇野吕公序之。往時先子曾于雲間朱氏覽宋刻本，惜未祈借。後不逾月，有持一編售者，則朱氏本也。先子傾囊購焉，輒復梓行。」是黄刻之先，已有何大復刊本，吕涇野序之，即世所稱吕柟刊本也。《四庫全書總目》著録《漢紀》三十卷、《後漢紀》三十卷，安徽巡撫採進本。《提要》云：「考李燾所跋，自天聖中已無善本。明黄姬水所刊，亦間有舛誤。康熙中，襄平蔣國祥、蔣國祚合刻，後附《兩漢紀字句異同考》一卷，今用以參校，較舊本完善焉。」檢陽湖孫氏《平津館鑒藏書籍記》明板類「《漢紀》三十卷。題荀悦著，吕柟校正。目録後有悦序。前有何大復序，稱『是書余得之侍讀徐子容氏，世無刻本。余至關中，涇野子吕仲木氏移書求之，乃遂請吕子校正，而付高陵令翟清氏刊布焉』。序末年月、姓名，已爲書估剜去。此書近世有蔣氏刻本，《高帝紀》『蕭何無有汗馬之功，徒持文墨議論而已』，《史記》、《漢書》皆作『文墨』，蔣本改作『文物』；《宣帝紀》『昔周公躬吐握之勞，故有周室之隆』，蔣本反據俗本《漢書》改『周室』作『圉空』，皆不及此本。每頁廿行，行廿四字」云云。核之此本，《高帝紀》作「徒持文物議論而已」，《宣帝紀》作「故有周室之隆」，則吕、蔣二本及此本互有長短矣。然吕刊源出抄本，蔣刊參合校改，似均不如此刻之源出宋本之一仍舊式者，尚不失其本真也。此本爲行人司藏書，有「行人司圖書記」朱文長方印。元和顧千里徵君廣圻所藏，歸于吴門黄蕘圃主事丕烈，徵君、主事均有題字。又有履卿手跋，則咸豐時又遞藏元和韓氏寶鼎山房矣。辛未十月，仲兄得之長沙書坊，上距黄、顧庋藏之時，花甲不及兩週而已，四易其主，雲煙過眼，他日更不知流落何所矣。壬申四月二十日，東明筆記。

古史六十卷　宋衢州小字本

有清道咸之間，道州何子貞太史紹基以書名重海内，而其藏書之富，人多不知，殆以一善掩衆長也。余年方弱冠，即從坊肆遊，見其家藏舊籍落于估人之手者，有豐城游明仿元中統本《史記》，大興翁方綱手校本《石刻鋪敘》，盧抱經、黄蕘圃校宋本《周禮注疏》，以見聞不週，吝值而交臂失之，至今時念念于心也。丙寅、丁卯之間，太史曾孫詒愷移寓省垣，染阿芙蓉癖甚深，又沉溺醉鄉，陸續舉其先世所藏者售金以資所費。余兄弟每於估人手見其家藏舊本，必傾囊金購歸。先後所得，以宋槧《宣和書譜》、《韻補》、《夢溪筆談》，毛抄《重續千字文》爲最，其餘元明舊槧、批校稿本不下五千卷也。此宋刊小字本《古史》六十卷，亦太史舊藏。每半頁十四行，行廿四五六字不等，板心以干支分册。卷七後有「左迪功郎衢州司户參軍沈大廉同校勘」一行，卷十六後有「右修職郎衢州録（軍）〔事〕參軍蔡宙校勘兼監鏤板」一行。宋諱缺筆，不甚謹嚴。板口大小參差，黑口、白口又未齊一，刊工姓名亦或有或無，而全書則固歐體，絶精也。檢陽湖孫淵如糧儲星衍《平津館鑒藏書籍記》明板類「《古史》六十卷。分本紀七、世家十六、列傳三十七。小題在上，大題在下。前後有蘇氏原序志。審其紙板，當是明嘉靖以前所刊。後有缺葉，又補成之。大字本每葉廿二行，行廿二字。」又檢莫友芝《郘亭知見傳本書目》「《古史》六十卷」，傅沅叔學使年伯增湘批注云「丁巳得宋刊本，十一行二十二字。板心甚大，記字數人名，以干支記頁數。有明補板」云云。行款均與此本不同，且均經明代修補，非此本矣。唯《天禄琳琅書目》、歸安陸心源《儀顧堂》所載宋小字本，與此本相合。因知此書宋時本有二刻：一爲大字，每半頁十一行，行二十二字，其板至明代猶存南監修補印行，孫、傅所見者是也；其一即此小字本。二本板心，均以干支分册也。家藏有宋衢州刻本《三國志》，卷十九、二十三、二十七、三十五後均有「右修職郎衢州録事參軍蔡宙兼鏤板」一行。其十四、二十、二十一、二十八、三十、六十四各卷亦同，唯此數卷口上有「嘉靖九年」、「嘉靖己未」、「萬曆十年補」，口下有「監生曾一躍」或「盛世臯刊」字樣，蓋其時補板者沿其舊式未改，而藏書家往往因補刊之頁有校勘、鏤板一行，不加細審，遂誤以蔡宙爲明人。而《郘亭書目》竟云「明嘉靖蔡宙等刊本」，亦不考實之過也。是知板本之學，非目見原書，僅憑記載，未有不爲耳食之言所誤者矣。己巳端午日，東明坐寶書閣漫記。

漢雋十卷　元延祐庚申刻本

《漢雋》十卷，元延祐庚申刻本。每半頁九行，行大字無整行，小字雙行，每行三十字。上下大黑口。首行大題「漢雋卷第幾」，次行即接本卷篇名，不著撰人名氏。前有紹興壬午括蒼林越序，後有延祐庚申袁桷後序。全書唯序及目録葉數各自起訖，餘均通連編次，計百四十六番。檢《四庫全書總目》史抄類存目，載《漢雋》十卷，江蘇巡撫採進本。《提要》云「宋林越撰。案陳振孫《書録解題》載此書，卷數與今相符，而註稱『括蒼林鉞』，《處州府志》亦作『林鉞』，未詳孰是也。其書取《漢書》中古雅之字，分類排纂爲五十篇，每篇即以篇首二字爲名，亦間附原註。前有紹興壬午越自序，稱『大可以詳其事，次可以玩其詞』，然割裂字句，漫無端緒，而曰可詳其事，其説殊誇。後有延祐庚申袁桷重刻跋，稱『《漢雋》之作，蓋爲習宏博便利』，斯爲定論矣」云云。核之此本，前後序跋均同，《四庫》所著録者即此本也。罟里瞿氏《鐵琴銅劍樓藏書目録》宋嘉定辛未趙時侃刻本，行款、標題均與此同，自序「林鉞」不作「林越」，蓋此本即從其本翻雕也。然證以陳振孫《直齋書録》、《處州府志》及宋刊本之作「林鉞」，則此本固不免失之矣。此書明代有吴氏、吕氏及凌濛初《文林綺綉》三本，凌刻後附凌迪知《續》六卷，改名《兩漢雋言》。明人刻書多不足據，世無宋刻，則此元槧元印，當不容其忽視焉。丙寅仲秋，葉東明。

皇明歷科狀元録四卷 明隆慶刊本

昔南宋《紹興十八年題名録》，以朱子大儒，名列五甲，流傳盛行。後世《寶祐四年登科録》，則以文天祥、謝枋得、陸秀夫三人，一榜三忠，見稱士林。大氏科名以人重，人固不必依藉科名重也。使兩録無朱、文、謝、陸諸人，則同科士子之姓名早與草木同腐，安有好事者爲之刊行，附驥以傳於後耶？此明隆慶間吴郡陳子兼鋈集刻《皇明歷科狀元録》四卷，每半頁九行，行二十字。前有吴江徐師曾序。書序首附元朝歷科狀元姓名，次附歷科狀元之改官晉位、年少、有謚者各若干人。歷科狀元，始洪武四年吴伯宗，終隆慶五年張元忭，凡六十五人，各爲一編。其當時史志傳記有關於其人生平事跡者，悉採以附入，而注明其原引書名，頗足以資考索。各卷頁次，常有重叠及合併者。卷末隆慶二年羅希化一編尚留墨釘，隆慶五年張元（汴）［忭］則有目無篇，知即其時隨補隨刻，增删未定之本也。明制最重科目，士不由科目進者，不能預廷推。士大夫一生發軔之始，胥在於斯。陳氏此録，其亦斯意也乎。然崇、萬末季，則君子道消，小人道長，奄黨立朝，依阿取悦。鼎革之際，不矜名節，靦顔屈膝，以求富貴。苟非中有賢者扶植綱常，臨難死事，垂名青史，勢將譏謂科目無人。是知設科如舉網，不能盡得魴鯉也。此録六十五人中，如商素庵輅、吴匏庵寬、康對山海、吕涇野柟、楊升庵慎諸人，均以文學顯著於世，雖未嘗以科名見重，而朝廷功令固未容輕視焉。惜此録所載均係歷科狀元，不及同榜之人，又中無足以繼美朱、文、謝、陸者，固不如宋代兩録之起人孺慕，又可資以旁徵者矣。明吴郡陸文(言)量《菽園雜記》載：正統丙辰狀元周旋，温州永嘉人。聞閣老預定第一甲三人，候讀卷時，問同在内諸公云「周旋儀貌如何」。或以豐美對，閣老喜。及傳臚，不類所聞。蓋豐美者，嚴州周瑄，聽之不真而誤對耳。乃知人之禍福固非偶然，然亦有如此者，真所謂命也。此書引《菽園雜記》甚多，獨此條未及採入，蓋陳氏輯録時不免罣一漏萬矣。書中有「延陵季子」及「芸暉閣藏書」兩朱文方印，未諗其人，俟再考之。壬申八月，東明坐實書室漫記。

太平寰宇記二百卷 舊抄本

此《太平寰宇記》二百卷，宋樂史撰。卷首有「楝亭曹氏藏書」六字朱文長方印，蓋康熙間曹子清通政寅家藏舊抄本也。又有「長白敷槎氏堇齋昌齡圖書印」十二字朱文方印，則又經堇齋學士昌齡收藏者。堇齋爲楝亭之甥，楝亭藏書盡歸所有，各書所見二家收藏印記，大半連屬相鈐。又有「大興朱氏竹君藏書之印」十字朱文方印，則笥河學士筠藏書印記也。後爲道州何子貞學使紹基所得，書面副紙及書根均經學使手書題字。余從其後人得之，原缺第四卷及第一百十三至第一百十九卷，共八卷。考乾嘉以來各藏書家志目，所載此書均舊抄本，缺佚之卷亦同，唯虞山錢遵王曾《讀書敏求記》有二百卷足本，然不知流傳何所，缺佚與否，無可取證也。檢《欽定四庫全書總目》著録《太平寰宇記》一百九十三卷，浙江汪啓淑家藏本。《提要》云「所闕自百十三至百十九卷，僅佚七卷。又每卷末附《校正》一頁，不知何人所作」云云，較之此本，多佚第四卷一卷。至末附校云，則此本亦有之。又檢王文簡士禛《居易録》十二云「《太平寰宇記》□百□□卷，宋樂史撰。世無刊本，予家有寫本，闕七十餘卷。竹垞嘗借抄之，又借徐氏藏本補足六十餘卷，尚闕第四卷及百十三卷至百十九卷，僅闕(十)[八]卷。金陵焦氏有宋刻本，今歸昊廬澤弘侍郎」云。再檢朱竹垞太守彝尊《曝書亭集》是書跋云：「《太平寰宇記》二百卷、《目録》二卷，宋朝奉郎太常博士樂史撰。康熙癸亥抄自濟南王祭酒池北書庫，闕七十餘卷。後二年，復借崑山徐學士傳是樓本繕寫補之，尚闕河南道第四卷、江南西道第十一至十七卷。聞黄岡王少詹購得上元焦氏所藏足本，及詢之，則卷數殘闕同焉。」按此本今歸常熟瞿子雍鏞，詳載所撰《鐵琴銅劍樓藏書目録》。偶讀李文藻侍郎南澗《琉璃廠書肆記》，云「楝亭掌織造、鹽政十餘年，竭力以事鉛槧。又交于朱竹垞，曝書亭之書，楝亭皆抄有副本。以余所見，如《石刻鋪敘》、《宋朝通鑑長編紀事本末》、《太平寰宇記》、《春秋經傳闕疑》、《三朝北盟會編》、《後漢書年表》、《崇禎長編》諸書皆抄本」云云。據此則此本爲楝亭抄自竹垞朱氏，竹垞則合王、徐二家藏本湊配迻録，其原委固甚明晰也。樂氏此書，合宋代輿圖所逮，尋究始末，採摭繁博，于歷朝人物、古跡、題詠悉行詳載，開後來方志之例，與《元和郡縣志》、《輿地紀勝》並傳。乾隆中有樂氏刊本，又有江西萬廷蘭刻本及活字本，皆剞劂不精，互有脱誤。萬本臆改尤甚，均不及此抄本之少舛謬也。缺佚之卷，光緒中黎蒓齋星使庶昌得日本舊家所藏宋刻殘本，摹刻于《古逸叢書》中。余并擬覓單印本附後，以成全璧云。歲在庚午，葉啓發東明記于華鄂堂。

輿地紀勝二百卷　影宋抄本　張穆手校

影宋抄本《輿地紀勝》二百卷，缺三十二卷。前有李悳、王象之序，曾巧鳳劄子。經平定張石州穆藏校，有「穆」字朱文圓印，「張穆印信」、「月齋藏書」對方印諸印記。此書《四庫》未收，阮氏曾進呈，見《揅經室外集》。阮云「《四庫》未著録，惟有《輿地碑記》四卷，云象之金華人，嘗知江寧縣，所著有《輿地紀勝》二百卷。今未見傳本，此即其中之四卷。今于江南得影宋抄本二百卷，前象之有自序。象之，東陽人。略云『余披括天下地理之書，參訂會粹，每郡自爲一編，以郡之因革見之編首，而諸邑次之，以及山川、人物、詩章、文翰皆附見焉。東南十六路，則倣范蔚宗《郡國志》條例，以在所爲首，而西北諸郡，亦次第編集。』今考其成書之年在宋嘉定十四年，故其所指『行在所』以臨安府爲首，而一切沿革亦準是時。又宮闕殿門『壽康宮』下引《朝野雜記》云『寧宗始禪』云云，則是作序在嘉定，全書之成，又在理宗時矣。是書自卷一『行在所』起，至『劍門軍』訖，共府二十五，軍三十四，州一百零六，監一，共府、軍、州、監一百六十六，内或有一府一軍而分爲上下二卷，故與總數不合。其卷首全闕者，自十三至十六，又自五十至五十四，又自一百三十六至一百四十四，又自一百六十八至一百七十三，又自一百九十三至二百，共闕三十二卷。至其餘各卷内之有闕頁，皆註明于目録卷數之下」云云。核閲此本，闕卷均同，闕頁注目録卷數之下亦同，蓋缺佚出自宋刊，固無由得其全也。此書宋本，見于虞山錢遵王曾《讀書敏求記》，後不知其所歸，尤幸有此影本之僅存，是固當與毛抄影宋同其珍貴矣。戊寅臘八日，東明記。

朝邑縣志二卷　明正德己卯刊本

有明關中輿記之書，以簡詳見稱於世者，推康海《武功》、韓邦靖《朝邑》兩縣志爲最。論者謂《武功》體例謹嚴，源出《漢書》，《朝邑》筆墨疎宕，源出《史記》，固無從軒輊也。康書以後來志乘多所取法，傳刻尚多，故藏書家嘗有著録者。此志則各家志目罕見記載，僅黄虞稷《千頃堂書目》有之，而不詳纂修刊刻年代，當是未見原書，以傳聞入録也。辛未五月，從道州何氏得此志。有正德己卯康海、吕柟、邦靖三序，王道後跋，知係其時王氏作令朝邑，乞邦靖重修而付之梓民者。《四庫全書總目》著録，《提要》稱康志有正德己卯刻本，據此則康、韓兩志均經同時刊行矣。光緒丙午，先世父從縣人袁漱六太守芳瑛卧雪廬得明唐霽軒刻《三輔黄圖》藏之。越二十年丙寅，仲兄定侯得孔文谷所刊《西京雜記》。據《黄圖》序首謝少南引，知二書係同時合刊，唐、孔各任其一者。先世父遂以《黄圖》賜仲兄，使成雙璧。余今得此志，侈心頓萌，他日安得康志合而藏之，亦如《黄圖》、《雜記》之爲延津劍合也耶。戊寅冬十一月，東明炙研記。

水經注四十卷

孔氏微波榭刊本　李鼎元批校

地理水道之書，《山海經》而後，首推《水經》，更有酈道元《注》以輔之，益相得以彰矣。《水經》原水一百三十有七，《注》中又得一千二百五十有二，經流原委，一目瞭然。宋代以降，闕失甚夥，《崇文總目》所載已佚五卷。今本僅存原水一百廿有三，後人强分爲四十卷，以符原數，非舊第也。迄至明季，傳刻頗多，黄省曾、朱謀㙔兩本，其最著者也。然黄刻則沈炳巽據以集釋訂譌，朱箋則趙一清援而注釋刊誤，此外歸有光、趙琦美、馮夢禎、黄宗羲、顧炎武、姜宸英、何焯、全祖望、孫星衍校芟補正之本，流傳者更僕難數焉。蓋此書之經、注混淆，閱時已久，訛文脱簡，由來有自。傳刻之本愈多，辯證之文日盛，治絲益棼，欲求一舉而排陷廓清，蓋戛戛乎其難矣。乾隆乙酉，休寧戴東原震校注《水經》，刊於浙東，未成全帙，奉詔入京與修《四庫全書》。又復從《永樂大典》中輯得《水經》酈注，補其闕漏，删其妄增，正其臆改，活字排印，編入《武英殿聚珍板叢書》印行。後又略有改定，雖未能盡善盡美，然披荆斬棘，固優於其他刻本矣。然戴氏校改，多與趙註相同，所引宋本又與朱箋相合，趙、朱兩本均經采輯進呈。乾嘉諸儒，遂有戴竊趙注，更掠朱箋，借《大典》、宋本以爲飾詞之説。戴氏與修《四庫》，身入詞林，東觀之書，任其飽讀，《大典》、宋本，豈容未見，則莫須有之詞，未能據爲定讞也。此孔繼涵微波榭據戴氏改定本所刊行，經(棉)[綿]州李墨莊太史鼎元批校之本，朱墨兩筆，評註甚多。戴序書眉有太史評語，謂水之所經，皆宜有正文，此書率多入注，仍須細訂。又謂郡縣多經王莽改易，不得據「小廣魏」、「魏寧」二條孤文以爲確證。「河水三」後有太史跋語，謂東原此書中「有顯爲正文而誤入註者，須於《漢》、《魏》、《晉》三書地理著一詳考，老矣不能再爲訂正」云。又云「凡水之大小所經皆○○記出，知余亦費苦心耳」。可見太史於此書之用心審慎，矻矻點定，不憚其煩，又絶無排斥前人、妄自誇詡之語，尤可見前輩之虚心劬學，非後人所可望其肩背也。太史足跡半天下，身所經歷，據以爲校注之資，既不空疎，復非稗販，固桑、酈之功臣，戴氏之諍友也。使東原見之，不知又如何心折矣。然此書之迄無定本，聚訟紛紜，則仁智之見不同，是又在讀書者之細心領悟而慎其所擇取焉爾。癸酉穀雨，華鄂主人跋尾。

崇文總目一册　秀水朱氏傳抄天一閣抄本　朱彝尊、翁方綱批校

《崇文總目》一册，秀水朱竹垞檢討彝尊從四明范氏天一閣藏本傳抄，後有康熙庚辰九月竹垞老人手跋。書中有朱筆校字，所據多爲史志及《永樂大典》各書，又有△、○二種標記。護頁有朱筆一行，云「《永樂大典》，王堯臣、歐陽修《崇文總目》六十六卷，下引《直齋》一條、《通考》一條、夾漈一條」。又另行云「○者馬《考》，△者他書」，亦檢討手筆也。檢《四庫全書總目》著録《崇文總目》十二卷，《永樂大典》本。《提要》云「宋人官私書目存於今者四家，晁氏、陳氏二目，諸家藉爲考證之資，而尤袤《遂初堂書目》及此書則若存若亡，幾希湮滅。此本爲范欽天一閣所藏，朱彝尊抄而傳之，始稍見於世，而無序釋。彝尊《曝書亭集》有康熙庚辰九月作是書跋，謂欲從《六一居士集》暨《文獻通考》所載，別抄一本以補之。然是時彝尊年七十二矣，竟未能辦也」云云，則檢討此本，館臣固已見之。因其有目而無序釋，不能復還

堯臣舊觀，而檢討所擬補輯之本亦未成書，遂別從《永樂大典》採輯成書，釐爲十二卷，著録于目也。又檢《曝書亭集》中《跋崇文總目》有「歸田之後，以語黄岡張學使，按部之日，傳抄寄余」之語，則檢討所據校之《永樂大典》本，即張氏爲之從内府抄出者矣。檢討以康熙己未舉鴻博，召試授檢討，入直内庭，與修《明史》，全史體例，皆其一手裁成。以抄書爲掌院學士牛鈕所劾奪職，再起再黜，蓋其一生萃力于搜訪舊籍，不以官禄縈繞于心，所抄之書半多秘帙不傳之本，後世賴以展轉傳佈。觀王漁洋士禛《居易録》、李南澗文藻《琉璃廠書肆記》、王蘭泉昶《蒲褐山房詩話》所載，可以知其大略矣。又書中夾有紙條，云「吴碑留下，謝謝。闕井銘、孫詩尊摹三件並繳，《斜川集》後二本一並送上，乞檢收，並候不一」，下鈐「歲次己巳」四字白文方印。考錢竹汀大昕《疑年録》「朱錫鬯，八十一，彝尊。明崇禎己巳二年生，康熙四十八年乙丑卒」，則「歲次己巳」一印必爲檢討所鈐，隱切其寅降之辰。其紙條則當是還書他人之小啓，還瓻之使未行而隨手夾入者矣。書衣有分書「崇文總目」四字，楷書「天一閣抄本」五字，書後有墨筆二行云「高似孫《緯略》云，以《崇文總目》言之，李善注《文選》固在五臣之前，此迺云因五臣而爲注，非也。《三茅君内傳》曰唐李遵撰，遵非唐人也。固有差舛如此者。」書法歐書《化度》，則翁正三閣學方綱手筆，書中頁次亦經閣學編定。全書凡九十五番，間有朱墨兩筆校字不多，以其與檢討手筆不同，固不難于辨别。而檢討手筆亦有早年、晚年之分，非多見二家手跡者，自不易確認也。且所記皆駁正堯臣序釋之謬誤，非留心考據者不能有此精鍊語也。家藏檢討、閣學二人批校抄本者甚多，同爲道州何氏舊藏者。

何氏之書，本爲其先仙槎大空凌漢主試順天鄉闈時，得之朱竹君學士筠、徐星伯太史松及閣學三家者爲多，授受源流固可得而考也。己巳二月，葉東明。

金石録三十卷　大興徐氏抄本　徐松批校

此大興徐星伯太史松傳抄順治庚寅謝世箕刻本《金石録》三十卷，經太史以翁正三方綱校本對臨，復經太史從謝本補抄順治庚寅李明濬、馮達道兩序，又以俞（禮）〔理〕初正燮《易安居士事輯》手抄附後。朱墨滿幅，勘校再三，世無宋元舊刻，此本固自可貴矣。太史於書衣有墨筆題識云：「謝刻序跋此書不載，又盧按所引謝本，每與此異，則不全爲謝刻矣。」又於「紹興二年玄黓歲壯月朔易安室題」《後序》上，有朱筆批云「『壯月』二字，謝刻乃作『牡丹』，天下真有此等可笑事也」云云。取家藏王蘭泉侍郎昶舊藏謝本，經何子貞學使紹基批校者勘校之，「壯月」二字並不誤。諦審始知易安《後序》末頁其字體微較寬鬆，與《後序》前頁及全書不同，蓋太史所見爲謝刻初印本，書中「壯月」誤爲「牡丹」，余藏則經校正改刊後印行之本，故「壯月」二字不誤也。至徐抄墨筆盧按所引謝本，核與家藏謝本有合、有不合者。以此例推，殆謝本有先後校改之異，無他故也。段赤亭松苓《益都金石叢抄・唐雲門山投龍詩跋》，謂「病月」譌作「病目」，與《金石録後序》「壯月」譌爲「牡丹」可同發一噱云云。蓋所見謝刻亦係初印未經校改之本也。校勘典籍，有如落葉几塵，一字千金，未可忽視。生謚、死謚，何、方之争論不休；東郊、西郊，段、顧之訐訟未已。顧亦安知其非如此「壯月」、「牡丹」之校改異文，一見其誤本，一見其不誤本耶？戊寅重九，東明記于紬書閣。

姚伯昂元之《竹葉亭雜記》云「故事，新進士朝考，閲卷大臣取足名數，擬定名次進呈。乙丑四月二十七日朝考，上特命選擇十卷呈覽，欽定前五名，大臣所閲自第六名擬定。頃復傳旨，試卷中有詩意末句切東巡者，自當選入。閲卷諸公即以此卷置第一呈入，欽定爲第一，即臣元之卷也。其餘四人于九卷中選取，親加次第焉。第二爲徐星伯松，後以編修督學湖南，落職遣戍，復起爲中書，遷禮部郎、御史，出爲榆林守。第三爲孫平叔爾準，第四爲童望軒濆，第五爲陳萸坪俊千」云。此卷太史題字云「嘉慶乙丑歲照謝刻所抄，道光癸巳借得蘇齋抄盧刻本校一過，庚子七歲又借得盧刻本重校一過」，則抄書在成進士時，而校勘在督學以後，相隔幾三十年，太史亦年將望六矣。太史學問淵博，字楷秀勁，其膺鼎甲之選，爲仁廟所特拔，固其宜也。東明又筆。

金石録三十卷 順治庚寅謝世箕刊本 何紹基批校

《金石録》世行順治庚寅謝世箕、乾隆壬午盧見曾兩刻本，以無宋元舊刻，無從定優劣也。家藏徐星伯太史松治樸學齋緑格抄本，即據謝本傳抄。太史以翁覃谿校本臨校，復從此刻手抄李明睿、馮達道二序，並益以俞禮初《易安居士事輯》，手抄附後。書衣太史有墨筆題字云「書中盧按所引謝本，每與此異，則不全爲謝刻矣」二行。易安室題後序，有太史朱批云「『壯月』二字，謝刻本乃作『牡丹』，天下真有此等可笑事也」云云。取此本勘之，「壯月」二字並不誤作「牡丹」。仲兄定侯疑太史所見非謝氏刻本，殆不盡然。余細勘此本，易安題序末頁字體微較寬鬆，與《後序》前頁及全書迥別，蓋已經校正改刊，與太史所見此本初印「壯月」誤作「牡丹」未經校改之本不同也。徐抄稱盧所抄謝本有異，不全爲謝刻者，亦係先後校改之異，無他故耳。又徐抄盧刊《金石録序》書眉上，有乾隆甲申三月益都李文藻題記云：「謝板二十年前郃陽趙希謙以十餘金購之，輿至濟寧，以歸劉雨亭沛家。今雨亭已殁，不識板尚存否也。」據此，乾隆時謝板已易其主，其板之存否，尚不可知，故傳本極希，宜星伯太史即從事傳抄矣。此本遞藏王蘭泉侍御昶、道州何蝯叟學使紹基家，經學使以盧刻本互校。學使以金石法書名家，儲藏甚富，宋元舊刻、批校稿本歸余兄弟插架者甚多，無不精美絶倫。顧不以藏書名者，則抑以一善掩衆長也。明毛氏汲古閣刻《説文解字》，剜改多次，竄亂愈多，謝氏此刻則以校改見善。慎矣哉，刻書之不易矣。己巳春，葉啓發誌於樸學廬。

隸釋二十七卷隸續二十一卷　乾隆戊戌汪日秀刻本　桂馥、何紹基批校

宋洪文惠《隸釋》二十七卷，刻于乾道三年丁亥，《隸續》則乾道戊子始刻十卷于越。淳熙丁酉，姑蘇范至能增刻四卷于蜀。其後二年己亥，雪川李秀叔又增刻五卷于越。明年庚子，錫山尤延之刻二卷於江東倉臺，而（輩）〔輦〕其板合之越，凡廿一卷。此皆見于文惠、文敏兩人序跋者也。迄淳熙辛丑，文惠復合《隸釋》、《隸續》屬越帥刊行，凡五十卷。雖見於文惠《盤州文集》中，世固無傳本也。《隸釋》有明萬曆戊子王雲鷺刻本，乃得元人寫本于僧舍，據以付刊者。每半頁九行，行廿字。《隸續》有元太定乙丑寧

國路儒學刊本，每半頁十行，行廿字。王據元抄，源出宋乾道單刻。《隸續》元本，則源出宋淳熙合刊，故行數不一律也。此乾隆戊戌錢塘汪日秀刊本《隸釋》廿七卷，每半頁九行，《隸續》廿一卷，每半頁十行。據汪跋，《隸釋》係據徐氏傳是樓抄本，《隸續》則據朱氏曝書亭抄本。仲兄定侯曾取家藏萬曆王刻《隸釋》比勘，凡王刻脱簡，皆爲所據刻之元抄所原佚。此本雖已補正，唯多剜改擠刻之痕，殆其所據傳是樓抄本與王據元抄本同，或即據王本傳抄，汪氏初刻悉仍其舊，後得别本，乃校正剜改也。然王刻、徐抄均源出宋乾道三年單刻本，行款相合，均九行廿字，固無可疑矣。朱氏曝書亭抄本，其集中有跋云「范氏天一閣、曹氏古林、徐氏傳是樓、含經堂所藏，皆止七卷。近客吴，訪得琴川毛氏舊抄本，殘闕雖過半，而七卷之外，增多一百十七翻。末有乾道三年适弟邁後序」云云，則是朱抄係合元太定所刻七卷及毛氏抄本配合而成全帙，其源固出于淳熙合刻之本，十行廿字，與乾道所刻《隸釋》不同也。《四庫全書總目》著録《隸釋》爲萬曆王刻，《隸續》則爲揚州所刊，其本亦出于曝書亭抄本。《提要》云「彝尊所云七卷之本，乃元太定乙丑寧國路儒學所刻，較今所行揚州本譌誤差少」云。檢此本汪跋所云「余得金風亭長抄本，以校近刻，多有增益，因並以付之梓」云云，所指近刻，即《四庫》著録之揚州刊本，康熙間楝亭曹氏所刻，源出于曝書亭抄本者也。以館臣及汪氏之言按之，則其本未盡可據。此本《隸續》卷三、卷四後有「元太定儒學」一行，知其墨守規矩，無所竄易，固優于揚州所刊者。嘉慶中，吴門黄蕘圃丕烈、顧千里廣圻撰《汪本隸釋刊誤》，所據有先族祖九來公藏舊抄殘本，以貞節居袁氏本補全，又有周香嚴藏隆慶四年錢氏抄本。段玉裁爲之作序，云「葉本異汪刻者，往往與宋婁氏《漢隷字原》合」。蕘圃自序，亦有「取婁彦齋發《字原》爲證，惟葉本最多脗合」之語。蓋九來公抄本，曾以《字原》參校。其本固善，然所據者既各有不同，以彼繩此，究嫌未安，則不得即謂汪刻本爲全非明矣。此本經曲阜桂未谷明經馥、道州何子貞太史紹基批校，或據原碑以校，或引他書以參訂，朱墨紛披，觸目滿幅。兩公皆考據名家，論極精確，善讀者玩索而有得焉。是固無言之師也，豈止板刻精美，名賢手澤，爲世珍重也哉？庚午九秋，避亂滬上，漫誌數語，以遣旅愁。葉東明。

道州此書，落于(枋)[坊]估之手，爲彝甫師所得，而再歸于余家。師既精于鑒賞，尤好收藏，篆刻專宗浙派，花卉則出入白陽、青藤之間。余從學畫十年，愧無成就，藏書印記多爲師所鐫贈。書中「雷悦所藏」、「種移仙館」、「鍥盦所藏」、「鍥庵讀過」、「鐵耕齋藏書之印」、「雷悦印信」、「善化雷氏鍥庵藏書記」諸印，均彝師所鈐記也。彝師騎箕天上，忽忽六年，展卷懷人，不勝車過腹痛之感。己卯二月，啓發再筆。

石刻鋪敘二卷絳帖平六卷　舊抄本　傳録何焯批校

舊抄本《石刻鋪敘》二卷、《絳帖平》六卷，合訂一册。書衣有朱少河錫庚墨筆題記，云「抄本法帖著録二種：《石刻鋪敘》、《絳帖平》」。護頁有少河手跋。檢《四庫全書總目》，著録《絳帖平》六卷，兩江總督採進本。《提要》云「其書本二十卷，舊止抄本相傳，未及雕刻。所載字號止於『山』字，其『河』字以下亡佚十四卷，竟不可復得」云。又著録《石刻鋪敘》二卷，副都御史黄登賢家藏本。《提要》云「宋曾宏父撰。宏父字幼卿，自稱鳳墅逸客，廬陵人。是書雖遠引《石經》及秘閣諸本，而自述其所集《鳳墅帖》特詳，凡所徵摭，皆有典則，而藏書家見者頗希。國朝初年，朱彝尊得射瀆抄本，自爲之跋，有珊瑚木難之喻。此本末有此跋及彝尊名字二印，蓋猶其手跡。然跋中謂宏父名惇，以字行，則未免舛誤。考宋有兩曾宏父。其一名惇，字宏父，爲曾布之孫、曾紆之子。後人避寧宗諱，多以字行，遂與此宏父混而爲一，實則與作此書者各一人也。跋又謂陳思《寶刻叢編》其援據頗廣，顧不及此。考《鳳墅帖》刻於嘉熙、淳祐間，《鋪敘》諸石刻斷手於戊申仲夏，亦在淳祐八年。若《叢編》則成于紹興辛卯，實理宗即位之七年。即位凡十七八年，何由預見曾刻。彝尊亦偶誤記也。近厲鶚等刻《南宋雜事詩》，直題此書爲曾惇撰，是承彝尊之譌矣」云云。此本二書後均有彝尊跋語，知係從朱氏抄本所傳録者也。書中有朱筆校字甚多，均係援引他書以相參證者。《石刻鋪敘》尾有「康熙辛卯焯記」廿九字。仲兄定侯沿少河手跋，定爲何屺瞻學士批校。取家藏何氏所批《才調集》勘之，字跡不甚相類。又書首抄有吳文定跋《甲秀堂帖》，及考證曾宏父《鳳墅帖》各條，後有朱筆批云「卷首皆義門先生跋語，殊不類屺瞻口脗」。且所抄各條既係義門跋語，此本又果爲義門手校，則應同爲朱筆，不得以墨筆抄寫，而以朱筆標稱「義門先生跋語」也。疑此本爲舊人傳録義門批校之本，義門本有朱筆跋語載原本卷首，傳抄者以墨筆謄録，臨校者恐後來有所誤認，遂以朱筆標明也。《絳帖平》中更有朱筆校語，稱「成按」云云者，可證爲傳録者恐與何批互混，故題名以别之，特不知其爲何人耳。曩年余曾見大興翁方綱閣學正三校抄本《石刻鋪敘》，以議值未諧，爲他人所得。後又從道州何氏得翁校抄本《絳帖平》，仲兄取此本對勘，凡此本訛誤之處，翁抄均同，行款亦合。此本「成按」朱筆，翁抄均誤爲墨字，閣學以朱筆批云「此原本内之紅筆」。又此本《石刻鋪敘》閣帖及目録，第四、第五兩卷，目次顛倒。有朱筆批「此頁移前」、「此頁移後」兩行，係閣學手筆。是兩書閣學均有傳抄本矣。細檢翁抄《絳帖平》中無一涉及義門校本之語，則更可證此本之非何校也。特翁抄本《石刻鋪敘》未在余家，無由細按耳。辛未九秋，啓發。

絳帖平六卷 元和惠氏抄本

元和惠定宇徵君棟手抄本《絳帖平》六卷。卷首有姜夔序。每半頁九行，行二十字。有徵君印記，鈐于序首及本書卷首。家藏舊人傳録何屺瞻學士焯批校舊抄本，從曝書亭抄本傳出者，與此本行款、每頁起訖、字數均同，缺筆、衍誤之字亦相合。卷一《秦丞相李斯碑》，何校本「乃棄」下空一行。卷二漢張芝書「近時惟思陵獨擅其妙」，何校本「思陵」上空格。卷三晉太守沈嘉長書「右軍獨斷所如」，「右軍」二字，何校本擠作一字平寫。卷四隋僧智果書「梁武帝命袁昂作書評，其答啓云：奉敕遣臣評書古今，臣愚短，豈敢輒量江海，但天旨諉臣斟酌是非，謹品字法如前」，今《淳化法帖》第五卷智果書此一段爲《梁武帝評書》，《中興館閣書目》亦然，誤也。「甲寅秋七月既望，雲間米芾録于西掖燭下」，出宋趙與旹《賓退録》一段，何校本係眉批。卷六尾頁「詳見郗超帖」下小注「《宋書》作咸康六年移治一行。潯陽。《續通典》作咸和元年二行。」，何校本第二行擠寫一字，又均與此本無異。唯何校本後附朱彝尊跋，則此本所無。蓋何校本源出朱本，此本則與朱本同出一源，源同而流異也。錢大昕撰《惠先生傳》，稱「先生字定宇，號松崖。士奇次子。初爲吴江學生員，改歸元和籍。自幼篤志向學，家多藏書，日夜講誦。雅愛典籍，得一善本，傾囊勿惜。或借讀手抄，校勘精審，於古書之真僞是非，若辨黑白」云，可見先生抄書校勘之精，早爲世所推重。此書經其手定，固自可珍，而其未加丹黄，知當時固無别本可據也。世行有武英殿聚珍本，暇日當取勘之。世亂時荒，居恒無定，此願未知能償否爾，姑書此以俟異日云。己卯元旦雨水節，東明筆記。

絳帖平六卷　大興翁氏抄本　翁方綱手校

大興翁氏傳抄本《絳帖平》六卷。書中抄寫誤字，均以朱筆校改。字法率更《化度》，知其爲覃谿閣學手筆也。家藏有傳録何義門校本，中有朱筆稱「成按」云云，此本誤作墨字，銜接正文，閣學批云「此原本之朱筆」。又何校本葉次顛倒，亦經閣學批記「在前」、「在後」，更知此本源出何氏校本矣。書面有閣學題字云：「書須時時檢閱考核，不可輕易借出，以荒功力。乙未七月二十八日燈下識。」又云：「辛丑正月六日，以官抄本校勘一遍，止有六卷。」考吉林英和訂正閣學原稿《翁氏家事略記》載，閣學生於雍正十一年癸丑，卒于嘉慶二十三年戊寅。乙未爲乾隆四十年，閣學年四十三歲。閣學以乾隆十一年成進士，供職翰林院編修。乾隆三十七年，詔修《四庫全書》，閣學以文淵閣校理、司經局洗馬，充校辨各省送到遺書纂修官。乾隆四十七年，《四庫全書》告成。五十一年，閣學以詹事任江西學政。則此書之抄寫初校，在閣學供職與修《四庫全書》之時矣。辛丑爲四十六年，閣學年四十九歲，《四庫全書》尚未蕆事，閣學仍在館中。乃更以《全書》底本重校一遍，所稱「官抄本」者，即《四庫》抄本也。其謂「止有六卷」者，則以絳本舊帖，潘氏析居，石分爲二，絳州公庫僅得其一。補刻餘帖，是名東庫本，逐卷各分字號，以「日月光天德，山河壯帝居。太平何以報，願上登封書」爲別。夔所論每卷字號相合，其書本二十卷。後世止有抄本流傳，未及雕刻，而所載字號，止於「山」字六卷，其「河」字以下十四卷，亡佚不可復得故爾。書中又有閣學手書二章。《真鑒帖》首一紙云「凡十帖，內二帖尚有待於考核，此須博求善本，或再酌定」云；又「欽定帖次」一紙、又「論絳帖真僞」一紙，舊爲馮廷鎬拜帖。蓋閣學精研金石，勤於考訂，偶有所得，即隨手劄記。其精神信有過人，其享名亦非苟得也。余並何氏校本及惠定宇徵君棟手定本，得之道州何氏東洲草堂。蝯叟亦金石名家，知其得力於家藏書者爲多。余則不學無術，能藏而不能讀，有愧前賢矣。書此自訟。己卯元旦，陰雨竟日，今晨天氣清朗，日似欲出，而鄉居無酬應之煩，遂以翻披舊籍自遣，漫記數語，不計文字之工拙也。葉啓發。

寶刻叢編二十卷 舊抄本

抄本《寶刻叢編》二十卷，大興朱竹君筠、少河錫庚父子藏書，首尾均有印記。護頁有少河跋語三段，謂是本有殘缺而無亡佚，《四庫》所收之本不及。然細檢書中，卷一、二、三、六、十、十五、十八均不完全，卷四、九、十一、十二、十六、十七全闕，則朱氏殆未細審也。家藏有大興翁氏抄本，經覃谿閣學及丁小疋、錢緑窗批校者，行款、闕卷均同。惟此本後無秀水朱竹垞太史彝尊一跋，又目下不注闕字，則其所據抄之本不同也。然二本宋諱「桓」、「完」等字均闕筆，「桓」字因闕筆而誤爲「栢」字亦同。又均有「至正庚寅俞子中父」及「至順改元保居敬記」三行，則其源出一本，固無可疑矣。唯此本第三卷京西南路「鄧州漢司空宗俱碑」闕三行，又缺碑陰並文五行，及「漢宗資墓天禄辟邪字」並文五行。第四卷京西北路上清和縣「唐竇將軍墓誌」前、「歐陽文忠言，楊漢公謂此書以工人用爲衣食之業，故摹多而」下，此本缺二十四字。卷十五江南東路建康府「南唐蔣莊武帝碑」下，此本缺「南唐玄博大師王君碑」並文二行。又江州「唐佛馱禪師舍利塔碑」，此本缺文一行，則不及翁抄本之完整也。又同卷「梁散騎常侍司空安成康王碑」、「梁臨州靖惠王神道二」、「梁新渝寬侯神道」、「梁吴平忠侯蕭公神道」、「梁建安敏侯神道」、「梁故范府君神道」各條所引《復齋書録》均不分注，而於「梁故草堂法師之墓」引《復齋書録》下注「以上均（注）［見］《復齋書録》」。書中凡各碑引書相同而前後連接者，皆不逐條分注，所引書名僅于末條總注「以上均見某書」，與翁抄本逐條分注者不同。蓋抄手憚煩重寫，遂爾如此。然因此而留出空行，使人疑爲殘闕，甚至推移行款，亦不及翁抄本仍其舊之爲愈也。此本卷八、卷十中板心有「卧雲山房」四字者凡五頁，殆原本所有，而傳寫者亦並依式寫入也。又各卷撰人次行，間有「歙人汪之衍手抄」一行。檢姚姬傳鼐《惜抱軒文集》十《朱竹君先生傳》，「先生中乾隆十九年進士，授編修，進至日講起居注官、翰林院侍讀學士，督安徽學政。以過降級，復爲編修。在安徽，會上下詔求遺書，先生奏言翰林院貯有《永樂大典》，内多有古書世未見者，請開局使尋閲，且言搜輯之道甚備。金壇于文襄公善先生奏，上之，四庫全書館由是啓矣」云云。蓋此書爲歙人傳抄之本，竹君督學其地，搜訪得之以藏於家者也。遞藏道州何氏，其後人不能守，遂爲余所得。庚午避亂申江，曾從坊間購得海豐吴式芬刻本，擬以翁抄及此本勘其同異，牽于人事，未及執筆。戊寅火災，吴本罹于浩劫，素志未成，徒呼負負。憶先世父曩自吴門寄余兄弟詩，有「阿十持本日對讎，抱經思適能同擅」之語。余性愚鈍，又復疎懶，何敢妄冀前賢，特性喜收蓄舊籍，每得複本，必取以比勘，積習使然，遂繆爲先世父所稱許，致形之詩歌也。己卯元夕，葉啓發。

寶刻叢編二十卷　大興翁氏抄本　翁方綱、丁杰、錢馥批校

大興翁氏傳抄本宋陳思《寶刻叢編》二十卷，經覃谿校理方綱、丁小疋學博杰、錢緑窗布衣馥手校。前有紹定鶴山翁、孔山居士、陳伯玉父及殘缺佚名四序。後有秀水朱彝尊跋，蓋即從竹垞太史曝書亭藏本傳抄者。第二卷京東西路缺徐、拱、曹、鄆、濟、單、濮七州，第六卷河北東路缺恩、青二州，河北西路缺真定府邢州，第十卷陝西永興軍路下缺河中府陝州，第十一卷陝西秦鳳路、河東路，第十二卷淮南東路、西路全闕，第十五卷江南東路缺饒、信、太平三州，及南康軍江南西路全闕，第十六卷荆湖南路、荆湖北路，第十七卷成都府路全闕，第十八卷梓州路，缺潼州、遂寧二府，果、資、普、敘、瀘、合六州，及懷安軍利州路缺興元府及利、閬、劍、沔、蓬五州。目録下均注有「闕」字，蓋原有殘佚也。又第一卷京畿酸棗縣，京東東路沂州，第三卷京西南路金、房、均、郢、唐五州及光化軍，第四卷京西北路上西京河南府及河南永

安、偃師、緱氏、鞏、登封、新安、澠池、永寧九縣，第九卷京兆府下醴泉、涇陽、櫟陽、高陵、興平、臨潼、武功、奉天八縣，均有目無文，則是後來傳寫缺佚矣。書中凡有目有文者，均經翁以朱筆注「有」字于旁，其有文而不全者，亦經注明。惟第十卷陝西永興軍路下同州，有目有文，而無朱注「有」字，則翁漏校也。檢《四庫全書總目》著録《寶刻叢編》二十卷，河南巡撫採進本。《提要》云「抄本流傳。第四卷京東北路，第九卷京兆府下，十一卷秦鳳路、河東路，十二卷淮南東路、西路，十六卷荆湖南路、北路，十七卷成都路，並已闕佚。十五卷江南東路饒州以下，至江南西路，亦佚其半。十八卷梓州，利川路惟有渠、巴、文三州，而錯入京東西路、京西北路、淮南路諸碑。其餘亦多錯簡，如『魏三體石經遺字』條下文義未竟，忽接『石藏高紳家，紳死，其子弟以石質錢』云云，乃是王羲之書《樂毅論》跋書，傳寫者竄置，今一一釐正。其闕卷則無從考補，姑仍其舊焉。」此本缺卷較《四庫》本略多，然第二、第六、第十卷中所缺者，目中原已注有「缺」字，館臣殆漏言之。又誤以京西北路爲京東北路，不知京東、京西各止二路，已有京東東路、京東西路，不應再有京東北路也。又檢陽湖孫淵如糧儲《平津館鑒藏書籍記》「影寫本《寶刻叢編》二十卷」，云「目録後有近人程炎跋，稱『予得璜川吴氏本，蓋從天一閣范氏抄本影抄，缺譌較他本爲善。今年四月，借帶湖沈中翰藏本，又借稷堂吴編修本繕寫成帙。卷内大半脱落，亥豕魯魚，其誤甚多，與璜川本大相逕庭』」。此本即程氏續抄之本，其闕卷闕頁，視《四庫全書》又甚」云云。竹垞之書多抄自范氏天一閣，以孫《記》程跋所言按之，則此書竹垞抄本殆亦出自天一閣者矣。書首陳伯玉父序，有「既鋟木，首以遺余」之語。佚名序復有「助其剞劂之費，書成，求余跋」云云，則其本在紹定時已經梓行，豈以時值兵亂，書雖板刻而印行不多，或其板刻成未久即燬于兵燹，遂致無一本之流傳，不可知也。諸家所藏，同出抄寫，訛脱闕卷，約略相同。余别有一舊抄本，爲大興朱竹君學士筠、少河錫庚父子舊藏，目下不注「闕」字，而闕卷與此二本相同。二本均半頁十行，行二十字。宋諱「桓」、「完」等字均闕筆，蓋同源于紹定間刊本也。朱藏本脱字較多，不及此本，矧又經名賢批校題記，固當與宋元舊槧相伯仲矣。己巳初伏，東明記于師盧友顧之堂。

來齋金石刻考略三卷 稿本 朱筠簽校

林侗《來齋金石刻考略》三卷。中卷無目，上、下卷有之。上卷頁次已編定，凡四十頁。中卷無頁次。下卷頁次編至廿六頁止，葉次間有塗改之處。林氏初次稿本也。前有己未秋九月侗自序，及宿松朱書序。中有朱笥河筠、少河錫庚父子收藏印記。卷上第三十三頁右一行有粘籤云：「原本『朿』訛『束』」，據《□字記》改□。五頁後四行。」右二行有粘籤云：「□喙，原本『喙』訛『家』」，《□石文字記》改□。十五頁後五行。」又第三十七頁右九行有粘籤云：「□□熒澤，今按《隋書·地理志》作『滎』。何焯云『熒』、『滎』古人□，姑仍原本。四十頁前八行。」卷中第十三頁右七行有粘籤云：「開元十四年，原本脱『四』字，衍『月』字，據《金石文字記》增刪。十四頁前八行。」第十五頁右一行有粘籤云：「天寶二年，原本闕『二』字，據《金石文字記》補。十六頁前五行。」卷下第十頁左四行有粘籤云：「曰剛，原本『剛』訛

『綱』，據《石墨鐫華》改。十一頁前七行。」各籤上均蓋有「黄籤」二木字朱記。仲兄定侯謂此書爲乾隆修《四庫全書》時福建巡撫所呈進，分由笥河編修校辦。編修加以考訂，粘籤後移送黄籤考證。纂修官王太岳、曹錫寶二人於編修原籤上加蓋「黄籤」二木字朱印，以便抄録時別以黄紙謄録籤注，粘於抄本之上，以備呈進御覽。後經發還，爲編修所得者。余細閲籤條上所註文字異同之處，與此稿本相合，而所載頁數、行次則不相符，蓋此係福建呈進之原稿，當時於例先繕副本送校辦之人，考訂籤注後，再另繕正本，而以黄紙謄録考訂籤注之語，粘貼其上，呈進御覽。副本及呈覽之本行次，與此原稿本不同。此籤條則爲編修移副本上所粘者，貼於此呈進原稿本之上，故頁數、行次互異。籤條上端均缺壞不全，其爲揭籤移粘時所毁損，毫無疑義矣。粘籤上所稱原本訛脱闕誤之處，此稿本無不與之同，是其明證也。家藏有紅格抄本《慎子》一卷。每半頁八行，行二十一字。首行頂格題「欽定四庫全書」，次行低一格題「慎子」，三行題「周慎到撰」，下空二格，四行低二格題篇名，五行本文頂格。首頁有「翰林院典爵廳關防」滿漢篆文大長方印，《四庫全書》底本也。此稿本卷上第一頁左第七行第十一字「南」字下有墨鈎。以《慎子》款式推之，「欽定四庫全書」爲一行，「來齋金石刻考略」爲一行，「候官林侗于野纂」爲一行，「夏」爲一行，「衡山岣嶁峰石刻」爲一行。本文自「禹書在岣嶁峰者」至「宋末朱晦翁與張南」凡二百三十一字，以《慎子》每行二十一字推之，爲十一行，合總題、書名、撰人、篇名等共十六行，恰爲一頁。又稿本書名上著一墨圈，撰人下著二墨圈，「夏」字上著一墨圈，「衡山岣嶁峰石刻」上著二墨圈，均係抄副時以一圈爲一空格之標識，與「慎子」之低一格，撰人下之空二格，篇名之低二格，本文之頂格，又一一相同，又其明證也。因知四庫書館繕録各書副本及呈覽之正本，有一定格式，均半頁八行，行二十一字，與此稿本行款不合。籤條爲四庫副本上所粘，故所載頁數、行次與此原稿不合也。檢《四庫全書總目》卷首乾隆三十九年五月十四日上諭云「朕幾餘親爲評詠，題識簡端。復命將送到各書於篇首用翰林院印，並加鈐記，載明年月日、姓名於書面頁，俟將來辦竣後仍給還各本家自行收藏。其已經題詠諸本，並令書館先行録副，將原書發還，俾收藏之人益增榮幸」云云。家藏長塘鮑氏知不足齋舊藏明張應文《藏書七種》，有「曾在鮑以文處」六字朱文篆書方印。首頁匡闌上有「翰林院」滿漢篆書九叠文大方印，即《四庫全書總目》子部雜家類存目之浙江鮑士恭家藏本，呈進後發還者。此稿本倜自序及目録首頁無翰林院方印，當是應發還待領之書，爲編修所得也。取勘嘉慶丙子馮縉刻本目録所載，較此爲多，大氏有目無考，實則僅於晉增《于山二斷碑》，於唐增《太宗文皇帝哀册》、《内侍高力士殘碑》、《唐滎陽鄭府君夫人博陵崔氏合祔墓誌》四種而已。馮本舛誤甚多，如《洛神賦》、《廣平碑側記》、《鹿脯帖》、《澄師帖》、《乍聞帖》之有目無考，《唐故上柱國光禄卿邢國公李公墓誌銘》之有考無目，太宗書《屏風銘》及《晉祠銘》之目次顛倒，《玄宗注孝經》及《孝經石臺批答》之無目而考强分爲二，其尤著者也。此本籤條因年久而漿糊失性脱落，再三繹覓，始免錯亂。然竊疑當日固不止此，已多所遺佚矣。以後更輾轉翻閱，散失是懼，故詳載其頁次、行數。仲兄定侯更以朱筆注於各行之上方，以便後人之稽考焉。或亦保存名賢手跡之一法也。戊寅八月下旬之六日，微雨甚涼，籬菊亦含蕊欲放。坐紬書閣西窗書，葉啓發。

家又藏有明劉錫元《掃餘之餘》四本，書首亦有「翰林院」大方印。書中《送徐肩虞守濟南序》、《賀大中丞李茂序》及《柬吉甫尺牘》，均已裁割，粘有黄色粉紙籤條，云「此處抽燬」，係呈繳抽燬禁書，可證此書「黄籤」木印記之來歷也。東明又筆。

又

《四庫全書》正副本均有一定格式：半頁八行，行廿一字。首行均爲「欽定四庫全書」六字，次行方分别接寫各書序文、目録、本書。此本卷上目録「五鳳二年甎刻」下有墨筆勾乙，數之凡十五行。又「治書侍御史孔翊碑」下亦有墨筆勾乙，數之凡十六行。蓋首葉首行應加「欽定四庫全書」一行，是又可證此本曾經呈進抄録後發還。墨筆勾乙係抄録時所加，不必以無翰林院鈐印而致疑也。華鄂主人補筆。

來齋金石刻考略三卷　嘉慶丙子馮氏刻本

《來齋金石刻考略》初稿本，成於康熙己未，有宿松朱書手書序及侗自序。抄手不工。其本曾於乾隆修《四庫全書》時，由福建巡撫採訪呈進。經大興朱竹君學使筠簽校，著録發還，爲學使所得。更歸道州何氏，余從其後人手得之。此刻本亦道州舊藏，書根書面均經子貞太史題字。取初稿本勘之，不盡相合。此本自序後增有「丙寅初夏楚黄葉井叔先生以嵩岳全碑見貽」及「戊寅春又得郭有道墓碑於吴江潘次耕先生」云云一段。丙寅後於己未七年，戊寅又後十有二年，蓋此本爲于野最後定稿。嘉慶丙子，晉安馮笏軿縉據以刊行，復從陳恭甫太史壽祺家借得于野所著《唐昭陵石跡考略》五卷，及于野之甥謝古梅閣學道承《漢魏碑刻紀存》一卷，合併授梓，更以自輯《唐昭陵陪葬名氏考》一卷附刻。蓋笏軿亦有志斯道，更以傳刻鄉賢遺著，故不憚其煩，亦可謂好事者矣。此本較初稿本溢出者，僅晉《于山二斷碑》、唐《太宗文皇帝哀册》、《高力士殘碑》及《滎陽鄭府君夫人博陵崔氏合祔墓誌》四條，餘則有目無考，而別加案語。或係于野存目待訪，或係稿本佚去，雖不可知，而馮氏不敢輕於肊改，固不無可取也。唯唐《邢國公李公墓志銘》有考無目，太宗書《屏風銘》及《晉祠銘》二條目次顛倒，《玄宗注石經》及《孝經石臺批答》目次本一，而《考》强分爲二，則此本之大謬，不知馮氏何以忽之也。其他形似誤字，望文可知，兩本均不能免。余均以硃筆記於書眉，但詳同異，未敢輕辨是非也。校畢略志數語，藉紀歲月。華鄂主人東明記。

歷代帝王法帖釋文考異十卷　明顧從義刊大字本

曩閲陽湖孫氏《平津館鑒藏書籍記》，明板類載「《歷代帝王法帖釋文考異》十卷」，此據第一卷，餘卷俱依《閣帖》原題。「題武陵顧從義編並書、太原王常校。前有太原王穉登序，新都王常書。此書專釋淳化閣本法帖，裒集諸家所刻，辨其同異，毫髪必審，摹刻精工，初印本流傳甚少。大字每頁十八行，行十九字」云云。知糧儲富于收藏，精于鑒別，所言斷非耳食，亟欲得而藏之。時從廠肆物色，未能如願也。丁丑清明，仲兄定侯偕余祀二父墓歸，估人持此本相示，核與孫《記》所載一一脗合，知即顧從義手寫付刊之本也。槧法精工，字大悦目，糧儲之言，信不我欺矣。此書四庫館臣稱其於前人音註辨其譌謬，析其同異，有薈萃之功，是又不僅以槧刻精美而足珍也。嘉道間，楊、陸、丁、瞿四大藏書家中，唯丁氏善本書室有影寫本，後歸江南圖書館。前年中日戰起，金陵首當兵衝，江南之藏，悉成灰燼。孫氏所庋兩經水厄，亦未知其尚存于天壤與否。則此刻海内已無第二部，孤本流傳，固不下宋元舊槧矣。戊寅十月，湘垣大火，此本幸已先事移寄農家，未爲六丁劫取。聊志數言，以記天幸。葉東明記于河西蓮花橋曾家灣黄氏老屋，時己卯三月穀雨日。

求古録一卷 舊抄本

藍格抄本顧寧人炎武《求古録》一卷。前有自序，書中脱誤，均以朱筆校改。無題字，亦無收藏圖記。書根爲道州何蝯叟學使所書，蓋雲龍萬寶書樓藏書也。朱筆校字與學使字跡不類，非太史手筆矣。檢《四庫全書總目》，史部目録類著録《求古録》一卷，兩淮鹽政採進本。《提要》云「國朝顧炎武撰。炎武性好遠遊，足跡幾徧天下。搜金石之文，手自抄纂。凡已見方志者不録，現有拓本者不録，近代文集尚存者不録。上至漢《曹全碑》，下至明建文《霍山碑》，共五十六種。每刻必載全文，蓋用洪适《隸釋》之例，仍皆志其地理，考其建立之由。古字篆隸，一一註釋，其中官職年月，多可與正史相參。如『荼』、『茶』，『準』、『准』，『張』、『弡』等字，亦可以補正字書之譌。炎武別有《金石文字記》，但載跋尾，不若此編之詳明也。惟《曹全碑》題『中平二年十月丙辰造』，乃本紀之誤，非碑之譌。炎武猶未及詳辨，是則考證之偶疏耳」云。此本首《唐景雲二年敕》，終《謁司馬温國公詩》，凡五十三種，較《四庫》著録之本少其三，碑刻時代亦未排比。蓋亭林搜訪石刻，時有增加，此非最後釐定之本，故碑刻種數較少耳。書中《曹全碑》僅録全文，别無考訂之語。《四庫》謂其考證偶疎，未及詳辨。然於論葉封《嵩陽石刻集記》，又盛稱「炎武《求古録》備載金石全文，爲一朝之先」，又謂「炎武《金石文字記》證據今古，辨正譌誤，較《集古》、《金石》二録，實爲精核，亦非過自標置。本末源流，燦然明白，近世金石家未能或之先也」云云，可見亭林邃於金石，館臣亦不敢多所菲議也。南昌彭文勤元瑞《知聖道齋讀書跋尾》有此書跋，云「此《金石文字記》初本，後乃增益詳覈，排比時代，始成書耳。然《録》用洪景伯《隸釋》例，全抄本文，俾遺篇墜簡不見於他書者，得此僅存，則視《記》爲勝。要之，二書不可偏廢也。借《全書》底本寫此，原抄於『檢』、『校』等字皆闕筆，猶是亭林早年作」云。此本碑刻年代前後錯置，「檢」、「校」字均闕筆，與彭跋所云一一脗合，似即彭氏所見之原抄本，而不詳其抄寫之時代及抄者之姓名者也。家藏休寧汪文柏季青古香樓抄本《默記》，經文勤以朱筆手校，其字跡與此相類，則此的係文勤從庫本傳抄。庫本源出原稿，「檢」、「校」等字沿而闕筆，文勤又手校抄寫之訛誤者。亭林《金石文字記》已併遺著刊行，《潛古齋》、《借月山房》、《指海》中均有雕印之本，唯此《求古録》則罕見傳刻，設非文勤好事，從而傳抄，則此書將因《文字記》書出而反晦，然則文勤固亭林之功臣矣。《四庫總目》兩書皆著録，蓋亦先河後海之義也。己卯元旦，東明試筆。

益都金石叢鈔二册　舊抄本　翁方綱手校

段赤亭松苓《益都金石叢鈔》二册不分卷，舊抄本。卷首有「蘇齋審定」朱文方印，「雲龍萬寶書樓」朱文方印，「何紹基印」朱文方印，《唐鐘銘殘刻》篇前及《宋雲門山滕元發等題名》篇後，有「蘇齋審定」朱文方印，蓋遞經大興翁正三閣學方綱、道州何子貞學使紹基收藏者。書中有朱筆校字，酷類歐書《化度寺碑》，閣學服膺歐書，臨習《化度》，《復初齋詩集》時有題詠，以此知朱字爲閣學手筆也。《唐雲門山投龍詩跋》謂「『窉月』譌作『病月』」，與《金石録後序》『壯月』誤爲『牡丹』可同發一噱」云云，與顧寧人炎武《日知録》所稱章丘刻本《金石録》以《後序》「壯月朔」爲「牡丹朔」之語相合，蓋所見均爲順治庚寅安丘謝世箕刻本初印未經校改者也。余家有謝刻後印本，經王蘭泉侍御昶藏，過道州何子貞學使紹基評校。易安《後序》「壯月」二字不誤「牡丹」，末頁字體較《後序》全頁及全書不同。因知謝刻有先後校改之異，初印本「壯月」誤爲「牡丹」，後改本則不誤也。此書《四庫全書總目》未著録。乾隆六十年刻本凡四卷，名《益都金石記》，則後來增訂改題其名也。戊寅嘉平月，葉啓發。

海東金石記四卷附一卷　翁方綱、樹崑手稿本

有清一朝考訂碑帖，鑒别書畫之學，以北平孫退谷承澤、金壇王虚舟澍爲開山祖。繼之者翁覃谿方綱、張尗未廷（齊）［濟］之于碑帖，安儀周岐、陸潤之時化之于書畫，皆以畢生精力而成名家。良以諸公生際康乾聖主之朝，值太平長久之祚，削平内寇，偃武修文，士大夫優遊文史，端居清暇，討論藝事，撰述

成編。蓋雖藝術小道，必與學問相通，非僅以爲玩好之物也。金石碑刻，真僞雜糅，地不愛寳，出土日多，非目見原物，僅憑記載，則未有不爲稗販所誤者矣。此翁覃谿方綱、星原樹崑父子《海東金石文字記》稿本五册，皆載所目見高麗、新羅、百濟碑刻。始自陳、唐，終于明季，凡三十六種。第一册卷一、第二册卷二、第三册卷三，目次均已編定，第四册無卷亦無目，第五册爲瑣記，則㫖録考訂諸碑之文，或摘抄有關各碑之記載。目次及各碑首均有「大興翁氏石墨書樓珍藏圖書」朱文大方印。碑後留餘紙數幅，蓋以待繕録考訂之文字者，知其爲未成之稿本也。卷一目列《新羅真興王北巡碑》、《劉仁願記功碑》、《大唐平百濟塔碑銘》三種，而《太宗武烈大王靈碑》、《新羅太大角千金虞信墓題字》、《聖德大王神鐘之銘》則目所不載，蓋編目後又有所增益矣。全書用洪适《隸釋》例，全載碑文，並著其闕字之數。行列之式，仿趙明誠《金石録》之體，以時代爲次，於目録下註年月、撰書人姓名。非閣學之邃於研討，固不能有此精詣也。明清考訂金石之書，惟陶宗儀之《古刻叢抄》、朱珪之《名跡録》、都穆之《金薤琳瑯》、顧炎武之《求古録》、陳奕禧之《金石遺文録》、先族祖石君公之《續金石録》，可以繼溯洪書。遺文墜簡，賴以並傳；官職年月，得以參證。閣學此稿搜羅廣博，體例詳審，足以媲美諸公矣。石君公《續金石録》稿本藏閣學家中，乾隆詔修《四庫全書》，閣學曾以之呈進，見于《四庫全書總目》史部目録類存目中。其體例與此記相同，知閣學固以先祖《續金石録》爲藍本也。書中考訂按語，有朱墨兩筆，有稱「蘇齋」者，有稱「樹崑」者，有稱「星原」者。紀年多題「癸酉」、「甲戌」、「乙亥」，癸酉爲嘉慶十八年，甲戌爲十九年，乙亥爲二十年。

以吴子修修《疑年録》所載閣學生卒年月推之，知閣學之成此書，已年在八十以外，距易簀之年不遠也。唯《中和藥師碑》後按語紀年爲「丁巳」，尚是嘉慶初元，又可見此記之編著，前後凡二十年。及至閣學年將大耋，精力或有未逮，始由星原續編，未及成書，閣學已歸道山，固恨事也。然猶幸等身著述，刊行甚多，文章事業，已足千秋。則此稿雖未完成，其殘膏剩馥，沾溉無窮，後學者得此良工之璞，亦可以恣其鑽仰也已。丁卯元宵，東明。

國山碑蒼頡廟碑釋文一册　翁方綱手稿本

大興翁覃谿手稿本《國山碑釋文》、《蒼頡廟碑釋文》合訂一册。首有「國山圖」，左角下方鈐「石墨書樓」朱文方印，右角下方鈐「寶蘇室」白文方印。次抄吴兔牀《國山碑考》及《國山碑》全文，再次爲考訂跋語及各書所記載之有關者。《蒼頡廟碑釋文》護頁題「戊戌四月六日稿」，跋附碑文之後，塗乙增益，朱墨紛陳，可見當時審定之精嚴矣。《兩漢金石記》中所刊，較此爲異，則以成書在後，有所更訂爾。國山非兩漢碑刻，故《記》列之附録類中。考《吴志》，國山碑立于吴孫皓改元天璽之後，於吴興陽羡山獲石長十丈餘，名曰石室，遂禪于國山，改元天紀。朱文長《墨池編》、歐陽《集古録》、王象之《輿地碑目》、張鉉《金陵新志》，則均以爲立於天册元年。吴兔牀據碑文「旃蒙協洽之歲受上天玉璽，乃以柔兆涒灘之歲紀元天璽。乃是丞相沇等以爲天道玄默，以瑞表真，宜先行禪禮，紀勒天命」之語，謂《吴志》所載有誤，廣爲考論，著有《國山碑考》一書。然碑文前後闕泐極多，所述瑞應凡千有二百餘事。兔牀所引以駁《吴志》者，其句紀元年號亦不完全，不能斷章取義，即謂爲確證也。且天册、天璽、天紀，紀元紛更，前後年月難以定據，則不如闕以存疑之爲愈矣。閣學此《考》，以兔牀據碑貶史爲失，然於其審核精當者，則悉以採入。又旁徵博考，以補不逮，知閣學造詣之深，固在兔牀之上矣。《國山》考訂按語，有朱筆註明次序，取《金石記》所載核之，大致相合。《蒼頡》考訂按語，則與《記》所刊全不相合。然于立碑之爲延熹五年，據以斷趙明誠《金石録》熹平六年之誤者，則護頁已特爲標示，《記》中所刊亦詳爲引證，是知閣學之不輕於着筆矣。家藏閣學手稿《海東金石文字記》，其第五册有墨筆題記云「原州靈鳳山興法寺碑當補作圖，合校裝册」。蓋天下金石，非足跡所至，目覩手摩，僅據記録所傳，未有不爲耳食之言所誤者。繪圖以附，則于碑之建立所在，一目瞭然，信今傳後，庶無憾焉。惜「靈鳳山圖」未得完成，與此「國山圖」並傳，未免美中不足爾。書後護頁有楷書「重餤紅綾」四字，考閣學于嘉慶十九年重預瓊林宴，賜二品卿銜，時年八十有二，所題四字，即指其事。大耋享大名，又邀殊遇，不可謂非厚福，宜其欣喜形之筆端，然又可藉以知閣學之好學不倦，雖在老年，猶時以考訂著述爲事，信非常人所可躋及者矣。庚午清明，樸學廬主東明記。

華鄂堂讀書小識卷三

南陽葉啓發東明甫撰

纂圖互註荀子二十卷 元刊本

「纂圖互註」諸子，見于孫星衍《平津館藏書題跋記》者有《老》、《莊》、《列》、《荀》、《楊》、《文中》六子，均爲宋刊巾箱本。每葉廿二行，行廿一字。「重言」、「重意」、「互註」俱用黑蓋子别出。又有《荀子》一種，云「標題、行數、字數、序及圖説俱與巾箱本無異，唯每板稍高一分，字畫亦有減省之異」云。見于吴虞臣壽暘《拜經樓藏書題跋記》者，有元刊本《荀子》，每頁廿二行，行大字廿一，小字廿五。此本按行款與孫《記》宋本、吴《記》元本相合。審其字體、紙色，蓋元時刊本也。檢莫友芝《郘亭知見傳本書目》，載《荀子》二十卷，元纂圖互註本，「半頁十一行，行大廿一字，小廿五字。蓋六子本《老》、《莊》、《荀》、《楊》、《列》、《文中》，其《老子》卷首載景定改元蒲節石廬龔士卨刊書序，知出南宋。唯龔序中不及《列子》，或元時所增」云。又檢《四庫全書總目》，子部雜家類存目十一載《五子纂圖互註》四十二卷。《提要》云「宋龔士卨編。前有自序，題『景定改元』。是書於《老子》用河上公註，凡二卷。於《莊子》用郭象註，附以陸德明《音義》，凡十卷。於《荀子》用楊倞註，凡十卷。於楊子《法言》用李軌、柳宗元、宋咸、吴秘、司馬光五家註，凡十卷。於文中子《中説》用阮逸註，凡十卷。核其紙色、板式，乃宋末建陽麻沙本，蓋無知書賈苟且射利者所爲。因其宋人舊刻，姑存其目，以備考耳」云云。是「纂圖互註」宋時龔氏編刻本只「五子」，元時始增入《列子》，共爲「六子」。孫氏所藏宋巾箱本，蓋亦元時所刊，其「六子」固無宋刻也。此書有宋淳熙八年台州公使庫刊大字本，源出北宋熙寧監本，世稱最善。光緒八年，黎庶昌影刻編入《古逸叢書》印行。取勘此本，互有優劣，特此本以「纂圖互註」，帖括之書，遂爲館臣及佞宋者所夷視矣。乾隆丙午盧文弨校刻本敘云：「元刊纂圖互注本及當時坊間所梓，脱誤不一而足。然正以未經校改之故，其本真翻未盡失，書中頗多采用。」可知此本雖爲坊行，固勝于其他書帕本也。戊寅九月，湘垣兵火，寓舍悉成灰燼，藏書同罹浩劫，燬損十之四五，此書僅存其半。遷居西鄉，清檢篋笥，時臘月冰凍，北風怒號，似亦爲殘籍作不平之鳴，而助余之傷感者已。葉啓發。

易林十六卷　明毛晉汲古閣津逮秘書本　張穆批校

此平定張月齋穆校汲古閣本《焦氏易林》。卷一首有「道光二十一年五月用黄刻校宋本細勘一過，但詳同異，未暇諟正也。穆記」朱字二行，下鈐「張」字及「石州」二字朱文連環印。書眉上有墨筆三行，云：「《漢魏叢書》本與此本不異。間有異字，以墨筆校之。」卷四末有「六月二十七日校畢」朱字一行。後附朱筆抄陸貽典、黄丕烈兩跋。又另行云「黄又有後敘，分寫入書眉。穆記。顧敘不録」云云，知石州以《漢魏叢書》及士禮居所刊兩本參校也。此書明刻均作四卷，唯宋本則有全注，分十六卷，藏虞山牧翁絳雲樓中，已爲六丁取去。黄氏士禮居得陸敕先貽典傳録瞿曇谷校本、葉石君校本及吴枚庵臨陸校本，據以付刊，於是人始知《易林》有十六卷之本矣。惜瞿校未録全注及宋本行款，使廬山真面無從窺其全豹，誠大憾事也。陸校底本係嘉靖四年姜恩所刊，見黄刻書序及《士禮居藏書題跋記》。先世父觀古堂藏有其本，曾手録吴枚庵傳校陸校宋本于其上。全書凡卷之九至卷之十二四卷，大題云「兵占」，《焦氏易林》板心上有「兵占」二字，似是《兵占書》中之一種。其九卷以前當刻有他種書籍，遂通連分卷，明人刻書之謬妄，固無一不可笑也。石州據校雖係通行之本，然間參以己見，考訂是非，於讀是書者多所裨益，固不得以其非校宋、校元而輕視之矣。庚午重九日，東明跋尾。

宣和書譜二十卷 宋刊本

宋槧《宣和書譜》二十卷，不著撰人。大題「宣和書譜卷第幾」。每半頁十行，行十九字。綫口，大板，板心上左方間記字數，黑魚尾下「書譜卷第幾」。宋諱「玄」、「殷」、「匡」、「胤」、「桓」、「讓」等字缺筆，廟號間以墨釘，蓋南宋初年刻本也。此本自來藏書家志目罕見著録，余從道州何氏得之。仲兄定侯舊藏有明嘉靖庚子楊慎序刻九行十九字本，遞藏蘭陵孫氏、湘潭袁氏。據慎刻書序，稱「《博古圖》南國子監有刻本，此書雖中秘亦缺。余得之亡友許吉世雅仁，轉寫一帙，冀傳播無絶」云云，可見此書在明初已極希覯，慎雖重刻，然非據宋本翻雕，不足貴也。楊本流傳亦少，孫糧儲星衍祠堂藏本見陳宗彝編次

《廉石居藏書記》者，云「此本最古，在諸本前」。以孫氏藏書之富、鑒賞之精，尚不知楊本以前更有天水舊槧，安得不重可寶貴邪？書首有「珊瑚閣珍藏印」朱文長方印。據家鞠裳侍御昌熾《藏書紀事詩》四所載納蘭性德容若、揆敘愷功兄弟事跡，知珊瑚閣爲容若藏書之處。又檢《昭代名人尺牘小傳》「成德，氏納喇，又作納臘，亦稱納蘭，字容若，後改名性德，遼陽人，太傅明珠子。康熙癸丑進士，選侍衛。愛才好客，所與遊皆一時名士。嘗集宋元以來諸儒説經之書，刻爲《通志堂經解》一千八百餘卷。精鑒藏，尤工于詞」云云，則此書在國初已經名賢藏弆，展轉爲余所有。暇日當取楊本及毛晉汲古閣《津逮秘書》本、張海鵬照曠閣《學津討原》本，一一詳校其異同，以與考古者共參訂焉。辛未十月，東明呵凍記。

江安傅沅叔年伯學使增湘雙鑑樓藏有宋刊《咸淳臨安志》殘本，有「珊瑚閣收藏印」、「季滄葦圖書記」，見學使《藏園羣書題記》。

廣川書跋十卷　明嘉靖中秦氏雁里草堂抄本

髫齡得先世父文選君訓示，稍識目録板本之學。日游坊肆，搜訪舊籍，因識江都秦曼青更年。曼青爲敦甫太史（思）［恩］復族裔，游幕湘中數年，亦好收藏，與予兄弟有同癖者。其時湘潭袁氏、永明周氏、衡洞草堂張氏、湘鄉曾氏、楊氏諸舊家藏書散出，曼青與余兄弟互爲捷足，時相過從，固未嘗以得失相忤也。後曼青返里，音問遂疏。庚午，余兄弟避亂申江，又復邂逅，往還一如曩昔。曼青知余家有此明嘉靖中雁里草堂黑格抄本《廣川書跋》，爲其族先德舊帙，可正明清刻本之訛謬，數請借觀。仲兄定侯從之取得朱記榮刻本，命予臨校以贈。余更以毛氏汲古閣《津逮秘書》本之異同參注，不啻爲此本獲一化身也。憶初得此本時，曾取毛刻細勘，毛本訛脱肊竄，殊不足據。此本遠出其上，因詳録異同，以待刊行。國難頻仍，無暇及此，朱本校記亦匆匆未得録副。江浙久罹兵烽，曼青藏書未知尚能幸存與否，則此本不得不益加珍襲矣。他日倘得再晤曼青，更取朱本，合毛本之異同，録爲校記刊行，是固余之心願爾。此本舊有朱筆校字，亦係以毛本參稽異同，未知何人手筆。當時惜墨如金，而流傳迄今，乃有名字翳如之歎，吾輩可不自警哉？東明葉啓發記。

慎子一卷　四庫館抄本

清乾隆三十七年修《四庫全書》，各省採輯及私家呈進之本，均由四庫館繕書處先行録副，送纂修諸臣考訂粘簽，再繕録正本，以黄色紙簽抄謄簽注按語，粘貼其上，賫呈御覽。後將原書鈐蓋翰林院印，並載明呈進年月姓名於書面，發還各本家自行收藏。此見于《四庫全書總目》卷首所載聖諭者也。此《慎子》一卷，八行廿一字，紅格抄本。前有《提要》，接列篇目。書首行題「欽定四庫全書」，次行爲書名，三行爲撰人。序首、卷首有「翰林院典簿廳關防」滿漢篆文大長方印。撰人題「趙慎到著」，墨筆改「著」字爲「撰」字，並於「趙」字旁加「△」。又於書眉上批云「照此式寫」。此四庫全書館抄録之副本，即《四庫全書》底本也。錢唐丁丙善本書室有傳抄閣本《黄御史集》十卷，先世父曾倩李幼梅觀察輔耀從之傳抄。半頁八行，行廿一字，與此書款式相類。檢胡虔《柿葉軒筆記》云「文淵閣《四庫全書》皆抄本。每頁十六行，行廿一字。長六寸，寬三寸七分。每本用寶二，前曰『古稀天子之寶』，後曰『乾隆御覽之寶』。每部首載《提要》及總纂名，而列總校名于每本之末」云云。知閣本係乾隆四十七年《四庫全書》告成後，依次繕寫，于江浙三省建閣分儲者也。《四庫全書總目》著録《慎子》一卷。《提要》云「周慎到撰。到，趙人」。此本「趙」字旁有墨「△」標記，又可見當時審訂之慎矣。篇幅無多，他亦無足取，特存之以爲考掌故者之一助爾。辛未夏日，東明謹誌。

寶真齋法書贊二十八卷　武英殿聚珍本　翁方綱、何紹基批校

有清乾隆中葉，詔求遺書。大興朱竹君學士筠時督安徽學政，奏言翰林院貯有《永樂大典》，内多古書，世未見者，請開局使尋閲，且言搜輯之道甚備。諸城劉文正公時在軍機，謂非政之要，而徒爲煩，欲議寢之。金壇于文襄公獨善學士奏，與文正固争，卒用學士説上之，四庫館由是啓矣。三十八年二月，派軍機大臣爲總裁官，並揀選翰林院等官分任查校各職。後再添派王際華、裘曰修爲總裁官。四十七年，《四庫全書》告成，《永樂大典》中古籍亦分别輯出多種，以活字板排印，編爲《武英殿聚珍板叢書》印行。閩浙兩省復一再翻印，古今不傳之秘笈，賴以復顯于人間。文治之隆，罕與倫比。而學士之首倡斯議，固不容藝林中不瓣香爇奉也。此宋岳珂《寶真齋法書贊》二十八卷，亦館臣從《大典》中輯出，而以活字印行者。原本爲《大典》割裂分繫，其卷目已不可考。館臣就輯出者排比推求，以類分篇，約略編次爲二十八卷，非復岳編原本之舊第者矣。然殘膏剩馥，固沾溉無窮。後學者得此一編，雖不能過屠門而大嚼，亦

可以得一臠之嘗，固賞鑒家之秘帙也。此本爲大興翁覃谿校理方綱所評校，凡書中有關東坡、山谷、襄陽三家事跡者，多詳載其卷次、頁數于書衣。蓋校理於所撰《蘇詩補注》及校刻《山谷全集》有所參稽，而特揭記之備遺忘也。校理於乾隆五十一年以詹事任江西學政，書中有「主考兩江」等印，知即其時所評校者。《蘇詩補注》刻于乾隆四十六年辛丑，《山谷全集》則乾隆五十四年己酉謝啓崑所刻，而校理爲之校勘，距評校此書之時先後數年。可見校理之服膺蘇、黃，故無在而不耑事搜訪其事跡。蘇注之淵博，黃集之精審，固其宜矣。又校理於乾隆甲申視學廣東，辛卯解任，在職八年，獲見襄陽墨跡石刻甚多。又獲有襄陽九曜之一藥州石，故于此書中之涉及米帖者，均以石本勘對，而詳注其異同。又可知校理于襄陽事跡，與蘇、黃同一重視也。又第二册書衣題云「羣玉堂帖第一卷」卷四之十下。書中于陳僧智永《歸田賦帖》吴韜仲鋼跋語「今在秘省《羣玉堂帖》第一卷中」句旁，以墨筆連點。第三册書衣題云「右軍《河南帖》七之十頁。此條當寫入《大觀帖》，《萬歲通天帖》卷末。《東方贊》、秘閣《樂毅論》。《東方贊》卷七之七下，此條可補入《石刻鋪敘》。」第十一册書衣題識云「劉無言」二十五之八上。卷中《劉無言餉茶帖》「建中靖國初，祐陵刊《秘閣續帖》」，眉上批云「事在建中靖國元年辛巳，見《石刻鋪敘》卷下之三頁上」云云。檢家藏舊抄傳録何義門批校本《石刻鋪敘》，卷下「羣玉堂帖」條，云「首卷全刊南渡以後帝后御書」，與此書所載吴跋陳僧智永帖「在《羣玉堂帖》第一卷」之語不合。又《大觀帖》中所收右軍書，字多不完全，此書所載可以補入。其《續閣帖》刊於建中靖國元年辛巳八月，見于《鋪敘》卷下第四頁者，此則言之不詳，故校理批于書衣者，皆與此書所載與《石刻鋪敘》互有異同，有待考訂。唯以「四頁」爲「三頁」，則出之筆誤耳。書爲紙捻草訂，未經截齊，蓋校理其時任四庫館校辦各省送到遺書纂修官，於書始印成，即從之取得，此未經裝訂之本也。後歸道州何子貞太史紹基，經其再加評讀，始將書背書眉加以截齊，故書眉仍是毛邊。而書頁下方有翁字者，均翻折向内，展閲殊爲不便。然書根經太史號以隸字，名賢手跡，不欲因改裝損之，遂無法兩全矣。丙寅除夕，葉東明。

猗覺寮雜記二卷　明謝肇淛小草齋黑格抄本

先族祖宋少保石林公有言，唐以前凡書籍皆寫本，未有模印之法，人以藏書爲貴。人不多有，而藏書者精於讎對，故往往皆有善本。學者以傳録之艱，故其誦讀亦精詳。余兄弟自髫齡即好搜訪舊籍，日遊廠肆不倦也。見有重本、異本，不論其爲抄爲刻，必購歸藏之。暇則取以互勘，訂其同異。明代著名如錫山秦柄雁里草堂、江左文徵明玉蘭堂、安陽秦酉岩穴硯齋、虞山毛晉汲古閣諸家抄本，余兄弟均有一二插架焉。唯晉安謝在杭肇淛小草齋抄本，則從未一遇也。新春，從坊肆得清初抄本宋朱翌《猗覺寮雜記》二卷一册，爲金志章江聲、林阮林善長、鮑渌飲廷博、魏柳洲琇、朱竹君筠、何蝯叟紹基諸家藏校之本，朱墨紛陳，鈐印滿幅，意以爲盡善盡美。世父遂取舊藏謝氏小草齋抄本畀余，以資勘對，此本是也。書中有周雪客在浚、胡茨村介祉兩家印記。誤字均以朱筆校正，未知其出誰手。檢虞山也是翁《讀書敏求記》載朱翌《猗覺寮雜記》二卷，云：「黄俞邰《徵刻書目》云三卷，謬矣。」按謝氏萬曆中抄書秘閣，後盡歸大梁周氏。此本前有周氏印記，即其明徵。《徵刻書目》本俞部、雪客同編，不知何以衍誤也。清初抄本行款，每頁起訖、字數均與此本相同，即從此本録出者。唯卷上自廿三頁以後，因此本脱落旁注廿二字，清初抄本遂逐頁推下一行。其餘此本疑誤之字，清初抄本經校者以朱筆注于書眉，而不改易其本字，於傳録之原委可以按字以求，抄寫者固善手也。卷下第四十頁前九行「五星二十八宿降于世，如東方朔爲歲星」句下，清初抄本脱去「蕭何爲昴星」云云七十四字，凡五行。又脱去《搜神記》「周犨者家貧」一條百四十六字，凡九行。又脱去「曹相以齊獄市屬後相」條七十二字，凡四行，恰爲此本一頁。蓋抄手誤翻夾葉，以四十頁之前九行，與四十一頁之後九行相接，遂使文句不可解讀。設非得此本以校正之，則訛以傳訛，不知其伊于胡底矣。書經三寫，亥豕魯魚，落葉几塵，校勘不易。昔人謂書舊一日好一日，此則名抄而又名家藏校，固華鄂堂鎮庫之寶也。丁卯人日，東明記于樸學廬。

猗覺寮雜記二卷　林善長抄本　鮑廷[博]、魏琇批校

余性好説部之書，雖有刻本，必取抄本藏之，恐時刻非出自善本，故棄刻取抄也。抄本又必求其最善者，故一本不已，又置别本焉。宋朱翌《猗覺寮雜記》引據精確，在宋人説部中，洪氏《容齋隨筆》而外，他非其匹也。此清初林阮林善長從金江聲志章傳抄之《猗覺寮雜記》二卷，有阮林題記。歸于錢塘鮑渌飲廷博知不足齋，魏柳州琇從之借閲，亦有題記。取先世父觀古堂舊藏明謝在杭肇淛小草齋黑格抄本勘之，行款及每頁起訖、字數，無一不合。唯卷上第廿三頁，謝本脱落旁注廿二字，此本遂逐頁推下一行。

卷下「二十八宿降于世爲人」條，此本脱「蕭何爲昴星」句起半條五行。又《搜神記》「周犨者家貧」一條九行，又「曹相以齊獄市屬後相」半條四行，爲抄手誤翻夾頁致誤。其他謝本之誤字，此本因之，但經校者以朱筆注明於書眉。按跡以求，知此本之出于謝本矣。檢黄蕘圃《藏書題跋記》卷六「《薩天錫詩集》十卷校抄本」云：「龔本即小草齋抄本，龔氏蘅圃曾讀一過。」又「《鴈門集》八卷抄校本」云：「小草齋抄本，爲龔蘅圃藏」云。又檢吴(虞)〔壽〕暘《拜經樓題跋記》「抄本《紺珠集》十三卷」，「龔氏玉玲瓏閣舊藏。有田居校及江聲借閲題記。周耕厓先生跋云：前有『横河龔氏玉玲瓏閣珍藏圖記』，又有『龔稼邨秘笈之印』。校者爲田居，爲江聲。兔牀云，稼邨、田居皆錢塘龔蘅圃先生翔麟自號。江聲則金觀察志章别字，蘅圃友也」。又抄本《笠澤叢書》七卷、《補遺》一卷，仁和趙寛夫跋後云「後有阮林跋，云得龔蘅圃抄本校」云。合黄、吴兩記所載觀之，謝氏小草齋抄本歸于蘅圃者甚多。此書謝抄，蓋亦歸其所得。江聲録有副本，阮林又從江聲録本傳抄，其源流可考而知，又不僅有脱頁、誤字之合始足以證明也，然益信書之不可不有覆本矣。東明葉啓發。

夢溪筆談二十六卷 宋乾道揚州州學刊本

戊辰秋日，從道州何氏得此宋乾道二年揚州州學刊本沈括《夢溪筆談》二十六卷。檢各藏書家志目，唯歸安陸氏皕宋樓有之。潘氏滂喜齋所藏則爲元泰定元年補刊印行之本，以第七卷首葉有「泰定補刊」字様可證也。繼檢陽湖孫氏《平津館鑒藏書籍記》，元板類「《夢溪筆談》廿六卷，題『沈括存中』，首有括自序，書中『國』、『家』、『詔』、『書』等字俱空一格，知從宋板翻雕。黑口板。每葉廿四行，行十八字。每條次行又低二字」云。再檢吴縣黄氏《士禮居藏書題跋記》四，「《夢溪筆談》二十六卷、《補筆談》二卷、《續筆談》一卷明刻本」云「《筆談》於宋人説部中最爲賅備，故世尤珍之。然宋刻絶少，所見爲元刻小匡子本爲最古，此外則皆黑口本爲好本子矣。黑口本亦有二：一闊板子，世以贋宋刻；一狹板子，此其是也。矧經校勘，益爲美備。余所喜蓄兼收，而又恐善本之不可獨藏也，因留闊本子之影抄者，而與書林易此狹板子者，俾同人共覩此善本焉。元板向亦爲吾有，已歸諸他人，爰并著之」云。按黄校本後歸常熟瞿氏，見《鐵琴銅劍樓書目》，云「明人覆刻宋乾道揚州本，中有脱譌。黄蕘圃以元刻本校正，卷首有『士禮居』朱記」云。綜合諸家所記按之，是《筆談》宋時有乾道揚州刻本，元泰定時補板印行，陸、潘兩家所藏是也。元時有小匡子刻本，黄氏所藏，云「已歸諸他人」者是也。明時有兩黑口本：一闊板子，黄氏所藏云世以贋宋刻，及孫氏所藏是也。蓋孫藏既無泰定補刊，葉次又非小匡子，必係以明代翻刻之本誤認爲元刻，可斷言者矣。一狹板子，蕘翁以元刻校正，瞿氏所藏是也。然各本行款相同，避諱空格亦同，則均源出乾道揚州本之故爾。此本黄蔴紙精印，第七卷首葉無「泰定補刊」字様，其爲宋槧宋印自無可疑。唯十一卷佚第一、第三兩頁，十二卷佚第二頁，十八卷佚第四頁，廿一卷佚末頁，廿四卷佚第二、第九兩頁，廿六卷佚第五頁，全書共缺八頁。當影寫補全，以成完璧。乙酉夏日，東明記。

又按錢辛楣宫詹大昕《竹汀日記抄》云：「讀《夢溪筆談》，校正『劉句右』，即『劉煦』之誤第一卷《故事編》又誤分一條爲二。」今檢此本「予嘗購得後唐閔帝應順元年案檢一通」條，第二、第三兩行「劉句右」三字，均係剜改擠刻，必有所本。未知錢氏何據而云然，暇日當再考之。華鄂主人又記。

東坡志林十二卷　明抄本

明胡應麟《少室山房筆叢》甲部《經籍會通》四云：「凡本，刻者十不當抄一，抄者十不當宋一。三者自相較，則不以精粗久近、紙之美惡、用之緩急爲差。」蓋前人好收藏者，于刻本所無之書，不惜重資購求名抄，或倩書生影寫宋槧，傳録孤本異書，此抄本書所以尤爲人所珍秘也。此明棉紙抄本《東坡志林》十二卷，虞山錢遵王曾藏書，見于《述古堂書目》者，有「虞山錢曾遵王藏書」及「彭城世家」二印記。卷一、二通連爲一，卷三、四爲一，卷五、六爲一，卷七、八爲一，卷九、十爲一，卷十一、十二爲一卷。書首護頁有朱少河錫庚抄録《四庫全書簡明目録》「東坡志林」一條。檢《四庫全書總目》，子部雜家著録《東坡志林》五卷，内府藏本。《提要》云：「宋蘇軾撰。陳振孫《直齋書録解題》載《東坡手澤》三卷，註云『今俗本《大全集》中所謂《志林》者也』。今觀所載諸條，多自署年月者，又有署讀某書書此者，又有泛稱『昨日』、『今日』不知何時者，蓋軾隨手所紀，本非著作，亦無書名，其後人裒而録之，命曰《手澤》。而刊軾者不欲以父書目之，故題曰《志林》耳。此本五卷，較振孫所紀多二卷，蓋其卷帙亦皆後人所分，故多寡各隨其意也。」此書世行明趙開美刊本，《説郛》本或作一卷，或作五卷，唯商濬《稗海》本則分十二卷。明人刻書，以意竄改，多不足信。此本合十二卷爲六卷，當是别有依據也。遵王藏書見于《述古堂書目》者凡三千餘種，而《讀書敏求記》所載僅六百種，蓋耑記宋槧元抄及板刻完闕、古今不同之書。惜此書不載《敏求記》中，遂無從考訂其分合卷第之原委耳。世無宋元舊刻，通行趙、商各本又多附入叢書印行，固不如此棉紙明抄，又遞經名賢藏校之單行本爲足珍貴也。壬申中秋，葉啓發。

春渚紀聞十卷　明毛晉汲古閣刊本　毛扆以宋本校

坊肆有持虞山毛斧季手校《津逮秘書》本《春渚紀聞》求售者，皆以無毛氏印記疑之。仲兄定侯亟以二十餅金購得，喜告余曰：「此的爲斧季手筆。曩年余等避亂滬上，曾于張菊生年伯元濟許見斧季校本《鮑氏集》，字跡與此正同。《鮑集》已影印行世，可以取按也。且跋尾有『顧肇聲讀書記』朱文長方印，目録首有『養拙齋』朱文長印。肇聲名犍，爲吴中藏書故家，事跡見彭啓豐《芝庭文集》。與向所得翁方綱學士藏何義門家抄本《張右史大全集》顧鈐印記脗合，更知此書之足貴矣。」此書宋本久佚，賴此傳校之僅存。觀斧季手跋，則黄復翁、顧思適之詆諆毛氏者，適成一重翻案矣。宋本每半頁九行，行十八字。大題「春渚紀聞卷第幾」，次行題「韓青老農何薳撰」。首列十卷目録，目録尾行題「臨安府太廟前尹家書籍鋪刊行」一行。書中廟號及語涉宋帝均空一行，宋諱缺筆。卷第一「李右轄抑神致雨二異」條，「時郡倅曾紱帥郡官」下，毛本脱「賀雨之次」四字。卷第二「沈晦夢騎［鵬］摶風」條，宋本在「霍端友明年狀元」條後，毛本誤列「吴觀成二夢首尾」條前；又「龍神需舍利經文」條，「因上謁［龍］祠禱龍」，宋本作「與季父焚香禱龍」。卷第七「秦蘇相遇自述輓誌」條，「某嘗憂少游」，毛本下脱「未盡此理今」五字；又

「饋藥染翰」條，「至紙尚多」，毛本「至」字下脱「日暮筆倦或案」六字。卷第九「呂老煆〔研〕」條，「余嘗爲之銘曰」，毛本下脱「煆瓦成金老呂受之鑄金作瓦置之籬壁以睨」十八字；又「南皮二臺遺瓦研」條，「孰期乎澡澤而薦藉而參夫文」，毛本下脱四十字；又「端石蓮葉研」條及「風字晉研」條，毛本全脱；又「烏銅提研」條，毛本脱前段三十六字，遂誤以後段之「而銘之曰」接「南皮二臺遺研瓦」條「而參夫文」之下。其他卷一二字句之訛誤，則幾于無頁無之。書貴宋槧，信然。辛未午日，東明記于華鄂堂。

又按黄蕘圃《士禮居藏書題跋記》四，「《春渚紀聞》十卷校宋本」云：「《春渚紀聞》校宋本在郡中楊氏，係毛斧季手校《津逮》本。余經借校一本，旋爲錢唐何夢華易去。續又收得一舊抄本，校菴吴君復臨毛校，自以爲盡美矣。」又云「師儉堂楊氏藏有毛斧季跋校《春渚紀聞》，余借校一過。其書後爲錢唐友人何夢華取去。後又得一舊抄本，所脱與毛本同，而行款殊與校宋合。余第手補目録，未經校勘也。兹因得借藍格舊抄本校此本，覆取楊本再校，始知舊抄與宋刻不遠也。凡毛校皆用黄筆，毛校復有朱、黄兩筆之異，復於本處著之」云云。據此，則斧季此本蕘翁曾經借校，且原有朱、黄兩筆之異及斧季跋文，蕘翁亦言之甚詳，並未言及有毛氏印記，是可取證此本之的係毛校真跡無疑也。余生後蕘翁數百年，何幸而得此不可多得之秘笈，不可謂非厚福矣。辛未夏，葉啓發再記。

乙卯避暑録話二卷　明弘治安陽秦氏抄本

曩年先世父輯刻族祖宋少保石林公遺書，其《避暑録話》一種，據道光乙巳調笙公刻本重刊。調笙公本源出黄蕘圃丕烈士禮居所藏抄本，分作四卷者，更以商濬《稗海》、毛晉《津逮秘書》兩本參校，舛誤較少。當時以別無他本可資讎校，固未愜於心也。己未夏，以毘陵蔣氏刻六卷分體本《李義山詩集》，從傅沅叔學使增湘雙鑑樓易得明項德棻宛委堂刻四卷本。先世父取以互勘，凡調笙公刻本中據黄抄本異于毛、商兩刻本者，悉與項刻同，知黄抄源出項刻矣。旋聞獨山莫楚孫觀察棠藏有明弘治抄本，遂從而假歸，命予影寫一本。觀察遂舉原本相贈，此本是也。取項刻勘之，書首石林老人序，項本接刻於本文之首。卷上「宣和有潘衡者賣墨江西」一條，本在「世言歙州具文房四寶，謂筆墨紙硯也」一條之後，項刻竄爲第二卷首條。「兵興以來，士大夫多喜言兵，人人自謂有將略，且相謂必敢於殺人」一條，本與「天下之禍莫大於殺人」爲一條，項刻截爲二條。卷下「唐中(士)[世]以前未盡以石爲研」及「劉原甫博物多聞」，本爲二條，項刻删去「劉」字併爲一條，皆不及此本者也。又此本廟號提行，帝諱缺筆，「慎」字注「御名」，證以毛晉刻書跋所稱「宋刻迴異坊本，止二卷」之語，則的係從宋本抄録矣。書名大題「乙卯避暑録話」，亦深合少保公成書乙卯命名之旨。項刻據華亭陳仲醇抄本，其中卷三「柳永爲舉子」、「李公武以文詞見稱諸公間」、「張司空齊賢初被遇」三條，廟號空格當亦源出宋本，特不知何以於書名、卷次有所竄易，豈亦不脱明人刻書之陋習耶？程庭鷺謂項氏刊本得之陳仲醇手抄，疑經仲醇删節，非復宋本之舊。觀此可知其言信而有徵矣。余影抄副本，先世父命仲兄定侯以毛、商兩本比勘，更命余以項刻再校，以朱、緑、黄三色筆別之，詳注異同於書眉，擬作校記刊附家刻本之後。戊寅，湘垣大火，寓舍灰燼，影本及梓板同罹浩劫，此本及項刻幸免爲六丁所取。特追憶曩校同異，犆誌于後云。己卯正月，茅園裔孫啓發志。

石林避暑録話四卷　明項德棻宛委堂刊本

明毛晉汲古閣刊先族祖宋少保石林公《避暑録話》二卷，跋云「得宋刻迴異坊本，作二卷」云云。明人刻書多不足據，頗疑其言不盡可信。因考宋晁公武《讀書志》所載云「十五卷」，元馬端臨《文獻通考·經籍考》所載則云「二卷」，與毛本同。旋從獨山莫氏得明弘治壬戌秦酉岩抄本，爲錢遵王曾述古堂舊藏，有秦、錢二家印記。書名題「乙卯避暑録話」，分上、下二卷。書中廟號(題)[提]行，宋諱缺筆，「慎」字注「御名」，的係從宋本抄録者，知此書在南宋時已止二卷本流傳，無十五卷之本矣。此明項德棻宛委堂刻本，卷一、卷四尾題「石林避暑録」，其餘卷首尾題「石林避暑録話」，後附項德棻跋語八行及校勘人姓名三行。取秦抄本互勘，條數多寡相同。唯此本卷一紹興五年石林老人序，秦抄本另爲一編，而以「杜子美《飲中八仙歌》」爲卷上首條。卷二「宣和初有潘衡賣墨江西」一條，秦抄本列在「世言歙州具文房四寶，謂筆墨紙硯也」一條之後，而以「鄭處晦《明皇雜記》録張曲江與李林甫争牛仙客實封事」條至「世傳王迥芙蓉城鬼仙事」條接連爲卷上。卷三「程光禄師孟吴下人」一條，至卷四末「楊子之謂嚴君平本蜀莊姓」一條爲下卷。又卷一「天下之禍莫大于殺人」及「兵興以來，士大夫多喜言兵」二條，秦抄本爲一條。卷三「唐中世以前未盡以石爲研」至「或以人而廢重可笑也，原甫博物多聞」云云，秦抄本「原甫」

上有「劉」字，別爲一條。其他一二字句之異頗多，蓋二本互有短長，可以並存，而不可以偏廢者也。特此本傳自陳氏，或有竄易，遂爲程庭鷺所詆諆。其以「石林避暑録話」標名，已失少保公成書乙卯命名之旨。雖分四卷，而條數並無增益，似不及秦抄本之出自宋刻，遠有端倪也。然卷三「柳永爲舉子」、「李公武以文詞見稱諸公間」、「張司空齊賢初被遇」三條廟號空格，則亦源出宋槧，而刻畫精美，又流傳極稀，存之以備參考，固不必求全責備矣。板心下方有「項氏宛委堂笈」字樣，蓋仿陳眉公繼儒《寶顔堂秘笈》之例。又恐其近于雷同，故劃去一字，以待更訂，又可見當時之風尚矣。己卯元夕，茅園派裔孫啓發東明跋。

雲麓漫抄十五卷　舊抄本　吴騫、陳鱣、鮑廷博、朱允達手校

《雲麓漫抄》十五卷，舊抄本。序首有「拜經樓吴氏藏書」朱文方印。卷第一有「查鹽左印」朱文、「伊璜氏」白文對方印。又有「兔牀校用朱筆」字一行。卷第十後有朱筆二跋，卷末有朱筆一跋。據吴虞臣壽暘《拜經樓藏書題跋記》，定爲鮑渌飲廷博手跡。又有吴騫朱筆跋、陳鱣朱筆跋，唯陳跋下鈐「仲魚」二字朱文長方印。書中朱筆校字甚多，字跡各殊，非出一手，間有標「騫記」及「兔牀誌」者，又有緑筆校字。檢海鹽吴子修修《續疑年録》三，「查伊璜氏，七十七，繼佐。生萬曆二十九年辛丑，康熙十六年丁巳卒」。此本既經查氏藏過，知其抄藏自在查氏之前矣。遞藏長塘鮑渌飲廷博知不足齋，經渌飲以朱筆手校並繫三跋。復經海昌吴兔牀騫、郭海陳仲魚鱣借讀。既各以朱筆手校於此本之上，復各從此本借抄一

部藏之。先世父以爲陳抄，仲兄定侯以爲吴抄，殆均未細審書首有查氏兩印記耳。據此本鮑、吴、陳三跋，知當時三人往來甚密，恒以秘本互相抄校。觀《拜經樓藏書題跋記》著録諸書，可以覆案，固不僅此一書而然也。至此本中緑筆有云「近刻作某」者，殆指蔣生沐光煦别下齋刊本而言。仲兄定侯據吴《記》定爲朱巢飲允達所校，蓋巢飲時館兔牀家，兔牀傳抄此書，即倩巢飲爲之手校者也，巢飲復以緑筆批記於此本之上，固可以理斷矣。綜此一書，經四人手眼，先世父又從吴尺鳧焯抄本補抄所缺各圖及「論星命凶吉表」附訂於後，以成完璧。使渌飲、葵里、仲魚、巢飲見之，當不知如何稱快矣。戊寅冬月，避兵居邑之西鄉，呵凍誌此，東明葉啓發。

菰中隨筆一卷 孔氏玉虹樓刊本 張穆批校

此闕里孔昭薰較刊《菰中隨筆》一卷。護頁有平定張月齋穆題記，云：「亭林《隨筆》一卷，真跡存曲阜孔氏，近始付梓。其中精核語大都已采入《日知録》，餘特鱗爪耳。然良工不示人以璞，璞者，著書之椎輪大輅也。穆讀此，竊有會於著書之法焉，故彌足珍貴云。道光庚子，漢陽葉氏轉贈，裝成，謹志卷首。十月十二日，張穆記。」書衣有月齋題「菰中隨筆」四字。書中有題記三處，序首有「月齋藏書」四字白文方印。書首有「靖陽亭長」白文方印、「月齋居士」朱文方印，又有「漢陽葉名澧潤臣甫印」九字白文方印。檢《四庫全書總目》子部雜家類存目三，載《菰中隨筆》三卷，兩淮鹽政採進本。《提要》云「國朝顧炎武撰。炎武本精考證之學，此編以讀書所得，隨時記載，旁及常言俗諺，及生平問答之語亦瑣碎記入。雖亦有資參考者，然編次不倫，飣餖無緒，當爲偶録稿本，後人以名重存之耳」云云，與此本卷數不合。蓋顧氏隨筆劄記之原稿，有先後增訂多寡之不同也。又檢傅沅叔學使年伯增湘《藏園羣書題記》有寫本《菰中（題）［隨］筆》三卷，云「題『東吴顧炎武寧人父著』，後《詩律蒙告》一卷及《亭林著書目》，黄蕘圃家抄本。前有同學王潢等二十人爲亭林徵書啓。書衣爲蕘圃手題，後有跋六行。別有曲阜孔憲庚跋，孔憲彝跋，葉名澧、何慶涵題字。副頁粘有何慶涵小柬，蓋蝯叟之子曾假此本録副也。按《菰中隨筆》有玉虹樓刻本，近時《亭林遺書》中復刊之。然核其文字，迥然不同，且祇得一卷，當別爲一書。據《四庫存目》標明三卷，此本正與之合。蓋先生讀書所得，隨手摘記，所以備遺忘，供采擇，文字叢挫，初無義例，平生劄録，必不止一册。四庫館（本）［臣］所見當即此本，而玉虹樓所刻，亦非贋品也。故人吴松鄰曾爲考訂始末，附志篇末，並囑余刊傳之。他時當校録一通，授之梓人，附諸《雙鑑樓叢書》之後，以償此宿諾。兹將諸人跋語録之左方，其《徵書啓》、《著書目》亦臚列其後，庶治顧氏學者得以參證焉」云云。是顧氏此書本有一卷、三卷兩本。一卷本真跡爲孔昭薰所藏，據以付刊，世稱玉虹樓刻本，今此本是也。三卷本真跡藏於孔憲庚所，有黄蕘圃、葉潤臣、何伯源題字，葉、何均録有副本，謀欲刊行而未果者也。此本有潤臣舍人印記，蓋孔氏刊成後以一本相贈，潤臣舍人又贈之肎齋，其傳授源流可考而知也。肎齋之書歸于道州何蝯叟紹基東洲草堂者甚多，此本則余從蝯叟後人所得。別有一抄本亦蝯叟所藏，爲友人任子拱宸購去，蓋即從孔氏所藏黄蕘圃抄本録出者。安得並歸插架，合劍延津，則大快事矣。甲戌二月，東明。

初學記三十卷　明錫山安國活字印本

宋沈括《夢溪筆談》十八云「板印書籍，唐人尚未盛爲之，自馮瀛王始印五經，已後典籍皆爲板本。慶曆中，有布衣畢昇又爲活板。其法用膠泥刻字，薄如錢脣。每字爲一印，火燒令堅。先設一鐵板，其上以松脂臘和紙灰之類冒之。欲印，則以一鐵範置鐵板上，密布字印，滿鐵範爲一板，持就火煬之，葯稍鎔，則以平板按其面，則字平如砥。若衹印三二本，未爲簡易，若印十百千本，則極爲神速」云，是爲活字印書之始。至明季華氏會通館、蘭雪堂、安氏桂坡館，銅活字板印行之書日多，風行一時，號稱善本。安氏且有一書先以活字排印，後以木刻梓行者，可謂盛矣。木刻之板，可以久存，活字則隨聚隨散，故活字本印行之書，猶爲藏書家所珍視也。《初學記》安氏刻本，各藏書家志目多有記載，此活字印本則罕見著録，蓋當日安氏已有木刻，此本印行不多也。明嘉靖中，此書刻本甚多，均從安氏木刻本翻雕。惟晉藩所刻，源出此本，撰人結銜與諸本不同。然竄亂舛誤，肇于安氏，則此本雖罕見，亦不能掩其疵矣。特書經明清兩代藏書家什襲珍藏，朱印滿幅，存之以備參證。又藉以補諸家見聞所未及，則固無不可爾。壬戌中秋前二日，東明記。

張氏藏書五種六卷附七種八卷　明萬曆丙申張氏刊本

明萬曆丙申刻本張應文《張氏藏書》四册。首有《被褐先生傳》及「張氏藏書總目」，第一册《簞瓢樂》、《老圃一得》上，第二册《老圃一得》下、《羅鐘齋蘭譜》、《彝齋藝菊譜》，第三册《先天換骨新譜》、

《焚香略》、《清閟藏》上，第四册《清閟藏》下、《山房四友譜》、《茶經》、《餅花譜》，後附《硃砂魚譜》、《清供品》，凡十二種。《焚香略》、《清閟藏》、《山房四友譜》、《茶經》、《餅花譜》、《硃砂魚譜》、《清供品》七種，則應文子謙德所撰，即《四庫全書總目》子部雜家類著録之《清秘藏》二卷，雜家類存目所載之《張氏藏書》四卷，浙江鮑士恭家藏本也。《存目》所載漏列後附二種，又誤以四册爲四卷，可見館臣之疎忽矣。檢《四庫全書總目》卷首載乾隆三十九年五月十四日上諭云：「朕幾餘親爲評詠，題識簡端，復命將進到各書篇首用翰林院印，並加鈐記載明年月、姓名於書面頁。俟將來辦竣後，仍給還各本家自行收藏。其已經題詠諸本，并命書館先行副録，將原書發還，俾收藏之人，益增榮幸。今閲進到各家書目，其最多者如浙江鮑士恭、范懋柱、汪啓淑、兩淮之馬裕四家，爲數至五六七百種，皆其累世弆藏，子孫克守其業，甚可嘉尚，四家著各賞《古今圖書集成》各一部，以爲好古之勸。」此本《被褐先生傳》首有「翰林院」滿漢篆書九叠文大方印，及「曾在鮑以文處」六字朱文篆書方印，知即鮑氏呈進後鈐印發還之本，先世父謂進呈後鈐印發還翰林院者誤也。鮑氏之書，本以文所藏，《知不足齋叢書》即其所刻。然進呈各本，經《四庫全書總目》著録者，均注爲士恭家藏，蓋以文藏書由其子士恭呈獻，館臣遂以士恭當之耳。至此書之詭誕不經，狎言侮聖，固明人之陋習，不必專責之應文父子矣。壬申四月，啓發。

秘册彙叢三册 長洲吴翊鳳抄本

長洲吴枚庵翊鳳編《秘册彙叢》舊抄本。首有枚庵黄筆手書《秘册彙叢序》，云「竊歎經史子集浩如星海，學者不能遍觀。予潛心於此有年矣，聞見單行之本未能鏤板者，隨所見聞，不惜館穀，輒購得之。偕吾友鮑君渌飲、黄君蕘圃、阮君芸台、張君月霄輩時相往來，出所未見善本，不憚抄寫。予適楚回里，家居數十載，積有數十篋，前已集成《藝海彙編》、《古香樓彙叢》等十餘部。今復得秘籍若干種，彙裝成帙，顔之曰《秘册彙叢》。雖未能梓之行世，而隨積隨編隨裝，庶傳寫善本，不致散佚失傳。質諸同人，當無嗤予之書愚，則予願差慰矣」云。次列「秘册彙叢總目」，下鈐「秘本」二字朱文小長方印。接列子目，凡朱倬《詩經疑問》七卷，《隸釋刊誤》一卷，趙魏《竹崦庵金石録》一卷，吕毖《明朝宫史》五卷，《江變紀略》全卷，《劫灰録》六卷，《明季見聞輯録》二卷，《鄭氏紀略》一册，錢德洪《五代史吴越世家疑辯》一册，薛生白《温瘧論》一册附《濕熱條辯》二册，沈錦桐《法古宜今》一册附《毓麟册》一册，管玉衡《無病十法》一册，劉誠意《多能鄙事》十二卷，張霞望《雅臺新牘》二卷，子兮道人《秋興譜》二卷，僧一行《受正玄機神光經》一册，《穆河南集》三卷，《觀古齋未定稿》全册，共十八種，附二種。今存《詩經疑問》、《隸釋刊誤》、《竹崦庵金石録》三種，蓋枚庵雜取所抄古籍，隨意彙編爲叢書者也。叢書之刻，始于宋俞聞中之《儒學警悟》、左圭之《百川學海》，明代程榮、祁承爜、何允中、吴琯、毛晉諸人踵而效之。至清乾嘉間而益盛，鮑、黄、阮、張四人均富收藏，又精考訂，鮑刊《知不足齋》，黄刊《士禮居》，阮刊《文選樓》，至今風行海内。惟張編《詒經堂叢鈔》稿本今存海鹽張菊生年伯元濟許，未曾梓行。枚庵家貧好書，與諸人過從甚密，日事搜訪校勘，手抄秘册極多，爲收藏家所稱道。戴延年《(搏)[摶]沙録》、石韞玉《蘇州府志》、吴壽暘《拜經樓藏書題跋記》載其事跡甚詳。使當日不爲財物所限，所集《藝海彙叢》、《古香樓彙叢》及此編得以刊行，又豈讓鮑、黄、阮諸人專美於前耶，此則枚庵之大不幸矣。甲戌十月，葉啓發。

小字録不分卷小字録補六卷　明萬曆己卯沈弘正刻本

癸酉夏間，北平圖書館有景印《四庫全書》罕傳本諸書之議，擬定書目，廣事蒐求，蓋仿黄虞稷、周在浚等徵刻唐宋秘本書例也。目中列有《小字録》一卷，宋陳思撰，《補遺》一卷，明沈弘正撰，云常熟瞿氏有明活字印本。檢瞿子雍鏞《鐵琴銅劍樓書目》載「《小字録》不分卷」，云「吴郡孫鳳以活字本印行。此板後歸崑山吴氏，於『陳思纂次』一行後添出『崑山後學吴大有較刊』一行。書中剜改之跡顯然」云云。瞿氏藏書珍本大半出於黄蕘圃丕烈舊藏，因檢黄氏《士禮居藏書題跋記》按之，果有「明銅活字印本《小字録》不分卷」云：「余向藏《古賢小字録》，係昭文邵朖仙贈余者，云以青蚨三星得之冷攤者。『陳思纂次』一行後多『崑山後學吴大有較刊』一行。此册無之，始猶疑板刻有異，細審之皆活字板，而前所得者爲後印，兹所得者爲初印也。何以明之，蓋此板後歸吴氏，故增入一行，其改易原書一行，以『姓劉』二字移宋高祖武帝下，而去『氏』字，又去小注『宋本紀』三字以遷就之，其痕跡顯然。兹册古色古香，初入眼疑爲舊刻，故書友欲以充宋元板，余亦因其古而出番餅二板易之，重付裝池，可謂好事矣。」又云「彼尾首皆以『古賢小字録』標題，此但曰『小字録』，必修本增加也」云云。心疑黄、瞿兩家之説不盡可信，蓋活字印書隨印隨散，安有以板歸人之理。此明爲二本：一係以活字印行，一即據活字本重刻。行款未曾改易，故有增損遷就之字，黄、瞿皆誤以二本爲一本耳。然插架無此書，各藏書志目亦罕見著録，未敢自謂必然，而欲得此書之心則無時或釋也。戊寅清和月，湘鄉王佩初孝廉禮培掃塵齋藏書散出，書估杜姓邀余兄弟往觀，中有此萬曆己未沈弘正刻本，仲兄定侯亟以重值得之。本書首行題「小字録」，次行題「宋陳思緝」，三行題「明沈弘正校」，後附《小字録補》六卷，題「吴淞沈弘正緝」。《小字録》有沈序，《録補》有婁堅序，蓋沈既刻陳《録》，復以己作附後爲驥尾之續，有足稱者。因再取黄《記》勘之，黄所臚列舊人校字同異，與此本有合有不合。如「慧震」，「即以所得故爲小字」，黄云：「『故』校『卦』，此本『故』下有小注云：今按《本紀》作『卦』。」「師利」，「總適出」，黄云：「『總』校『忽』，此本『總』下有小注云：按『總』是李總。」「鎮惡」，「車騎沖没陣」，黄云：「『没』校『陷』，此本作『没』。」「豹奴」，「恒逾不悦」，黄云：「『恒』校『桓』，此本作『恒』。」「崖」，「遂不得佳者」，黄云：「『遂』校圈去，此本有『遂』字。」「曰德之休明」，黄云：「『曰』上校增『崖』，此本無『崖』字。」「斑獸」，「常日早晚」，黄云：「『日』上校增『視』，此云『常』下有小注云：『常』下有『看』字。」「此入」，黄云：「『此』校『比』，此本作『此』。」「慮其不法」。黄云：「『法』校『去』，此本『法』下有小注云：『去』誤作『法』。」蓋黄藏舊校係以各本紀、本傳勘出，沈刻此本亦曾細加考訂，見仁見智，各有不同，並無宋元舊本可資依據，故不盡相合也。至此書作者之事跡、著述之淵博詳備，及刻本之希見，仲兄跋言之綦詳，無待余之重贅矣。東明葉啓發識。

默記一卷　汪氏古香樓抄本　彭元瑞、周壽昌批校

舊藏海昌吴氏拜經樓抄本《默記》一册，不分卷。經兔牀以緑筆、紫筆校，并以朱筆傳録朱朗齋、鮑以文兩家所校，更以黄筆傳録陳仲漁校，五色紛披，薈萃衆長，抄本中不可多得者也。後附先族祖石君公跋，稱借錢遵王藏本抄之，知其源出也是翁舊藏矣。此爲休寧汪文柏季青古香樓抄本，有「休寧汪季青家藏書籍」朱文方印，「古香樓」朱文圓印，「汪印文柏」白文方印，「柯庭流覽所及」白文方印。又有「南昌彭氏」朱文方印，「知聖道齋藏書」朱文長方印，「遇讀者善」白文方印，「曾在鮑以文處」朱文方印，「漢陽葉氏」白文方印，「葉名灃印」、「潤臣」朱文對方印，「周壽昌荇農氏所藏」朱文方印，「周壽昌印」白文、「自盦」朱文對方印，「長沙周氏」朱文方印，「應甫珍秘」朱文長方印。則遞藏長塘鮑以文廷博、南昌彭芸楣元瑞、漢陽葉名灃潤臣、長沙周荇農壽昌諸家，展轉而歸于余者也。書首護頁有「辛丑七夕校僞，《説郛》及宋人小説刻此書僅數條，無它完本可校，訛脱甚夥。芸楣」朱字二行。書中朱筆校字無頁無之，蓋經文勤侍郎手校矣。考乾隆三十七年壬辰，詔修《四庫全書》，文勤以吏部侍郎充副總裁。四十七年壬寅，《四庫全書》告成。辛丑爲乾隆四十六年，則文勤校勘此書正在館中任副總裁時也。唯《四庫總目》著録者爲三卷本，與世行曹溶《學海類編》本同，文勤固曾目見，不知當日何以未曾取校此本也。拜經樓吴氏抄本，經朱、鮑亦以三卷本勘校。卷上斷至「歐陽大春湖南人」一條，卷中斷至「劉原父就省試時」一條，卷下斷至「裴鉶《傳奇》曰陳思王《洛神賦》乃思甄后作也」一條。余取與此本對勘，條數均同，僅字句

略有岐異，則文勤之略而不言者，蓋亦以其僅有卷數分合之異，故無關于大旨也。此本首又有文勤墨筆抄記《皇甫暉傳》、《王朴傳》、《周世宗家人傳》、《南唐世家》之見於此書者十條，均有關于《五代史記》者，蓋薛氏舊書因歐陽修新本出而盡晦，四庫館臣從《永樂大典》輯出，皆逐頁按條註明《大典》卷數，俾可考見存缺章句，不没其實，武英殿鐫本盡删去之。文勤時在館中，曾力争而不聽，頗以薛本真面盡失爲恨。歐史本爲私撰，徐注又爲淺陋，文勤有志匡補，著有《新五代史記注》一書，旁搜博采，擷取衆長。性之此書，於熙朝事跡允稱贍詳，故文勤于書中牽涉有關者，特記出以備録入《注》中。是此校本又不僅以勘校見長，猶可藉以覘良工之璞，固非後人之輕言著述者所可望及矣。尾有荇農侍郎題記，因鮑氏藏印以爲即鮑刊叢書底本，不知鮑本後有先族祖石君公跋，源出也是翁家藏，其時不過以此本備參校，固非重刊此本。可見書非目見原本，未可失之臆斷也。此本余曾影寫一册，以拜經樓抄本、知不足齋刊本參校，友人秦曼青更年更以潘茱坡藏舊寫本再校，仲兄定侯復取《古今説海》、《五朝小説》、《學海類編》三本點勘，較各家抄本更爲詳備精核，惜未得付之梓民。世難時荒，五厄是懼，覆車可鑒，慄有戒心，是又賴有神物之在在處處加以護持者矣。己卯新正五日，東明。

默記一册　海昌吴氏抄本　吴騫批校

宋王銍《默記》一册不分卷，海昌吴兔牀騫拜經樓抄本。首有「海昌吴葵里收藏記」八字朱文腰圓印。據兔牀跋，係借鮑以文廷博知不足齋藏抄本，倩朱允達傳抄，兔牀復以朱筆手録朱文藻、鮑以文二人校注于其上，兔牀所校則以緑筆、紫筆别之，黄筆則又係傳録陳仲魚鱣所校者也。朱、鮑所校係據汪氏飛鴻堂、汪氏振綺堂兩本。朱、鮑跋語，兔牀迻録完全，不待考而知也。鮑藏爲先族祖石君公抄本，源出錢遵王曾述古堂藏書。後有石君公跋，稱「庚辰之歲，湖估攜舊抄本至，先爲林宗取去。辛丑歲，偶語及之，乃云破家子散失。閲次年之冬，同晤錢遵王，錢出此書，因借歸抄之。林宗本尚有《五惣志》附，不知何時得抄之，以成舊觀也」云。因檢錢遵王曾《讀書敏求記》子雜家，載《默記》一本，阮刻本作「一卷」。云「此從舊本録出，較世行類家中刻者多大半」云云，知錢氏所藏爲一册不分卷之本，即《知不足齋叢書》刻本所自出也。此本朱筆校改，分為上、中、下三卷，與世行曹溶《學海類編》本分卷相同，或即據曹本所校。朱、鮑二跋未言其詳，不可知矣。又檢常熟瞿鏞《鐵琴銅劍樓藏書目録》、歸安陸心源《皕宋樓藏書志》、仁和丁丙《善本書室藏書志》，均著録有三卷舊抄本。瞿藏爲邑中歸氏抄，出自錢遵王藏本，云「葉石君嘗假而抄之」。陸藏無舊藏人，丁藏有「風流人豪」、「射潮雄略」兩印，云或錢氏舊藏。以此本及錢《記》所載案之，則三卷之本非出錢藏。瞿、丁兩家所言，未可信也。家藏又有汪文柏季青古香樓抄本，經彭文勤侍郎元瑞、周荇農侍郎（自）［壽］昌批校者，有「曾在鮑以文處」六字朱文方印。此本「王溥五代狀元」條，「猶立侍左右」，經鮑以朱筆校云「汪本『侍立』」，知古香樓抄本亦經渌飲取以勘校此本之訛誤，故書中朱筆校字多與相合也。其不同者，則朱、鮑有别本參合，非盡依據一本也。是此本經無數人之手眼，集諸本之善長，固非他本所可比儗矣。戊寅十一月二十一日，東明。

山海經十八卷　明嘉靖甲午黄省曾刊本

明刊本郭璞《山海經》十八卷。每半頁十二行，行二十字。上下白口。前後無刻書人姓名、序跋。首有郭璞《山海經序》，次列十八卷篇目，下有本文及注字數，接列劉秀《進書奏表》。檢孫淵如糧儲星衍《孫氏祠堂書目》内編地理類，有《山海經》十八卷，晉郭璞注，明黄氏刊本。又檢糧儲《平津館鑒藏書籍記》明板類，有《山海經》十八卷，「題『郭氏傳』，每卷俱大題前有郭璞《山海經序總目》，下皆有本文及注字數，後有劉秀《山海經奏》。余以别本相校，唯此本與宋本相同。每頁廿四行，行廿字」云云，與此本行款、字數相同。然其不詳刻書人姓名及刻書時代，是否即孫《目》所載之明黄氏刊本。然孫《目》既不載其行款、字數，無由考定其即孫《記》所載之本否也。偶閲傅沅叔學使增湘《藏園羣書題記》，《檢理殘書記》中有《水經注》一册，存卷九至十一，明黄省曾刊本，云十二行二十字，白口，雙闌。因考莫子偲友芝《郘亭知見傳本書目》載《山海經》十八卷，眉批云「明前山書屋刊本，黄省曾與《水注》合刊者，時嘉靖甲午」云云。據此而以二書之行款字數推之，則此本即嘉靖十三年甲午黄省曾合刊《山》、《水》二經，正爲孫《目》所載、孫《記》著録之本，可斷定矣。特孫藏及余藏本均無《水注》，傅藏《水注》僅止殘本，而又無《山經》，使非合諸家所記詳考之，固終無由得此書之刻書人姓名及年月耳。然黄刻《山》、《水》二經之不易得其全帙，又可概見矣。此本序首有「何石友家藏圖書」七字朱文方印，卷末有「古香閣圖書記」六字朱文方印，未知其人，附記于此，以諗當代博聞君子。癸酉仲冬，東明記於望瀛居。

清異録二卷　明隆慶壬申葉氏箓竹堂刊本

戊辰歲冬月，偶于玉泉街書坊見康熙戊子陳用修刻陶穀《清異録》二卷一册、《表異録》一卷一册，以其槧刻精美，印刷極精，斥囊金購歸。家無他刻可以比勘，度藏有日矣。今夏湘亂，避居浦江之濱，伯兄康侯從長沙坊肆獲得此明隆慶壬申先族祖伯寅公箓竹堂刻本《清異録》二卷，郵函遞至，亟取舊藏陳刻對勘。卷首撰人下有「號金鑾否人」五字小注，陳刻無之。「避賢招難存三奉五皇帝」條「人戲上尊號曰」云云，陳刻重載「避賢招難存三奉五皇帝」十字。「擷金束玉束雪量珠」條「秘書亟許少連賀啓」云云，陳刻重載「擷金束玉束雪量珠」八字。「梅檀來禽」條，陳刻衍「來禽」二字。「冷金丹未熟」條，陳刻衍「未熟」二字。「土麝香」條「坐有延祖曰」，陳刻「延祖」上有「張」字；「然不用藥麝香耳」，陳刻「麝」字下有「止微」二字。「竹青棗」條「唐末羣方貢國物産不通」，陳刻「貢國」作「負故」。「南方韭」條「葉短闊而圓」，陳刻下衍「『方』一作『風』」四小字。「一藥譜」條「白天壽」，陳刻增「吴朮『天』一作『大』」六小字。「不死麵」，陳刻增「茯苓」二小字。「川元蠶黄蓍芎，一作几元」，陳刻無「黄蓍」二字，多「川」字。「尉陀生桂」，陳刻增「『生』一作『圭』」四小字。「旱水晶鵬歸」，陳刻「鵬歸」作「硼砂」。「良醫匕首」，陳刻增「亭歷」二小字。「痴伯子」條「促尋黑漫天，所失鷹名也」，陳刻「黑漫天」三字重文。「唾十三」條「又父名碏」，陳刻增「一作『碏』」三字小注。「章丘大都督」條「季遐純潔内含，爽妙外濟，顯可靈淵國上相」，陳刻「濟」下增「滄浪」二字，「顯」作「頭」。《清異録》卷之二，陳刻衍「卷之二」三字，撰人名下陳刻同卷一，衍「號金鑾否人」五字小注。「不思議堂」條末空一行，陳刻連接不空。「不二山」條，陳刻作「小三山」，小注「一作『不二山』」，條末同。「盧州大中正」條，陳刻有「一作『盧州火甲正』，下同」九字小注。「字厄」條「老賊古姦太多」，陳刻衍「古」字，空一格。「門香」條末空一行，陳刻連接。其他字句之同異，難以詳舉，互有優劣。唯此本空行墨釘空字之處，陳刻多有增益。檢陳刻書跋，僅稱「原本漫漶，烏焉帝虎，觸目都是，即别本亦大率踵譌襲繆，尋行數墨間，頗費料簡，匝月竣事，用公世賞」云云。其據何本重刊，所謂「原本」、「别本」又係何本，無從揣定也。因檢莫子偲友芝《郘亭知見傳本書目》載《清異録》二卷，康熙中海昌陳氏本，云「静持室有明嘉靖抄本，雖不精，然海鹽陳刊多妄行刊削，此猶存其本真」云。

知陳刻多所竄補，固非善本，前人已言之矣。此本前有俞允文序，述刻書之原委甚明。避難他鄉，典籍多散，架無《唐宋叢書》、《眉公秘笈》、《説郛》、《惜蔭軒叢書》四本可以參校，僅就陳刻舉其異同，未能諟正其是非也。庚午秋九月，東明誌于浦江寓舍。

清異録二卷　康熙戊子陳用修刊本

戊辰，從坊間獲得此本，藏之有年。今夏湘亂，避地浦江，攜之行笥。適伯兄康侯從長沙書坊得明隆慶壬申先族祖伯寅公箓竹堂刻本二册，每半頁十行，行十八字。白口，單闌，板心下方記字數。前有隆慶壬申春日河間俞允文撰序，又附王鳳州來翰云云，與罟里瞿氏所藏見于《鐵琴銅劍樓書目》者相同。惟後頁缺壞，無「隆慶六年壬申葉氏箓竹堂繡梓印行」十五字。亟函索寄申，取此本互勘，凡五日竣事。架無他刻可以參證，故但詳同異，未能正其是非也。箓竹堂本係據元孫道明抄本及陶宗儀刪定本參校勘正，槧刻極精，各藏書家志目罕見著録，刻又先於此本百有餘年。余此校又爲之作一化身矣，得者珍之。書中有「武原馬氏藏書」白文方印，「馬玉堂觀」朱文方印。乾隆中玉堂、笏堂兄弟藏書、刻書均負盛名者也，其事跡當再詳考之。庚午九秋，東明。

纂圖互註南華真經十卷 元刊本

《纂圖互註莊子南華真經》十卷，元刊本。前有郭象《南華真經序》、《莊子太極説》、《周子太極圖説》。首行大題「纂圖互註南華真經卷第一」，次行題「郭象子玄注、唐陸德明音義」。每半頁十一行，行大廿一字，小廿五字，上下大黑口。郭序卷一首頁、第二十三頁，卷二第三、第五、第七頁，板心均有「張輝刊」三字。卷二第十四頁板心有「張光刊」三字。葉後有魚耳，記篇名、卷次、葉數。「互注」用黑蓋子别出。檢孫星衍《平津館鑒藏書籍記》宋板類，載《纂圖互注老子道德經》二卷、《南華真經》十卷、《沖虚至德真經》八卷、《荀子》二十卷、《揚子法言》十卷，云「『重言』、『重意』、『互注』俱用黑蓋子别出。黑口板。每頁廿二行，行廿一字」。《楊子》「宋咸序後有『本宅今將監本四子纂圖互注附入重言、重意，精加校正，並無訛謬，謄作大字刊行，務令學者得下損』木長印。」自《老子》以下，巾箱本六子皆南宋坊間所刻。據《法言》序後木印，「纂圖互注」監本大字止有四子，後改巾箱本，又添入重言、重意，暨《列子》、《中説》，共爲六子。此本「重言」、「重意」無黑蓋子，與孫《記》所載固自不同也。孫《記補遺》宋板類又載一本,「『互注』等(子)[字],亦用黑蓋別之,與巾箱本行款、式樣無異,而刻略在後,板心間有『張輝刊』三字」云云。又檢莫友芝《郘亭知見傳本書目》,載《荀子》二十卷、《法言集注》十卷、《中説》十卷、《老子注》二卷、《列子》八卷、《莊子注》十卷,云楊子《法言》「宋咸序後有木印六行云『本宅今將監本四子纂圖互注附入重言、重意,精加校正』云云。末行『建安』下刊人空缺。所謂四子,或即指《老》、《莊》、《荀》、《楊》而言。是刊實六子,其《列子》、《文中子》無纂圖互注爾」。又云「査恂叔藏宋《纂圖互注南華真經》,半頁十一行,行大廿一字,小廿五字。號宋本,蓋元刊六子本。今歸郘亭。板心有刻工姓名張輝、景亨、文顯等,與愛日精廬藏本同」。此本行款及刻工姓名均與郘亭藏本合,蓋亦元時重刊宋建安書坊本也。至孫《記補遺》所載之宋本板心有「張輝刊」三字者,孫《記》已自云「刻略在後」,或即誤以元刊爲宋槧也。纂圖互注之書,爲宋元時帖括盛行之本,藏書家志目所載宋元兩刻行款多同,或係一板補刻,或係印刷先後之不同,非集諸家藏本而比勘之,固不能爲一定不移之詞也。戊寅冬十二月立春日,東明記。

抱朴子内篇二十卷外篇五十卷　明緑格抄本

《抱朴子内篇》二十卷、《外篇》五十卷,明棉紙緑格抄本。每半葉十一行,行十七字。每卷有「疲」、「守」、「真」、「志」數目字號。書中有虞山錢謙貞履之、孫保求赤、孝修興祖藏書印記,傳録《道藏》本也。檢黄蕘圃丕烈《士禮居藏書題跋記》「《墨子》十五卷校明藍印銅活字本」云「《道藏》本,每卷下有『沛一』

等數，今悉記於卷尾」云。又「《淮南子》二十八卷校宋舊抄本」云：「《淮南子》世有二本：一爲二十一卷，出於宋本。一爲二十八卷，出於《道藏》本。《道藏》刻於正統十年十一月十一日，卷首碑牌可證。行款每半葉十行，行十七字。」又「《劉子新論》十卷校宋明抄本」云「此亦袁氏五硯樓書也，因舊抄檢出，不令隨他書去。卷端題『劉子卷下』，又有『無一』至『無十』字號，其爲《藏》本出無疑，以他書《道藏》本證之。每葉二十行，十七字」云。又「《鶡冠子》三卷校舊抄本」云「頃借袁氏五硯樓各種子書《道藏》本手刊同異，遂及此書。世無宋元舊本，《道藏》其先河也」。又云「壽階於今茲將《道藏》諸本悉歸芸臺中丞，而外間無有藏《道藏》者，可不寶之哉」云云。可見子書舍宋元刻本而外，以《道藏》爲最勝。《道藏》正統刻本年代雖不遠，而流傳極希。蕘翁富收藏，精鑒賞，校勘更負盛名，在其時已有「《道藏》爲子書先河」及「外間無有藏《道藏》」之語，所言絶非耳食，則此雖傳録《藏》本，固不下真本一等，是可寶矣。每葉行數雖較《道藏》原刻多一行，而每行字數並無差減，廬山面目，仍可按驥以求之也。此書世行明嘉靖乙丑魯藩承訓書院及嘉慶辛酉孫氏平津館兩刻本，均源出《道藏》，頗有校改出入，不及此傳録本之可徵信，矧又經名賢藏庋，安得不重可貴耶？甲申避兵鄉居，日以翻披舊籍自遣，忘憂清樂，自幸苟全，且爲此書之免於五厄幸。惜不能如張芙川之以血書「佛」字于《擊壤集》後，祝藏書之流傳永久。東明葉啓發記。

佛祖三經三卷 元至元丙戌刊本

宋沙門守遂註《佛説四十二章經》一卷、《佛遺教經》一卷、《潙山警策》一卷。前有元至元丙戌燈節絶牧叟德異《佛祖三經序》，稱「叢林中以《四十二章經》、《遺教(註)[經]》、《潙山警策》謂之《佛祖三經》，宣和間得遂禪師直註深義，初學易通。今静山慧大師抽衣資鋟梓于吴中休休庵，以廣其傳」，知即其時沙門静山所刻之本也。每半頁九行，行十六字，小字雙行，字數同。上下大黑口，葉次通連編次。板心分題「四十二章」、「遺教」、「警策」等字。首有蓮座佛像，後附蓮座塔輪，上鐫「皇圖永固，帝道遐昌，佛日增輝，法輪常轉」十六字。大題「佛説四十二章經」，次行題「後漢迦葉摩、竺法蘭同譯」，三行題「鄜郊鳳山蘭若嗣祖沙門守遂註」。卷尾接刻《大唐太宗文武聖皇帝施行遺教經敕》，再接刻《遺教經》。首行大題「佛遺教經一名佛入涅盤略説教誡經」，次行題「姚秦三藏法師鳩摩羅什奉詔譯」，三行題同《四十二章經》。《潙山警策》前有紹興九年十二月旦日左朝奉大夫新廣南東路轉運判官張鉢撰《註潙山警策序》，首行大題「潙山警策」，次行題「大洪嗣祖沙門守遂註」，後附刻隨州大洪山遂禪師《華嚴經文》、荆谿尊者《始終心要》、永明和尚《四料揀》及《四聖品》。各家藏書志目著録釋氏之書，僅取其顯著者，此類註本自在忽視之列也。此本前有釋達受六舟題「元刻佛祖三經註解」篆文封面，并跋云：「道光庚戌元旦，余以舊藏宋大洪山淨慶遂禪師註解三經墨跡，汪君鐵樵藏有元至元間刊本贈余，不勝欣喜，并弁其端。南屏住山沙門六舟達受誌。」下鈐「達受之印」四字半朱半白文方印，「六舟」二字朱文方印。《四十二章經》首鈐「六舟手自裝（璜）〔潢〕印」七字朱文方印。六舟爲嘉道間名僧，住錫浙之南屏，邃于拓印金石碑刻，阮文達元、吴荷屋榮光、何蝯叟紹基極稱賞之，諸家詩集中嘗有題詠。桐鄉陸敬安以湉《冷廬雜識》四「杭州近日詩僧首稱海寧六舟達受，工草書墨梅，尤精金石篆刻，得懷素大小草書《千文》墨跡，鈎摹上石，賦詩記之，有『自喜不貪缸面酒，莫教蕭翼賺《蘭亭》』之句。阮文達公稱爲金石僧，江夏陳芝楣中丞鑾嘗延主吴門滄浪亭畔大雲庵，婺源齊梅麓太史彦槐贈以聯云：『中丞教作滄浪主，相國呼爲金石僧。』後又主西湖南屏方丈，厭酬應之煩，退居海寧白馬廟，吟諷自得，人皆重之」云。可見其爲彼教中之風雅好事者，蓋亦高僧也。余于彼教因果之説頗篤信之。丁卯以還，世變迭至，今年避兵西鄉，幼兒殤于醫葯。雖不敢逃于禪脱，然讀許周生「厭聞家事嘗如客，愛住名山悔不僧」之句，亦未始不有動于中也。戊寅冬十二月，葉東明。

華鄂堂讀書小識卷四

南陽葉啓發東明甫撰

楚辭集註八卷後語六卷辯證二卷　明正德己卯沈圻刻本

明正德十四年己卯張旭校、沈圻刻黑口本《楚辭集註》八卷、《後語》六卷、《辯證》二卷。前有張旭《重刻楚辭序》，末有沈圻《重刻楚辭跋》。張序稱「平湖沈公子京以柱下史來知休寧縣事，未期年，政教大有聲。行將復入内臺，乃梓行此書，以嘉惠乎後學。恐今本未善，命旭爲之校讎」云。沈跋稱「幼讀經書之暇，承家君參藩一山先生，以前輩僉憲原明吴君所刊《楚辭》授讀。披揭歲久，原本缺壞殆盡，求更之以便温習而不可得。每欲重刊，以廣來學，顧遭貶謫，勞案牘，不惟不能，亦不暇也。爾者承尹徽之休陽，乃請于郡守新淦文林張公。偶會婺源鄉進士汪濟民者，以吴氏舊本遺圻，如獲拱璧，喜不自勝。又慚甕識井見，不能校正，托之于鄉大夫張君廷曙別號梅巖者，圻遂捐俸命工以鋟梓。工告成，而張公適更調杭郡」云云。據此，則沈圻以僉憲原明吴君刻本重刊，而以校讎屬之張旭者。其吴氏所刻，則藏書家志目罕見著録，沈跋亦略焉不詳，未能知其板刻年月及行款字數也。檢南皮張文襄之洞《書目答問》載有明成化吴氏刻本，獨山莫子偲友芝《郘亭知見傳本書目》載有成化乙未何喬新刊本，又正德己卯沈圻于休寧刻本善。知此書成化、正德本有兩刻，其成化吴刻已見沈氏跋中，是否吴本有何序，未可知也。仁和丁松生丙《善本書室藏書志》著録此書，爲明成化十一年刊本，云有盱江何喬新序，正德十四年新安張旭、休寧知縣平湖沈圻跋。考何喬新字廷秀，江西廣昌人，景泰甲戌進士，官至刑部尚書，謚文肅。江西巡撫爲喬新請謚時，中書詰喬新致仕之由，給事中吴世忠爲訟冤，稱其立朝嶽嶽懷方，爲成化、弘治間名臣。所著有《周禮集註》七卷、《椒丘文集》四十四卷。事跡詳《明史》本傳。距其生推而至於正德己卯沈氏刻書時，將及百歲，恐喬新無此長壽爲沈刻書作序，或者沈圻即從成化刻本重刊，故丁氏藏本前有何序也。宋嘉定刻本《楚辭辯證》二卷，取此本《辯證》勘之。卷上二頁「則尤刻意於楚學者」，宋本無「於」字；「但其反騷」，宋本「但」作「然」。三頁「以風諫君也」，宋本「風」作「諷」；「洪氏正之」，宋本「正」作「證」；「虙妃佚女」，宋本作「宓妃妷女」。四頁「更立他義也」，宋本「他」作「它」；各處同，以後不複筆。「他國之人遊宦者」，宋本「宦」作「宧」。五頁「而放詩傳之例」，宋本「放」作「倣」。後同。六頁「古音能，弩代叶」，宋本「弩」作「拏」。七頁「而不能决其是非也」，宋本作「而又不决其是非也」；「蕙則自爲零陵香」，宋本「爲」作「謂」；「大抵古之所謂香草」，宋本「抵」作「氐」；「不能盡出也」，宋本「出」作「述」。八頁「以男悦女之號也」，宋本無「也」字。九頁「則當以喙耳」，宋本「耳」作「省」；「又深可畏云」，宋本無「又」字。十一頁「則自不必論也」，宋本無「自」字。十二頁「恐不應如此重複之甚也」，宋本「複」作「復」。十三頁「王逸又以飄風雲霓之來迎己」，宋本「以」作「論」。十四頁「至上下求索處」，宋本無「求」字；「至此遊春宫處」，宋本「宫」作「官」。十六頁「輪已庫則於馬終古登阤也」，宋本「庫」作「崇」、「阤」作「迤」。十七頁「此亦求之太過也」，宋本無「也」字；「陞降上下」，宋本「陞」作「升」。十八頁「蓋其所感益以深矣」，宋本無「蓋」字；「蓋不知其幾人矣」，宋本無「人」字。卷下二頁「無之祈」，宋本作「巫支祈」；「本無稽據」，宋本「據」作「据」。四頁「羿焉彃日，烏焉解羽。洪引《歸藏》云，羿彃十日」，宋本自「洪引《歸藏》云」另析爲一條。七頁「從右脇下小腹上出」，宋本「小」作「本」；「不知又何説也」，宋本無「不知」二字。八頁「齊桓九會」，宋本「會」作「合」。十頁「爲自變改」，宋本作「爲日改則」。十五頁「則是將使魂」，宋本「將」作「常」；「以陷於衆人」，宋本「陷」作「蹈」。十七頁「乃隨榮字誤解耳」，宋本「字」下有「而」字，「耳」作「也」。十八頁「白晝羣行」，宋本「晝」下有「而」字。十九頁「《説文》乃云」，宋本「云」作「曰」。二十一頁「見山川之紆曲」，宋本「紆」作「迂」。又卷上十三頁王逸、沈約二條，宋本前後顛倒。又取黎庶昌刻元翻宋本校之，凡此本與宋本異者，與黎刻元翻宋本悉同。知此在明刻諸本中當推爲善本，不僅槧刻古雅、偪視元刻之足珍矣。庚午人日，東明識後。

杜工部集十八卷　舊抄本　杭世駿傳録王士禛、屈復評

舊抄本《杜工部集》十八卷。護頁有「卷一選十九首，二選十五首，三選三十六首，四選十首」墨筆題記四行。又「壬戌臘月呵凍，悉仿新城王漁洋原本，評點於金臺客舍，並附蒲城金粟老人評」墨字二行。

下鈐「堇浦」二字朱文、「杭世駿印」四字白文對方印。卷中有「大宗」二字朱文方印，「杭世駿印」白文方印，「堇浦」二字朱文方印，「道古堂書畫印」白文長方印。先世父據鄭方坤《國朝詩鈔小傳》、杭世駿《詞科掌録》、袁枚《隨園詩話》所載屈復事跡，考定「金粟老人」爲屈復之别號，知是本爲仁和杭堇浦太史世駿手録王、屈兩家評本也。杜詩註本傳世者無慮數百家，評者亦夥。道光甲午，盧坤刻《五家評本杜工部詩》，王氏所評即在五家之中，唯屈評頗罕見，蓋流傳甚希之故爾。李富孫《鶴徵後録》一：「杭世駿字大宗，又字堇浦。浙江仁和人。雍正甲辰舉人，由浙江總督程元章薦舉，授編修，尋罷職放歸。著有《禮記集説》、《金史補》、《史漢北齊疏證》、《前後漢書蒙拾》、《文選課虚》、《續方言》、《詞科掌録》、《榕城》、《桂堂》等詩話，《道古堂詩文集》。」王昶《蒲褐山房詩話》云「堇浦先生書擁百城，胸羅四庫，入翰林未久，即以言事罷歸。既歸，益肆力于詩古文詞。兩浙文人自黄黎洲先生後，全謝山庶常及先生而已」云云。可見太史之邃于詩學，斤斤不倦。而杜集爲詩家之圭臬，故于王、屈兩家評本，手録以備參稽也。錢竹汀大昕《疑年録》四：「杭大宗，七十八，世駿。康熙三十五年丙子生，乾隆三十八年癸巳卒。」壬戌爲乾隆七年，太史年四十七歲。此本前題「壬戌臘月」，即其時所録者矣。至屈氏論詩詆訶老杜，《隨園詩話》譏其舍己芸人，蓋又門户之見，而非是非之公也。甲戌孟冬月，東明葉啓發。

韋蘇州集十卷　南宋書棚本

余家舊藏有《韋蘇州集》二部：一爲北宋膠泥活字本，每半頁九行，行十七字，前有嘉祐元年十二月二十二日太原王欽臣記。一爲此南宋書棚本，每半頁十行，行十八字，前亦有嘉祐王欽臣記，次沈明「遠作」喆補撰《韋刺史傳》。《拾遺》一卷，載熙寧丙辰校本添詩四首，紹興壬子校本添詩三首，乾道辛卯校本添詩一首。書中「桓」、「恒」、「構」等字均爲字不成，蓋南宋孝宗時所刊也。《四庫全書總目》著録爲康熙中項絪玉淵堂所刊，《提要》謂其「以宋槧翻雕，字畫精好，遠勝毛氏所刻四家刻本。其毛本所載《拾遺》數首，真僞莫決，亦不復補入」。家藏毛氏刻《六唐人集》中有此種，卷第一大題下有「汲古閣毛晉據宋本考較」十字墨匡印記。卷中凡字句異同，毛本注「一作某」者，均與此本相合，其卷首《拾遺》校添各首亦同，知毛刻曾以此本參校也。因知館臣所謂毛本所載《拾遺》數首真僞莫決者，殆以毛氏刻書素喜竄亂改易，爲人詬病，遂并此源出宋刻者而亦疑之，毋乃因噎廢食，非其實矣。且項刻之無《拾遺》各首者，殆所據爲北宋所刊本，無添校，或所據宋本佚去此頁，不能即謂爲後人臆造也。館臣未見宋刻，而遽以揣測之詞故入人罪，又誤以毛刻六家爲四家，亦可見其疎漏草率之甚矣。唯毛刻凡各類各詩之注有首數者均一一删汰，目録内各詩篇名均接刻，而以墨「●」隔之。又大題次行撰人，止存第一、第五兩卷，其餘各卷均連續接刻，中空一行，删去撰人姓名，則不免以意爲之矣。毛氏刻書每多誇詡，不曰「據宋本重雕」，即曰「得秘本付梓」，此僅云「據宋本考較」，則其不盡依據宋本行款，而于字句異同逐一注明，較之所刻他種實勝一籌，自不得一概抹殺其傳刻之功也。餘姚盧紹弓文弨《羣書拾補》據以校下邳余懷所刻者，即爲此本。如《擬古詩》十二之「芳樹自妍芳」，「自」不作「正」，「芳」不作「鬱」。《雜體》一之「坐使研蚩惑」，「蚩」不作「媸」。《效何水部二首》之「夕漏起遥恨」，「恨」不作「怨」。《揚州》之「忽怪鬢中絲」，「絲」不作「[illegible]」。《晦日處士林》之「始萌動新煦」，「煦」不作「照」。「罇酒遺形跡」；「罇」不作「鐏」。卷第二《城中卧疾》之「人生羇寓時」，「羇」不作「羈」，「寓」不作「旅」。《聽嘉陵江水聲》之「貽之道門友」，「友」不作「舊」。《示從子》之「衹戀府廷恩」，「廷」不作「延」。《趨府》之「可憐同宦者」，「宦」不作「官」。《寄馮著》之「土壤日已疎」，「土」不作「士」。「垢衣恩一浣」之舊注「協韻」，不誤「涴」。《淮上即事》之「欲渡淮相待」，「渡」不作「度」。《寄洪州》之「猶使故林榮」，「使」不作「發」。《同長源》之「策駕復誰遊」，「誰」不作「隨」。《同德精舍》之「緘書問所如」，「問」不作「間」，又注云「一云所知」。《贈令狐士曹》之「涉李」，「涉」不作「沙」。「而不相待」，不作「而待」。《對雨》之「閑居興方澹」，「澹」不作「淡」。《朝請後》之「樽酒且歡樂」，「且」不作「具」。「閉閤寡諠訟」，「閤」不作「閣」。《灃上西齋》之不訛「灃」，「開襟納遠飆」，「飆」不作「飈」。「效朱妨負樵」，「妨」不作「方」。《秋集罷》之「君侯枉高鑒」，「枉」不作「柱」。「而忘倦與飢」之不訛「飢」，下可會意。《寺居獨夜》之「流螢渡高閣」，「渡」不作「度」。「川寒流逾迅」，「流」不作「口」。《灃上》之「忽從東齋起」，「從」不作「徙」。《灃上醉題》之「西郊已獨還」；「還」不作「遊」。卷第三《寄大梁諸友》之「但見山川馳」，「馳」不作「驅」。《寄宿中書》之「想在掖垣中」，「掖」不作「一」。《寄李儋》之「聞道欲來相問訊」，「來」不作「求」。《寄恒璨》之「思問楞伽字」，「字」不作「子」。《簡郡中》之「藥園日蕪没」，「没」不作「漫」。《寄裴處士》之「一問清泠子」，「泠」不作「冷」。《因省風俗》之「我尚山水行」，「尚」不作「向」。《贈丘員外二首》之「未真南宫拜」；「真」不作「具」。卷第四《賦得浮雲起離色》之「秋生峰尚奇」，「尚」不作「高」。《天長寺》注之「庫」作「康」，《送別覃孝廉》之「下第未蹉跎」，俗本「下」作「不」。《贈別河南》之「千里及芳菲」，「菲」不作「扉」。《謝櫟陽令》之「遊步清都宫」，「都」不作「郡」。《自尚書郎》之「効愚方此始」，「効」不作「效」。《送雷監》之「焉得久知躕」；「久」不作「又」。卷第五《李博士……(末)[中]云宋生昔登覽……》，「覽」不作「鑒」。《酬張協律》之「方君卧病年」，「君」不作「令」。「馳慰子忡然」，「忡」不作「冲」。《答秦十四校書》之「魚鬚翠碧棄牀頭」；「鬚」不作「須」。卷第六《春思》之「閶闔曉開凝碧樹」，「凝」不作「换」。「地中幽居捐世事」，「幽」不作「山」。《雲陽館》之「暫遊恨卑喧」，「喧」不作「諠」。《經函谷關》之「炎靈詎西駕」，「詎」不作「距」。《往雲門郊居途經迴流作》，「迴」不作「洄」。《乘月》之「悵恨乖幽素」，「悵」不作「恨」。《林園晚霽》之「落日照林園」，「林園」不作「園林」。「蕭散在琴樽」，「樽」不作「言」。《秋(意)[夜]二首》之「霜露已淒淒」，「淒淒」不作「漫漫」。「驚鴻千里來」；「里」不作「川」。卷第七《登西南崗》之「紆曲水分野」，「曲」不作「直」。《善福寺閣》之「蕭灑此幽襟」，「灑」不作「洒」。《觀早朝》之「禁旅不成列」，「成」不作「城」。《任鄠令》之「恨無理人術」，「恨」不作「心」。「杳靄春山曲」，「杳」不作「香」。《秋景》之「蕭灑中林行」，「蕭」不作「瀟」。《雨夜》之「如彼籠中禽」，「彼」不作「役」。《秋郊作》之「旭日照林初」，「林」不作「臨」。《至西峰》之「下瞰潭中魚」，「瞰」不作「觀」。《西亭》之「簾牖散(喧)[暄]風」，「牖」不作「牗」。「弱藤已扶樹」，「樹」不作「援」。《夏景園廬》之「北窗涼氣多」，「氣」不作「風」。《題從侄》之「每肆芳辰眺，採栗玄猿窟」；「辰」不作「晨」，

「栗」不作「藥」。卷第八《詠瑠璃》之「有色同寒氷」，「氷」不作「水」。《任洛陽丞》之「揆材各自用」，「材」不作「才」。《縣齋》之「泱泱水泉動」，「泱泱」不作「泱泱」。《永定寺》之「夜叩竹林寺」，「竹」不作「付」。《野居》之「捕魚緣石澗」，「石」不作「亦」。《樓中》之「響廻憑高閣」，「廻」不作「迴」。《種瓜》之「直以春窘迫」，「窘」不作「捃」。《述(圓)[園]鹿》之「麑斑始力直」，「麑」不作「麛」。《始建射侯》之「男子本懸弧」；「弧」不作「孤」，下「熊侯」不作「熊候」。卷第九《横塘行》之「玉盤的歷雙白魚」，「雙」不作「矢」。《燕銜泥》之「尾涎涎」，「涎涎」不作「涏涏」。《王母歌》之「羽蓋隨雲起」；「雲」不作「電」。卷第十《驪山行》之「英豪共理天下晏」，「豪」不作「雄」。《漢武帝雜歌》之「金莖孤峙兮凌紫烟」之别行提起，「獨有淡泊之水能益人」，「泊」不作「薄」。《信州録事》之「勸君煉丹永壽考」，「永」不作「求」。此本皆不誤。又如盧氏所稱「一作某」、「舊注音某」，皆宋本所有。宋本首數皆標明，及當時酬和之作，皆與集中詩平寫者，此本復一一相同。又信州刺史劉太原之詩在《酬劉侍郎使君》詩前，令狐峘詩亦在《答令狐侍郎》詩前，盧氏稱爲元倡列前，極有古法者，又無一不合，知此本之可貴矣。王欽臣序稱「今取諸本校定，仍所部居，去其雜廁，分十五雜類，合五百七十一篇」。盧氏謂并賦數之衹十四類，合新舊校添共詩五百五十六首云云。案此本凡詩五百四十七篇，附詩十首，并第八卷佚去之十四篇，洽合王氏釐定之數，則王氏所謂十五總類者，殆以附録之詩爲一類耳。諸本所校補之各首，均應在原第八卷之内，盧氏疑宋本已有遺脱是也。然盧氏謂《雜興》八十九首，今本止七十五首，宋本多一首，亦只七十六首。《詠玉》下宋本有《詠露珠》一首，《仙人祠》一首，不在《詠（玻）［瑠］璃》下而在卷末，此本均同。唯《雜興》實只七十五首，細核《校補》中亦無其他多出之詩，則盧氏亦有所衍誤矣。此本舊藏泉州李玉融中丞馥、侯官鄭昌英明經杰二家，爲吾湘趙文恪慎畛所得，仲兄得之估人手中。北宋膠泥活字本爲先世父觀古堂舊藏散佚，唯此本存于拾經樓中。戊寅十月，湘垣大火，亦未爲六丁劫取。校讀一過，不勝忻幸。己卯三月下旬，華鄂堂主人葉東明。

歐陽文忠全集一百五十三卷附録五卷 明天順六年吉州程宗刊本

前賢詩文集經後人編定者，往往蒐羅散佚，以多爲貴，甚至不知簡擇，并其生平酬應不經意之作，亦收入集中，反爲疵贅。如文公闢佛，而集中有《羅池廟碑》及與大顛諸書，遂爲劉昫、朱子所譏。西山以道統自任，而集中吹噓釋老之焰者不一而足，其爲《史彌遠特授正奉大夫》文，頌揚不當；《金國賀正旦使到闕紫宸殿致語口號勾合曲詞》，失之尊夷，猶爲後人詬病。皆編集者不知審别，有以致之也。此《歐陽文忠全集》一百五十三卷、《附録》五卷、《年譜》一卷，明天順六年吉州府程宗刻本。每半頁十行，行二十字，上下大黑口，小題在上，大題在下。前有天順六年錢溥《重刊歐陽文忠全集序》，後有彭勗後序。全書字法鷗波，槧法精美。書估每每割去序跋，贋充元槧，《天禄琳琅書目》元板類所載即此本也。近日海鹽張菊生年伯元濟影印編入《四部叢刊》者，同沿其誤。蓋均以書無序跋，儼似元刻耳，然可見此本之希見矣。仲兄定侯曾致函菊生年伯，倩其加印序文，以免貽誤，時值中日戰起，江浙淪亡，板片罹于兵災，補刊未及，恐後來不免而益滋衍誤矣。全書分《居士集》、《外集》、《外制集》、《内制集》、《表奏書啓四六集》、《奏議集》、《雜著述》七種，而《易童子問》、《集古録跋尾》、《書簡》三種附焉。《居士集》爲公所手編，餘則周必大、孫謙益、丁朝佐、曾三異、胡柯及文忠子發等所編定也。公集宋時傳本甚多，分合不一。唯此本用諸本編校，廣爲搜討，一字一句，必爲考覈，附注卷後，而不羼入正文，排比整秩，有條不紊。陳氏《直齋書録解題》謂「修集遍行海内，而無善本，唯此本完善無憾」云云。四庫館臣亦稱其删錢鏐等傳及附入詩解、統序之類，爲鑒别詳允，編訂精密。則雖係後人編集，然選擇最審，固歐集最善之本，而槧刻精美，流傳極希，又特其餘事耳。程宗同時刊有《東坡七集》，行款、字體均同，世亦多誤以爲元刻，流傳亦鮮。光緒間端匋齋方曾重刊之，近日又有石印影本。此集則僅有嘉靖三十四年銅仁陳珊刻本，然改併次第，不足論已。是此刻之希見，又駕乎蘇集之上矣，豈不重可寶貴也耶！甲子四月立夏日，葉東明謹識。

王臨川先生文集百卷目録二卷　明補宋紹興辛未王珏刊本

南宋紹興所刊書籍向藏國子監中，其板至明嘉靖猶存，唯多殘闕。元明兩季，遞有修補，然其中板片有過於殘廢者，則未經修補印行也。故明補宋板書中，其紹興舊刻尚存十之五六，而藏書家以其可補正後來刻本之訛誤，極爲重視矣。此宋紹興辛未王珏刻本《臨川先生文集》百卷《目録》二卷，經明永樂、嘉靖兩次補板印行者。前有吴澄序及永樂十五年楊士奇跋、補刻語録。每半頁十二行，行二十字。書中「桓」字注「淵聖御名」，「構」字注「御名」，語涉國家、朝廷均空格。上下白口，其上下大黑口，則永樂補板也。其嘉靖五年所補刊者，則口上標有「補刊」字樣矣。亦有補刊爲白口、未標明者，其字體行氣，固一望而知，易于辨别也。王集宋紹興時本有二刻：一爲紹興十一年桐廬郡守詹太和所刊，有豫章黄次山序，即明嘉靖丙午二十五年應雲鸑、庚申三十九年何遷兩本所從出，其行款均與宋本同，未改易也。一即此本，則後世均無翻雕，以其板至明尚存，多有修補印行之本也。常熟瞿鏞鐵琴銅劍樓、仁和丁丙善本書室均藏有此本。瞿云「覈之明翻詹太和本，卷第皆同，惟輓詞内中少《蘇才翁輓詞》二首，集句中少《離昇州作》一首，而多《移桃花》一首」云。檢此本第三十五卷目中有《蘇才翁輓詞》一首，而書中無之，别有《長干釋普濟坐化》一首。第三十六卷目中有《離昇州作》一首，書中亦無之，而别有《移桃花》一首，與瞿氏所云合。惟第三卷有《移桃花示俞秀老》一首，第二十七卷有《長干釋普濟坐化》一首，而《離昇州作》一首在第二十九卷中，蓋補板者未經細檢，致重複雜亂也。故書中第三十五卷《釋普濟坐化》詩本頁、第二十九卷《離昇州作》詩本頁，均上下黑口，爲永樂時所補刊。第三十六卷《移桃花》詩本頁爲白口補刊。《普濟坐化》詩一首本應在第二十七卷《芙蓉堂二首》之後，其頁爲永樂補刊僅存。《芙蓉堂二首》題目下無詩句，遂以《坐化》一首竄補羼入第三十五卷輓詞類矣。至《移桃花》一首本應在第三卷，《離昇州作》一首本應在第三十六卷，補刊時又以《移桃花》一首竄入第三十六卷，而以《離昇州作》一首竄入第二十九卷。其第二十九卷目及第三十六卷《移桃花》詩本頁爲白口補刊。第二十九卷《離昇州作》本頁爲永樂黑口補刊。按跡以求，故知原非宋本之誤也。唯《蘇才翁輓詞》一頁，則竟爲補刊者所竄失矣。是知宋槧更貴宋印，一經補修，則不免失之毫釐，差之千里矣。總目首頁有「汲古主人」、「子晉」朱文對方印，色雖黑黯，然印文甚精，與家藏舊本之有毛印者相同，當非僞作，蓋朱泥不佳所致爾。出湘鄉曾文正公家，仲兄定侯得之估人手中，裝成漫誌。己巳三月，東明葉啓發。

山谷内集註二十卷外集註十七卷别集註二卷 秀水諸錦删本

古書非註不明，然如裴松之之註《三國》、李善之註《文選》，古今能有幾家。裴註網羅繁富，凡舊籍所不傳者附見崖略，首尾完具，不尚剪裁割裂，考證之家，多所取材。李注四次增訂，釋音訓義，注解甚多，絶筆之本，考證尤詳，蓋注所以明書，固不厭其詳也。宋任淵、史容、史季温注黄庭堅《山谷詩》，其大綱皆繫於目録每條之下，使讀者考其歲月，知其遭際，因以推求作詩之本旨，精博嚴密，固山谷之功臣、詩注之翹楚，昔人所謂獨爲其難者矣。此諸襄七錦删定注本《山谷詩集》，即取任、史各注删節，朱墨雜陳。卷第一《古詩》二首上「蘇子瞻」注云「東坡報山谷書云，《古風》二首，託物引類，得古詩人之風。其推重如此，故置諸篇首」云。任氏此注本因《内集》諸詩始于元豐元年戊午，庭堅年三十四，而《外集》之詩起嘉祐六年，庭堅時年十七。後人或疑前後倒置，有所乖亂，故詳述東坡推重之語，特標明其旨，以示二詩冠首《内集》之議。諸氏以朱筆乙去「推重如此，故置諸編首」二句，有失引申之意矣。又《詠史呈徐仲車》任注：「《哲宗實録》曰：徐積，楚州人。治平四年擢進士第。事母孝篤，鄉閭化之。積字仲車，山谷同年生也。」諸氏乙去「積字仲車」四字。考徐氏名號，前未複見，題云「仲車」，注引「徐積」，不經點明，嫌其兀突，且删去四字，則下句連續，似爲《哲宗實録》原語，猶不倫也。如此之類，不勝枚舉。其他任、史注引某書文句作注，諸氏删去所引文句，而存見某書，或僅存其一二字句，剪裁割裂，使讀者又當按籍以求其詳，固不必矣。唯書中凡任、史注複見者，均經揭出，且勾乙增删，至再至三，匠心苦詣，則亦未可厚非。又任、史所引舊籍，有先見某書而任不知者，諸氏爲改訂之，補其疎漏，固自可取也。然大輅椎輪，積水成冰，開始者每爲其難，踵事者每承其易，何況諸氏删注，精詣不及任、史。是則此書以備參證，如查慎行之補施、杭世駿之補裴，自無不可爾。按諸氏爲浙之秀水人，雍正甲辰進士。乾隆丙辰召試鴻博，授翰林院檢討，官至右春坊右贊善。著有《毛詩説》、《補饗禮》、《絳跗閣詩集》等書。唯《周易觀象補義略》四厚册，其子婿范成所編次者，《四庫》未收，嘉慶末歸于松門戴光曾家。《提綱》一卷及《下經》自「訢初一」下至《雜卦》，皆其手書。後再歸海寧查氏，見獨山莫子偲友芝《郘亭知見傳本書目》。惜無好事之人爲之一一搜訪，彙付手民也。乙亥六月，東明揮汗。

后山詩註十二卷　明弘治刊本

宋陳師道《后山集》，政和五年門人魏衍編定，凡詩六卷、文十四卷。紹興間，新津任淵注《后山詩》，析爲十二卷，與所注《山谷詩内集》並以精密著稱，讀者無間言焉。顧傳本則極希覯，藏書家志目罕見著録也。丁卯新春，仲兄定侯得此明黑口雙闌本《后山詩註》十二卷。前後無刻書人序跋、目録，每半頁十一行，行廿字。本書則半頁九行，行十七字。仲兄曾見一本，有楊一清識語，行款與此本同，知此本爲弘治丁巳楊氏序、袁弘刊本也。其目録、行款與此書不合者，據楊識稱，袁氏再板以行，知袁氏本有兩刻。其一全書行款整齊，其一則行款本未畫一者也。檢莫友芝《郘亭書目》，有「《山谷内集註》二十卷、《外集註》十七卷、《别集註》二卷，明弘治丙辰南昌陳沛等刊本」，云「張金吾有舊抄山谷詩三註，附弘治丙辰張元楨序、己未楊廉後序，蓋據明刊也」。傅沅叔年伯學使增湘批注云：「收得明弘治刊本《别集註》二卷。半頁九行，行十九字。黑口，四周雙邊。後有楊廉序。」又「《后山集》廿四卷，明馬暾刊本廿八卷，弘治十二年刊本三十卷」，傅批云：「明弘治十二年刊本乃王鴻儒重校，亦列馬暾名，共三十卷，非馬氏别有刻本。半頁十一行，行二十字。黑口。末卷有『潞州儒學廩膳生員郭銘繕寫』一行，此刻曾見三部」云。又「《后山詩註》十二卷」云「明有楊一清序刊本，在弘治丁巳秋，云以屬之漢中知府袁弘」云云。據此，則弘治丙辰刊任註《山谷詩》，丁巳刊任註《后山詩》。兩註分刻，相隔僅止一年，故均半頁九行，黑口雙邊，字數則略有差異，是任註《后山》明代第一刻本也。明弘治間所刻宋元人集，如戴復古《石屏集》、劉秉忠《長春集》之類，均半頁九行，行十七、十九字不等，殆亦一時風尚矣。弘治十二〔年〕馬暾、王鴻儒刻《后山集》，袁弘又刻任註并行，則均半頁十一行，行廿字，是爲任注第二刻本。然前後不及五年，已一再鏤板，豈非任注之博善使之然耶？明人同刻并行之書，如天順、成化程刻歐、蘇二集已有先例，後來莫游合刻韓、柳，明易玉几合刻李、杜，馬氏合刻元、白，均數見不鮮。是又不僅山谷、后山兩注及陳集任註而始然矣。惜此本佚去楊跋全文，又架無其他志目可以參考，無由以證余言之然否爾。任註山谷、后山兩集，宋本均存（魚）［虞］山錢遵王曾述古堂中。《山谷注》不知所歸，《后山注》則爲汪閬源士鐘藝芸精舍所得，殘缺不全，抄補三卷。展轉又入于昭文張月霄金吾愛日精廬，已成爲殘圭斷璧矣。吴門黄蕘圃主政丕烈有殘本一卷，主政謂宋本正文與註各自爲行，明刻則注于當句之下，正文與注牽涉，已改舊（氏）［式］，不如宋本猶見后山真面。然注接正文，便于稽覽，是又不必執一以繩也。戊寅歲盡，避兵鄉居，漫筆記此。葉東明。

唐眉山詩集十卷文集十四卷　雍正乙巳汪亮采刻本

《唐眉山詩集》十卷《文集》十四卷，雍正乙巳歸安汪亮采刻本。前列宣和四年奉議郎太常寺丞鄭總太玉序、温陵吕榮義德修序、眉山弟庾序，及男文若序，紹興二十一年左朝奉郎權發遣惠州軍州主管軍事兼管内勸農事鄭康佐題序，又有庚辰徐㔶題序，及汪刻書序。據鄭、吕、庾、文若各序，眉山詩文在宣和間已編次刊行。庾序又稱「比見京師刊行者止載嶺外所述，多舛謬，因併取其少年時所爲文隨卷附之，庶以廣其傳」云，則當時編刻已不止一本矣。又據鄭康佐序略稱「先君得唐公之文凡四十五首，詩賦一百八十五首。康佐承乏惠陽，暇日閲寓公集，文凡十有二首，詩賦一百十一首，與先君所傳頗有重複。既而進士葛彭年以所藏閩本相示，文凡五十六首，詩賦二百八十七首。又得蜀本於歸善令張匪躬之家，文凡一百四十二首，詩賦三百有十首。遂屬教授王維則讎校，因其名類，勒爲二十二卷，命刻板摹之」云云，則又經康佐參合各本，編次刻之爲二十二卷足本矣。更據徐序稱「先生集遍求勿得，今歲抵清漳，晤何元子給諫，家有抄本二十卷，遂録之。集中别有《三國雜事》二卷」云，則亦源出紹興本，其原委固甚明晰。徐氏爲明季藏書名家，精於考訂，其言必可信也。再據汪刻書序稱「集在萬曆前不著，後徐興公氏購自何給諫，爰有抄本流傳。似本宣和、紹興時所編次。其論三國雜事，雖别爲撰述，亦史所稱精密之一也，亟爲校梓」云。是此書世無宋元舊刻，獨賴何氏抄本展轉流傳，汪氏得據以刊行，自不得以近刻而忽視之矣。此本汪序首下方有「金元功藏書記」朱文長方印。檢黄蕘圃丕烈《士禮居藏書題跋記》二「《新定續志》十卷」云：「《嚴州圖經》爲嚴姓物，嚴於數年前得之於崑山書集街，價止青蚨三兩二錢。藏經紙面，裝四（葉）〔册〕，止存三卷十九葉。云是太倉金元功家物。余檢葉文莊《菉竹堂書目》載有《嚴州圖經》，無卷數册數，當是葉傳諸金，金又散出者也。」又《黄跋續記》「《江月松風集》十二卷舊抄本」云：「錢思復《江月松風集》，余向未之見。今見諸玉峰考棚汗筠齋書籍鋪，蓋太倉金元功家物也。」又檢豐順丁氏《持静齋書目》集部有《艾軒集》，云「有『金元功藏書記』、『金氏南樓書籍』二印」。金氏藏書印記散見於各家志目者尚多，其收藏之富，可以概見矣。乙酉清明後十日，葉東明記。

張右史文集六十卷　長洲何氏抄本

《張右史文集》六十卷，長洲何氏抄本，六册。每册卷首有「顧肇聲讀書記」朱文長方印，卷首有「養拙齋」朱文長方印，傳首頁有「善耕顧楗」朱文方印，又有「文淵閣校理翁方綱藏」朱文方印。第二册書衣題云：「此册内第十二卷至第十六卷書字不必工，然似是何義門小史所書。」下鈐「覃谿鑑藏」朱文方印，另行云：「丙午秋，見義門小楷《周頌》數幅，與此對之，是義門家塾所寫無疑。」第四册書衣題云：「三十七、三十八二卷《同文倡和》，合下册總六卷。」第五册書衣題云：「三十九至四十二凡四卷《同文倡和》。」第六册書衣題云：「此册内五十六、六十之五卷者，亦是何義門家小史之書，但不工爾。」下鈐「覃谿鑑藏」朱文長印。蓋遞經善耕顧氏、大興翁氏二家珍藏者。檢彭啓豐《芝庭集》十四《文林郎蒲城縣知縣顧君墓誌銘》，略言「顧君諱楗，字肇聲。先世自金陵遷蘇州。君少力學，涉歷經史，兼通術數之書。屢赴省試不第，乃循例謁選吏部，初得直隸鹽山令。憲皇帝目之曰：『此人風格老成。』改福建（蒲）［浦］城縣令。乾隆三十二年九月二十七日卒，年六十五。所撰詩古文名《碧雲堂集》」云。又檢吴修《續疑年録》四：「翁正三，方綱，年八十六。雍正十一年癸丑生，嘉慶廿三年戊寅卒。」法式善《清秘述聞》「學政類」江西省，「翁方綱，字正三，大興人。乾隆壬申進士，五十一年以詹事任」。此書題「丙午秋」云云，以紀元推之，正五十一年，則即官詹事時所得也。張集宋時所傳，見于周紫芝《太倉稊米集·書譙郡先生文集後》者凡四本：一爲《柯山集》十卷，一爲《張龍閣集》三十卷，一爲《張右史大全集》七十卷，一爲《譙郡先生集》一百卷。四本與今世所行卷數均不相合，惟七十卷本有紹興十三年張表臣敘刊本，道光中猶存海昌蔣氏，見蔣光煦生沐《東湖叢記》，其餘各本早已無傳。蓋張集宋時傳本已不一致，後來傳抄之本，分合皆以意爲之，故無從還宋刻諸本之舊次也。《欽定四庫全書總目》著録《宛丘集》七十六卷，浙江鮑士恭家藏本，《提要》云「耒之文集在南宋已非一致，其多寡亦復相懸。此本卷數與紫芝所記四本皆不合，又不知何時何人摭拾殘剩所編，宜其缺佚者頗夥」云。仁和丁丙《善本書室藏書志》、歸安陸心源《皕宋樓藏書志》、常熟瞿鏞《鐵琴銅劍樓藏書目録》均載此本。蓋張集流傳者以此六十卷本爲最足，與宋陳振孫《直齋書録解題》所稱蜀本卷數相合，蓋即從蜀本出也。丁《志》又載《宛丘先生文集》七十六卷《補遺》六卷，抄本，云「按金星軺《文瑞樓書目》云，文潛《柯山集》，《讀書志》載有百卷，而行世之抄本衹六十五卷，名《右史集》。玆集宋子蔚如從其友人借抄之本，比前本卷數略多，前後參訂爲七十六卷，又多《補遺》六卷，仍未符百卷之數。此清吟閣瞿穎山從鮑以文借文瑞樓舊藏本，依式刊格，重爲抄校」云云。據此，則八十二卷本是(孫)[宋]蔚如參訂分卷，雖卷數較多，固非宋本舊第，不足信也。唯虞山毛晉《汲古閣珍藏秘本書目》載「《張右史文集》六十卷廿四本」，云「張耒世所行《文潛集》纔十之五，《右史集》乃大全」云云。毛氏富于收藏，且精鑒賞，所言斷非耳食。此本分卷與毛藏正同，又經名賢題記，自當益增珍貴矣。別有明嘉靖中郝梁刊十三卷本，題《張文潛文集》。乾隆中武英殿聚珍本五十卷本，題《柯山集》。郝本卷數雖少，亦有此本所無之文。聚珍本僅編次略有出入，詩文無大異同。獨不解内府有七十六卷本，不以印行，而印此五十卷本，棄珠玉而寶碔砆，何所取義也。辛未秋日，東明葉啓發誌于華鄂堂西箓。

寶晉英光集六卷 舊抄本

宋米芾《山林集》一百卷，南渡時已失其傳。芾孫憲所輯刻者，爲詩文五卷，《書史》、《畫史》、《硯史》各一卷，不及什之一也。後岳珂亦編刻《寶晉英光集》六卷，卷中詩文無所增損，惟字句間有互異耳。明萬曆間嘉興范明泰編刻《襄陽外紀志林》，以未見二書，而别編《襄陽遺集》一卷附刻，雖《海岳名言》、《寶章待訪録》、《研史》亦并附及，而未及《書史》、《畫史》，既可見其搜訪之罣漏，復可見米、岳二家輯本芾集在明時已爲罕覯之秘笈矣。此舊抄本六卷，爲戒庵老人李詡從長洲吴匏庵寬叢書堂藏抄本傳抄，雖未能復芾集之舊觀，然較張青父丑竄亂之本，則高出倍蓰矣。珂編是集，多採石刻墨跡，以補闕遺，故書中有注「新添，見《英光堂帖》」及「《羣玉堂帖》」者。然考家藏武英殿聚珍本岳珂《寶真齋法書贊》，經翁正三校理方綱評校者，其所録米詩石刻與此多有不合。如卷一《漣漪堂書》「飛雲無留影」，「雲」作「去」。卷二《甘露作》「湛湛清靈圓」，「靈」作「露」。翁校改作「靈」。《夜登鑑遠觀江南野燒作》「天兵十萬飲藩曹」，「藩」作「潘」。《江南野燒》「罙山谷」，「罙」作「深」。翁校改「罙」。《端居即事》「團扇古人蟬雀意」，「蟬」作「蜂」；「梟脛欲長軍可益」，「軍」作「寧」。《獄空行》「乃獄空空有理」，「乃」下有「知」；「太守無能不戢吏」；「能」翁校云拓本作「欲」。「太守政聲既如此」，「此」作「是」；翁校改云拓本作「此」。「追鋒早來促公起」，「鋒」作「風」。翁校改云「鋒」拓本作「風」，「早」拓本作「車」。《壯觀二首》作「壯觀前詩」，「無涯小智壯營營」，「壯」作「日」，翁校改作「杜」。「夢寐中間得鹿時，翁校改云「寐」石本作「寤」。孔軻如在定能知」翁校改云「孔」下一字石本作「軒」，「知」字石本旁添。《催租》「單狀請出三抄納」，「三」作「且」。翁校改作「三」。《海岳庵雜詩》「南山人雲楹」，「楹」作「徑」；「鼓腹欹更迴」，「欹」作「歌」。翁校改云石本「歌」字旁添。此條石本題「《英光堂帖》第六」，鄂國《寶真齋法書》第五十二本朝詩文帖門《寶晉海岳雜詩帖》。卷三《賞心亭晚望》無「晚望」二字；「盡日倚欄干」，「欄干」作「雕欄」；「寒霄低細月」，「霄」作「宵」。翁校改作「霄」。卷四《青山》「卻匹劉琨看《左傳》」，「匹」作「叵」，案云《英光集》作「匹」。《拜書學博士作》；翁校改云石本題無「博士」二字。《槐竹》作《槐前竹後》；翁校改云石本云《槐竹詩帖》。《萬籟》。翁校改云石本標題「《英光堂帖》第七」，鄂相《寶真齋法書》第五十二本朝詩文帖門《寶晉萬籟詩帖》。以翁校驗之，蓋《大典》所載，經割裂成書，時有所更易也。至翁氏據石刻所校，亦有不合者，則石刻多有闕泐，審認字跡，各有不同也。唯卷一《漣漪瑞墨堂書》及《鑑遠樓詩法書贊》載之，亦是《英光堂帖》中所有，此本未載「新添，見《英光堂帖》」七字。又《研山詩法書贊》載有米友仁跋，又二詩，五幅止存二幅，亡其一詩，此集未曾注明。《浪淘沙》詞本壽時宰之作，《法書贊》載有「祝壽浪淘沙」五字，此集不注明其作詞之旨，則編集時所失誤矣。又《法書贊》米元章《過姑孰詩帖》題爲《過姑孰作》，其詩曰「下輿照澗數星星，一世還如隔世經。不見山東李十二，青山山色只青青」云。後有珂跋，謂爲宮錦謫仙而作，寶慶乙酉得之京師，今集中不載。又珂跋《壽時宰詞帖》有云「《山林集》有《呂汲公生日詩》，豈同時耶」云云，今集中亦無此詩，知當時尚多漏略。特以編纂出於一人，已多未曾收入此集者，則此集在輯本中亦不得謂爲完帙矣。又珂紹定（戌）〔戊〕子跋《獲硯帖》，嘉定甲戌跋《壯觀前詩帖》，寶慶乙酉跋《臨謝安八月帖》，均有「嘗讀《山林集》」或「按之《山林集》」等語，則珂固藏有《山林集》一書，殆亦非全帙，遂別編此集以傳。其采自石刻，均分别注明，俾可考見來歷，固不失漢人家法也。至後世所傳之八卷本，則爲張青父所竄增，羼入贋跡，不足論已。甲戌夏五，葉啓發跋尾。

建康集八卷　明抄本

黄蕘圃主事丕烈跋明抄本《李羣玉詩集》云：「大凡書籍，安得盡有宋刻而讀之。無宋刻，則舊抄貴矣。舊抄而出自名家所藏，則尤貴矣。」蕘翁佞宋，乃有此言，無怪後來收藏家之重視抄本也。先宋少保石林公文集百卷，宋時刊於吴興，虞山書目存有其名，不著抄、刻，絳雲一炬，遂爾失傳。唯《建康集》八卷，爲公再鎮建康時所作詩文，手自編定者。據公孫簵跋，有「置諸郡庠，庶廣其傳」之語。然諸家著録均爲傳抄之本，則此書當亦無宋時刻本矣。此明抄本《建康集》八卷，明晉江黄明立居中、俞邰虞稷父子藏書，後歸宛平胡茨村介祉插架，朱泥爛然，授受可考也。千頃之藏，在明季已負盛譽。胡氏所庋歸于黄氏士禮居者亦多，蕘圃題跋再三稱道，推爲好書之人。此本宋諱注明廟號，語涉國家、皇帝等處均空格，源出宋槧，又出自名家所藏，誠如蕘圃所謂可貴者矣。書中抄寫誤字，均以粉填加寫，與家藏弘治壬戌秦酉岩抄本《乙卯避暑録話》相同，可見明時抄書榘法固自謹嚴，不因一二字句而推移行款也。蕘翁所藏爲吴枚庵翊鳳所贈，得諸嚴二酉家者，漢陽葉桐封舍人曾從借抄，綴有題字，蕘翁復據陳氏西畇草堂藏本勘正。後歸仁和丁氏八千卷樓，見所撰《善本書室藏書志》。其中有「毛氏正本」字，蕘翁疑其從毛本出，又因也是翁《讀書敏求記》載入詩集類，疑其别有詩集行世。此本後有先族祖石君公跋云「從毛子晉家借抄」，則與蕘翁藏本同出毛氏，已無可疑。又卷中詩文俱全，與公孫籂跋語脗合，復與《敏求記》所載卷數相同，則黄氏「别有詩集行世」之語，殆不然矣。此書咸豐丙辰先族祖調笙公曾刊行之，中更寇亂，流傳頗稀。先世父於宣統己酉編刻石林公遺書，據此本付刊梓，板燬于今秋湘垣之火。追懷先澤，有愧後生，世守之志未墮，厄難之侵頻至，長恩有靈，佑予小子，他日當再刻板，以傳久遠也。戊寅臘八，裔孫啓發謹誌。

須溪先生評點簡齋詩集十五卷 日本翻高麗刊本

日本刊高麗紙印本《須溪先生評點簡齋詩集》十五卷。首有劉辰翁序，後有嘉靖二十三年甲辰柳希春跋，稱「癸卯，宋相麟壽出按湖南，多刊書册，而是集亦與焉。縣前宰柳侯泗掌其事，未畢而箇滿去。今年五月，功乃訖」云。後附金章文、宗修、崇軒、天圭、信連、法燈、釋雄、金克賓、李大訓、柳泗、(大子)[李]士弼、宋麟壽等十二人銜名，又有江宗白跋稱「嘗得是集，手寫自珍，遂欲鋟梓廣其傳於不朽矣，於是以付剞劂氏。且欲便童[蒙]，加以和訓，恐未能差訛，請讀者訂焉」。據此，則嘉靖廿二年癸卯柳泗倡刻是集，未畢工而任滿。次年甲辰，宋麟壽繼刻成之。迄甲申，江宗白又據柳、宋所刻之本重雕，而附以和訓。甲申後于甲辰，校刊十二人銜名中有柳、宋二人，而無江名。江跋又稱「欲便童蒙，加以和訓」，可見柳、宋本本無和訓，與江本固有不同也。檢傳沅叔年伯學使增湘批注莫友芝《郘亭知見傳本書目》，有「《須溪先生評點簡齋詩集》十五卷、末卷《無住詞》，日本翻高麗本。注附每頁後。十一行廿字。末有嘉靖高麗時原序及校刊官十二人銜名。癸丑冬，得于上海」云云，與此本一一相合。惟傅本佚去江宗白跋，故未知爲江氏所翻雕也。又檢《四庫全書總目》著録《簡齋詩集》十六卷，浙江鮑士恭家藏本。《提要》云：「是集第一卷爲賦及雜文九篇，第十六卷爲詩餘十八首，中十四卷皆古今體詩。」此本卷一有賦三篇，無雜文，卷二至卷十三爲詩，卷十四爲銘贊，卷十五爲《無住詞》，與《四庫》著録之本不同，則鮑氏所藏非此本矣。歸安陸氏《儀顧堂續跋》所載宋麻沙本卷次相合。是知其源出宋刻，固優于《四庫》著録之本也。舊藏吴門黄蕘圃主政丕烈、元和顧千里徵君廣圻兩家，有蕘翁題記，思適印章。蕘圃跋稱係千里之藏，歸其所有。檢潘文勤祖蔭輯刻《士禮居藏書題跋記》卷六載《東坡樂府》二卷，元刊本，跋云「今秋顧千里自黎川歸，余訪之城南思適齋。千里曰：『聞子欲賣詞，余反有一詞欲子買之。』余曰：『此必宋刻矣。』千里曰：『非宋刻，卻勝于宋刻。』請觀之，則延祐庚申刻《東坡樂府》也。其時需直三十金，余以囊澀，未及購取。後思余欲去詞，辛詞本欲留存，且蘇、辛本爲並稱，合之實爲雙璧。因檢書一二種售諸友人，得銀二十四兩。千里猶不足，余實力無餘，復益以日本刻《簡齋詩集》，如前需數而交易始成，余遂以書歸。癸亥冬六日識」云。此本黄跋，有「庚辰秋，坊友以洋紙印本《簡齋詩集》示余」之語。考癸亥爲嘉慶八年，蕘圃年四十一歲。庚辰爲嘉慶二十五年，蕘圃年五十八歲。蓋黄、顧往還極密，此書始則因易書由黄歸顧，後又由顧而黄，（援）［授］受原委甚明，固一時韻事也。惜後來凶終隙末，詆語形之筆墨間，觀易書時之計較錙銖，則千里之見譏于段懋堂、張石洲者，實有自取之道矣。癸酉孟秋，東明跋尾。

鄂州小集五卷附録一卷　明洪武二年刊本

宋羅願《鄂州小集》五卷，附録《羅鄂州遺文》一卷，明洪武二年七世孫傳道刻本。每半頁十一行，行二十一字。上下大黑口，四周雙闌。板心下黑魚尾上有白文刻工姓名。卷五末附曹弘齋撰《鄂州太守存齋羅公願傳》。前有洪武二年宋濂、趙壎、李宗頤、蘇伯鴻、林公慶、馬珹序，乾道二年鄭玉序，後有趙汸、王禕後序。檢《四庫全書總目》别集類，《鄂州小集》六卷、《附録》二卷，兩淮馬裕家藏本。《提要》云：「宋羅願撰。淳熙甲辰，願由知南劍州改鄂州。乙巳，卒於官。州佐劉清之爲刊其遺稿，名《鄂州小集》，止六卷。史稱十卷，與原集不合，蓋《宋史》多譌，不足據。此本卷數雖符，然編次無法，又以《新安志》中小序二編入之，疑經後人掇拾而成，亦非其舊也。今所傳者，雖未必淳熙之原本，實皆願之遺文，要足貴也。後二卷附願兄頌、願（第）〔弟〕頎、姪似臣之文，末又有明人《月山録》一卷。冗雜鄙陋，蓋願之疎族因刊是集而竄入之，冀附驥以傳，殊爲疣贅。今存頌、頎、似臣之文，而所謂《月山録》者，則竟從删汰焉。」此本趙序云：「鄉先達宋朝奉郎權發遣鄂州軍州事羅公文五卷，權通判鄂州軍州事臨江劉公清之所編次。公與劉公同官於鄂，公既卒官，劉公因以是編刻寘郡齋，于公生平所著，不能什一，故題曰《小集》。其藏於家者餘五卷，不幸一再傳而中絶，遂俱亡矣。」又曰：「羅君傳道，鄂州七世諸孫也。將赴官洪之靖安，使其表弟汪弁奉寫本《鄂州小集》來，校其闕誤，將刻諸官舍。汸以所藏本證之，去其續編之弗類者，而補其闕逸，以還劉公之舊。」又王序云「羅鄂州《小集》故爲書十卷，鄂人嘗以刻板其州，新安鄭氏家亦有刻本。歲久皆廢軼，今其存者五卷。其七世孫宣明力搜訪之，復得雜文若干首，附于五卷之末，而郡人趙汸氏、新喻趙壎氏皆爲訂其譌舛，乃重刻板以傳」云云。是此書本爲十卷，顧卒于官，州佐劉清之編次五卷，刻置郡齋，餘五卷則藏于家，後遂亡佚。館臣謂「《小集》六卷，史稱十卷，與原集不合，《宋史》多譌，不足爲據」者，考之未審，不足信也。唯此本五卷係七世孫傳道搜訪遺文，與趙汸、趙壎等參訂釐分，以還劉氏五卷之舊，亦非劉氏原本舊第矣。家藏又有天啓丙寅願從裔孫朗刻本，增入其侄似臣羅府教《徽州新城記》一篇，與《四庫》著録之本同，但無《月山録》一卷，蓋佚去爾。吴虞臣壽暘《拜經樓藏書題跋記》有《鄂州小集》六卷，云「國朝程哲輯録，此從程氏刻本傳録者。首有哲序並鄭玉、趙汸、趙壎、李宗頤、宋濂、王禕、馬瑊、蘇伯鴻、林公慶、祝允明諸原序，裔孫文達、從裔孫朗原跋及曹涇撰傳等編，後附《鄂州遺文》。《四庫目録》作六卷，《附録》二卷。此本《附録》即在六卷中，《目録》謂其集本劉清之所編，此本叢雜少緒，似非原帙」，又云「《附録》二卷，爲其兄頒、侄似臣之文，今是編但有頒文，而無似臣文」云云，蓋即康熙癸巳七略書堂所刊，源出於弘治十一年羅文達刊本者也。鄂州此集宋時初刻于淳熙甲辰，再刻於新安鄭氏，今皆無傳。明代所刊凡三本：一爲洪武二年七世孫傳道所刊，一爲弘治十一年裔孫文達所刻，一爲天啓丙寅從裔孫朗所刻。弘治、天啓兩本多所竄易，惟此洪武本雖非宋本之舊，其視兩刻已先數十百年，亦可稱第一善本矣。收藏有「徐㶿之印」、「興公父」兩白文方印，即著《榕蔭新檢》、《紅雨樓題跋》、《筆精》之明閩縣徐惟起，有藏書盛名者也。鄂州之父從楫助秦檜以害岳武穆，犯天下之公怒，而鄂州學問該博，卓然自立，不爲父惡所掩。其《淳安社壇記》，朱子自謂不如。方回跋《爾雅意》，亦稱鄂州文章有先秦西漢風氣，爲南渡後一人，推重如出一轍。朱、方一代作者，均無異辭，鄂州文已自可傳，則是集又不必以舊刻藏印而見重已。己巳夏月伏日，東明記。

秋澗先生大全文集二十六卷 平定張氏抄本 張穆手校

抄本元王惲《秋澗先生大全文集》凡二册。其一册自卷第四十七至卷第六十一，凡十五卷。首有「月齋藏書」白文長印。書衣有月齋題「秋澗文抄截寫十五卷」一行。一册自卷第八十至卷第八十二，凡三卷，爲《中堂事記》。又自卷第九十三至卷第一百，凡八卷，爲《玉堂嘉話》。經月齋以朱筆用曹能始本及守山閣本校，守山閣本稱「刻本」以别之。書衣亦有月齋題「中堂事記」、「玉堂嘉話」二行。按《秋澗大全集》爲長子公儒所編，共一百卷。凡詩文七十七卷，《承華事略》二卷，《中堂事紀》三卷，《烏臺筆補》十卷，《玉堂嘉話》八卷。卷第一至卷第七十七爲詩文，卷（八）［七］十八、九爲《承華事略》，卷第八十至卷第八十二爲《中堂事記》，卷第八十三至卷第九十二爲《烏（堂）［臺］筆補》，卷第九十三至卷第一百爲《玉堂嘉話》。延祐庚申，移江浙行省給公帑刊行，嘉禾郡博羅應龍、余元第董其事，蘭溪州判唐詠涯任校讎，古衛王秉彝爲之序。始工于至治辛酉三月，畢工于壬戌正月。其本流傳極希，唯延令季氏書目有之，蔣香生鳳藻有影寫本，均不知其尚存于天壤間否也。此外，諸藏書家志目所載者，多爲明弘治刊本，然亦不數見。此爲平定張月齋穆家抄本，截寫文集十五卷及《中堂事記》、《玉堂嘉話》二種，蓋月齋有所取證于遼金及中統、至元事跡，摘抄以備參稽，故不及其全集也。《中堂事記》書載中統九年，秋澗在燕京隨中書省官赴開平會議，至明年九月復回燕京之事。《玉堂嘉話》則至元戊子所作，追記在翰林院日所聞見者。《四庫全書總目》著録集部《秋澗集》一百卷，又著録《承華事略》、《玉堂嘉話》于史、子兩類中。館臣且盛稱其《中堂事記》於時政綴録極詳，可補史闕。而《玉堂嘉話》凡文章得失、典制沿革，皆彙而録之，頗爲精核。論遼金不當爲「載記」，尤爲平允。可見《秋澗全集》固以此二種爲菁英，月齋之截寫，蓋亦棄其糟粕之意耳。此本後有至正改元王秉彝後序，語涉國家朝廷、詔諭聖旨等處均跳行，蓋源出元刊本也。《玉堂嘉話》中月齋所校改者多地名譯音，及改「胡」、「虜」等字爲「諸蕃」、「彼國」之類。蓋地名於乾隆校刻諸史時多所改訂，「胡」、「虜」等字，則詔修《四庫全書》時一再删改。守山閣本刊刻在後，又以文禁綦嚴，不敢觸犯，遷就避免，忌諱實多，不如此抄之源出元刊，一仍其真也。庚午新正，從道州何子貞學使曾孫詒愷家得之。紙捻毛訂，裝飾草率。詒愷以爲殘闕不全，無足重視，索價極廉。余則以其傳抄元本，又經名賢勘校，珍如珍璧。是知古籍之抆穢覆瓿自是平常，安得有好事者隨時爲之留意耶。元宵前三日，東明。

青陽先生文集六卷附録二卷　明嘉靖戊戌鄭錫麒補正德己卯刻本

元余闕《青陽先生文集》六卷，附録維揚程廷珪《送余廷心赴大學》七律詩一首，新安程文《青陽山房記》一篇。前有番陽程國儒序、雲陽李祁序、正統十年淮南高穀《重刊青陽文集引》、正德辛巳劉瑞序。

後有青陽山人王汝玉序、莆田彭韶識、正德庚辰海岱張文錦跋，張跋末行有「農民陳一策寫」六字。本書及序跋均半頁十一行，行十九字。唯書首宋景濂《余左丞傳》則半頁十一行，行二十一字，書首嘉靖戊戌鄭錫麒跋則半頁十一行，行二十字，行款參差不一。劉序稱「己卯夏，宸濠擁兵寇安慶，太僕少卿張君文錦以知府暨參將楊鋭氏誓死守，事平，謁忠宣公祠。張君乃詢善本，胡寧國東皐刻焉。刻成，以首簡告于瑞」云。張跋稱：「安慶板久燬，求舊本重梓。歲己卯，强藩兵變，幸爾保城。亞司徒李梧山公撫臨，務得梓之，宣守胡君汝登見而輒加讎校梓行。」據劉序、張跋。則是正集爲正德己卯宣守胡登所刊，張文錦爲之跋也。據鄭識稱：「公之正集，青陽前守海岱張中丞公刻之矣而弗存，百世之下慕願之而見於贊述題詠者，維揚張仲剛採而成編，附刻之，而後傷於殘缺。予病未觀者之難悉公之全集也，公暇取二集校閲。正集釐爲四卷，又以附刻之二卷續諸後，繡梓以行」云。則是錫麒又以登刊正集、張刊附録，重加釐定而付之梓行矣。然檢本書正集已是六卷，附録僅一詩一文，與鄭跋所謂「釐爲四卷，又以付刻之二卷續諸後」者，已自不符，即字數亦與本書不合。疑此跋從别本羼入，非此本所應有也。乙亥夏間，從坊肆得《青陽先生忠節附後》一卷，前有弘治三年知安慶府事雲中徐傑《續編青陽附録序》，後有正德二年丁卯柯忠《重編青陽附録後序》，嘉靖戊戌長樂鄭錫麒跋。本書序跋均半頁十一行，行二十字。柯序末行有「農民嚴時茂寫」六字，因取正集勘之，行數同而字數異，至正集附録後之鄭跋，即此本鄭跋也。檢正集卷二末頁有「農民嚴時茂寫」六字，與附録柯序末行題「農民嚴時茂寫」者同。細案正集卷一第十五頁及卷二末頁爲四周單闌，而全書則四周雙闌，知此二頁爲後來補板矣。而附録則全爲四周雙闌，始知鄭蓋得宣守胡登所刊正集，補其闕板，而以弘治徐傑所編附録刻附其後，故寫書人姓名相同，鄭跋行款亦同，初未檢及正集之行字，規於一律也。正集首《余左丞傳》每行字數既與全書互異，更與附録不同，知亦後來補刊，無待言矣。而正集之有鄭跋者，蓋鄭初得胡板，即綴跋印行，後附録刻成，沿用其跋而未改。所謂「公暇取二集校閲，釐爲四卷，附刻二卷，續後梓行」之語，不盡可信矣。正德己卯爲十四年，距嘉靖戊戌不及二十年，胡板存於安慶，鄭亦承乏皖垣，年代相隔甚近，板未燬，故鄭得舊板而印行，非當時曾重刻也。然非得并兩本目覩而細按之，僅憑鄭跋云云，則不能得此中原委，未有不爲所誤者矣。因即以附録并裝正集之後，而誌其本末于首，以示後之得此書者之留意焉。丙子夏五，東明。

余忠宣文集六卷　明嘉靖三十三年豐城雷逵刊本

元余闕詩文集，獨山莫氏有正統十年張誠刊本，凡九卷，附録二卷。每半頁十行，行二十二字。見于傳沅叔學使年伯增湘批注《郘亭知見傳本書目》。家藏有正德己卯張文錦序宣守胡登刻本，凡六卷，附詩文各一編，每半頁十一行，行十九字，後有嘉靖戊戌鄭錫麒跋。頃從坊肆獲得此《忠宣文集》六卷，前有嘉靖三十三年羅洪先草書序，又有宋濂撰《余左丞傳》，至正戊戌貢良伯撰《死節記》，附維揚張毅識，羅洪先《讀余左丞傳文》，後有廬陵蒙山人陳嘉謨跋，嘉靖三十三年豐城雷逵題識。目録首題「余忠宣集目録」，次行題「門人淮西郭奎子章輯」，三行題「合肥縣學教喻洪大濱重校」。每半頁十行，行廿二字，白口，單闌，板心上方題「忠宣文集卷幾」。凡三册，附《青陽先生忠節附録》二册。有弘治三年徐傑《續編青陽附録序》，正德二(本)[年]柯忠《重編青陽附録後序》，嘉靖戊戌鄭錫麒識跋。每半頁十一行，行廿字，上下白口，四周雙闌。取家藏正德胡登刻本之有鄭跋者按之，知鄭得胡刻正集，補板綴板印行，後又以徐編《附録》刻附其後，合併印之。《附録》二册，非此本所應有，因取附裝舊藏正德本之後。此單行别本，則另插架藏之。繼檢此本雷跋有云「元季死節之臣，若余忠宣公，其最章轍者也。舊有文集若干卷，刻于安慶，以公死于安慶，故紀勒獨詳。廬陽爲公故鄉，而是集失傳久矣，因命合肥洪教喻大濱校而梓之」云云。是此本爲嘉靖三十三年雷氏命洪大濱校刊于合肥之本。其所謂刻于安慶者，即鄭錫麒合胡刻正集新刻《附録》印行者也。此本行款、字數，與莫氏所藏正統十年張氏刊本相合，蓋即據其本重雕。張仲剛所輯《附録》已刻卷前，其弘治徐編《附録》二卷，及正德刻本卷六所附詩文各一編，輯録在後，自爲正統刻本所無，此刻亦因之而未有也。特莫《目》所載爲九卷，附《附録》二卷，與此本不同。然莫《目》傳自書估侯駝子，展轉傳抄，多有舛誤，自不足援爲典據也。嘉靖鄭氏先後合印之本，各藏書家罕見著録。此本亦僅吴尺鳧焯《繡谷亭薰習録》載之，流傳之希，可以概見。余并正德、嘉靖三刻均有之，又藉以考得鄭氏補刻合印之原委，不可謂非眼福也。丙子六月既望，東明葉啓發。

鐵崖古樂府十卷復古詩集六卷　元至正二十四年刊本

元楊維楨《鐵崖古樂府》十卷、《復古詩集》六卷，至正二十四年甲辰刊本。每半頁十一行，行二十字，上下大黑口。《古樂府》前有至正六年丙辰張天雨、吴復兩序。書名大題次行題「門人富春吴復類篇」，卷十後附鐵崖先生所作《吴君見心墓誌銘》。《復古詩集》前有章琬輯詩集序，首行題「鐵崖先生復古詩集卷一」，下小題「古樂府卷之十一」。本書首行大題「鐵崖先生復古詩集」，次行題「太史紹興楊維楨廉夫著」，三行題「太史金華黄溍晉卿評」，四行題「門生雲間章琬孟文註」，下空一行。餘各卷均同，間有無「章琬註」一行者。蓋《古樂府》爲吴見心復所編，止于至正八年戊子。見心先卒，鐵崖晚年之作，乃命章孟文琬續爲編次，合併刊行，故《復古詩集》有大題、小題，而《古樂府》則無之也。《古樂府》元崑山顧仲瑛嘗刊行之，明成化間先族祖文莊公諱盛巡撫兩廣校正，命廣州郡守沈禮梓行。同時崑山王益復據而重刊，語詳王氏刻書跋中，其本後有劉傚跋。常熟瞿鏞《鐵琴銅劍樓藏書目録》云有成化（乙）［己］丑劉傚跋。聊城楊紹和《楹書（偶）［隅］録》、江陰繆荃孫《藝風堂藏書記》明成化（乙）［己］丑沈（鯉）［禮］翻元本，前王益序，後劉傚跋。所載皆王所刊，而諸家皆以爲沈（鯉）［禮］所刻者，蓋誤以兩刻爲一本也。唯歸安陸氏《皕宋樓藏書志》，繆荃孫輯刻黄蕘圃丕烈《藏書題識》所載元本，每頁廿二行，行廿字，前有宋濂所撰墓志銘者，則與此本脗合。蓋至正甲辰章琬刊行，後至明洪武時又補入宋濂《墓志銘》印行，實元刻而印于明初者也。《四庫全書總目》著録《鐵崖古樂府》十卷、《樂府補》六卷。《提要》云：「其門人吴復所編。維楨于明初被召，不肯受官，賦《老客婦謡》以自況，其志操頗有可取。而《樂府補》内所作《大明鐃歌鼓吹曲》，乃多非刺故國，頌美新朝，核以大義，不止於白璧之微瑕矣。」又《復古詩集》六卷，《提要》云

「所載皆琴操、宮詞、冶春、遊仙、香奩等作，而《古樂府》亦雜厠其間，乃其門人章琬所編，以其體皆時俗所置而不爲，故以『復古』爲名。琬序稱輯前後所製者二百首，連吴復所編又三百首，而今止一百五十二首，數不相符，或後人已多所删削，非完本歟」云云。核之鐵崖所作吴復墓志銘，見心卒于至正戊子，則鐵崖入明以後所作，不應爲復所編次。此本《樂府》内無《老客婦謡》，《復古詩集》内亦無《大明鐃歌鼓吹曲》，均以編定刊刻在前故也。則館臣所見必爲明人增竄之本，又併誤以《樂府補》同爲吴復所編，抑亦疎漏之甚矣。明毛晉汲古閣所刻即從此出，唯多所竄易，不及此本之編定精審，毫無雜亂，又刊刻在前之可貴也。昔人謂書舊一日好一日，信不誣矣。壬戌夏五月望日，葉東明誌。

楊鐵崖詠史古樂府一卷 明成化八年刊本

楊鐵崖《詠史古樂府》一卷，明成化癸巳八年刊本。每半頁十行，行二十字，三黑口。前有閼逢敦牂之歲金華章懋《新刊楊鐵崖詠史古樂府序》，稱「成化癸巳，御史中丞江浦張公巡撫閩中，涖政之暇，出以示懋曰：『鐵崖先生平日所爲樂府詩最多，今僅有存者。天官少宰葉公與中出撫東廣，嘗得其門人吴復所編若干首，已鋟諸木矣。近得此集於前江西提學黄先生純之子知州瑔。兹將刻而傳之，子盍爲之序。』」云云。所稱天官少宰葉公與中所刻，即成化初年先族祖文莊公諱盛命廣州郡守沈(鯉)[禮]所刊，崑山王益據以重刻，後有劉僦跋，見于各藏書家志目者也。此本所録《詠史古樂府》，據章序，似在沈氏所刻之外者。按鐵崖詩賦元明諸刻，編輯非出一手，詳略各有不同。至正戊子，門人吴復編《古樂府》十卷，崑山顧瑛刻之。至正甲辰，門人章琬編《復古詩集》六卷，合吴編《樂府》刊行，凡十六卷。成化間，沈禮所刻則有《樂府補遺》六卷，而無《復古詩集》，其至正二年門人陳存禮所編之《麗則遺音》四卷附《荆山璞賦》五首，洪武廿一年朱子新燧所編之《鐵崖賦稿》，尚在吴、章所編之外也。蓋鐵崖本以樂府擅長，及身未遑編定，其門人遂各據所録而編刻之，互有多寡，本無一定之本也。此本首行大題「楊鐵崖詠史古樂府」，次行題「門人會稽顧亮輯録」。家藏天啓二年馬人伯弘道輯本《鐵崖先生大全集》，多采此本增入。檢其中有《虞丘孝子詞》云「顧亮，會稽上虞人也。父珪倡義兵，拒海寇，與虜邵仇。至正戊戌冬，邁里古引兵東渡，珪爲虜所害。亮時年十五，每有椎刃報仇之志，而未獲遂也。閲去十餘年，過余道其事，揮涕哽咽，髪盡竪。予悲其志，爲作《虞丘孝子詞》，以繼古樂府」云。至正戊戌爲十八年，越十年而元亡，詞首小序有「閲去十餘年」之語，則已在明初，故此書各首均爲沈刻、吴編《古樂府》之止于至正戊子者所不載矣。又取家藏元至（元）［正］甲辰章琬編刻《復古詩集》按之，亦無一首與此書複出者，更可證顧氏編刻在明之初年，而在吴、章兩輯之後矣。《古樂府》、《復古詩集》、《麗則遺音》遞有重刊，唯此本則僅馬氏輯録采及，馬本亦未刊行。是此本與朱子新燧所編之《鐵崖賦稿》同一流傳甚希，雖卷帙無多，固罕見之秘笈也。卷中有「汪魚亭藏閲書」朱文方印，「雲溪范藻」朱文方印，又有「素齋」二字、「文式」二字朱文對方印。余從冷攤得之。丁丑花朝，葉東明跋尾。

鐵崖大全集六册十卷

明天啓元年馬弘道抄本

元楊鐵崖維楨詩賦，至正八年戊子，崑山顧瑛刊門人吴復所編《古樂府》十卷，末附律詩。至正二十四年甲辰，章琬再以所編《復古詩集》合併刊行，而以鐵崖所作吴復墓志銘附于卷十之後，又以「復古詩集」爲大題，而以「古樂府卷十一」之「卷十六」爲小題以別之，編刻甚早，不及其全也。明成化間，先族祖文莊公巡撫兩廣，嘗校正《古樂府》，命廣州郡守沈禮梓行。同時崑山王益復據以重刊，凡《樂府》十卷、《補遺》六卷，而無《復古詩集》，又不得謂之完本矣。別有至正二年壬午陳存禮編《麗則遺音》四卷，凡賦三十二首，刊於錢塘，斷佚不傳。又有門人顧亮集録《古樂府》小絶句體者一卷，成化八年癸巳金華章懋序刊之，則所存猶尠也。昭文張月霄金吾《愛日精廬藏書志》有毘陵朱昱校正《鐵崖文集》五卷，又有《鐵崖漫稿》十卷。以十干分十集：甲至丙曰《鐵崖先生詩集》；丁、戊曰《古樂府後集》，丁集題「金華太史黄溍晉卿評讀」、「門人雲間章琬孟文編註」，戊集有至正丙午章琬跋；己集曰《鐵龍詩集》、曰《鐵笛詩》，七言絶句；庚集曰《鐵笛集》，七言律；辛至癸《草玄閣後集》，壬集題「孫月泉輯録」。卷帙雖多，編訂未審，蓋失之貪多務博，遂不免珠礫混淆矣。虞山毛晉得元乙亥科湖廣鄉試《荆山璞賦》，後附《麗則遺音》四卷，重刻之。又據元至正甲辰章琬、明成化(乙)[已]丑沈禮兩刻本，刊行《古樂府》十卷、《樂府補遺》六卷、《復古詩集》六卷，鐵崖詩賦頗稱全備。然毛氏刻書，素喜肊改竄易，藏書家固不取也。天、崇間諸暨陳于京刊《鐵崖集》五卷，《史義補遺》一卷，《西湖竹枝》一卷，《香奩集》一卷，則又更下于汲古閣所刊者矣。此明天啓元年海虞馬人伯弘道據萬曆中陳淵止刊、華亭陳仲醇繼儒校本抄録，并益以元至正戊子顧瑛、至正甲辰章琬、成化王益、金華章懋、諸暨陳于京及歸景房古本、金陵坊本，合併編定爲十卷。凡《古樂府》八卷七百七十首，《文賦》二卷三十五首，《香奩》八首，又《古樂府補遺》一卷八十首，凡各本之序跋、傳志均采録甚全，可謂集諸家之大成矣。其章輯《復古詩集》所載與吴編《古樂府》重複者，如《北郭詞》即《屈婦詞》，《秦宫詞》即《桑陰曲》，《合歡詞》即《生合歡》，《空桑曲》即《高樓曲》之類，均考訂釐正，甚爲精審。又《老客婦謡》及《大明鐃歌鼓吹曲》于鐵崖之前後兩易其詞，有虧臣節者，概不采入，去取亦深有法度也。書中馬氏鈐印甚多，又有桐鄉金星軺檀文瑞樓收藏圖記，復有校正姓氏十六人。蓋人伯病鐵崖詩賦之不得其全，廣搜元明刻本，録爲全帙，後歸于文瑞樓藏庋者也。檢潘伯寅祖蔭輯刻黄蕘圃《士禮居藏書題跋記》六載「《鐵崖先生詩集》十卷抄本」，云「余向藏《鐵崖漫稿》，爲舊抄本，皆文也。别有一册詩，亦抄本，較《漫稿》筆致稍時近。有人攜此三册來，取其抄手甚舊，疑出自洪、永間，可與《漫稿》爲合璧。至于所録詩編，不特《東維子集》二卷詩有不符，即吴復所編《古樂府》、章琬所集《復古詩》亦不盡合，則是别據舊本。此分甲至癸爲十卷，與章琬分年詩卷數合，不知是一是二，俟詳考之」云。又「《鐵崖賦稿》一卷抄本」云：「此《楊鐵崖賦稿》，朱子新録之時，初固有傳本也。文瑞樓藏之，一家固有秘本也。曾幾何時，而朱子新之名不傳，文瑞樓之物已散，苟非如吾之向識其名、親見其目者，又何從而識之耶？」又云：「六月六日，前月來過之書船友曹錦榮復來，包中攜有文瑞樓墨格抄本《楊鐵崖文集》一册，索青蚨每頁二分。余粗一閱之，知是録《鐵崖賦稿》，案頭適有《麗則遺音》在，急取對之，無一首合者。因觀末有朱燧子新跋，始知諸賦簡編浩繁，區區録其二三，是册蓋摘録《賦稿》也。朱子新亦元末人而至明初者，兹册亦文瑞樓所録副本也。（偏）［徧］取《鐵崖文集》本考之，無有及是者，乃知朱公與鐵崖生不後時，故聞見廣搜羅耳，則此册雖未必全豹，其論賦則出《麗則遺音》之外，誠不經見之書也。《文瑞樓書目》有《鐵崖賦》一卷，其即是本歟。」按此本《四庫》未收，阮氏以進呈，見《揅經室外集》。阮云「按《四庫全書》録維楨《麗則遺音》，計賦三十二首。此則未刻稿也，凡四十八篇。書爲洪武三十一年海虞朱燧子新手録。《文瑞樓書目》有《鐵崖賦》一卷，即此本也」云云。檢此本前有文瑞樓印記，與《賦稿》同一藏金氏插架之中。唯此本僅賦三十二篇，而非在《麗則遺音》之外者，其《土圭》、《蓮花漏記》、《里鼓（本）［車］》三作，均在《東維子集》中，而《荆山璞賦》反不在内。又所輯《古樂府補遺》中亦有複出，如《結袜子》、《柏谷詞》之類，則馬氏亦不無佚誤矣。鐵崖以曠絶一世之才，縱横排奡，自闢畦町。樂府則力矯柔媚旖旎，類似小詞之弊，而上追乎昌谷、青蓮。古賦則神采（迴）［迥］異常人，馳霆激之氣，以就繩尺格律。及身編訂者，不及其全，門弟子各據所見而編刻之，頗爲錯雜。人伯裒輯此本，采訪甚爲詳博，較之各本，頗多補正，雖有小疵，不害大體。孫慶增從添《藏書紀要》謂，新抄馮己蒼、馮定遠、毛子晉、馬人伯、陸勅先、錢遵王、毛斧季各家，俱從好底本抄録。觀此乃知其言實信而有徵也。己卯三月，東明記于長沙西鄉菖蒲塘曹姓農家。

石門集二册不分卷 舊抄本

《四庫全書總目》著録浙江汪啓淑家藏本元梁敬孟《石門集》七卷。《提要》云「其集世有二本，一即此本，乃馬氏玲瓏山館所抄。一爲新喻知縣崇安暨用所刊本，分爲十卷，與此本稍有詳略，而其大致不甚相遠。蓋即此本而析其卷帙以就成數耳」云云。此舊抄本《石門集》二册，不分卷。前有嘉靖壬子李先芳《重訂石門集序》，稱「邑令林克相舊刻《石門集》，辭文間雜不能讀，今稍更定，以表私淑之義」云，疑即以七卷、十卷兩本重加釐定者。特兩本均無序跋，不詳刊刻年月，無從確定耳。檢吴壽暘《拜經樓藏書題跋記》載「《石門集》十五卷舊抄本」，云「嘉靖壬子李先芳序，黎卓、傅鶚後序，《四庫書目》作七卷，未審視此本何如」。是吴藏爲李先芳重訂之本，分十五卷。此抄本前有李序，其從李本抄出，確然無疑。然不解何以書未分卷，與吴藏異也。遞藏秀水朱竹垞彝尊、長塘鮑渌飲廷博、禾中戴松門光曾、桐鄉金鑾庭錫爵、吴門黄蕘圃丕烈諸家，朱印滿幅。戴、金、黄三人均有題記，吴氏更取家藏舊刻七卷本比勘而粗舉其異同，載其綴跋中。據黄跋「七卷本無序有目，首行題『石門先生文集目録』，次行題『門人黎卓、崇瞻編次』，三行題『甲集』。本書第一卷標題『石門集』，下注云『甲之一』，又云『臨江梁寅孟敬』，板心亦刻『甲一』。卷二直題曰『石門集卷之二』，板心亦題同。卷三以下，標題不曰『卷之某』，但下注曰『甲之三』，板心亦題同。前三、四、五、六、七皆如此，或彼刻不過甲集，此抄或統甲以下而彙之，故詩文較多也」云云。是七卷本以『甲集』標題，當係敬孟門人黎卓、崇瞻初次編定，未及其全者。十卷本則崇安暨用有所去取，故與七卷本互有詳略也。唯此十五卷本，則係李先芳最後所編定，詩文較兩本爲多，然則此爲梁集最足之本，不僅以流傳之希及諸家題跋印記而始見珍矣。己巳七夕，啓發。

巽隱程先生集六卷　明嘉靖元年吴氏刻本

年前從玉泉街書坊收得桐鄉金星軺康熙己亥刊明程本立《巽隱集》、貝瓊《清江集》，板心均有「燕翼堂」三字，蓋同時授梓印行者。程集首有星軺序及(孫)唐[孫]華序，均不言據刻之本。第以軟體字槧刻絶精，開化紙潔如玉版，印刷又復清朗，亦近刻中之不可多覯者，聊備插架之一爾。今歲午節，估人持此本來家求售。全書四卷，分上、下二册。上册護面墨筆題「《巽隱集》卷一、卷二，嘉靖吴南溪初刻本。程集以此刻爲最先。《四庫》所收亦濮本」。下册護面題「《巽隱集》卷三、卷四，嘉靖吴南溪初刻本」。後有署名「半恕道人」墨筆題記十一行。余兄弟細審，知爲吴中黄蕘圃主事丕烈手跡。蕘翁題跋署名，别字甚多，半恕道人即其一也。因取金刻勘之，詩文卷數雖同，而編次殊不相合。此本詩文均以年代爲先後，如家居時、擢秦府禮官時、改周府禮官時、謫雲南時、寓京師時，各分次第，金刻則詩文皆分體編次。又卷二《題夢彩堂卷》七律、《寄嵩監倅》七絶，原題各附小注，金刻咸佚去不存。其他題下間有小注，金刻均加附考以明之。惟《和貝惟學登小孤山》、《題劉中雲海蓬萊軒》詩二首及《重題同壽堂記》、《朱節婦傳》、《御史箴》文三首，爲此本所無者。據蕘圃跋，程集明代有三刻本：初刻于嘉靖元年南溪吴氏，再刻于西虞范氏，不詳年號，三刻于萬曆乙卯濮陽棐。吴、范兩刻係嘉興吴昂編輯，詩文均編年分次。濮本有弘治乙丑李廷梧序，謂係巽隱曾孫山所編，詩文均分類排比，題下詞注略有損益。唯吴刻在萬曆時已不多見，因知金刻必係據萬曆本重刊，當時並未得見此本，固無可疑。而此本傳世之希，益可知矣。按詩文以編年分次，使作者之遭際一望而知，其主旨亦易推求，較之以類相從，高出倍蓰。宋任、史之注《山谷》，已有定評。何況巽隱立身剛正，大節凜然，爲國宣勞，不畏艱險，詩文言志，時勢各殊，以類相從，反不易窺其崖略。則程集舍此本以外，皆不足取，又不僅以槧刻流傳極希而見珍矣。倘它日再得濮本而並藏之，則大快意事也。書此俟之。華鄂主人葉啓發記。

張菊生年伯元濟涵芬樓藏有明初刊本《清江貝先生文集》三十卷，每半頁十三行，行二十四字。上下大黑口。卷首有「金星軺藏書記」六字朱文長方印，蓋即金氏據刻之祖本。《四部叢刊》有影本行世，惜華鄂堂舊藏金氏所刻貝、程兩集燬于戊寅之火，不得取校其異同，更無從取證其重刻之原委也。東明再志。

東里詩集三卷　明正統刊本

《東里全集》明代有二刻本：一爲順天府所刊，凡文集二十五卷、詩集三卷、續集六十二卷、别集四卷、附録四卷，每卷末有「男道禾編定」一行；一爲嘉靖乙酉黄如桂所刊，凡九十七卷，别集四卷。全集中惟詩、文二集爲子貞手自選定，餘則出自後人編輯，固不如子貞自訂之嚴謹也。此明刻黑口本《東里詩集》三卷，前有正統元年楊溥序。遞藏檇李曹氏、吴門黄氏。護頁有蕘圃手跋云「余向藏《東里詩文續集》，爲成化間刊本。頃從歌薰橋書坊捒羣籍中得此《詩集》，前有正統楊溥序，不過因明初舊刻收之。歸檢家俞部《補明史藝文志》，載有文集二十五卷、詩集三卷、續集六十六卷，皆爲楊東里所著。向未注編者何人，及閲續集韓雍序，知文集爲永嘉黄公所序，詩集爲江陵黄公所序，因此轉恨二十五卷之文集獨未見耳。明人黑口板集已如此難得，又何怪宋元佳刻乎？壬戌六月三日，揮汗書」云云。元和江建霞標輯刻《蕘圃年譜》，載蕘圃生於乾隆二十八年癸未，卒于道光五年乙酉。壬戌爲嘉慶七年，先生年四十，跋即其時所作也。此跋及家藏明嘉靖戊申黄姬水刊《兩漢紀》、日本仿高麗刻本《須溪先生評點簡齋詩集》舊抄本、《石門集》蕘圃手跋，潘文勤祖蔭輯刻《士禮居藏書題跋記》、繆小山荃蓀再輯《蕘圃藏書題識》均未載入，乃知蕘圃藏書題記之存于天壤間者正多，潘、繆所輯尚有未盡，固不足以窺讀未見書齋之全豹也。東明葉啓發。

牡丹百詠詩集一卷 明弘治抄本

張豫源淮《牡丹百詠詩集》，明抄本。前有弘治癸亥都穆序，稱「先生没，無子，稿留其侄工部郎中嘉玉所。恐久而散逸，命童録之於本，而俾穆爲序」云。後有侄瑋題識云：「先伯考葵意府君是詩，瑋以宦轍所羈，久藏篋笥。今年春，適都君玄敬與余皆以疾在告，因乞敘諸首而梓行。」知此書爲弘治癸亥張瑋據原稿抄録，乞都穆序之，以待梓行之底本也。書中有秀水朱氏曝書亭、平江黄氏士禮居、湘潭黄氏聽天命齋印記，蓋遞經竹垞太史彝尊、蕘圃主事丕烈、策安侍御修原藏者。朱筆校字與家藏太史手校《崇文總目》字跡相類，知其爲太史手筆矣。此書各藏書家志目不見著録，又迭經名賢藏校，是固罕傳之秘帙已，讀者珍之。戊寅冬月，東明記于河西曾家灣黄氏老屋。

楊忠愍遺集四卷　明雲間杜士雅輯刻本

《楊忠愍遺集》，明雲間杜士雅輯刻本。凡奏疏二卷，文集一卷，詩集一卷，墓志銘、碑記、行狀、年譜、張宜人《請代夫死疏》均附刻。書前有士雅序，(蒲)[莆]中林潤、新都汪道昆、鄭旻、平陵史宣政舊序，及南皮交川湯賓、新都吴時行舊跋。據汪、鄭二序，知王鳳洲元美初刻公集，遵謚命題《楊忠愍公遺集》，平陵狄永宗又重刻之。行狀爲隆慶戊辰王世貞撰。按《明史·文苑傳》，王世貞字元美，太倉人。嘉靖丁未進士，官至南京刑部尚書。王與公同舉進士，交誼甚深，故爲之搜輯遺稿，付之梓民也。唯年譜尾有隆慶二年公子應尾題識，稱「先公將赴義先一夕，所著年譜授不肖，謹刻此譜如左」云云，則年譜爲應尾同時所刻，合併印行者矣。公集《四庫全書總目》著録者爲康熙蕭山章鈺校刻本，較此本多「遺囑」一編。檢書中序跋、碑記、行狀，均未提及公有遺囑之語，年譜又成于赴義之先一夕，即臨刑詩亦在補遺類中，似應别無遺囑。且《提要》所云「遺囑一篇作于臨命前一夕，墨跡至今世守。倉卒之際，數千言無一字塗乙」，與應尾年譜識語所云相同，蓋館臣有所衍誤也。然吴虞臣壽暘《拜經樓藏書題跋記》載有忠愍與鄭端簡書，亦爲此本所未有，則公之墨跡遺文存于天壤間者尚多。此本杜序稱「偶檢殘篇，得公詩文及《年譜》若干卷，復廣以輩所爲公誌若狀，重加讎校，付之剞劂」云，則裒輯或有遺漏，本非全帙，亦夫可知矣。又檢《年譜》，壬子，公年三十七歲。四月，得陞山東諸(東)城知縣報，七月十二日到任。八月初一，南京户部雲南司主事之陞報至。十月初六離諸城，二十日到南京。二十二日到任，即有北刑部湖廣司員外之報。十一月十六日抵淮安，又有調兵部武選司之報。先是，得刑部報，即圖歸家。及得兵部報，遂思所以報國之道。又思起南都日食之變之議，遂欲因元旦日食，奏劾大學士嚴嵩。稿成，恐過家則人事纏繞，或不能元旦抵京。(及)[乃]由別路于十二月十二日到京，十八日到任。癸丑年，三十八歲。元旦，謄真本。初二日，賫至端門，方端進，聞拿內靈臺官，知本意不合，即趨出，日怏怏不懌。十四日，乃齋戒沐浴三日。至十八日本上，二十日拿送鎮撫司打問。蓋彼時世宗惑于分宜父子，諱言災變，靈臺官反以欺妄見罪。公遂別草疏稿奏上，亦以直言獲咎。又疏內言引二王，更觸世宗嫌忌建儲之怒。羈縶三年，備嘗毒楚，卒爾成仁授命。《明史·世宗紀》癸丑正月朔不言日食，非信史也。而明季歷朝所修實録，類皆闕漏疎蕪，民間野史又多憑私心好惡，誕妄失倫，史愈繁而是非之跡愈顛倒而失其實，又不僅此日食一端而然矣。世宗藉廷杖以箝直言之口，慘酷類於炮烙。而公之忠義，氣貫虹霄，觀《年譜》所述，可以知其大概。惜上無聖明之君，旁有奸慝之口，言不見用，志不獲伸，不及百年，明社遂屋，追原禍始，實世宗有以啓之。其後雖有思陵之勵精圖治，亦未能挽既倒之狂瀾。讀公此集，又有傷乎聖君賢臣之不能并有者矣。去冬不寒，入春陰雨將及一月，近二日始放晴光。泚筆書此，時己卯正月晦日，葉東明誌。

孟津詩十九卷續一卷 康熙五年刻本

康熙五年丙午，周亮工、趙錦帆選刻王覺斯鐸、大愚鑨兄弟之詩文爲《孟津詩》十九卷，《續》一卷則覺斯家子侄所作也。前有亮工序，撰于青署之真意亭。亮工以是年官江南江安督糧道，駐節青州，則此序即作于其時者。《賴古堂集》中不載，則亮工子在（後）［浚］裒輯遺著時有所罣漏也。覺斯于天啓壬戌與文震孟、陳仁錫、黄道周、盧象升、張國維、倪元璐、祁彪佳、華允誠同舉進士，夤緣同科之田吉，阿附奄黨，未獲大用。南都立，以禮部左侍郎兼東閣大學士。太子案起，首叱太子僞，謂我一人不承認。南都覆，福王逃，衆擁立太子，下鐸獄，旋釋出。順治定鼎，儒服迎降，官至禮部尚書，卒謚文安，《清史》入《貳臣傳》。臣節不終，熱中利禄，士論薄之。以視震孟之貞介立朝，仁錫之蜚聲文苑，道周之臨難不屈，象升之效死疆場，倪、張、祁、華之志節凜然，足以風勵薄俗者，有愧色矣。《四庫全書總目》著録中佳允《忠愍詩集》，有覺斯序，館臣謂「鐸何如人，乃敢秉筆弁冕申詩，削之，無爲所辱」云云。而迭次所頒上諭，于黄、倪諸公，褒揚極至。是知士大夫于綱常名節，争于俄頃間，遺臭流芳，乃其自取也。當鼎革之際，新朝收拾人心，于改節屈膝諸人力從寬大。迄至中葉，褒貶謹嚴，其靦顔立朝以圖富貴者，無不深惡而痛斥之，不獨棄其人而棄其集，是此集之所以不經著録也。平心論之，覺斯詩文駘蕩縱横，啓蟄振槁，才氣磅礴，能脱窠臼，翕然爲信陽、北地所宗；大愚則特立壇壝，博辯閎通，二難之稱，信無愧色。至無咎等所作，則附驥之編，無足深論矣。覺斯更以書畫見稱，後世一幅之值，數逾百金，孔雀雖毒，不掩文章。余曾見其字幅二幀，氣勢雄勁，不類其人也。又見其畫蘭長卷，後有道州何子貞學使紹基跋，詆之不遺餘力，蓋亦以其臣節不終，爲科目之玷，遂以人而廢言耳。又可見士大夫之立身，不可不慎已。癸酉秋八月，葉啓發。

賴古堂集二十四卷附録一卷 康熙乙卯周在浚刊本

周亮工《賴古堂集》二十四卷、《附録》一卷。亮工字元亮，世居金谿櫟下，自號櫟園。以北籍沮于南試，屢困場屋。崇禎乙亥，邑郡試俱第一，補博士弟子員。由河南己卯舉人，中庚辰進士，謁選得山東萊州府濰縣令。癸未，舉廉卓，入京師，旋授浙江道試御史。李闖破京師，投環身殉，爲家人救免，間道歸江南。錦衣誣以從賊，羅織下獄，無左驗，復原官。時馬、阮用事，使劾劉公宗周，謝歸，奉親家居。順治定鼎，以御史招撫兩淮，授鹽政使，擢布政司，旋改福建按察使，歷署閩篆，以功陞總督錢法、户部右侍郎。總督佟代疏劾，革職繫獄，下刑部復訊，逾七年釋歸。康熙改元，以守閩功任青州海防道，遷江南江安督糧道。三仕三已，卓著政聲，兩朝冤獄之不具者，皆以立身方正，簡在帝心也。亮工篤志好學，于四部六籍，靡不綜覽。爲文氣勢生動，淋漓波折，摹寫曲盡大要，以龍門爲宗，而以廬陵爲導。詩則膚七子，戔竟陵，雖在流離憂患之中，不廢吟詠。由其家富收藏，寖饋浸潤，故能縱横磅礴，以峭博奇麗爲一代名家也。所爲詩于江南下獄時，手自編定。順治十七年庚子，其子在浚刻之江寧，世所傳《删定賴古堂詩》是也。康熙八年己酉，復增以後所作，合爲全稿，藏待刊行。以迭蒙不白，深致悔艾，盡取所刻及全稿焚之。亮工没後，子在浚重加裒輯，綜合詩文，釐爲廿四卷，康熙十四年乙卯再板以傳，即是本也。家藏康熙五年亮工輯刻王覺斯鐸、大愚龔所撰《孟津詩序》，集中不載，則在浚之搜訪容有未周，此集固非其全矣。書首有錢謙益序，卷八、卷十二、卷十三中均有涉及謙益文字，乾隆中軍機處奏請抽燬。此本尚完全無缺，則雖以當時文禁之嚴，猶不免複壁之遺矣。亮工著述淵博，不愧作者。其子在浚復能世其家學，衍其緒餘。程雲伯詩有「自古才人如棄婦，從來名士少佳兒」，觀此可爲下一轉語矣。己卯三月立夏日，葉東明。

田間文集三十卷　清初刊本

舊藏抄本桐城錢飲光澄之《田間詩文集》，題「藏山閣存稿偶抄」，凡詩十四卷，文六卷，年譜一卷。年譜爲從子某所撰，止於康熙辛亥，詩集終于順治辛卯。考吴子修修《疑年録》載，田間生萬曆四十年壬子，卒康熙三十二年癸酉。則自辛卯以後之詩，與辛亥以後之事跡，其本均未全矣。近年上海活字印本，較觀古堂藏抄本少《行脚詩》一卷，又無年譜，則其闕佚當更多也。此清初刊本《田間文集》三十卷，前有韓菼序，不詳年歲，亦無刻書人序跋。檢本書卷中《紉軒記》，有「今年夏，予以校刻拙集，久寓花谿，距韓慕廬學士所居近，數過韓子，飲其堂西偏之紉軒」之語，則是此三十卷爲田間手自編定刊行之本矣。又檢卷十七《贈徐立齋先生復任御史大夫序》，有「康熙廿七年春，御史大夫崑山徐公健庵遷大司寇去」云云，則是集刻成在廿七年以後，距田間之卒僅六年，的是《田間文集》最足之本，故卷帙較舊抄及活字印本爲多也。又檢卷十五《田間文集自序》云「兒子法祖間取十年來所有詩彙成帙，號《田間集》，藏諸家。左子子直、子厚，潘子蜀藻，孫子喈公代爲删定，姚子經三適自吴興返，與同學諸子爲授梓焉。梓成，爲卷十，爲詩八百五十有奇」云云，是詩集爲其子法祖所彙輯，姚經三等所删訂刊行者矣。又案卷三十《亡兒法祖生卒紀略》載法祖生于崇禎辛未，死于戊申，死時纔過三十六歲。案戊申爲康熙七年，則詩集之刻先于文集。雖舊抄及活字印本止于順治七年辛卯，較此在前，而爲卷十四，詩當較多，固不及其子所彙輯，尚是經田間所自審定者之爲精審也。此本有文無詩，蓋刊刻有先後。又時值中原初定，田間逃難四方，詩文兩集未及合併印行者也。田間《易學》、《詩學》，《四庫全書總目》已著録。詩文集則見于《軍機處奏准全燬書目》而卷數不詳者，則以法禁森嚴，其書忌諱極多，館臣無敢論其得失，著之《四庫總目》，即《存目》亦不敢載之，故略之也。田間生遭黨錮，幸免棄市之刑；忽遘兵烽，又有妻室兒女之難。未及三十年，長子法祖死于盜刃，流離顛沛，遯跡緇林。生後詩文又遭禁燬。文人命薄，千古同悲。然其集雖不登于天府，而盛傳于藝林，精神足以感動後人，生其景慕，留其著述，永其姓名，斯固立言不朽之效也。又不當以乾隆之禁燬，爲此書之輕重矣。戊寅除夕，東明記于爆竹聲中。歲月催人，不禁老大之感，喟然者久之。

復初齋詩集十二卷 翁方綱稿本

大興翁正三閣學方綱《復初齋詩集》稿本六册。書衣有閣學朱、墨兩筆，記明卷次、删存詩數、更定移改詩篇。原分十二卷，始于乾隆十七年壬申，止于三十八年癸巳。集中凡詩之應存者，以朱筆注「存」字于篇首，删者以朱筆或墨筆圍圈，改移先後者則以朱筆注「移」字，并注明移于某卷。有先存而後删者，有先删而後注「存」者，有朱筆圍圈而墨筆注「此詩仍存」等字者，有注「不能改」者，有注「再酌」者，有注「某字須查」者，可見當日之再三考訂，惟恐其有所不當也。以吴子修修《續疑年録》所載閣學生卒年月推之，乾隆十七年壬申，閣學年始及冠，三十八年癸巳，年已不惑，則此集所録，耑爲中年之作矣。卷六《舟中連州雜述》六首，删去其二，有朱筆批云「良工不示人以璞，此句乃座右銘也」。蓋閣學於删去之詩多不愜意，而恐其流傳，故有工璞之喻矣。又卷八《月華寺和蘇韻》「寧嫌食田寡木魚」，朱筆批云「『寧嫌』虚字，轉折太多，是否須改作。張瘦銅來，正説蘇、黄以後虚字轉折太多，今早思之，竟要從事于六朝三唐，擷其菁英爲一書，下至虞伯生。丙申五月朔」云云。閣學一生服膺蘇、黄，以金石考據擅勝，詩宗江西派，出入山谷、誠齋之間，雖有志上追盛唐，然所作不盡相合。瘦銅爲張商言塤别字，有《竹葉庵詩文詞》，詩宗山谷、后山。自言爲明季（鐘）〔鍾〕、譚所累，與閣學詩之不能上追盛唐同病，故同有蘇、黄轉折太多之見。猶可知閣學之虚心勖學，絶無誇誕之詞，聞善則從，更非常人所及，形之筆墨，示人以詩學門徑，其「良工不示璞」云云者，實自謙之語耳。閣學詩集嘉慶甲戌刻本凡六十六卷，較此本爲多。然此本書衣有「丙申五月看定」一行，丙申爲乾隆四十一年，録詩斷至三十八年。又護頁有卷一至卷十二選詩首數一紙，則當時編訂止于十二卷，再釐爲十四卷，非有所殘闕也。阮文達元《揅經室》三《杭州靈隱書藏記》云「嘉慶十四年，杭州刻朱文正公、翁覃谿先生、法時帆先生諸集將成，覃谿先生寓書于紫陽院長石琢堂狀元曰『《復初齋集》刻成，爲我置一部于靈隱。』今復初齋一集尚未成箱篋，盍使凡願以其所刊、所著、所寫、所藏之書藏靈隱者皆裒之，其爲藏也大矣。乃於大悲佛閣後造木厨，以唐人詩字編爲號，選二僧簿録管鑰之，復刻一銅章，編印其書，而大書其閭扁曰『靈隱書藏』。蓋緣始于《復初詩集》也，遂記之」云云。又可見當時閣學斤斤以此集爲念，深慮其不得藏山傳人，乃因而促成靈隱書藏，更衍而成焦山書藏，沾溉藝林，傳爲韻事，則其流澤遠矣。焦山、靈隱二藏已墮，詩集流傳至今不絶，則恐亦當時所不及料者，然閣學固可以無憾也已。癸酉上元前四日，東明。

文選李善注六十卷 明嘉靖四年晉藩刻本

明嘉靖四年晉藩養德書院刻本李善注《文選》六十卷。每半頁十行，行二十二字。三黑口，下黑口上有白文刻工姓名。前有嘉靖八年御書及晉王知烊書奏，又有嘉靖四年晉藩志道堂《重刊漢文選序》，莆田周宣序，唐李崇賢《上文選注》、吕延祚《進五臣集注文選》兩表，昭明太子撰《文選序》，余璉序，卷末有嘉靖六年晉藩養德書院《刻漢文選後序》。目録首行大題「文選目録」，次行題「梁昭明太子選」，三行題「李善注」。本書首行題「文選卷第幾」，次行題「梁昭明太子選」，三、四行題「唐文林郎守太子右内率府録事參軍崇賢館直學士臣李善注上」，五、六行題「晉府勅賜養德書院校正重刊」。案明時藩王就國，皆喜刻書，而晉藩所刻尤夥，此特其一也。《文選》世行有李善注及六臣注兩本，善注有宋淳熙辛丑尤延之貴池刊本、元池州路張伯顔刊本，均每半頁十行，行二十一二字不等。明成化二十三年唐藩重刊元本，則半頁十行，行二十二字，蓋重刊時已經整齊一番矣。六臣注有北宋明州刊本，亦半頁十行，行二十二字，注雙行，二十九至三十一字不等。崇寧五年蜀大字本，則半頁九行，行十八字。元大德乙亥茶陵陳仁子古迂書院刊本，則半頁十行，行二十八字，前附輯《(編)[諸]儒議論》一卷。蜀本五臣注在前，善注在後，明州、茶陵兩本則善注在前，五臣在後，而明代翻刻者尤多。以吕延祚《進集注文選表》按之，善注本在五臣之前，宋時偶與善注合刻，以致混淆。《崇文總目》以五臣置于善注之前，遂爲黄伯思《東觀餘論》、高似孫《緯略》所譏評。後來傳刻者，遂展轉沿誤矣。《四庫全書總目》著録善注爲明毛晉汲古閣刊本，六臣注爲明袁褧仿宋蜀大字本。《提要》云：「善注單行之本世遂罕傳，毛晉所刻，雖稱從宋本校正，今考其第二十五卷陸雲《答兄機》詩注中有『向曰』一條、『濟曰』一條，又《答張士然》詩註中有『翰曰』、『銑曰』、『向曰』、『濟曰』各一條，殆因六臣之本削去五臣，獨留善注，故刊除不盡，未及真見單行本也。他如班固《兩都賦》誤以注列目録下，左思《三都賦》善明稱劉逵註《蜀都》、《吴都》，張載註《魏都》，乃三篇俱題『劉淵林』字。又如《楚辭》用王逸註，《子虚》、《上林賦》用郭璞註，《兩京賦》用薛綜註，《思玄賦》用舊註，《魯殿靈光賦》用張載註，《詠懷詩》用顔延年、沈約註，《射雉賦》用徐爰註，皆題本名而補註别稱『善曰』，於薛綜條下發例甚明。乃於揚雄《羽獵賦》用顔師古註之類，則竟漏本名，於班固《幽通賦》用曹大家註之類，則散標句下。又《文選》之例，於作者皆書其字，而杜預《春秋傳序》則獨題名，豈非從六臣本摘出善注，以意排纂，故體例互殊歟？至二十七卷末附載樂府《君子行》一篇，註曰『李善本古詞止三首，無此一篇。五臣本有，今附於後』。其非善原書，尤爲顯證。」檢此本第二十五卷陸雲兩詩及各賦註，均與毛本相同，知此亦係取六臣注本，删存善注而刊行之，固非善注單行本也。又檢陽湖孫氏《平津館鑒藏書籍記》元板「《文選》六十卷」，「題『梁昭明太子選』、『唐文林郎守太子右内率府録事參軍事崇賢館直學士臣李善注上』、『奉政大夫同知池州路總管府事張伯顔助率重刊』。前有唐李崇賢《上文選注表》，又載吕延祚《進五臣集注文選表》，開元六年□勅梁昭明太子文選序，廉訪使余（漣）〔璉〕序。據余序，此本爲元池州學所刊。黑口板。每頁二十行，行廿二字」。又檢常熟瞿鏞《鐵琴銅劍樓藏書目録》，「《文選》李善注六十卷，明成化二十三年唐藩刊本」，云：「《文選》善注，宋淳熙辛丑尤延之刻本外，即推張本爲善。汲古閣本多脱誤，如左太冲《吴都賦》『趫材悍壯』，注引『胡非子』，『胡』誤改『韓』，不知胡非子爲墨子弟子，此本不誤。又張平子《思玄賦》，脱『爛漫麗靡』、『藐以迭逷』二句并注，陸士衡《答賈長淵詩》脱『魯侯戾止』、『袞服委蛇』二句并注，曹子建《箜篌引》脱『百年忽我遺』、『生存華屋處』二句，鮑明遠《放歌行》脱『今君有何疾』、『臨路獨遲（迴）〔迴〕』二句，曹子建《求通親親表》脱『有蒙不施之物』一句，枚叔《七發》脱『自太子有悦色』至『然而有起色矣』二段並注，有數百字之多。此本皆不闕，雖翻本亦足珍也。有余（漣）〔璉〕序、唐藩希古序、唐世子跋。」再檢歸安陸心源《皕宋樓藏書志》，所載亦同，其《儀顧堂續跋》云「張刻仍尤本之舊，此刻又仍張刻之舊，在《文選》諸刻中不失爲善本」云云。

核之此本，各處均不如毛本之多脱誤，其行款又與唐藩本相同，知其源出張本，固可貴也。宋淳熙尤本，嘉慶己巳胡果泉中丞克家得黄蕘圃主政丕烈士禮居所藏者，據以付刊。顧千里徵君廣圻爲撰《考異》，與大德張刻頗多異同。卷中并無五臣注羼入在内，則大德張刻蓋以宋明州刻六臣注本删去五臣，獨存善注。陸氏謂張仍尤本之舊，殆不然矣。晉藩所刻《唐文粹》不及嘉靖徐焴刻本，《宋文鑑》不及天順張邵齡刻本。藏書家謂所刻諸書雖在嘉靖初元，僅爲餼羊之告朔，而此本源出宋元舊槧，較汲古閣本爲少舛誤，則諸家之語亦不足爲定評矣。己卯立夏後五日，東明記。

玉臺新詠十卷　明崇禎六年趙宧光小山堂仿宋刊本

《玉臺新詠》明嘉靖中徐學謨海曙樓仿宋刻本，流傳極稀，藏書家志目罕見著録。唯日本森立之《經籍訪古志》有之，孤懸海外，無由見也。崇禎六年癸酉，寒山趙宧光小山堂得宋嘉定乙亥陳玉父本，據以翻雕，行款一仍舊式。半頁十五行，行三十字。葉次通連，計七十四番。宋諱「殷」、「玄」、「弦」、「絃」、「泫」、「匡」、「筐」、「敬」、「驚」、「鏡」、「竟」、「慎」、「貞」等字均闕筆。前有徐陵序，後有陳玉父後敘。板刻古雅，規矩謹嚴，無明人刻書竄亂臆改惡習。徐書原本賴以復見人間，宜其見重藝林，藏書家均推爲善本也。《四庫全書總目》著録即爲此本，館臣謂「《玉臺新詠》明代以來刊本不一，非惟字句不同，即所載諸詩亦復參差不一。萬曆中張嗣修本多所增竄，茅國縉本又併其次第亂之，而原書之本真益失。惟寒山趙宧光所傳嘉定乙亥永嘉陳玉父本最爲近古。近時馮舒本據以校正，差爲清整」云云。獨山莫子偲友芝亦謂此本最佳，他刊皆不足道，可見此本在明刻諸本中信爲首屈，雖五雲溪館、蘭雪堂二活字本之希覯，固不如此本仿宋精良之有來歷也。馮氏校定本，康熙甲午其猶子武爲之刊行。大氏以不誤爲誤，以誤爲不誤，頗多曲解，好爲是非，較此本之篤守典型，闕以存疑，固遠遜矣。唯馮氏謂宋本參差不一，趙氏加以整齊，轉失真面。言未必非，然究不足爲此刻病也。趙刻後有跋文，書估每每割去，以充宋槧。家藏三部均同，蓋珷玞可以亂玉，即此可見趙刊之精。特惜趙氏幾以此而翳没其傳刻之功，是固趙氏所不及料也已。趙氏宋本後歸虞山牧翁，絳雲火後，爲其從子遵王所得。述古之藏復散，乃不知流于何所。大興徐星伯太史松有一本，有翁正三洗馬方綱跋者，不知即其本否也。此本首有「虞山錢曾遵王藏書」朱文長方印，知爲述古插架之副。虎賁中郎，不讓天水舊槧，自當益加珍視矣。遞藏潤州蔣宗海春農家，有「潤州蔣氏藏書」朱文方印。又有「永明世進士坊共墨齋周氏兄弟藏書記」十六字朱文大長方印，則季譻編修鑾詒、笠樵舍人銑詒兄弟收藏印記。前有墨筆跋語，亦編修手筆也。仲兄定侯從編修後人獲此，友人江都秦子曼青三請見讓，堅未之許。借觀數日，題記歸還。可見仲兄書癖之深矣。曼青爲伯敦太史恩復後裔，好收藏，精鑒賞。湘垣、滬上時相過從，亂後天各一方，求如曩時之聚首笑談、研討辯論，渺不可得，又不禁期遇之感縈繞于心，而不能釋然矣。辛未六月望日，東明揮汗書。

檢《宋元以來畫人姓氏録》，「蔣宗海字春巖，號春農。丹徒縣人。壬申進士，官内閣中書。工詩，能篆刻，又善丹青。著有《春農吟藁》」。又翁方綱《蔣春農文集序》：「乾隆壬申進士以古文名家者二人，餘姚盧紹弓、丹徒蔣春農。春農每來，座中手篋櫝，快辨横飛。有與商古籍者，則屈指唐鎸宋槧，某書某板闕某處，某家鑒藏某帖，如貫珠，如數家珠。問者各得其意以去，而春農雜以諧謔，初若不經意也。」又顧宗泰《月滿樓集·懷蔣春農舍人》詩「丁卯橋邊偶泊船，爲開幽徑敞芳筵」，注云「庚寅過潤，招飲椒馨閣，王夢樓、鮑雅堂同聚」。又楊紹和《楹書隅録》，宋本《大戴禮記》，潤州蔣氏藏書。觀諸家所述，可見蔣氏之精于鑒别，富于收藏。此本首有蔣氏印記，固非習見之本，概可知矣。越日再記。

松陵集十卷　明毛晉汲古閣刻本

唐皮日休、陸龜蒙倡和詩《松陵集》十卷，明毛晉汲古閣刻本。每半頁八行，行十九字。板心下有「汲古閣」三字。前有皮日休《松陵集序》，謂「凡一年爲往體各九十三首，今體各一百九十三首，雜體各三十八首，聯句、問答十有八篇在其外，合之凡六百五十八首」。今本往、今、雜體詩首數均同，聯句、問答詩數亦合，實只詩六百四十八首。又序云「吴中名士又得三十首」，今本多詩一首，殆序爲傳寫之誤耳。明弘治壬戌吴江知縣濟南劉濟民刊本，後有都穆跋。每半頁十行，行十八字。江安傅沅叔增湘雙鑑樓有之，各藏書家志目均未著録，流傳極稀也。毛氏刻書多不足信，唯此本爲仿宋重刊，略無竄補，固優于所刻其他各書矣。唐人倡和裒爲集者，《斷金集》久已失傳。王士禛記湖廣莫進士有《漢上題襟集》，求之不獲，今已不見傳本。存者惟此《松陵》一集，又以傳刻甚尠，罕見流布，則毛氏此刻有功藝林，亦何可盡没乎？書首有「宗橚之印」四字白文篆書方印，「一字思嵒」四字朱文篆書方印，「古鹽張氏」四字白文篆書方印。宗𣚴，海鹽人，即刻《帶經堂詩話》張宗柟之弟也。其先（蝶）[螺]浮先生名惟赤者，構涉園，藏書甚富。宗𣚴爲其曾孫，淵源有自，亦頗精于鑒藏也。末卷佚去毛晉刻書跋文一頁，他日當補抄之。辛未五月，與雷恭甫丈閑遊城南，登天心閣，歸途從冷攤以番餅四圓獲此，聊誌數語，以紀歲月。葉啓發。

六唐人集十册　明毛晉汲古閣刻本

明毛晉汲古閣刻《六唐人集》。其中韋蘇州、韓内翰、常建、王建四種，大題下均有「汲古閣毛晉據宋本考較」墨匡方記。家藏《韋蘇州集》有南宋書棚本，因取核之。凡字句異同，毛本所注「一作某」者，多與書棚本相同，知毛氏據宋本考較之言爲不誣矣。其不盡相合者，則毛氏非仿宋開雕，故行款亦與宋本各别。毛氏既無刻書序跋，其所據何本未可知也。餘姚盧紹弓文弨據宋刻以校正下邳余懷本之訛誤，刻之《羣書拾補》中。凡字句之異同，是者正書，譌字旁書。此本均與盧氏所指之譌字相合，其源于余本，蓋無可疑矣。又盧校云「宋本凡首數皆標明」，是余刻之不載首數，與此本同，則又沿于余刻之一證矣。又卷第一《冰賦》「觀其力足以淒一室」，盧校云，宋本「力」作「劣」。此本作「劣」，而下注云「一作力」，則猶足以證毛氏之重刊余本，而以宋本校改其誤，于余刻之誤字亦注存之也。唯卷中如《晦日處士林之「罇酒遺形跡」，「罇」不訛「鐏」。《寄馮著》之「土壤日已疏」，「土」不訛「士」。《淮上即事》之「欲渡淮相待」，「渡」不訛「度」。《寄馮州》之「猶使故林榮」，「使」不訛「發」。《同長源》之「策馬復誰遊」，「誰」不訛

「隨」。《同德精舍》之「緘書問如何」，「問」不訛「間」。《朝請後》之「樽酒且歡樂」，「且」不訛「具」。《澧上西齋》之「開襟納遠颸」，「颸」不訛「颷」。《秋集罷》之「君侯枉高鑒」，「枉」不訛「柱」。之類，凡盧氏指爲余刻之誤者，此本多已改正，則其以宋本校正更甚顯然矣。五集均各自分卷，唯此集自卷第一至卷第四，各卷連續接列，中空一行，頁數通連，卷第五至卷第十亦同。第一、第五兩卷，大題次行有撰人一行，若分爲二卷而中分子卷者，未知是否毛氏所改。家無余刻，盧氏亦未言之，未可知矣。姚、鮑、王三集，每半頁九行，行十九字。姚集毛跋稱得影抄宋刻授諸梓者，鮑集則爲毛鳳苞審定宋本，王建詩毛氏校本、影宋本、叢書堂抄本均藏吴門黄氏士禮居，爲當日毛氏校刻此書之底本，見元和江建霞標輯刻《士禮居藏書題跋續記》。蓋三集宋本行格相同，毛氏因而未改耳。常、韋、韓三集，每半頁十行，行廿一字。韓集係據叢書堂抄本所刊，韋集則源出下邳余懷本，唯常集未詳所自出，均經以宋本參校。其王建詩一種雖與宋本行款相同，亦不盡依宋本，故均有據宋本考較之印記，明有别于姚、鮑二種也。六集行款之有九行、十行不一律者，亦以有仿宋刻、據宋校之不同，非出意造也。毛氏刻書，頗以竄改爲黄蕘圃、顧千里諸人所詬病。觀此六集，則諸家之語殆不盡然。《四庫全書總目提要》乃并所據宋本校添韋集各詩而亦疑之，抑亦不考之甚矣。壬戌嘉平，嚴寒冰凍，炙研書此。葉東明。

唐僧弘秀集十卷 明毛晉汲古閣刻本

李和父龏編《唐僧弘秀集》十卷，明毛晉汲古閣刻本。每半頁九行，行十九字。前有寶祐第六春李龔和父自序。各卷後有「琴川毛晉校刊、男扆再校」一行，唯第三、第四兩卷則無之。卷尾有毛晉跋，未詳所據刻之本，而與所刻《六唐人集》中姚少監、鮑溶兩詩之源出宋本者行款相同，蓋亦據宋本重刊也。虞山錢遵王曾《讀書敏求記》有元人抄本，卷次、首數與此本同。《四庫全書總目提要》謂「唐僧有專集者不過數家，其餘散見諸書，漸就澌滅。龔能裒合而存之，俾殘簡斷章一一有傳於後，收拾散亡，不能謂之無功也」云云。是此書自宋以來卷第即無增減，唐僧詩集之不傳，賴以流布，網羅散佚者所不廢也。吴門黄蕘圃主事丕烈有殘宋本，缺九、十兩卷，每頁二十行，行十八字，見元和江建霞標所輯《士禮居藏書題跋續》。黄跋云：「余藏《唐僧弘秀集》，此殘宋本外，祇有明刻二十四行、行二十字本。每卷次行止有『荷澤』云云一行，無校刻人姓名。卷首但載李序并目録，前後無他序跋，心疑從舊本出也。因僅爲明刻，行款又與宋本不同，故未之取校。頃獲一吴興沈春澤雨若校刻本，經孫潛夫校舊刻，又經葉石君校舊抄照陳解元書棚本録出之本。因出殘宋刻覆之，益見宋刻之妙，而孫校之校舊刻本、葉校之照録書棚本皆不逮。凡宋本之所缺，俱可以兩家所校本補之，未可謂校本之可廢也。」檢《百宋一廛賦注》，「殘本《唐僧弘秀集》，每半頁十行，行十八字，缺後二卷，并缺第一卷一頁，又半頁。《敏求記》載元人抄本十卷，寶祐第六春荷澤李龔和父〔編〕，蓋完帙也。《汲古閣秘本書目》影宋板精抄，不著其完與殘，未知出何本耳」。又檢毛氏《汲古閣珍藏秘本書目》，「《唐僧弘秀集》二本，影宋板精抄，二兩」。據此，知和父此集流傳有二宋刻：一爲十行，行十八字，即蕘圃所藏；一爲影宋書棚本，毛氏所藏，先族祖石君公據以校舊抄者，未詳行款。毛刻此書之行款，既不同于蕘翁所藏之宋刻，又不同于明代之兩本，則所據必家藏之影宋書棚本。石君公曾從借校，其絲跡固有可尋者矣。唯書棚本多爲十行十八字，與此本行款不同，蓋毛氏有所改易也。卷第一首有「毛琛私印」白文、「寶之」朱文對方印，「卧雪齋」白文方印。琛爲子晉從曾孫，黄氏士禮居刊《汲古閣珍藏秘本書目》後有其題識，汲古後起之秀也，知是集以家刻而爲其所珍襲矣。余從賀蕉農侍郎延齡後人仲肅手得之。丙子冬小雪，葉啓發。

才調集十卷　明毛晉汲古閣刊本　何焯批校

義門學士手評汲古閣本《才調集》十卷，仲兄定侯今夏從道州何氏得之。書中間有以宋本校者，而不言其出處。余因考仁和邵氏《四庫簡明目録標注》載唐高仲武編《中興間氣集》二卷，注云「《中興間氣集》、《極玄集》何評本，從述古堂影抄宋本精校」云。又考虞山錢遵王曾《讀書敏求記》「《才調集》十卷」，云「余藏《才調集》三：一爲陳解元書棚宋槧本，一是錢復真家藏舊抄本，一是影寫陳解元書棚本」云。則知學士所據宋槧爲陳道人書棚本，亦述古堂舊藏者。檢吴門黄蕘圃丕烈《百宋一廛賦注》載「《才調集》十卷。每半頁十行，行十八字。卷二至卷五爲宋槧，餘抄補。第一卷有『季振宜藏書』一印。合諸《延令目》云『《才調集》十卷，四本，宋本抄補』，知其即此」云。復檢遵王《述古堂書目自序》，云：「丙午、丁未之交，(胳)[胸]中茫茫然，意中惘惘然，舉家藏宋刻之重複者，折閲售之泰興季氏」云。據此知季氏所藏即述古舊物也。季藏散後，爲士禮居黄氏所得。黄藏再散，不知所歸。而其他各家藏書家志目著録者，均爲汲古閣本，不僅宋本無傳，即明隆慶沈若雨刻本亦不可得矣。此書經學士以宋本手校，雖未能如黄、顧之死校法，一點一畫，鈎勒塗乙，自當與宋本同其珍貴，亦虎賁之中郎。特詳考宋本出處，以爲讀此書之一助云。辛未清和月，東明葉啓發識。

萬首唐人絶句一百一卷目録二卷　明嘉靖辛丑陳敬學刊本

宋洪邁《萬首唐人絶句詩》百卷，紹熙元年所刻，凡七言二十六卷、五言二十卷。後邁守鄱陽，乃雇婺匠續刻成之，是爲初刻祖本。嘉定癸未，新安汪綱合會稽、鄱陽兩本凡一百一卷而重刻之，則此陳敬學刻本所從出也。半頁十行，行二十字。前有紹熙元年洪邁序及劄子、謝表、奏狀。目録尾有嘉定辛亥吴格識語五行、汪綱識語四行，及嘉靖辛丑陳敬學跋書五行。明仿宋刻中篤守典型，最善最足之本也。檢虞山錢遵王曾《讀書敏求記》，總集有「《唐人絶句》一百三卷」，云「洪邁《唐人絶句》目録三卷、七言七十五卷、五言二十五卷、六言一卷。趙宧光所刊統而一之，聖經所以有好自用之戒也」云云，所言與此本合，知其即此本矣。唯此本目録爲二卷，以總數一百三卷計之，則錢《記》誤「二」字爲「三」字也。至其所撰《述古堂書目》作「一百四卷」，則又因目録三卷合全書計算，而更衍誤矣。吴門黄蕘圃主事丕烈《求古居宋本書目》「洪邁《萬首唐人絶句》，殘本，十九册」，《百宋一廛賦注》云「殘本《萬首唐人絶句》，每半頁九行，每行廿字。所存前後凡三十六卷，而序及目録完好無恙。《敏求記》言目録二卷、七言七十五卷、五言二十五卷、六言一卷。趙宧光所刊統而一之，譏其好自用，誠哉是言也。明嘉靖有覆宋本者，規模未改，勝趙刻遠甚，然終不若此之可寶」。蕘圃佞宋，乃有此言，知此本之足珍矣。《四庫全書總目》總集類著録「《萬首唐人絶句詩》九十一卷，内府藏本」，《提要》云「宋洪邁編。是書原本一百卷，每卷以百首爲率，而卷十九至卷二十二，皆不滿百首。又五言止十六卷，合之七言七十五卷，亦不滿百卷。目録後載紹興守吴格跋，謂全書歲久蠹闕，因修補以永其傳。此本當是修補後又散佚也」云云。核之此本，五言、七言兩類，卷十九至卷二十二，每卷均有百首，則館臣所云誤矣。如謂係除其中再見、三見、四見者言之，則再見、三見、四見者，他卷均間有之，又不僅此四卷中始有也。且五言、六言、七言共爲一百一卷，即令六言爲後人重刊所折，亦已滿于百卷，未譾館臣何所據而云然也。或者當日著録者爲殘本，失之未細審歟？考《天禄琳琅書目》載有此書二本，《天禄目》據嘉定辛亥吴格跋「後三十年，獲繼往躅」之語，辯「辛亥」爲「辛巳」之訛，是已。然吴跋稱「命工修補，以永其傳」，後越二年己未，汪綱合會稽、鄱陽二本刻之，凡一百一卷，目録二卷。館臣所謂「修補之後復又散佚」者，固無其事，不可信也。然内府藏有此一百一卷全本，館臣曾未據以入録，亦未取以參證，是則館臣之疎漏而多爲揣擬之詞，又無足怪矣。此書世無宋本全帙流傳，此爲仿宋精刻，而棉紙初印，觸手如新，虎賁之貌，似非其他明刻所可比擬者。裝成，泚筆記之，後之覽者，其不以余爲詞費矣乎。己巳冬仲，東明炙硯書。

古詩紀一百五十六卷　明萬曆吴琯刊本

此明萬曆中吴琯刻馮惟訥《古詩紀》一百五十六卷。每半頁九行，行十九字。前有嘉靖戊午河中張四維序及王世貞序。馮氏編詩始于嘉靖甲辰，成于丁巳，歷十四載，引用之書凡一百八十二種。金石之刻，旁亦採及，搜羅浩博，徵引贍詳。以詩隸人，以人隸代，源流本末，開卷燦然，溯詩家之淵源者，不能外此而他求也。書分前集十卷、正集一百三十卷、別集四卷、外集十二卷。嘉靖庚申御史甄敬刻之陝西行臺，世所稱「陝本」者也。雖其書一依惟訥舊次，而校勘不精，剞劂草率。吴琯、謝陛、陸弼、俞策乃重加讎校，刻之金陵。集次悉如舊刊爲小題，而以總卷通連大題其下，王世貞爲之序，世所稱「金陵本」者也。《四庫全書總目》著録者爲金陵本，《（題）〔提〕要》稱：「惟訥此編採摭繁富，時代綿長，臧懋循之《古詩所》、張之象之《古詩類苑》、梅鼎祚之《八代詩乘》，均以此書爲藍本。然懋循則捃拾飣餖，珠礫混淆；之象則隨意剽掇，不盡考古；鼎祚則删節不完，中多笑柄。皆不及此書之可爲詩家圭臬。太原甄敬刻板陝西，間有舛誤。吴琯重刊，校讎較甄本爲詳」云云。可知此本之編輯、板刻，兩美皆備，固不可多得者矣。常熟馮己蒼舒因李攀龍《詩删》，鍾惺、譚友夏《詩歸》所載古詩源出此本，謂多訛誤，乃作《詩紀匡繆》，以相攻詰。有謂《盤中詩》非蘇玉妻所作，爲馮氏之誤者，不知嚴羽《滄浪詩話》、桑世昌《回文類聚》已載之于前，自不能謂惟訥爲無據矣。不過惟訥此編卷帙既繁，不免貪多務博，鑒別失之詳審，頗嫌真僞氾濫。然以如許之巨製，而欲求其百無一疵，則恐己蒼亦不能有此手筆，固不得以此責之惟訥矣。《四庫》謂其爲「採珠之滄海，伐木之鄧林」，固確切不移之論也。癸酉清明日，葉啓發誌首。

文則二卷　明毛晉汲古閣影抄元本

嘉慶中，吴門黄蕘圃主事丕烈、元和顧千里徵君廣圻以佞宋癖元，開一時風氣，即影抄宋元本書，亦同一重視。後之言收藏者，無不奉爲圭臬，良以影抄之書多從宋元舊刻追摹，字畫行款，無待點勘，直虎賁之中郎也。明琴川毛氏父子家富收藏，所收宋元均有影抄副本。太倉陳言夏瑚詠毛氏詩，有「入野農夫皆謝賑，一門僮僕盡抄書」之句，爲藝林佳話，其風雅好事，至今猶可想見也。至所抄之書，乾嘉間歸于黄氏讀未見書齋、顧氏小讀書堆、思適齋者不一而足。試檢《士禮居藏書題跋記》讀之，誠有生晚之憾矣。黄《記》六載「《文則》二卷明本」，云「余於去年聞某書坊有舊刻陳騤《文則》，往訪之，已爲他姓售去，究未知爲何氏刻本。檢《汲古閣書目》有云『《文則》一本，棉紙，從元板影抄，八錢』，方疑前所聞舊刻者，或是元板。頃吴書估從東鄉太倉來，攜此求售，乃明弘治刻。想去元板未遠，因以家刻《國策》易之。蓋書不多見，索直一兩六錢，視毛估抄本價已倍之矣」云。可見此書之爲蕘翁珍視，而其欲得毛抄之心，亦不覺形之楮筆也。丙寅冬月，從道州何氏得毛氏影宋精抄宋葛剛正《重續千字文》二册藏之。頃估人又以湘鄉相國家藏此書見示，知即毛《目》所載，蕘翁欲得而藏之本也，急以重值購之。鳳毛麟角，足以傲蕘翁矣。丁卯十月，葉啓發志于華鄂堂。

書名索引